CEM VERÕES

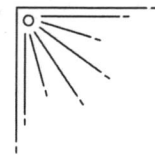
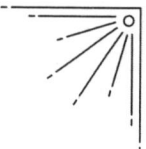

Beatriz Williams

CEM VERÕES

Tradução
Léa Viveiros de Castro

FÁBRICA231

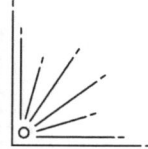

Título original
A HUNDRED SUMMERS
A Novel

Fábrica231 é um selo de entretenimento da Editora Rocco Ltda.

Esta é uma obra de ficção. Nomes, personagens, lugares e incidentes são produtos da imaginação da autora, foram usados de forma fictícia, e qualquer semelhança com pessoas reais, vivas ou não, empresas comerciais, companhias, acontecimentos ou localidades é mera coincidência.

Copyright © 2013 *by* Beatriz Williams

Todos os direitos reservados incluindo o de reprodução no todo ou em parte sob qualquer forma.

Direitos para a língua portuguesa reservados com exclusividade para o Brasil à
EDITORA ROCCO LTDA.
Av. Presidente Wilson, 231 – 8º andar
20030-021 – Rio de Janeiro, RJ
Tel.: (21) 3525-2000 – Fax: (21) 3525-2001
rocco@rocco.com.br
www.rocco.com.br

Printed in Brazil/Impresso no Brasil

preparação de originais
SÔNIA PEÇANHA

CIP-Brasil. Catalogação na fonte.
Sindicato Nacional dos Editores de Livros, RJ.

W688c	Williams, Beatriz
	Cem verões / Beatriz Williams; tradução de Léa Viveiros de Castro. – 1ª ed. – Rio de Janeiro: Fábrica231, 2015.
	Tradução de: A hundred summers: a novel
	ISBN 978-85-68432-01-3
	1. Romance norte-americano. I. Castro, Léa Viveiros de. II. Título.
14-15561	CDD-813
	CDU-821.111(73)-3

*Às vítimas e aos sobreviventes do grande furacão
de 1938 na Nova Inglaterra,*

e, como sempre, ao meu marido e filhos.

Ah, love, let us be true
To one another! for the world, which seems
To lie before us like a land of dreams,
So various, so beautiful, so new,
Hath really neither joy, nor love, nor light,
Nor certitude, nor peace, nor help for pain,
And we are here as on a darkling plain
Swept with confused alarms of struggle and flight,
Where ignorant armies clash by night.

MATTHEW ARNOLD
"Dover Beach" (1867)

(Ah, amor, vamos ser sinceros / Um com o outro! Porque o mundo, Que parece estender-se diante de nós como uma terra de sonhos, Tão variado, tão lindo, tão novo, / Na realidade não tem nem alegria, nem amor, nem luz, / Nem certeza, nem paz, nem remédio para a dor, E nós estamos aqui como que numa planície escura / Arrebatados por sinais confusos de luta e fuga, / Onde exércitos ignorantes se enfrentam à noite.)

1

RODOVIA 5, 16 QUILÔMETROS AO SUL DE HANOVER, NEW HAMPSHIRE

Outubro de 1931

Há cento e oitenta quilômetros de estrada em curva entre os portões de entrada do Smith College e o estádio de futebol de Dartmouth, e Budgie as percorre como faz tudo o mais: em alta velocidade.

As folhas lançam um reflexo dourado, laranja e vermelho contra um céu azul luminoso, e o sol brilha lá no alto, criando uma falsa sensação de calor. Budgie decretou que iríamos com a capota abaixada, embora eu esteja tremendo de frio, encolhida dentro do meu casaco de lã, segurando meu chapéu.

Ela ri de mim.

– Você devia tirar o chapéu, meu bem. Está parecendo minha mãe agarrada a seu chapéu desse jeito. Como se fosse o fim do mundo alguém ver seu cabelo. – Ela tem de gritar as palavras por causa do vento forte.

– Não é isso! – grito de volta. É porque o *meu* cabelo, libertado do chapéu de feltro escuro, irá virar um emaranhado de folhas ao vento, enquanto que os cachinhos de Budgie apenas balançam lindamente e depois voltam ao seu lugar no final da viagem. Até o cabelo obedece à vontade de Budgie. Mas esta explicação é complicada demais para ser dada naquela ventania, então desisto, retiro os grampos que prendem o meu chapéu e o coloco no assento ao meu lado.

Budgie gira o botão do rádio. O carro, um elegante Ford V-8 novo, foi equipado com todos os acessórios por seu pai, que o deu a ela um mês atrás como um presente adiantado de formatura. Nove meses adiantado, para ser exata, porque ele, em sua confiança e cegueira, quer que ela o use durante seu último ano no Smith.

Você devia sair e se divertir um pouco, boneca, ele disse a ela, todo feliz. *Vocês, universitárias, estudam demais. Só trabalho e nenhuma diversão.*

Ele balançou as chaves diante dela.

Tem certeza, papai?, Budgie perguntou, com os olhos redondos e enormes, como os de Betty Boop.

Sem brincadeira. É verdade; eu estava lá. Somos amigas desde que nascemos, com dois meses de diferença, ela no início do verão, e eu no fim. Nossas famílias veraneiam juntas no mesmo lugar em Rhode Island, e já fazem isso há várias gerações. Ela me arrastou com ela esta manhã com base nessa amizade, nesse elo antigo, embora não frequentemos os mesmos círculos na faculdade, e embora ela saiba que não me interesso por futebol.

O Ford lança um rugido rouco quando ela acelera numa curva, abafando as vozes que vêm do rádio. Eu me agarro na maçaneta da porta com uma das mãos e no assento com a outra.

Budgie torna a rir.

— Relaxe, meu bem. Não quero perder o aquecimento. Os rapazes ficam tão sérios quando o jogo começa.

Ou algo no gênero. O vento abafa duas em três palavras. Olho para o lado e contemplo as folhas brilhando, no auge da estação, enquanto Budgie continua falando sobre rapazes e futebol.

Mas, no fim, *perdemos* o aquecimento, e grande parte do primeiro tempo de jogo. As ruas de Hanover estão vazias, a entrada do estádio quase deserta. Um rugido distante chega aos nossos ouvidos, bem como as notas abafadas de uma orquestra de metais. Budgie para o carro ao lado de um canteiro, perto de uma placa que diz PROIBIDO ESTACIONAR, e eu me atrapalho com meu chapéu e meus grampos.

— Deixe que eu faço isso. — Ela tira os grampos dos meus dedos gelados e os enfia sem piedade no chapéu, fazendo-me dar meia-volta. — Pronto! Você é tão *bonita*, Lily. Você sabe disso, não sabe? Não sei por que os rapazes não notam. Veja, suas bochechas estão rosadas. Você não está contente por termos baixado a capota?

Encho os pulmões com o ar puro, de folhas douradas, de New Hampshire e digo que sim, que estou contente por termos baixado a capota.

Lá dentro, o estádio está lotado, com gente saindo por todos os lados, como uma tigela de granito com ponche demais. Paro diante do excesso de barulho e cor quando emergimos naquele espaço aberto, naquele dilúvio de gente, mas Budgie não tem um segundo de hesitação. Ela me dá o braço e me arrasta pelos degraus de concreto, atravessando diversas fileiras, passando por cima de pernas esticadas e sapatos de couro e cascas de amendoim, pedindo licença alegremente. Ela sabe exatamente para onde está indo, como sempre. Segura meu braço com a mão confiante, arrastando-me atrás dela, até um grito de *Budgie! Budgie Byrne!* soar por cima da multidão infinita de bonés de xadrez e boinas. Budgie para, inclina um pouco o corpo e levanta o outro braço num aceno gracioso.

Não conheço esses amigos dela. Rapazes de Dartmouth, suponho, que Budgie conheceu em algum evento social. Eles não estão prestando muita atenção ao jogo. São alegres, risonhos, barulhentos, estão jogando amendoins uns nos outros e subindo nos bancos. Em 1931, dois anos depois do *crash* da bolsa de valores, ainda somos alegres. Pânicos ocorrem, companhias quebram, mas isso não passa de um solavanco na estrada, uma coisa temporária. O enorme motor tosse, engasga, mas não morre. Em breve, ele estará roncando de novo.

Em 1931, não fazemos ideia do que nos espera.

São quase todos rapazes. Budgie conhece um bocado de rapazes. Alguns estão com suas namoradas ao lado, garotas locais e garotas visitantes, e essas garotas olham com desconfiança para Budgie. Elas examinam seu suéter apertado, verde-escuro, com a letra *D* no seio esquerdo, e seu cabelo escuro e brilhante, e seu rosto de Betty Boop. Elas não prestam nenhuma atenção nas minhas bochechas rosadas.

— O que foi que eu perdi? Como ele está indo? — ela pergunta, sentando-se no banco.

Seus olhos examinam o campo à procura do namorado do momento — o motivo de nossa corrida matinal de Massachusetts até lá — que joga por Dartmouth. Ela o conheceu no verão, quando ele estava hospedado na casa de amigos nossos em Seaview, como se a central de elenco de Hollywood tivesse arranjado para ela o par perfeito, com olhos de um tom complementar de azul-verão para o tom gelado de inverno dos olhos dela. Graham Pendleton é alto, atlético, charmoso, bonito. Ele se destaca em todos os esportes, mesmo nos que ainda não praticou. Gosto dele; ninguém pode deixar de gostar de Graham. Ele me lembra um golden retriever, e quem não gosta de um golden retriever?

— Ele está bem, eu acho — um dos rapazes diz. Ele se senta no banco ao lado de Budgie, tão perto que sua perna toca na dela, e lhe oferece um pedaço de chocolate Hershey. — Fez uma jogada decente na última série. Dez metros.

Budgie põe o chocolate na boca e dá um tapinha no espaço estreito do seu outro lado.

— Sente-se aqui ao meu lado, Lily. Quero que você veja isso. Olhe para o campo. — Ela aponta. — Lá está ele. Número 22. Está vendo? Na lateral, perto do banco. Ele está em pé, falando com Nick Greenwald.

Olho para a lateral. Estamos mais perto do campo do que eu pensava, talvez dez fileiras acima, e minha visão se enche de camisas do Dartmouth. Encontro o número 22 pintado em branco no verde-musgo de umas costas largas. Estranho ver Graham usando um sóbrio uniforme de futebol em vez de um calção de banho ou de um uniforme de tênis ou um terno de algodão e um chapéu de palha. Ele está conversando com o número 9, que está em pé à direita dele, meia cabeça mais alto. Estão com os capacetes debaixo do braço, e ambos têm o cabelo do mesmo tom de castanho, úmido de suor: um cacheado e um liso.

— Ele não é bonito? — Budgie diz com um suspiro.

O número 9, o mais alto, de cabelo cacheado, olha para cima nesse exato momento, como se tivesse ouvido o que ela disse. Os dois estão a uns quarenta e seis metros de distância, e o sol claro do outono lança um brilho dourado em suas cabeças.

Nick Greenwald, repito na minha cabeça. *Onde foi que eu ouvi esse nome antes?*

O rosto dele é duro, esculpido no mesmo granito do estádio, e seus olhos são estreitos e penetrantes debaixo de um par de sobrancelhas ferozmente cerradas. Há algo de muito intenso e fulminante na expressão dele, como um homem de outra era.

Sinto um arrepio na espinha, como uma carga elétrica.

— Sim — digo. — Muito bonito.

— Os olhos dele são tão azuis, quase tanto quanto os meus. Ele é um amor. Lembra quando ele foi buscar meu chapéu na água, no verão passado, Lily?

— Quem é aquele? O que está falando com ele?

— Ah, o Nick? Ele é só o *quarterback*.

— O que é um *quarterback*?

— Nada, na verdade. Fica ali parado e entrega a bola para o Graham. Graham é a estrela. Ele marcou oito *touchdowns* este ano. Ele consegue se livrar de qualquer um. — Graham ergue os olhos, acompanhando o olhar de Nick, e Budgie se levanta e acena.

Nenhum dos dois responde. Graham se vira para Nick e diz alguma coisa. Nick está carregando uma bola, jogando-a distraidamente de uma das mãos enormes para a outra.

— Acho que eles estão olhando para outro lugar — Budgie diz, e torna a se sentar, franzindo a testa. Ela bate com os dedos no joelho e se inclina para o rapaz ao seu lado. — Você me dá mais um pedacinho de chocolate?

— Pode pegar quanto quiser — ele diz, e lhe estende a barra de Hershey. Ela quebra um quadradinho com seus dedos longos.

— Eles são amigos? — pergunto.

— Quem? Nick e Graham? Acho que sim. Bons amigos. Eles dividem o quarto, eu acho. — Ela se vira para mim. Seu hálito é doce por causa do chocolate. — Ora, Lily! O que você está pensando, sua safadinha?

— Nada. Só estou curiosa.

Ela cobre a boca com a mão.

— Nick? Nick *Greenwald*? Sério?

— Eu só... ele é interessante, só isso. Não é nada. — Sinto meu rosto arder.

— *Nada* é nada quando se trata de você, meu bem. Conheço essa expressão nos seus olhos, e você pode parar agora mesmo.

— *Que* expressão? — Torço o cinto do meu casaco. — E o que você quer dizer com *parar agora mesmo*?

— Ora, Lily, meu bem. Será que vou ter que soletrar?

— Soletrar o quê?

— Eu sei que ele é bonito, mas... — Ela não completa a frase, de um jeito envergonhado, mas seus olhos brilham no rosto de magnólia.

— Mas *o quê*?

— Você está brincando comigo, não está?

Olho para ela em busca de alguma pista do que está dizendo. Budgie tem uma queda para isso, para fazer insinuações que me deixam totalmente no escuro. Talvez Nick Greenwald tenha alguma doença crônica. Talvez ele já tenha namorada, não que Budgie fosse capaz de considerar isso um obstáculo.

Não que eu esteja ligando, é claro. Não que meus pensamentos tenham ido tão longe. Gosto do rosto dele, só isso.

– Brincando com você? – digo, disfarçando.

– Lily, *meu bem*. – Budgie sacode a cabeça, põe a mão no meu joelho e baixa o tom de voz até sussurrar no meu ouvido: – Meu bem, ele é J-U-D-E-U. – Ela diz a última sílaba com uma precisão exagerada.

A multidão grita. Na nossa frente, as pessoas começam a se levantar e a torcer. O banco é duro como pedra sob minhas pernas.

Olho de volta para os dois homens na lateral, para Nick Greenwald. Ele está observando intensamente o que se passa em campo com seus olhos de águia, e seu perfil desenha uma linha dourada na grama bem cortada.

O tom de voz de Budgie, ao fornecer essa informação, era o de um pai ou uma mãe falando com uma criança particularmente obtusa. Budgie, ao ouvir o nome *Greenwald*, sabe sem precisar raciocinar que se trata de um nome judeu, que uma linha invisível separa seu futuro do dele. Budgie contempla com incredulidade a minha ignorância em relação a esses importantes assuntos.

Não que eu seja inteiramente ignorante. Conheço algumas garotas judias na faculdade. Elas são como as outras, simpáticas e gentis e inteligentes em graus variáveis. Elas tendem a manter distância, exceto por uma ou duas que se esforçam para obter as boas graças de garotas como Budgie. Eu costumava pensar o que elas faziam no Natal, quando estava tudo fechado. Será que festejavam esse dia de alguma forma, ou era um dia como outro qualquer para elas? O que elas pensavam das árvores, dos presentes, de todas as cenas do nascimento de Cristo por toda parte? Será que achavam graça dos nossos estranhos costumes?

É claro que nunca tive coragem de perguntar.

Budgie, por outro lado, está sempre ligada no que se passa ao seu redor, atenta a qualquer vibração estranha. Ela continua, falando com segurança:

— Não que dê para ver ao primeiro olhar. A mãe dele era uma das garotas Nicholson, uma família ótima, muito bonita, mas o pai dela perdeu tudo no pânico, não neste último, obviamente, mas no que aconteceu antes da guerra, e ela acabou se casando com o pai de Nick. Você parece espantada, meu bem. O que foi, não sabia de nada disso? Você precisa sair mais.

Fico calada, olhando para o campo, observando os dois homens na lateral. Está acontecendo alguma coisa, camisas verdes correndo para fora do campo e camisas verdes correndo para dentro. Graham e Nick Greenwald enfiam os capacetes e correm para as fileiras de jogadores reunidos no gramado. Nick corre com graça e flexibilidade, mantendo as pernas longas sob perfeito controle.

Budgie tira a mão do meu joelho.

— Você me acha horrível, não é?

— Eu acho que você fala igual à minha mãe.

— Não é isso que estou querendo dizer. Você sabe que não. Não sou *preconceituosa*, Lily. Tenho *vários* amigos judeus. — Ela soa um pouco petulante. Nunca vi Budgie ser petulante.

— Eu não disse isso.

— Mas está pensando. — Ela vira a cabeça. — Tudo bem. Tenho certeza de que ele virá hoje para o jantar. Você poderá conhecê-lo. Ele é simpático. Divirta-se um pouco.

— O que a faz pensar que estou interessada?

— Bem, por que não? Você está precisando se divertir, meu bem. Aposto que ele é capaz de lhe proporcionar uma boa diversão.

— Ela se inclina na direção da minha orelha. — Só não o apresente à sua mãe, se é que me entende.

— O que vocês duas estão cochichando? — O rapaz à direita de Budgie pergunta, o rapaz do chocolate, dando um cutucão no braço dela.

— Não podemos dizer — Budgie responde. Ela se levanta e me puxa com ela. — Agora, veja só isso, Lily. É a nossa vez. Quando o jogo começar, Nick vai dar a bola para Graham. Observe o Graham. Número 22. Ele vai passar por toda a defesa, você vai ver. Ele é como uma *locomotiva*, é o que dizem os jornais.

Budgie começa a bater palmas, e eu também, palmas longas e sonoras como um metrônomo. Estou observando o campo, mas não Graham. Meus olhos estão voltados para o número 9 no meio da fileira de camisas verdes. Ele está logo atrás do cara do meio, com a cabeça levantada. Ele está gritando alguma coisa, e consigo ouvir seu grito alto de onde estou, dez fileiras acima, no meio da torcida barulhenta.

De repente, os homens se movimentam. Nick Greenwald corre para trás, com a bola na mão, e espero que Graham saia correndo, que Nick entregue a bola para Graham, do jeito que Budgie falou que ele faria.

Mas Graham não sai correndo.

Nick fica ali parado por um instante, examinando o território à frente, seus pés executando uma dança graciosa na grama, e então ele atira a bola com força, e ela forma um belo arco sobre a cabeça dos outros jogadores e percorre toda a extensão do campo.

Fico na ponta dos pés, arrebatada pelos gritos da multidão à minha volta enquanto acompanho a trajetória da bola. Lá vai ela, um pequeno míssil marrom, enquanto um rio verde e branco de homens varre o campo, correndo para pegá-la.

Na extremidade desse rio, um par de mãos se levanta e agarra a bola que cai do céu.

A gritaria é imediata.

— Ele pegou! Ele pegou! — berra o rapaz do outro lado de Budgie, atirando o resto da sua barra de chocolate Hershey no ar.

— Você viu isso? — grita alguém atrás de mim.

O homem do Dartmouth voa com a bola debaixo do braço na direção do retângulo marcado em branco na extremidade do campo, e nós nos abraçamos, gritando, com os chapéus caindo das cabeças, derramando amendoins. Um canhão dispara, e a banda de música começa a tocar com entusiasmo.

— Não foi fantástico?! — grito no ouvido de Budgie. O barulho à nossa volta é tão intenso que mal consigo ouvir minha própria voz.

— Fantástico!

Meu coração bate nas minhas costelas no ritmo da banda. Cada artéria do meu corpo canta de alegria. Eu me viro de novo para o campo, virando a aba do chapéu para proteger os olhos do sol, e procuro Nick Greenwald e seu braço espantoso.

A princípio, não consigo achá-lo. O fluxo agitado de homens no campo se estagnou. Um grupo de camisas verdes se junta, um de cada vez, perto da linha de onde nasceu a jogada, como que atraídos por um ímã. Procuro o número 9 branco, mas naquela confusão de números não consigo encontrá-lo.

Talvez ele já tenha voltado para o banco. Aquele perfil severo não sugere uma natureza festiva.

Alguém, no meio daquela multidão de camisas do Dartmouth, levanta o braço e acena para a lateral do campo.

Dois homens vestidos de branco saem correndo. Um deles está carregando uma maleta de couro preta.

— Ó não — diz o rapaz à direita de Budgie. — Alguém se machucou.

Budgie torce as mãos.

— Espero que não seja o Graham. Alguém pode procurar o Graham? Ah, não tenho coragem de olhar. — Ela encosta o rosto na manga do meu casaco.

Passo o braço em volta dela e olho para o aglomerado de jogadores. Todas as cabeças estão abaixadas, balançando, penalizadas. A multidão se abre para a passagem dos homens vestidos de branco, e vejo de relance o sujeito deitado no chão.

— Lá está ele! Estou vendo o número dele! — grita o rapaz do Hershey. — Vinte e dois, bem ao lado do homem caído. Ele está bem, Budgie.

— Ah, graças a Deus — diz Budgie.

Fico na ponta dos pés, mas não consigo enxergar direito por cima das cabeças na minha frente. Empurro a cabeça de Budgie, subo no banco e fico de novo na ponta dos pés.

O estádio está em silêncio absoluto. A banda parou de tocar; o público emudeceu.

— Bem, então quem é que está machucado? — pergunta Budgie.

O rapaz sobe no assento ao lado do meu e pula uma vez, duas vezes. — Eu mal consigo ver... não, espere... ah, *Jesus*.

— O que foi? — pergunto. Não consigo ver nada atrás daqueles homens de branco, ajoelhados sobre o corpo no campo, com a maleta de couro aberta.

— É Greenwald — diz o rapaz, descendo da cadeira. Ele brigueja baixinho. — Lá se vai o jogo.

2

SEAVIEW, RHODE ISLAND

Maio de 1938

Kiki estava decidida a aprender a velejar naquele verão, embora ainda não tivesse 6 anos.

— Você aprendeu com a minha idade — ela disse, com a lógica direta da infância.

— Tive o pai para me ensinar — eu disse. — Você só tem a mim. E eu não velejo há anos.

— Aposto que é como andar de bicicleta. Foi isso que você me disse, lembra? Que a gente nunca esquece como andar de bicicleta.

— Não se parece nada com andar de bicicleta, e damas não apostam.

Ela abriu a boca para me dizer que *não* era uma dama, mas tia Julie, com seu timing sempre impecável, atirou-se na manta ao nosso lado e sussurrou, olhando para o mar:

— Verão, finalmente! E depois de uma primavera tão triste. Lily querida, você não teria um cigarro? Estou louca por um cigarro. Sua mãe é mais severa que o maldito Hitler.

— Você nunca deixou que isso a impedisse antes. — Enfiei a mão na minha cesta e joguei um maço de Chesterfields e um isqueiro de prata no colo dela.

— Estou ficando mole com a velhice. Obrigada, querida. Você é o máximo.

— Achei que o verão começasse em junho – disse Kiki.

— O verão começa quando eu digo que ele começou, meu bem. Ah, que delícia!

Ela inalou até o limite dos seus pulmões, fechou os olhos e deixou a fumaça sair dos lábios numa tira fina e interminável. O sol estava quente, era o primeiro período de calor desde setembro, e tia Julie estava usando seu maiô vermelho atrevidamente curto. Ela estava fabulosa, toda bronzeada de sua recente viagem às Bermudas ("com aquele namorado novo que ela arranjou", mamãe disse, com a careta de desaprovação de uma irmã quase dez anos mais velha) e tão esbelta como sempre. Ela se reclinou para trás sobre os cotovelos e apontou os seios para o céu sem nuvens.

— A Sra. Hubert diz que cigarros são pregos de caixão – disse Kiki, desenhando na areia com o dedão do pé.

— A Sra. Hubert é uma velha chata. – Tia Julie deu outra tragada no cigarro. – Meu médico os recomenda. Não há nada mais saudável.

Kiki se levantou.

— Quero brincar no mar. Faz meses que não brinco no mar. *Anos*, possivelmente.

— Está frio demais, benzinho – eu disse. – A água ainda não teve chance de esquentar. Você vai congelar.

— Eu quero ir assim mesmo. – Ela pôs as mãos na cintura. Estava usando seu novo traje de banho, com babados e bolinhas vermelhas, e com seu cabelo escuro, a pele morena e aquela expressão feroz, ela parecia uma polinésia em miniatura.

— Ah, deixe-a brincar – disse tia Julie. – Os jovens são resistentes.

— Por que você não constrói um castelo de areia, em vez de entrar na água, meu bem? Você pode ir até o mar para buscar água. – Peguei o balde e estendi para ela.

Kiki olhou para mim, depois para o balde, indecisa.

— Você constrói castelos *lindos* — eu disse, balançando o balde tentadoramente. — Mostre-me o que é capaz de fazer.

Ela pegou o balde suspirando e caminhou na direção do mar.

— Você é boa com ela — disse tia Julie, fumando satisfeita. — Melhor do que eu.

— Deus não quis que você criasse filhos — eu disse. — Você tem outras habilidades.

Ela riu.

— Ah, você tem razão. Sei fofocar como ninguém. E por falar nisso, você sabia que Budgie vai usar a velha casa dos pais neste verão?

Uma onda ergueu-se do oceano, mais forte do que as outras. Eu a vi crescer e crescer, até quebrar num arco branco de espuma, da direita para a esquerda. O ruído me alcançou os ouvidos um segundo depois. Estendi a mão para o cigarro da tia Julie e dei uma longa e furtiva tragada, depois pensei *E daí*, e estendi a mão para o maço.

— Eles vão chegar na semana que vem, segundo sua mãe. Ele virá nos fins de semana, é claro, mas ela vai ficar aqui o verão todo.

Tia Julie levantou o rosto e sacudiu o cabelo. Ele brilhou dourado no sol, sem um único fio branco que eu pudesse ver. Mamãe insistia para que ela o tingisse, mas nenhuma tintura era capaz de reproduzir aquele tom dourado do sol. Era como se o próprio Deus estivesse abençoando o estilo de vida escolhido por tia Julie.

Na beira do mar, Kiki esperou a onda chegar na areia e mergulhou o balde. A água molhou suas pernas, fazendo-a pular e dançar. Ela olhou para mim com uma expressão acusadora, e sacudi os ombros como quem diz "não disse?".

— Nada a dizer?

— Estou louca para tornar a vê-la. Já faz tantos anos.

— Bem, ela agora tem dinheiro. Pode muito bem melhorar a casa. Você devia ter visto o casamento, Lily.

Ela assobiou. Tia Julie tinha ido ao casamento, é claro. Nenhum tipo de festa num determinado segmento da sociedade seria considerado um sucesso sem a presença de Julie van der Wahl, Schuyler de solteira — chamada simplesmente de "Julie" nos jornais de Nova York — e seu acompanhante da hora.

— Li sobre ele nos jornais, obrigada. — Soprei uma longa baforada de fumaça.

Tia Julie me cutucou com o dedão do pé.

— Águas passadas, querida. No fim dá tudo certo. Não tenho tentado ensinar isso a você nos últimos seis anos? Você não pode contar com ninguém no mundo a não ser com você mesma e sua família, e às vezes nem mesmo com ela. Deus, que dia glorioso! Eu poderia viver assim para sempre. Bastam o sol e a praia para me deixar feliz. — Ela apagou o cigarro na areia e se deitou na manta. — Você não tem uísque ou algo parecido nessa sua cesta, tem?

— Não.

— Foi o que imaginei.

Kiki voltou cambaleando com o balde cheio de água, derramando pelas bordas. Graças a Deus por Kiki. Budgie podia ter tudo no mundo, mas pelo menos ela não tinha Kiki, com seu cabelo escuro, suas pernas compridas e seus olhos semicerrados calculando a distância até a manta.

Tia Julie tornou a se apoiar nos cotovelos.

— No que é que você está pensando? Posso ouvir as engrenagens do seu cérebro daqui.

— Só estou vigiando Kiki.

— Vigiando Kiki. Esse é o seu problema. — Ela tornou a se deitar e cruzou o braço sobre o rosto. — Você está deixando essa criança viver por você. Olhe só para você. É uma vergonha o modo como se largou. Veja esse cabelo. Eu rasparia a cabeça se meu cabelo estivesse desse jeito.

— Delicada como sempre, estou vendo. — Apaguei meu cigarro pela metade e abri os braços para receber Kiki, que pôs o balde na areia e se atirou em mim. O corpo dela estava quente do sol, cheirando a mar, macio e sinuoso. Enterrei o rosto no seu cabelo escuro e senti seu cheirinho de criança. Por que os adultos não tinham esse cheirinho doce?

— Você tem que me ajudar. — Kiki se soltou do meu abraço, pegou o balde e despejou a água na areia. No verão passado, construímos um arquipélago de castelos por toda a praia, um programa ambicioso de construção que terminou em triunfo no Festival Anual de Castelos de Areia do Dia do Trabalho em Seaview.

Ninguém imagina as coisas que fazíamos em Seaview.

Deixei Kiki me puxar para fora da manta e me ajoelhei com ela na areia. Ela me deu uma pá e me disse para começar a cavar, Lily, *cavar*, porque aquilo ia ser um fosso *de verdade*.

— Não podemos fazer um fosso assim tão longe da água — eu disse.

— Deixa a criança se divertir — Kiki disse.

— E o que é essa *coisa* que você está usando, essa coisa *abominável*? Você não tem um maiô? — tia Julie perguntou.

— Este *é* o meu maiô.

— Que Deus nos proteja. Você vai deixar Budgie Byrne ver você usando isso?

Enfiei a pá com violência no fosso.

— Ela não é mais uma Byrne, é?

— Ah. Então você *não* a perdoou por isso.

Parei de cavar e descansei as mãos nos joelhos, que estavam cobertos pelo algodão grosso do meu maiô preto.

— Por que Budgie não se casaria, por que qualquer pessoa não se casaria se quisesse?

— Ah, entendo. Estamos de volta às águas passadas. Onde estão aqueles cigarros? Estou precisando de outro.

— A criança está escutando — Kiki nos avisou. Ela emborcou o balde e o retirou, revelando uma torrinha perfeita.

— Está lindo, meu bem. — Tirei areia de dentro do fosso para fazer um muro perto da torre. Fiz uma pequena pausa, imaginando se estava zangada o suficiente para transformá-lo nas muralhas do castelo.

Tia Julie procurou o maço de Chesterfields dentro da cesta.

— Mandei você se enterrar com aquele seu cadáver de mãe durante os últimos seis anos? Não. Viva um pouco, eu disse a você. Torne-se alguém.

— Kiki precisava de mim.

— Sua mãe poderia ter tomado conta dela muito bem.

Kiki e eu olhamos para tia Julie. Ela encontrara os cigarros e estava com um enfiado entre os lábios vermelhos enquanto procurava o isqueiro.

— O que foi? — ela perguntou, olhando primeiro para mim e depois para Kiki. — Está bem, está bem — ela reconheceu, acendendo o cigarro. — Mas você podia ter contratado uma babá.

— A criança não quer ser criada por uma babá — Kiki disse.

— Mamãe tem muito o que fazer, com todas as suas obras de caridade — eu disse.

— Obras de caridade — tia Julie disse, como se fosse uma obscenidade. — Se me perguntar, o que você nunca faz, é um mau sinal quando uma mulher passa mais tempo cuidando de órfãos do que da própria família.

— Ela cuida do papai — eu disse.

— Você não a vê cuidando dele *agora*, vê?

— É verão. Sempre passamos o verão em Seaview. É o que papai teria desejado.

Tia Julie deu um riso debochado.

— Alguém perguntou a ele?

Pensei no meu pai no seu quarto impecável, olhando para a parede de livros que costumavam dar tanto prazer a ele.

— Isso não foi nada *gentil*, tia Julie.

— A vida é curta demais para gentilezas, Lily. A questão é que você está desperdiçando a sua vida. Todo mundo tem um solavanco na estrada quando é jovem. Deus sabe que eu tive alguns. Mas você se recupera. Segue adiante. — Ela me ofereceu o cigarro, e sacudi a cabeça. — Deixe eu cortar o seu cabelo esta noite. Apará-lo um pouco. Passar um batom em você.

— Ah, deixa, Lily! — Kiki virou-se para mim. — Você ia ficar linda! Posso ajudar, tia Julie?

— Não seja tola — eu disse. — Todo mundo me conhece aqui. Se você puser batom em mim, não vão me deixar entrar no clube. De todo modo, me arrumar para quem? Para a Sra. Hubert? Para as irmãs Langley?

— Alguém deve trazer um cara solteiro para passar o fim de semana aqui.

— Aí *você* vai vê-lo sair correndo para buscar seu gim-tônica antes que eu possa espetá-la com meu grampo de chapéu.

Tia Julie balança a mão, formando uma espiral de fumaça.

— Palavra de escoteira.

— Ah, agora você é uma escoteira? Isso é ótimo.

— Lily, querida. Deixe-me fazer isso. Preciso de um projeto. Eu me sinto terrivelmente entediada aqui, como você pode imaginar.

— Então por que você vem?

Ela abraçou os joelhos e fitou o oceano, com o cigarro despejando cinzas na areia. O vento agitou seu cabelo, mas só nas pontas.

— Ah, isso deixa os namorados inquietos, você sabe. Desaparecer por algumas semanas, todo ano. Nem eu *ousaria* trazer um namorado para Seaview. A Sra. Hubert ainda não me perdoou pelo meu divórcio, aquela velhota querida.

— *Nenhuma* de nós a perdoou pelo seu divórcio. Peter era um cara tão legal.

— Bom demais. Ele merecia coisa melhor. — Ela ficou em pé de um salto e jogou o cigarro na areia. — Então está combinado. Vou cuidar de você esta noite.

— Não me lembro de ter concordado com isso.

Os lábios vermelhos de tia Julie se abriram num sorriso radiante, aquele que os jornais de Nova York amavam. Ela estava próxima dos 40 agora, e isso punha algumas ruguinhas em volta dos seus olhos, mas ninguém reparava realmente nisso com um sorriso tão elétrico quanto o de tia Julie.

— Meu bem — ela disse —, eu não me lembro de ter pedido sua permissão.

A VIDA EM SEAVIEW girava em torno do clube, e o clube girava em torno da Sra. Hubert. Se você perguntasse a qualquer morador de Seaview o motivo disso, a pessoa olharia espantada para você. A Sra. Hubert estava ali havia tanto tempo que ninguém se lembrava de quando o seu reinado tinha começado, e considerando sua ótima saúde ("é vulgar, na verdade, o modo como ela nunca se senta nas festas", minha mãe dizia), ninguém arriscaria prever quando ele terminaria. Ela era a Rainha Vitória dos verões, só que ela nunca usava preto e era alta e magra como um mastro de cabelo grisalho.

— Ora, Lily, minha querida — ela disse, me beijando no rosto. — O que você *fez* com o seu cabelo esta noite?

Toquei no coque preso na nuca.

— Tia Julie o prendeu para mim. Ela queria cortá-lo, mas não deixei.

— Boa menina — disse a Sra. Hubert. — Nunca aceite conselhos de moda de uma divorciada. Agora você, Kiki, meu docinho. — Ela se ajoelhou. — Você promete ser uma boa menina esta noite? Vou bani-la do clube se você não se comportar. Nós somos *mocinhas* no clube, não é?

Kiki pôs os braços em volta do pescoço da Sra. Hubert e murmurou algo no ouvido dela.

— Muito bem — disse a Sra. Hubert —, mas só quando a sua mãe não estiver olhando.

Olhei de volta para mamãe e tia Julie, que tinham sido paradas por um velho conhecido no saguão.

— A senhora vai se sentar na varanda esta noite? Está tão quente.

— Com estas ondas batendo? Acho que não. Minha audição já não é tão boa quanto antes. — A Sra. Hubert deu um último tapinha no ombro de Kiki e se levantou com toda a graça de uma girafa artrítica. — Mas vocês podem ir. Ah, não. Espere um instante. Eu queria perguntar uma coisa para você. — Ela pôs a mão no meu cotovelo e me puxou para mais perto, até eu poder sentir o perfume de rosas que saía de sua pele, e poder ver as finas linhas de pó de arroz nas rugas do seu rosto. — Você já soube a respeito de Budgie Byrne, é claro.

— Soube que ela vai abrir a velha casa dos pais para passar o verão — eu disse calmamente.

— O que você acha disso?

— Acho que já era tempo. É uma linda casa. Um pena que esteja vazia há tanto tempo.

Os olhos da Sra. Hubert eram de um azul-porcelana, e não tinham perdido um pingo de brilho desde que ela me deu umas palmadas pela primeira vez por eu ter arrancado suas flores para decorar minha balsa para o desfile de Quatro de Julho quando eu tinha mais ou menos a idade de Kiki. Ela me examinou com aqueles olhos brilhantes e, embora eu conseguisse manter o olhar firme, o esforço me deixou exausta.

— Eu concordo — ela disse finalmente. — Já era tempo. Vou providenciar para que ela não cause problemas para você, Lily. Aquela garota sempre arrastou uma trilha de problemas atrás dela.

— Ah, eu sei lidar com Budgie. Vejo a senhora mais tarde, Sra. Hubert. Vou levar Kiki para tomar um *ginger ale*.

— Vou ganhar um *ginger ale*? — Kiki foi saltitando atrás de mim até o bar.

— Esta noite vai. Um gim-tônica — eu disse ao barman — e um *ginger ale* para a mocinha.

— Mas quem é quem? — O barman piscou o olho.
Universitário.

Ele pôs uma cereja no *ginger ale* de Kiki, e fui para a varanda de mãos dadas com ela, esperando que mamãe e tia Julie se juntassem a nós.

As ondas estavam fortes, quebrando com violência na praia, lá embaixo. Quando coloquei meu drinque no parapeito e apoiei as mãos na madeira castigada pelo tempo, borrifos de água salgada caíram como agulhas nos meus braços e no meu pescoço. O vestido foi escolha da tia Julie, uma concessão que tive de fazer para evitar o corte de cabelo, e, embora ela tenha feito uma expressão de desânimo ao ver o tecido de algodão com motivos florais, aceitou-o como sendo o menos pior, e esforçou-se para descer o decote até onde a física permitia.

— Vamos nos livrar de tudo isso amanhã — ela dissera. — Vamos queimar tudo. Não quero ver uma única flor em você, Lily, a não ser que seja uma grande flor vermelha presa no seu cabelo. Logo acima da orelha, eu acho. Ora, *isso* seria esplêndido. Isso suplantaria a própria Budgie.

Kiki se enfiou entre os meus braços e apoiou as costas no parapeito da varanda, olhando para mim, puxando o meu vestido.

— Quem é Budgie Byrne? — perguntou. — E ela é mesmo tão encrenqueira quanto a Sra. Hubert diz?

— Você não devia ouvir conversa de adulto, meu bem.

Ela tomou um gole de *ginger ale* e olhou em volta com um ar afetado.

— Eu não estou vendo outras crianças por aqui, estou?

Kiki tinha razão, é claro. Seja qual fosse o motivo, a minha geração não tinha o hábito de frequentar as casas dos pais em Seaview, como as gerações precedentes tinham feito, enchendo as ruas estreitas e as quadras de tênis de crianças barulhentas e adolescentes mal-humorados, com corridas de barcos na enseada e balsas de Quatro de Julho enfeitadas de flores roubadas. Eu podia entender o motivo. As coisas que me atraíam de volta a Seaview todo verão — seu jeito antiquado, o fato de nada mudar, seus móveis de vime e o cheiro de água salgada entranhado nos estofados — eram exatamente as coisas que afastavam os outros. Você não podia satisfazer seu desejo de glamour, elegância e vida social aqui no Seaview Club. Durante a proibição de bebidas alcoólicas, estas tinham sido substituídas por limonada, e agora que o gim-tônica estava de volta ao seu lugar, os jovens tinham ido embora.

Exceto eu.

Então Kiki era a pessoa mais jovem no clube esta noite, e eu era a segunda mais jovem, e nós duas estávamos ali paradas na varanda, no início da noite, vendo as ondas quebrando na arrebentação, sem outro lugar para ir. Eu não me importava. Havia lugares piores para se passar o tempo. A varanda se estendia por toda a extensão do clube e continuava pelos lados, com a entrada comprida de automóveis numa extremidade e o resto do Condomínio de Seaview do outro, um chalé ao lado do outro, com luzes na varanda piscando para o mar. Eu conhecia muito bem esse cenário. Ele significava segurança. Família. Lar.

Kiki estava dizendo alguma coisa, e outra onda quebrou com estrondo na arrebentação, mas mesmo assim ouvi distintamente o barulho de um carro fazendo a última curva antes de chegar à frente do clube.

Eu não soube dizer, mais tarde, por que o barulho daquele carro chamou minha atenção, no meio de tantos carros que chegaram ao clube aquela noite. Eu não acreditava em destino, não achava que eu fosse dada a premonições, nem mesmo a intuições. Chamei apenas de coincidência o fato do meu ouvido acompanhar o progresso daquele carro até o clube, ouvir o ronco surdo do seu motor na entrada, escutar com uma precisão estarrecedora o som da voz de Budgie Byrne, uma semana adiantada, dando uma gargalhada ruidosa no ar puro e uma voz grave de homem respondendo a ela.

É claro que ela não era mais Budgie Byrne, eu disse a mim mesma. Foi só isso que minha mente anestesiada conseguiu pensar.

Agarrei meu drinque e a mão de Kiki.

– Sua mão está fria – ela exclamou.

Eu me dirigi para os degraus pintados de azul que iam dar na praia.

– Vamos dar um passeio.

– Mas o meu *ginger ale*!

– Depois peço outro para você.

Engoli o resto do meu gim-tônica enquanto descíamos os degraus, segurando minha saia comprida para não tropeçar. Quando chegamos à praia, o copo estava vazio, e o deixei lá, perto da beira da escada, onde ninguém poderia pisar nele acidentalmente.

– As outras também estão vindo? – perguntou Kiki, saltitando do meu lado. Qualquer mudança de rotina deixava-a excitada.

– Não, não. É um pequeno passeio, só nós duas. Quero... – Parei. O gim estava me subindo à cabeça. – Quero ver como são as luzes do clube vistas do final da praia.

Como explicação, isso estava perfeitamente adequado à sua imaginação de 6 anos.

— Então, vamos! — ela disse, balançando nossas mãos. Seus sapatos deslizavam ao longo da areia, enquanto minhas sandálias de salto alto afundavam a cada passo. Cem metros adiante, eu já estava sem fôlego.

— Vamos parar aqui — eu disse.

Ela puxou minha mão.

— Mas ainda não chegamos ao final da praia!

— Mas já estamos bem longe. Além disso, temos que voltar antes que mamãe e tia Julie comecem a procurar por nós.

Kiki deu um grunhido de insatisfação e se sentou na areia, esticando os pés na direção da água.

— Ah, Lily — ela disse —, veja esta concha! — Ela pegou uma concha espiralada, milagrosamente intacta.

— Veja só isso! Maio é uma boa época para catar conchas, não é? Nada ainda foi apanhado. Não deixe de guardar essa aí.

Eu me abaixei e tirei os sapatos, um de cada vez, pulando num pé só. A areia entrou entre os meus dedos; a água se aproximou coberta de espuma. A maré já estava quase cheia. Fiquei olhando a água subir e descer até minha respiração começar a desacelerar e meu coração também. Uma coisa amarga me subiu à garganta, e meu cérebro, liberado pelo gim, reconheceu o gosto da vergonha.

Então tinha chegado a hora. Eu tinha imaginado muitas vezes esse encontro, tinha imaginado o que faria. Tinha pensado em coisas inteligentes para dizer, como enfrentaria a situação com a cabeça erguida e um ar despreocupado. Do jeito que tia Julie teria feito.

Em vez disso, eu fugira.

— Posso tirar os sapatos e procurar mais conchas na água? — Kiki perguntou.

Olhei para baixo. Ela fizera um círculo com conchinhas escuras ao redor da concha maior, como suplicantes diante de um santuário.

— Não, meu bem. Temos que voltar.

— Eu achei que nós íamos ver as luzes.

— Bem, olhe. Lá estão elas. Não é bonito?

Ela se virou na direção do clube, que se erguia perto da praia, com as luzes acesas em preparação para o pôr do sol. As telhas cinzentas ficavam camufladas pela areia. Atrás do telhado, o sol estava se pondo em tons de dourado.

— É lindo. Temos sorte de passar todos os verões aqui, não temos?

— Muita sorte.

As vozes que chegavam até nós estavam muito longe para as distinguirmos. Eu estava tristemente consciente da minha covardia. Se Kiki soubesse, se ela compreendesse, teria vergonha de mim. Kiki nunca dava as costas a um desafio.

Dei a mão para ela.

— Vamos voltar.

Quando chegamos de volta à varanda, eu tinha tudo planejado. Ia pegar uma mesa neste canto, bem protegida, longe da vista das pessoas. Ia mandar Kiki procurar mamãe e tia Julie, enquanto dizia ao gerente do clube onde iríamos jantar aquela noite. Ia dizer que a arrebentação estava forte demais para mamãe esta noite.

Depois do jantar, percorreríamos a varanda, cumprimentando os conhecidos, e, quando chegássemos à mesa dela, eu estaria composta, depois da rotina de apertar mãos e expressar admiração por penteados e vestidos novos, de lamentar a perda de parentes idosos no ano que passou, de celebrar a chegada de novos netos: a mesma conversa, o mesmo estilo, noite após noite e verão após verão. Eu sabia as falas de cor. Um minuto, talvez dois, e iríamos embora.

Kiki subiu correndo os degraus na minha frente, e me inclinei para pegar meu copo vazio. Meu cabelo se soltou do coque que tia Julie tinha feito, despenteado pela maresia e pelo vento. Eu o puxei para trás das orelhas. Meu rosto ardia da água salgada e da caminhada acelerada. Não seria melhor eu ir até o toalete para me ajeitar, ou o risco era muito grande?

– Ah, olá – disse Kiki do alto da escada. – Eu nunca o vi por aqui antes.

Fiquei parada, inclinada para a frente, segurando o copo vazio como se fosse um salva-vidas.

Um silêncio apavorante se seguiu.

– Bem, olá para você também – disse uma voz de homem, gentilmente.

3

HANOVER, NEW HAMPSHIRE

Outubro de 1931

Todo mundo no Hanover Inn reconhece o homem enfeitando nossa mesa. Nós nos sentamos em nossas cadeiras de encostos ovais, nós três, comendo filé e batatas cozidas, e não há um só comensal ali perto que não entorte o pescoço, cutuque o vizinho, cochiche, faça um sinal com a cabeça na nossa direção.

Budgie se senta empertigada, radiante, e come o seu filé em pedacinhos cortados com todo o cuidado.

— Eu gostaria que parassem de nos encarar — ela diz. — Você consegue se acostumar com isso?

Graham Pendleton fica parado com a faca e o garfo suspensos no ar. Ele ocupa toda a sua cadeira, ocupa toda a sala: ombros quadrados e cabelo castanho e liso com reflexos dourados da luz que vem de cima. Assim de perto, ele é incrivelmente bonito, cada ângulo dele em perfeita simetria.

— O quê, isto? — ele pergunta, apontando a faca para a mesa ao lado da nossa. Os ocupantes da mesa que nos olhavam boquiabertos retomam rapidamente sua conversa.

— Todo mundo. — Ela sorri. — Todo mundo.

Ele encolhe os ombros e volta a cortar o bife.

— Ah, eu não presto atenção. E de qualquer maneira isso só ocorre aos sábados. Quando os caras mais velhos deixam a cidade, sou só mais um estudante. Pode me passar a pimenta, por favor, senhorita...? — Ele já esqueceu meu nome.

Entrego-lhe o elegante recipiente de vidro.

— Dane.

— Srta. Dane. — Ele sorri. O pimenteiro fica ridículo em sua mão enorme.

— Querido, você se lembra de *Lily* — diz Budgie. — Nós passamos o verão juntos, certo? Em Seaview.

— Ah, é mesmo. Achei que você tinha um rosto familiar. Mas você mudou o cabelo ou algo assim, não foi? — Ele larga o pimenteiro e faz um gesto com a mão do lado da cabeça.

— Na verdade, não.

Mas Graham já está falando de novo com Budgie:

— E de todo modo, Greenwald é o verdadeiro talento. Esses veteranos apenas são burros demais para perceber isso. — Ele enche a boca de filé.

O rosto de Budgie é uma máscara sorridente.

— O quê, *Nick*? Mas ele é o *quarterback*. Ele só fica ali *parado*.

Graham engole a comida. Ele estende a mão para o copo, um copo alto de leite, cremoso em cima.

— Você não viu o lançamento dele, no segundo quarto do jogo? Quando ele se machucou?

— É claro que foi excitante. Mas é *você* que corre o tempo todo. Que marca os *touchdowns*. É você que faz *todo* o trabalho.

Ele sacode a cabeça.

— Eu só recebo toda a atenção porque sou o *fullback*, e porque Greenwald é... bem, você sabe. — Ele toma seu leite, limpando da boca o judaísmo de Nick Greenwald. — Você vai ver cada vez mais, o arremesso para a frente. Jogadas assim enchem o estádio. Você viu como o público ficou excitado. Ele tem muita habilidade, o Greenwald. Ele tem uma força incrível no braço, você viu *isso*, e um cérebro frio como gelo. Ele observa o campo e vê tudo, sabe onde está cada pessoa, como um jogador de xadrez. Nunca o vi fazer uma jogada errada.

— Como ele está? — A pergunta quase explode dos meus lábios. — Quer dizer, a perna dele?

— Ah, ele está bem. Ele telefonou do hospital. Não era tão ruim quanto pensaram. Uma fratura simples, uma luxação ou algo assim. Acho que aqueles ossos são duros de quebrar. Estão tratando dele agora. — Graham levanta o punho da camisa e vê as horas. — Ele disse que nos encontraria aqui quando terminasse.

— *Aqui?* — eu digo.

— Ele deve estar com fome.

— Ele não quer ir para casa descansar?

Graham ri.

— Não, não o Nick. Ele não fica de cama nem quando tem gripe. Vai fazer questão de vir esta noite, só para mostrar como é valente.

— Isso é ridículo — diz Budgie. — E uma estupidez. Ele vai ficar aleijado.

— Ele queria sair do campo pulando numa perna só, o imbecil. Tive que segurá-lo para o colocarem na maca.

— Estupidez — Budgie torna a dizer.

A voz dela soa longe, por trás das batidas persistentes do meu coração nos meus ouvidos. Minha mão está gelada. Como um pedaço de filé, bebo um gole de água, como um pedaço de batata, parecendo um autômata.

— Mas ele vai ficar bom, não vai? — pergunto, quando tenho certeza de que minha voz está normal.

Graham encolhe os ombros.

— Ele vai ficar bom. Bem, ele não vai tornar a jogar, vai se formar em junho, mas pelo menos foi uma fratura simples. Não vai causar nenhum problema para ele. Cara de sorte. No ano passado, Gardiner quebrou o pescoço atracando-se com alguém no jogo de Yale. Mergulhou de cabeça, o idiota. Quase morreu. Vai passar o resto da vida numa cadeira de rodas. Ah, vejam! O Nick chegou. – Ele larga o guardanapo e acena.

Viro a cabeça e lá está Nick Greenwald na entrada do salão, a perna esquerda engessada quase até o joelho e os braços apoiados num par de muletas. Quero ver o rosto dele, para ver se corresponde à imagem improvável que tenho na cabeça, mas ele está parado num espaço entre as luzes do teto e está olhando para o lado, examinando o salão. A luz indireta lança uma sombra em seu rosto.

Ele se vira. Avista Graham e avança apoiado nas muletas pelo salão bem iluminado. Tenho apenas alguns segundos para examiná-lo. Ele agora está sorrindo, e o sorriso o transforma, suaviza suas feições, tornando-o menos formidável do que eu tinha imaginado.

Budgie se inclina para mim.

– Agora é a sua chance, Lily. Lembre-se de fazer perguntas sobre ele. Eles adoram isso. E *pelo amor* de Deus, não fale sobre livros.

– Nick! Já não era sem tempo. O que foi que você fez? Veio pulando do hospital até aqui? Ou encontrou alguma enfermeira bonita por lá? – Graham puxa uma cadeira para ele. – Você se lembra de Budgie, não é, Nick? Budgie Byrne.

– Olá, Nick. Sinto muito pela sua perna. – Budgie estende a mão.

Nick põe a muleta debaixo do braço e aperta a mão dela.

– Budgie, como vai?

– E esta é uma amiga dela, a Srta. Dane. Lily Dane. Viajou com Budgie hoje de manhã de Smith até aqui só para conhecê-lo.

A voz de Graham é jovial, brincalhona, deixando claro que está dizendo essa bobagem só para levantar os ânimos, já que o gesso e as muletas de Nick são deprimentes. O problema é que ele está bem perto da verdade.

Nick se vira para mim e examina meu rosto vermelho de vergonha. Ele sorri educadamente. Sob a luz elétrica, a pele dele é lisa e morena, e os olhos têm um tom entre castanho e verde. Limpo e seco, o cabelo dele é um pouco mais escuro do que o de Graham, um castanho médio, e não totalmente liso. Ele não é impecável como Graham, não é pintado com pinceladas elegantes. Mas, quando fala, seus olhos são expressivos:

— Srta. Dane. Nick Greenwald. Sinto muito não ter podido proporcionar-lhe um espetáculo melhor, depois de uma viagem tão longa de Massachusetts até aqui.

— Com Budgie dirigindo — Graham diz. — Os nervos dela devem estar em pandarecos.

— Ah, você foi fantástico — digo para Nick. — Uma pena o que houve com a sua perna. Está tudo bem?

— Está tudo ótimo. Fíbula. Vai estar boa até o feriado de Ação de Graças. Pelo menos o gesso é abaixo do joelho, então posso me movimentar bem.

Nick se senta na cadeira ao lado da minha, e como ele não é corpulento, não é muito musculoso, só então me dou conta do quanto ele é grande, de seu corpo comprido e das camadas de tendões e pele que o cobrem. O paletó escuro não disfarça em nada a largura de suas costas. Perto dele, Graham — que até momentos antes enchia a cadeira e a sala — parece diminuído.

Mas agradeço sua preocupação.

Devo ter parecido uma idiota. Ele deve achar que sou uma dessas garotas que não podem ver um rapaz, uma das dezenas de garotas que suspiram atrás dele porque ele é alto e bonito e joga futebol. Talvez ele tenha razão. Talvez eu não seja diferente daquelas garotas assanhadas, escravas do instinto de acasalamento. O que sei sobre ele, na verdade, além do fato de ser alto e bonito e jogar futebol, de ter olhos implacáveis e se mover como um leopardo?

Graham pede um cardápio, e Nick o analisa brevemente, enquanto o garçom espera atrás de seus ombros. Está todo mundo olhando para nós outra vez, olhando para Nick e seus ombros largos e sua perna engessada.

— Acho que vou querer o filé. Ao ponto. Obrigado. — Ele entrega o cardápio ao garçom e estende a mão para o copo d'água.

É a sua oportunidade, Lily. Pense em alguma coisa. O que Budgie diria?

— Então, Sr. Greenwald, o que o senhor está estudando? — pergunto.

— É Nick. História — ele diz. — E você?

— Inglês.

Bebemos água ao mesmo tempo.

— Mas essa não é toda a história. É, Nick? — Graham cutuca Nick com o cotovelo. Como Nick não diz nada, ele continua: — Greenwald também está estudando arquitetura, só que o pai dele não aprova.

— Por quê? — Budgie pergunta.

— Ah, ele quer que ele entre para a firma...

— Não estou me referindo ao pai. Estou me referindo ao Nick. Por que ele está estudando arquitetura? — Ela está realmente curiosa. Um arquiteto, aos olhos de Budgie, é mais um mecânico do que um profissional, coberto de gesso e serragem e plantas de edifícios, alguém para receber ordens, alguém cuja conta pode ser convenientemente ignorada até a próxima vez que ele for necessário.

— Porque eu gosto — disse Nick.

Budgie fica horrorizada:

— Mas você não pretende realmente ser um arquiteto!

— Por que ele não deveria ser arquiteto? — pergunto. — Por que ele não deveria criar coisas bonitas, em vez de vender ações ou preparar processos?

Ninguém fala nada. Graham começa a sorrir, tosse e estende a mão para o seu leite.

Nick ajeita o garfo e a faca sobre a toalha da mesa.

— Não, é claro que não vou ser arquiteto. Isso não quer dizer que não posso estudar arquitetura.

Budgie vigia os movimentos dele. Ela sorri.

— É claro que não. Graham, o que você estava me dizendo outro dia no telefone? Alguma coisa sobre rochas?

— O Grand Canyon — Graham diz carinhosamente, dando um tapinha na mão dela. — Eu disse que devíamos viajar até lá um dia desses. Você pode ver como as camadas de rochas se formaram. Milhões de anos de geologia.

— Geologia! Está vendo? Era isso que eu estava dizendo. Estudar alguma coisa só porque acha interessante. Não que Graham queira *ser* um geólogo. — Ela dá uma risadinha diante de tal absurdo.

— E se eu for um geólogo, meu bem? Poderíamos ir para o interior, acampar nos cânions. Seria formidável.

Budgie torna a rir.

— Ele não é engraçado?

Mais tarde, os rapazes nos levam até o Ford de Budgie e levantam a capota para a viagem de volta a Smith. Budgie oferece a eles uma carona até o dormitório.

— Não posso deixar você ir andando com *isso* na sua perna — ela diz, apontando para o gesso de Nick.

Nick olha para Graham. Eles encolhem os ombros.

— Claro, por que não? — diz Graham. Ele entra na frente, e Nick consegue segurar a porta enquanto me ajeito atrás. Ele coloca primeiro as muletas e depois dobra o corpo comprido para caber no banco de trás.

— Desculpe — ele diz, encostando o gesso na minha perna. Nós nos sentamos tão grudados, no banco de trás do carrinho de Budgie, que sinto o hálito dele no meu rosto.

— Está tudo bem — digo. — Eu sou pequena.

Ele olha para mim. Sob o clarão amarelo do poste de luz do lado de fora do hotel, o rosto dele fica distorcido, e seus olhos são quase invisíveis.

— É sim — ele diz.

— Comportem-se aí atrás — Budgie diz, engrenando o carro.

Percorremos as ruas escuras, com Graham murmurando orientações para Budgie, deslizando para bem perto dela. Seu ombro esquerdo se movimenta ao lado do dela. Posso perceber a contração dos músculos do seu pescoço e das suas costas; vejo o meneio brincalhão da cabeça dela. O contraste entre a intimidade no banco da frente e o silêncio formal entre Nick e eu é impossível de ignorar. Olho para Nick, na hora em que ele também olha para mim. Um par de faróis surge de repente, iluminando seu rosto sob o gorro de lã, ele revira os olhos e sorri.

— *Aqui* mesmo, bobinha — diz Graham. — Não está reconhecendo?

O Ford desvia para o lado da rua, parando perto de uma casa grande de madeira branca.

— Bem, de noite fica diferente — diz Budgie. Ela coloca o carro em ponto morto e batuca com os dedos no volante.

Ninguém se mexe.

— Chegamos — diz Nick.

— Greenwald — diz Graham —, por que você não leva a Lily para dar um passeio? Mostre o campus para ela.

— Ah, céus — Nick resmunga.

— Budgie? — digo num fio de voz.

— Vai lá, meu bem — ela diz. — Só preciso conversar um pouco com Graham.

Graham sai do carro, abre a porta do lado do Nick e o ajuda a saltar para a noite gelada. Deslizo atrás dele, absorvendo o calor do assento de Nick ao passar.

— É só um minuto — Graham diz para Nick.

— Aposto que sim. — Nick olha para mim. Não consigo ler a expressão dele no escuro, mas percebo uma certa compaixão. — Vamos, Lily. Tem um banco ali adiante.

— Você está bem para andar desse jeito?

— É claro. — Ele levanta uma muleta. — Isto não é nada.

O ar ficou bem mais frio desde a manhã ensolarada no estádio. Cruzo os braços sobre o meu casaco de lã e caminho ao lado de Nick Greenwald com suas muletas pelo gramado. Bem que eu gostaria de ter trazido um casacão. Não sabia que íamos ficar até tão tarde.

— É horrível da parte deles fazer isto conosco numa noite tão fria — digo. — Será que não podiam ter deixado para conversar amanhã pelo telefone?

— Acho que não. Aqui está o banco. Desculpe, ele deve estar congelado. — Ele se senta e põe as muletas entre nós.

— Suponho que Budgie seja simplesmente irresistível.

Ele sacode a cabeça.

— Você não acha? — pergunto, surpresa. Budgie me parece, objetivamente falando, a personificação do desejo masculino. Os rapazes sem dúvida concordam com isso. Já vi, várias vezes, como eles se atiram sobre ela, oferecendo barras de chocolate e jantares, dando o braço a ela para atravessar a rua, se oferecendo para carregar seus livros, para dançar, para buscar um drinque. Oferecendo o que quer que ela deseje.

— Olha — Nick diz —, não quero falar mal de uma garota, mas não entendo como um cara pode olhar para Budgie Byrne tendo alguém como você ao lado dela.

Fico imóvel, olhando para o brilho distante do Ford estacionado junto ao meio-fio, a uns cem metros de distância. O dormitório parece um gigantesco fantasma retangular atrás dele.

Mal posso acreditar no que acabei de ouvir. Penso no que disse, dissecando cada palavra e tornando a juntá-las.

Ele pigarreia.

— Não quero que você me interprete mal. Não estava tentando... Só estou dizendo que ela é realmente muito bonita, sem dúvida, do mesmo jeito que todas as meninas como ela são bonitas, com bela pele, belo cabelo e roupas elegantes. Elas são todas iguais. Não há nada de especial nelas, nada de interessante. — Ele faz uma pausa. — *Você* entende o que estou dizendo, não é?

— Não muito. Todos os rapazes gostam de Budgie. Deve haver *alguma* coisa nela.

Ele ri alto, com vontade.

— Ah, sem dúvida que sim. Tenho certeza de que eles gostam muito dela, ou pelo menos a maioria deles. Mas acho que sou diferente. — Ele faz uma pausa e diz, baixinho, e eu quase não consigo escutar: — Não há nenhuma novidade ali.

— Bem, eu gosto de pessoas diferentes.

— Eu sei que sim. Puxa, você está gelada. Desculpe. — Ele começa a tirar o paletó.

— Não precisa, estou bem — digo, mas ele o coloca sobre meus ombros assim mesmo, pesado e ainda emanando o calor do seu corpo avantajado. O forro de seda desliza contra o meu pescoço.

Eu sei que sim, ele disse. O que isso quer dizer?

— Estou suficientemente agasalhado — ele diz. — Então me conte, Lily Dane, o que você faz quando não é arrastada por Budgie Byrne para jogos de futebol?

Eu rio. Gosto de ele ter usado a palavra *arrastada*.

— Estudo, geralmente. Leio, escrevo. Quero ser jornalista.

— Bom para você. Muitas mulheres estão fazendo isso hoje em dia.

— E você? Em breve vai estar se formando.

Ele esfrega a grama com o calcanhar.

— Vou começar a trabalhar na empresa do meu pai.

— Seu pai tem uma empresa de história? — digo, brincando.

Nick ri.

— Não, todo mundo em Wall Street é formado em história, embora ninguém possa imaginar isso pela forma como eles continuam cometendo os mesmos erros, quebra após quebra.

— *Hum*. Então é por isso que você está estudando arquitetura também? Para encontrar uma forma de reconstruir tudo com uma base mais sólida?

— Não — ele diz, e a voz dele fica séria. — Eu simplesmente amo arquitetura, só isso.

— Então por que você não se torna arquiteto?

— Porque meu pai quer que eu vá trabalhar na empresa dele.

— E você sempre faz o que o seu pai manda?

— Não sei — ele diz. — Você sempre faz o que os seus pais mandam?

Fecho mais o paletó sobre o meu peito. Um perfume quente sobe da lã: armários de cedro e sabão de barba, confortador, extraordinariamente íntimo. *É assim que os homens cheiram*, eu penso.

— Acho que sim. Bem, é claro que mamãe pensa que só estou querendo um emprego para arranjar um marido.

— É verdade?

— Não. Eu quero... — Meu hálito se dissolve no ar.

Ele me cutuca com o ombro.

— Pode me contar. Sou apenas um estranho. Nem *conheço* os seus pais.

— Não sei. Viajar. Escrever sobre o que vejo.

Torno a hesitar, envergonhada, porque nunca falei sobre isso antes. O sonho é só uma imagem na minha cabeça, uma visão, o desejo de alguma coisa diferente, maior, alguma coisa sublime e brilhante. Estou sentada a uma escrivaninha em algum lugar, com uma máquina de escrever diante de mim, numa sala num andar alto, com um cenário estrangeiro — Paris ou Veneza ou Délhi — emoldurado pela janela ensolarada.

— Então você deve fazer isso — Nick Greenwald diz com fervor. — Agora, antes que um marido a prenda com uma casa e filhos. *Faça* logo o que tem vontade, Lily, antes que seja tarde demais.

Ficamos calados, olhando para o Ford. Imagino o que estará acontecendo lá dentro. Provavelmente não é só uma conversa, eu me dou conta de repente. Graham beijando Budgie, Budgie beijando-o de volta. Os dois se abraçando, a mão dele enfiada em seu cabelo. Como no cinema, como Clark Gable e Joan Crawford.

Fico vermelha.

Nick olha para o relógio, sacode-o, levanta o braço para enxergar as horas à luz do luar.

— Desculpe — ele diz. — Eu não queria ser tão veemente.

Veemente.

— Não, você tinha razão. Você *tem* razão. É muita gentileza sua se interessar tanto.

Estou aquecida sob o paletó de Nick, mas mesmo assim não consigo parar de tremer. As palavras dele continuam soando na minha cabeça. Ele é tão sólido e grande, ali do meu lado, tão vital. Penso na expressão dele quando estava junto de Graham com sua camisa verde-escura, no seu olhar determinado, no movimento rápido do seu braço quando atirou a bola. É difícil para mim entender como tanta força e determinação podem estar contidas naquele ser lacônico sentado ao meu lado com a perna engessada. Se eu fosse corajosa, se fosse confiante como Budgie, eu poderia simplesmente levantar a mão e colocá-la sobre a dele. Como ela seria? Dura, provavelmente, como sua bola de futebol de couro. Forte e dura e firme. Ela poderia, provavelmente, quebrar meus dedos como se fossem ossinhos de frango, se ele quisesse.

A porta de trás do Ford se abre, e Graham sai com dificuldade, passando as mãos pelo cabelo, levantando a calça. A cabeça de Budgie emerge acima do teto, do outro lado, e se encaminha para a porta da frente.

— Por que a chamam de Budgie, afinal? — Nick pergunta. Ele não faz menção de se levantar.

Penso um pouco.

— Bem, você sabe, ela era loura quando era pequena. Bem lourinha, e falava sem parar. O pai dela costumava dizer que ela parecia um periquito amarelinho. Pelo menos essa é a história que contam na família.

— Como é o nome dela de verdade?

— Helen. Igual à mãe.

— E Lily é o *seu* verdadeiro nome, ou é algum apelido ridículo?

Do arco brilhante formado pelos faróis do Ford, Graham espia na direção da escuridão e acena para nós.

— É o meu nome.

Nick se levanta do banco e me oferece a mão.

— Fico satisfeito.

— Mas você o acha ridículo — digo, pegando a mão dele e me levantando.

— Só se fosse um apelido. Não sendo, acho lindo. — Ele ainda está segurando minha mão. A palma da mão dele é mais macia do que eu imaginava, delicada. Ficamos ali, parados, sem olhar um para o outro. Graham grita alguma coisa para nós. Nick larga a minha mão e pega as muletas.

— Deixe-me ajudá-lo.

— Não, está tudo bem. — Ele as ajeita com tanta facilidade que me ocorre que deve ter usado muletas em outra ocasião, por causa de alguma outra contusão. — Por falar nisso, Nick é o diminutivo de Nicholson. O sobrenome de solteira da minha mãe.

— Nicholson Greenwald. Muito distinto.

— Insisto que você me chame de Nick.

Meu Deus, gosto dele. Gosto mesmo.

Graham está encostado na porta do carro, com os tornozelos e os braços cruzados. Ele pisca o olho para Nick.

— Já não era sem tempo. Vocês dois se perderam?

Nick levanta uma muleta.

— Não dá para correr com isto.

Budgie toca a buzina.

— Temos que ir – digo. – Provavelmente iremos perder o toque de recolher.

— Não podemos permitir que isso aconteça. – Graham abre a porta com uma reverência.

Entro no carro, e Graham fecha a porta atrás de mim. O ar no carro está abafado, úmido. Abro a janela.

— Até logo. Foi um prazer conhecer vocês.

— Até logo, queridos! – Budgie diz, inclinando-se por cima de mim para acenar pela janela. Graham segura a mão dela e a beija.

— Vejo você em breve – ele diz. – Você volta, não é? Vamos jogar aqui no sábado, igual a hoje.

— Então, sim. Lily, fecha o vidro, está gelado. – Budgie engrena o carro e solta o freio.

Fecho o vidro.

— Até logo – repito, antes de fechá-lo completamente, sentindo um certo desespero. Não pode ter terminado, ainda não, não quando tudo está tão pendente. – Espero que a sua perna melhore!

Ó Deus. *Espero que a sua* perna *melhore?*

Nick diz alguma coisa, mas Budgie já está acelerando, e as palavras dele se perdem no ar.

— Ora, foi bom, não foi? Você e Nick conversaram bastante? – Budgie está animada, elétrica, cheia de energia. Ela passa a mão no cabelo, alisando-o, e troca de marcha. O chapéu dela desapareceu.

— Sim. Ele é muito simpático.

Ela olha de lado.

– Um suvenir?

O paletó de Nick.

– Ó não! – Seguro o colarinho com uma das mãos e a porta com a outra. – Dê a volta, rápido!

Budgie ri, se inclina para a frente e liga o rádio.

– Você é uma amadora. Não faz a menor ideia, faz?

– De quê?

– Presta atenção no seguinte. Você fica com o paletó, meu bem. Aí você tem uma desculpa para vir comigo na semana que vem para devolvê-lo.

– Ah. – Ponho as mãos no colo e olho para a frente, para a rua iluminada pelos postes, para o túnel de árvores de cada lado. O cheiro de sabão e cedro ainda sobe do paletó de Nick. O cheiro de Nick. Sinto uma sensação embriagadora de antecipação na boca do estômago. No rádio está tocando "Goodnight Sweetheart", enchendo o Ford de sentimento. Eu digo: – Acho que você tem razão

⁓

Mas, excepcionalmente, Budgie está errada. De manhã, antes das sete horas, sou acordada por uma batida na porta do meu quarto. Quando abro, uma caloura sonolenta, usando um robe xadrez e óculos redondos de armação de tartaruga, me diz que tem um cara de muletas esperando por mim no andar de baixo, e que ele quer o paletó dele de volta.

4

SEAVIEW, RHODE ISLAND

Maio de 1938

Ao contrário de mim, Kiki nunca teve medo de estranhos. Adulto ou criança, alto ou baixo, humano ou animal, todo mundo era amigo dela. Enquanto eu ficava ali paralisada, no fundo da escada, agarrada ao meu copo de gim, ela respondeu a Nick Greenwald como se o conhecesse a vida toda.

— Bonito esse chapéu que você está usando. Como é o seu nome? — ela perguntou simpaticamente.

— Meu nome é Nick Greenwald. E acho que sei quem você é.

— Sabe? — Ela ficou excitada com essa informação.

— Você deve ser a Srta. Catherine Dane, da cidade de Nova York. Acertei?

A voz dele flutuou sobre mim exatamente como eu me lembrava dela, só um pouco mais grave, mais branda. Dei meia-volta e me sentei na areia, tremendo ao ouvir aquele som familiar.

Kiki ficou espantada.

— Como soube disso, Sr. Greenwald?

— Bem, veja só os seus olhos. Eu os reconheceria em qualquer lugar. — Ele fez uma pausa. — A sua família está aqui?

— Lily está bem atrás de mim. Lily?

Eu me levantei depressa e me obriguei a subir os degraus.

— Estou aqui, meu bem. Estava só pegando o meu copo e... ah! Sr. Greenwald!

Nick estava agachado ao lado de Kiki, falando com ela olho no olho, e a expressão do rosto dele era tão doce que me deixou sem fôlego. Ele se levantou devagar.

— Lily Dane — ele disse. — Como vai?

Kiki tinha razão sobre o chapéu dele. Parecia novo, a palha ainda estava dura e brilhante, como se ele o tivesse comprado na semana anterior na Brooks Brothers só para passar o verão na praia de Seaview. Debaixo da aba do chapéu, os olhos dele tinham o mesmo tom castanho-claro, e seu rosto perdera qualquer traço de adolescência. A face tinha os ossos salientes sob a pele, austeros como os de um monge, regulares e firmes.

— Eu vou bem. E você?

— Nunca estive melhor. Eu...

Mas, antes que pudéssemos continuar a conversa de início promissor, outra voz familiar se fez ouvir do outro lado da varanda:

— Ora, Lily Dane! Veja só!

Nick e eu nos viramos, ambos aliviados.

Nessa altura, eu já estava bem preparada para ver Budgie Greenwald. Eu tinha visto o rosto dela nos jornais, então sabia que agora ela usava o cabelo escuro mais comprido e os cachos menos pronunciados, de acordo com a moda. Eu sabia que seus olhos redondos agora tinham uma expressão provocante, embora não soubesse se isso era devido a algum efeito natural da maturidade ou a algum tipo de cosmético; eu sabia que ela pintava os lábios de cor de vinho, o que era ainda mais surpreendente ao vivo. Eu sabia que ela estaria vestida na última moda, e o vestido comprido de seda, com os braços nus e o decote grego, não me desapontou.

Mas mesmo assim fiquei chocada ao vê-la, mais até do que com Nick. Afinal, eu conhecia Budgie desde pequena, da infância à adolescência até a idade adulta, sob todos os aspectos e em todos os contextos: muito mais intimamente do que eu conhecia Nick. Esta nova fase da vida de Budgie era a primeira que eu não tinha visto durante seu desenrolar. Agora ali estava ela na minha frente, com todos os seus sonhos realizados, e aquilo era estranho demais para mim.

— Imaginei que você estivesse aqui. Andei procurando por toda parte. É claro que Nick foi esperto o bastante para encontrar você, não é verdade, querido? — Budgie deslizou até o lado dele numa profusão de seda e deu-lhe o braço languidamente. Ela levantou as sobrancelhas com um ar de expectativa.

Eu sabia que tinha de falar alguma coisa, mas não encontrei uma só palavra para dizer.

Kiki me salvou.

— Você é Budgie Byrne, não é? — ela disse. — Eu ouvi falar de você.

Budgie olhou para baixo.

— O que foi que disse, meu bem?

Recuperei a voz para responder por Kiki:

— Budgie, que prazer em vê-la. Que surpresa agradável. Kiki, esta é a Sra. Greenwald.

— Kiki. É claro. — Budgie estendeu a mão e disse formalmente: — Como vai?

Kiki apertou a mão dela sem hesitação.

— Eu vou bem, obrigada. Adorei o seu vestido.

Budgie riu.

— Ora, obrigada. Agora me diga, o que você ouviu a meu respeito? Algo escandaloso, espero?

— Ouvi que você cresceu com a minha irmã, antes de eu nascer.

— Sua irmã. — Os olhos astutos de Budgie fitaram os meus. — É verdade. Posso contar histórias horríveis sobre ela, coisas que você nunca acreditaria.

— Ah, como o quê? — Kiki perguntou impetuosamente.

— Ah, deixe-me pensar. — Budgie batucou com o dedo no seu queixo pontudo. — Bem, para começar, ela costumava nadar nua no mar, de manhã, antes de as pessoas acordarem.

Kiki revirou os olhos.

— Ah, eu sei disso.

— Ela ainda faz isso, não é? — Budgie torna a rir. — Na pequena enseada perto da sua casa, certo?

— Essa mesmo.

— Bem, bem. Vou ter que ir até lá uma manhã dessas, para relembrar os velhos tempos. Embora acordar cedo não faça o meu estilo. — Budgie soltou o braço de Nick e se inclinou para a frente. Este movimento fez baixar o decote do vestido, deixando à vista a curva dos seus seios. Ela, aparentemente, não estava usando nada por baixo. — Ora, olhe só para você! Você é a cara de Lily. Você não acha, Nick? — Ela olhou para trás por cima do ombro.

Puxei Kiki para junto da minha perna.

Nick cruzou os braços e falou numa voz baixa:

— Existe uma certa semelhança, naturalmente.

— Exceto pelo cabelo escuro, é claro. E essa pele bronzeada! Como ela já conseguiu ficar tão morena, Lily? — Budgie ergueu o corpo e olhou para mim com um sorriso nos olhos.

— Ela passou o dia todo brincando na praia.

De repente, me dei conta do silêncio fora do comum que tinha dominado a varanda. Ruído de copos, barulho de conversa, tudo isso tinha parado. Uma brisa soprou, despenteando ainda mais o meu cabelo; prendi uma mecha atrás da orelha e tentei ignorar os olhares enviesados grudados nas minhas costas, toda a atenção voltada para nós.

— Garota de sorte por ter uma pele dessas. Ah, veja. Seu copo já está vazio. — Ela pôs a mão no braço de Nick, a mão esquerda. Três brilhantes quadrados competiam por precedência no seu dedo anular, dominando o aro fino de ouro que os continha. – Querido, seja um cavalheiro e encha o copo de Lily.

Nick estendeu a mão. Eu tinha esquecido como suas mãos eram grandes, como as minhas ficavam pequenas perto das dele.

– O que você está bebendo, Lily? – ele perguntou.

Entreguei-lhe o copo.

– Gim-tônica.

Ele se virou para Budgie.

– O que você vai querer, meu bem?

– A mesma coisa. – Inesperadamente, Budgie me deu o braço. – Nós vamos bater um papo enquanto você estiver longe, não é, Lily?

– Tenho que achar minha mãe e tia Julie. Nós vamos jantar.

– Ah, vamos jantar juntos. Elas devem jantar conosco, não acha, Nick? – Ela se virou, mas Nick já tinha ido buscar o gim. – Bem, estou certa de que ele vai concordar. Ele vai ficar encantado em poder conversar com você, depois de tantos anos.

– Não posso falar por mamãe... – Minha pele se arrepiou sob o toque do braço dela. Dei um passo para trás, como se tivesse perdido o equilíbrio sob aquele peso inesperado. Kiki olhou nervosamente para mim.

– Ah, por favor, Lily. Eu estava tão ansiosa para tornar a vê-la. – A voz dela ganhou um tom diferente, ou melhor, perdeu o tom de alegria. Ela endureceu o braço e me puxou de volta. – Senti sua falta, meu bem. Nós costumávamos nos divertir tanto. Às vezes eu acho...

– Lily! Você está aí.

A voz da Sra. Hubert soou forte, tão subitamente que o braço de Budgie deu um pulo para trás como se tivesse sido apanhado fazendo uma travessura por uma professora de olhos de águia.

Segui o som que vinha do canto da varanda, de onde a Sra. Hubert avançava com um passo decidido, sem nem olhar para Budgie, nem para os interessados que acompanhavam seu progresso por sobre a borda de copos altos de bebida.

— Estávamos imaginando onde você tinha se enfiado. Convidei sua mãe para jantar conosco esta noite. Estamos lá dentro, mas sem dúvida você já tomou ar puro suficiente por hoje. — A voz dela estava carregada de subentendidos.

Hesitei e olhei para Budgie, cujo rosto tinha se congelado num sorriso falso.

— Budgie acabou de me convidar para jantar com ela e com Nick. A senhora se lembra de Budgie, não é, Sra. Hubert?

— É claro que eu me lembro de Budgie. — Ela terminou a frase antes de olhar para a própria Budgie. — Como vai? É Sra. Greenwald agora, não é?

— É sim.

A Sra. Hubert não deu os parabéns de praxe, dizendo, em vez disso:

— Que vestido estiloso está usando, Sra. Greenwald. Está parecendo uma estrela de cinema. — O tom dela dava a entender o que ela pensava exatamente de estrelas de cinema.

— Obrigada, Sra. Hubert. A senhora está muito bem. Mal posso acreditar...

— Desculpe, mas *preciso* roubar Lily e Kiki da senhora. Estamos discutindo a festa de Quatro de Julho e não posso abrir mão delas.

Isto era novidade para mim, uma vez que eu não tinha me oferecido como voluntária para trabalhar no comitê do Quatro de Julho este ano.

— A festa de Quatro de Julho? — Kiki disse. — Mas Lily...

— Lily sempre tem um lugar no comitê — a Sra. Hubert disse. — Não é verdade, Lily?

Eu não estava preparada para discutir. A ideia de jantar com Budgie e Nick pressionava o meu cérebro com a doçura de um ferro em brasa.

— Sim, é claro. Sinto muito, Budgie. Fica para outra ocasião.

— Outra ocasião? — Era Nick, voltando com dois copos altos, ainda borbulhando convidativamente por sobre o gelo.

— Acho que não vamos jantar com as Danes esta noite, querido. — Budgie tirou o copo de gim da mão dele.

Nick estendeu o outro copo para mim.

— Que pena.

— Sra. Hubert, não sei se já conheceu o meu marido, Nick Greenwald.

— Conheço o Sr. Greenwald. — A Sra. Hubert tomou o meu braço. — Vamos, Lily. Kiki, meu bem.

— Até logo, Sra. Greenwald — Kiki disse. — Até logo, Sr. Greenwald.

Mas a Sra. Hubert já estava nos puxando pela varanda. Ouvi o *Até logo, Srta. Dane* de Nick flutuando no ar atrás de mim, por cima das cabeças e chapéus e copos dos membros do Seaview Club, e imaginei a qual de nós duas ele estava se dirigindo.

⁓

— Bem, terminou — disse a Sra. Hubert. — Estou atônita com a ousadia dela.

— De quem?

— *De quem*. De Budgie, é claro. Embora você saiba muito bem o que estou querendo dizer. Você sempre sabe, Lily Dane, embora pareça tão serena.

Mamãe entrou no carro, ao lado da tia Julie, que estava dirigindo. O porteiro fechou a porta firmemente atrás dela. Eu me inclinei para a frente para beijar o rosto da Sra. Hubert.

— Boa-noite, Sra. Hubert. Obrigada pelo jantar.

— Quando quiser, meu bem. Se tivermos sorte, eles vão logo desistir do clube, e você não vai ter que me aturar. — Ela virou a cabeça na direção da varanda, onde Nick e Budgie ainda estavam jantando. Eles tinham escolhido uma mesa para dois bem defronte da janela que dava para a sala de jantar, então, toda vez que eu olhava para fora, como sempre fazia, suas figuras esguias atrapalhavam a minha visão do oceano. – Estou vendo que eles estão decididos a esperar nós irmos embora – a Sra. Hubert continuou, observando o meu rosto. – Ela tem coragem, preciso reconhecer.

– Sempre teve. – Enfio as unhas na palma da mão num esforço para clarear a cabeça, que estava nadando num agradável, mas pouco familiar poço de gim, seguido de vinho. Eu tinha escolhido esta combinação com a intenção exata de tirar da cabeça a imagem excruciante de Budgie e Nick jantando *tête-à-tête*, embora, é claro, que eu soubesse que eles já tinham feito isso antes, tantas vezes. Afinal de contas, eles eram casados. A minha embriaguez exigira um certo esforço, porque cada membro do clube, aparentemente, tinha vindo à nossa mesa numa demonstração de apoio, e eu precisava me concentrar em falar sem enrolar a língua e com alguma coerência. – Em todo caso, boa-noite, Sra. Hubert. Eu... – Uma luz brilhou no meu cérebro, interrompendo o ritmo de uma despedida social rotineira. – Desculpe. O que foi que a senhora disse? Desistir do clube?

– Bem, nós não podemos expulsá-la, podemos? Ela vem pagando as mensalidades desde que o pai morreu. O maldito regimento interno. Mas se ninguém der atenção a ela, nem a convidar para lugar nenhum...

– Mas por quê? – perguntei, com a mente enevoada. – Budgie morou aqui a vida inteira.

A Sra. Hubert pôs a mão no meu braço.

– Ela sabia o que estava fazendo quando se casou com Nick Greenwald. Se ela queria se casar por dinheiro... e suponho que tinha que fazer isso, ela poderia ter escolhido outro. Ela escolheu *ele*. – Ela fez um sinal na direção das ripas de madeira que cobriam a entrada do clube, iluminada por duas lâmpadas fracas de cada lado da porta.

— E o trouxe aqui esta noite, é claro, diante de todos nós.

No meio da confusa mistura de sentimentos que eu tinha por Nick e Budgie, no meio da raiva e da mágoa e do nervosismo por baixo do gim e do vinho, senti uma onda de revolta.

Ela é velha, pensei, olhando para o rosto da Sra. Hubert, para as rugas acentuadas pelo efeito de luz e sombra do pórtico. *Suas ideias estão arraigadas demais para serem mudadas. Não adianta tentar.*

Além disso, por que eu defenderia Nick Greenwald, logo ele? Eu tinha renunciado a ele fazia muito tempo, naquele amargo inverno de 1932. Ele também tinha renunciado a mim.

Tia Julie tocou a buzina.

— Tenho que ir — eu disse. — Kiki?

Olhei em volta, procurando sua cabecinha com cabelo escuro, mas ela não estava à vista.

— Tia Julie, Kiki está no carro com vocês? — gritei.

Tia Julie e mamãe olharam para o banco de trás, quase dando uma cabeçada uma na outra.

— Não — disse tia Julie. — Achei que ela estivesse com você.

Meus ombros arriaram.

— Ela sumiu de novo.

Tia Julie ergueu as mãos no ar.

— De novo! Pelo amor de Deus! Você não consegue vigiar a menina?

— Podem ir. Vou procurá-la.

Tia Julie pôs as mãos no volante.

— Tem certeza?

— É um trecho curto pela praia. Tem muito luar.

Tia Julie batucou no volante, pensando. Ela se virou para mamãe e perguntou alguma coisa em voz baixa, baixa demais para eu ouvir. Mamãe ergueu os ombros contra o assento forrado de tecido.

— Tudo bem então — disse tia Julie. — Avisa quando chegar.

Minha mãe disse para eu tomar cuidado, por cima do barulho do cascalho sob os pneus.

A Sra. Hubert sacudiu a cabeça. Os brilhantes faiscaram nos lóbulos de suas orelhas.

— Você é uma mártir, minha querida. Procure no bar. Jim passou a noite toda dando *ginger ales* para ela, escondido.

Mas Kiki não estava perto do bar, nem conversando com as senhoras no salão, nem estava ajudando a secar pratos na cozinha: de fato, ela não estava em nenhum dos seus esconderijos costumeiros.

Eu ainda não estava preocupada, não muito. Em primeiro lugar, havia o gim que ainda corria nas minhas veias. Em segundo lugar, Kiki era dada a desaparecer desde que começou a engatinhar. Eu tinha passado grande parte dos últimos seis anos procurando por ela no nosso apartamento, nas aleias do Central Park, no meio dos esqueletos de dinossauro no Museu de História Natural, entre as fileiras do departamento de roupas de baixo femininas na Bergdorf. Todos os porteiros do nosso quarteirão da Park Avenue a agarravam e a seguravam para mim, quando ela aparecia na rua correndo sozinha, calçada ou descalça, ou, frequentemente, sem o vestido; uma vez tive de entrar no banheiro masculino do Oyster Bar, no Grand Central Terminal, para pegá-la, o que fez com que um senhor de idade tivesse de tomar seu remédio para o coração, e outro me fizesse uma proposta indecente ali mesmo.

Por um momento, eu tinha ficado tentada a aceitar.

— Viu a Kiki? — perguntei às senhoras do salão do restaurante, uma por uma.

Não. Elas não tinham visto. Eu já procurara no bar?

Tornei a procurar no bar, e no banheiro feminino, e achei o Sr. Hubert procurando os óculos no saguão e pedi a ele que checasse o banheiro masculino. Esperei do lado de fora com os dedos cruzados nas costas, ouvindo-o abrir os reservados e chamar por ela. Em seguida, o som das descargas e das exclamações de surpresa dos senhores, em seguida o barulho das pias.

Esperei.

— Ah, Kiki. Não, nem sinal dela — disse o Sr. Hubert ao sair. — Já procurou no bar?

Adrenalina é o termo que os cientistas usam. Eu tinha lido um artigo sobre isso, na revista *Time*. A adrenalina faz o coração disparar, e as pernas ficarem bambas, numa reação natural à percepção de perigo. Eu já estava familiarizada com a adrenalina nessa altura. Toda vez que Kiki sumia, ela corria pelos canais do meu corpo como uma velha conhecida. Quando eu a pegava no colo, estava tremendo, sem conseguir dizer uma frase inteira.

É claro que ela estava perfeitamente bem. Kiki era uma menina sensata. Ela podia ignorar a maioria das pequenas regras, mas geralmente seguia as que eram realmente importantes. Ela não entrava na água sozinha, não corria ao longo do quebra-mar à noite. Eu só precisava descobrir para onde tinha ido, e ela estaria bem, divertindo-se com alguma coisa, sua imaginação fértil viajando por novos caminhos.

Mas as glândulas do meu corpo não sabiam disso, nunca tinham sabido disso. Desde o instante em que ela nasceu.

Fui até a varanda, onde o barulho do oceano batendo na areia tinha aumentado no escuro. Todas as mesas estavam vazias agora, todos haviam acabado de beber e de comer. Até Budgie e Nick tinham ido embora.

Pus as mãos trêmulas em concha em volta da boca.

— Kiki! — gritei.

Uma onda quebrou com estrondo na praia, sua espuma branca iluminada pelo luar.

— Kiki! — tornei a chamar.

Uma gaivota gritou no céu, e mais outra. Alguma coisa caiu na areia, e os pássaros desceram voando, disputando a presa. Pensei: *eu gostaria de poder andar uma hora para a frente, quando Kiki estaria sem dúvida,* sem dúvida, *segura e viva em meus braços, e eu não teria que suportar isto.*

Eu precisava ser sensata. Estava na hora de raciocinar como Kiki. Se eu fosse Kiki e estivesse na hora de ir para casa, por que eu fugiria? Qual o negócio inacabado que eu poderia ter deixado para trás?

O casaco dela. Será que ela o tinha deixado em algum lugar?

Não, ela estava com ele na hora da sobremesa. Eu me lembrava, porque tivera de enrolar as mangas para que ela não as sujasse de sorvete de chocolate.

Fitas de cabelo?

Sapatos?

Eu estava me agarrando a impossibilidades agora. É claro que ela estava com as fitas no cabelo. É claro que ela estava de sapatos. Mas não havia mais nada, havia? Nenhuma outra criança por perto, ninguém de quem se despedir. Ela conversara sobre algo em particular durante o jantar?

Se tinha, eu não me lembrava. Eu não tinha prestado atenção, não é? Tinha bebido e me anestesiado, conversando com os mais velhos, a mente voltada para as minhas próprias preocupações. Como se alguma coisa fosse tão importante quanto Kiki.

— Kiki! — tornei a chamar, gritando o nome dela, mas minha voz pareceu fraca e perdida no rugido do Atlântico.

Tirei os sapatos e desci os degraus até a areia. A lógica tinha desaparecido, deixando apenas a adrenalina. Eu não passava de um frasco pulsando, apavorado, de adrenalina.

— Kiki! — tornei a gritar, correndo na areia, tropeçando na bainha do meu vestido. — Kiki!

Uma buzina tocou na entrada do clube, impaciente.

Parei. A entrada? Ela não podia ter se enfiado no meio dos carros, na luz fraca pontilhada de faróis. Não era possível que ela tivesse visto mamãe e tia Julie irem embora e achado que a tínhamos deixado para trás.

Eu não sabia o que fazer. Sair da praia e ir até a entrada de carros? Qual era o lugar mais provável? Qual representava o maior perigo? Eu não conseguia pensar. Eu queria me movimentar, não pensar.

Lutar ou fugir, como diziam os cientistas, como se um cientista jamais fosse levado a fazer uma coisa ou outra. Como se um cientista em seu laboratório tivesse ideia do quanto uma garotinha pode ser preciosa, como ela pode ser importante, o quanto ela pode ser amada. Como o seu cabelo é sedoso, como o corpo dela é quente e cheio de promessas em seus braços.

— Kiki! — tornei a gritar, na direção da praia.

Aquilo foi um movimento, aquela oscilação no escuro?

Fiquei parada, ouvindo, ouvindo o barulho da água no meu ouvido esquerdo e o sangue pulsando no meu ouvido direito.

De novo. Como algo passando entre meus olhos e as luzes da entrada, que se estendiam como um colar de brilhantes pelo pescoço comprido de Seaview.

— Kiki! — Saí correndo, tropeçando na areia fofa. — Kiki!

Ela apareceu de repente, em um segundo escuridão e luzes da entrada, e no segundo seguinte, Kiki, correndo, segurando triunfantemente sua concha perfeita na mão direita. Ela se atirou nos meus braços e disse:

— Olha! Nós a achamos!

— Ah, meu bem, meu bem. — Caí de joelhos na areia, minhas pernas cedendo sob o peso do corpo dela e meu próprio nervosismo. — Eu estava tão preocupada. Ah, querida.

— Por que você ficou preocupada? O Sr. Greenwald me ajudou. Ele é muito legal.

Meus braços ficaram tensos. Olhei para cima e lá estava Nick, a poucos metros de distância, parado, tão imóvel quanto um rochedo e com uma expressão tão amigável quanto. Ele estava com o chapéu na mão, encostado na coxa.

— Sr. Greenwald? — repeti como uma tola.

— Eu a vi descendo a escada correndo quando estávamos indo embora, e achei melhor ir atrás dela, só para prevenir. — Ele esfregou o chapéu na perna, uma, duas vezes. — Parece que ela só estava procurando umas conchas.

— Ele foi tão legal, Lily. Nós tivemos que procurar por toda parte até encontrarmos. Ele usou o isqueiro dele para podermos enxergar. — Ela se virou e olhou para Nick como um olhar de adoração.

— Espero que você tenha agradecido a ele, meu bem.

— Obrigada, Sr. Greenwald.

— De nada. — Ele hesitou. — Pode me chamar de Nick, se quiser.

— Não, não — eu disse. — Nós temos uma regra rígida sobre a forma de nos dirigir aos adultos. Não é, Kiki?

— Sim. — Kiki me abraçou. — Mamãe está zangada?

— Não, ela e tia Julie já foram. Nós vamos a pé pela praia. — Eu me levantei, dei a mão a ela e me virei para Nick. — Obrigada por encontrá-la. Ela está sempre fugindo. Eu já devia estar acostumada.

— Eu ouvi você chamando. Tentei responder, mas o vento não deixou. Vocês não vão voltar a pé, vão? — Estava escuro demais para ver o rosto dele, escuro demais para saber se ele realmente se importava.

— Não é longe. Meia milha mais ou menos.

— No escuro?

— Tem a lua.

Ele deu um passo à frente, sacudindo a cabeça.

— O carro está ali na frente. Podemos dar uma carona para vocês.

— Não! Não, obrigada. Gosto de andar.

— Mas sem dúvida é muito longe para a sua irmã, a esta hora.

— Kiki é uma boa andarilha. Não é, meu bem?

Ela começou a pular.

— Eu quero ver o carro do Sr. Greenwald! Vamos para casa com eles.

— Lily — disse Nick. — Não recuse por minha causa.

— Eu não estou... — Deixei minhas palavras se perderem no vento, até escutá-las com objetividade e perceber como elas soavam nervosas, e como soavam falsas. Eu ainda estava abalada com o desaparecimento de Kiki, ainda estava tonta por causa do gim. — Está bem, então. Obrigada. É muita gentileza sua.

— Não é gentileza — ele resmungou, andando na direção da sede do clube.

Eu tinha esquecido como era caminhar ao lado de Nick, com sua altura e sua largura ocupando o espaço do meu lado, e seus passos longos nos fazendo andar depressa. Meu coração ainda estava acelerado; a respiração ofegante. Kiki ia segurando minha mão, saltitando do meu lado, sem se dar conta das correntes viscosas nadando em volta dos adultos enquanto caminhávamos pela areia.

— Nós precisamos conversar — Nick disse, de repente.

— O quê?

— Nós precisamos conversar. Foi por isso que eu vim para cá, para conversar com você.

Chegamos aos degraus, e ele parou e se virou para mim. O corrimão fazia sombra no rosto dele.

— Como assim? — murmurei.

— Você sabe o que eu quero dizer.

Meu coração estava batendo tão forte contra as minhas costelas que achei que sua força ia me derrubar.

— Não sei o que temos para conversar depois de tanto tempo.

— Temos tudo o que conversar. — Ele levantou a mão como se fosse segurar meu braço, e então tornou a baixá-la.

— Não, Nick. Não temos nada para conversar.
— Lily...

Eu me virei e subi a escada, arrastando Kiki comigo. Meu cabelo estava colado no meu rosto suado, o vestido colado nas minhas costas por causa de tanta correria, de tanta ansiedade. Calcei os sapatos com dificuldade, pulando num pé só, ignorando a mão estendida de Nick.

Eu não estava de bolsa. Marchei pelo salão, atravessei o saguão e saí pela porta. Budgie estava esperando no carro, bem em frente à porta, elegantemente recostada no banco do passageiro, com o motor ligado. Um carro elegante, de alguma marca esportiva, como o Packard Speedster que Nick costumava dirigir, esportivo demais para ter bancos traseiros.

— O que é isto? — Budgie levantou a cabeça quando nos viu. Seus lábios eram quase pretos no escuro. Ela devia ter retocado o batom, ou então não tinha tocado na comida.

— Vamos dar uma carona para Lily e a irmã dela até em casa — Nick disse, abrindo a porta. — Você pode abrir um espaço para elas?

Budgie sorriu e deslizou no banco.

— É claro! Tem espaço suficiente se eu grudar no meu marido. Estou vendo que você encontrou sua irmãzinha adorável. Koko, não é?

— Kiki — disse Kiki.

Eu me sentei e pus Kiki no colo. — Sim. Nick fez a gentileza de ir atrás dela.

Nick fechou a porta sem comentários e se dirigiu para o banco do motorista.

— Ele saiu como um foguete quando ela passou. Foi encantador. — Budgie reclinou a cabeça no ombro de Nick enquanto o carro partia na escuridão. — Você vai ser um bom pai um dia, não vai, querido?

— Espero que sim — disse Nick.

Teríamos ido em silêncio se não fosse pela conversa de Kiki.

Ela perguntou a Nick sobre o carro, sobre a potência do motor, e ele respondeu pacientemente, dando toda a atenção a ela.

A casa da minha família ficava no final do Seaview Neck, depois de todas as demais. Nick dirigiu seu conversível com uma lentidão insuportável pelo caminho esburacado de Neck Lane, como se estivesse com medo de incomodar os vizinhos ou de estragar a suspensão delicada do carro. A perna de Budgie estava encostada na minha, movendo-se junto com a minha a cada solavanco do carro. Séculos depois, ou instantes depois, estávamos parando diante do velho chalé, coberto de telhas de cedro acinzentado, como o clube, com uma única lâmpada brilhando na entrada.

— É aqui? — perguntou Nick, olhando, para além de nossos corpos, a porta da frente, pintada de branco dois dias antes para suportar a maresia durante mais uma temporada.

— Sim. Obrigada. — Estendi a mão para a maçaneta da porta, mas, enquanto afastava o corpo de Kiki para alcançá-la, Nick já estava lá, abrindo a porta para nós.

— Mais uma vez, obrigada. — Pus Kiki no chão. — Agradeça ao Sr. Grenwald, Kiki.

— Obrigada, Sr. Greenwald. Obrigada, Sra. Greenwald. — Ela pareceu incomumente dócil.

— De nada, querida — Budgie disse de dentro do carro.

Nick se agachou e estendeu a mão para ela.

— De nada, Srta. Dane. Foi um grande prazer conhecê-la finalmente.

— É Kiki. — Ela apertou a mão dele com um ar sério e olhou para mim. — Ele pode me chamar de Kiki, não pode, Lily?

— Suponho que sim, se ele quiser.

Nick ficou em pé.

— Boa-noite, Lily.

Eu me virei antes que ele pudesse me encarar.

— Boa-noite — eu disse por cima do ombro, para não ter de vê-lo entrar no carro ao lado de Budgie. Para não ter de vê-lo ir embora com Budgie para a casa onde eles moravam juntos, para a cama que eles dividiam.

Dei a mão a Kiki e passei por baixo da trepadeira, entrando no chalé às escuras que meus avós tinham reconstruído depois da grande tempestade de 1869.

5

SMITH COLLEGE, MASSACHUSETTS

Outubro de 1931

— Você me acha maluco – diz Nick Greenwald. – Admita.
— É claro que não. É um paletó muito bonito. Chegamos.

Ele olha para a xícara de café rosa-neon piscando sobre nossas cabeças. Antes que eu possa impedi-lo, ajeita as muletas com agilidade e abre a porta para mim.

— Lugar simpático – ele diz.
— As melhores panquecas daqui. E também abre de manhã cedo no domingo.

Estou lidando com a situação com toda a calma, como uma mulher experiente, como se aceitasse convites para tomar café da manhã às sete horas de domingo todos os fins de semana. Passo por ele e entro no calor acolhedor do vestíbulo cheirando a café. Pelo menos minha familiaridade com o restaurante não é fingida. Cumprimento a garçonete:

— Olá, Dorothy.
— Ah, olá, Lily. O que posso...

Dorothy para no meio da frase. Sua cabeça com cabelo cacheado se inclina para trás, viajando por toda a extensão de Nick até seu rosto. Quase consigo ouvir os olhos dela saltando das órbitas.

Nick sorri para ela.

— Café da manhã para dois, por favor, Dorothy. Um cantinho tranquilo, se for possível.

Ela consegue responder:

— Pode ser uma cabine?

— É claro.

Aturdida, ela pega dois cardápios no balcão e nos leva a uma cabine no canto. O restaurante está quase vazio. Um casal mais velho, vestido para ir à igreja, come furtivamente perto da porta, e um policial está sentado no balcão, comendo torrada e bebendo café. O ar está excessivamente quente e iluminado depois da escuridão e do nevoeiro do lado de fora. Atrás de mim, as muletas de Nick batem ritmadamente no chão.

Deslizo por um dos lados da cabine. Nick desliza do outro lado e coloca as muletas ao lado dele. Dorothy entrega os cardápios.

— Posso trazer café? — ela pergunta.

— Sim, por favor — digo.

— A quantidade que tiver — Nick completa.

Dorothy enfia o lápis atrás da orelha.

— Agora mesmo — ela diz, e dá meia-volta, lançando-me um olhar espantado.

Nick não nota. Ele está olhando para mim, sorrindo. O rosto dele está contraído e pálido e mais brando do que eu me lembrava. Ele larga o cardápio.

— Achei que havia cinquenta por cento de chance de você descer.

— Então por que você veio até aqui?

— Bem, para começar, deixei uma nota de cem dólares no bolso esquerdo do paletó, por engano. — Arregalo os olhos e ele ri. — Mentira. O que houve foi que adormeci na mesma hora ontem à noite, eu estava exausto do jogo e tudo o mais, mas só dormi duas horas. Acordei por volta da meia-noite e não consegui voltar a dormir. Eu ficava pensando no jantar, pensando em você. Às duas horas, entrei no carro e comecei a dirigir. Achei que não ia mesmo conseguir dormir.

— Mas é uma viagem de apenas três horas. — Minha boca está seca, meus ouvidos estão apitando. Aperto o cardápio com força para minhas mãos não tremerem.

Ele sacode os ombros.

— Eu me deitei no banco para descansar um pouco quando cheguei aqui.

Eu o imagino encolhido com seu sobretudo, no seu Packard Speedster último modelo, tentando encontrar uma posição confortável para a perna engessada.

— Como você soube qual era o meu dormitório? — pergunto.

— Acordei Pendleton e perguntei a ele antes de vir. Arrisquei o palpite de que você estava na mesma casa que Budgie. — Ele junta as mãos sobre o cardápio e se inclina para a frente. O olhar dele é ansioso. — Você se importa, Lily?

Dorothy chega para servir o café. Espero ela se afastar e digo:

— Eu não me importo, Nick. Estou contente por você ter vindo.

Ele baixa os olhos para o cardápio, depois estende o braço e pega a minha mão, com muita delicadeza. Seu polegar, comprido e largo, acaricia a base do meu.

— Que bom.

Olho para a minha mão, que parece muito pequena na dele.

— Eu também não dormi muito — digo, quase sussurrando. Minha boca está tendo dificuldade para formar palavras.

— Você não sabe como fico feliz em ouvir isso.

Torno a levantar os olhos.

— Mas por quê?

Dorothy volta com seu bloco, já refeita.

— Já escolheram? — ela pergunta, simpática e natural como sempre, só que seu rosto ainda está um pouco vermelho.

— Dois ovos mexidos e um monte de torradas — digo.

— Bom. — Nick se vira para ela, continuando a segurar minha mão com firmeza. — Estou com fome esta manhã. Quatro ovos, bacon, torradas. Como são as panquecas daqui?

— São as melhores panquecas das Berkshires — ela diz. — Pode perguntar a qualquer um.

— Pode me trazer uma boa porção, com manteiga e melado. — Ele entrega o cardápio para ela. — Obrigado, Dorothy.

— Eu é que *agradeço*. — Ela recolhe nossos cardápios, e murmura alguma coisa para mim ao se afastar, algo enfático.

— Você causa esse efeito em todas as garotas? — pergunto friamente.

— Que efeito?

— Dorothy trocaria de lugar comigo agora mesmo.

— Não gosto de flertar, se é isso que você está dizendo.

Faço um gesto na direção de Dorothy.

— Mas você gosta de cativar as pessoas.

Ele ri.

— Se ao menos Pendleton pudesse ouvi-la. Ele está sempre me dizendo para ser mais simpático, para sair da toca e conversar um pouco.

— Então o que foi isso?

— Não sei. Acho que estou feliz, só isso.

Ele ainda está segurando minha mão. Dá um aperto de leve nela, e meu rosto se abre num sorriso, porque eu também estou feliz.

— Você não respondeu a minha pergunta — digo.

— É verdade. Tudo bem, Lily. Srta. Lily Dane do Smith College, Massachusetts, e... e de onde mais?

— Nova York.

— De Massachusetts e Nova York. Do Upper East Side, imagino.

— E de Seaview, Rhode Island — acrescento, sorrindo.

Ele revira os olhos.

— E da droga de Rhode Island, onde a sua família provavelmente vem veraneando há várias gerações, certo? Vira a cabeça. Não, para o outro lado. Para a janela.

Eu me viro para o vidro embaçado da janela, olho para os prédios do outro lado da rua.

— Assim?

— Agora, mexa com os olhos e olhe para mim. Só com os olhos. Inclinando um pouco a cabeça. Sim. — Ele suspira. — Assim mesmo. Foi *isso*, Srta. Lily Dane, de todos os lugares chiques, foi por *isso* que não consegui voltar a dormir ontem.

Eu me viro para olhar para ele, rindo. Ele está recostado nas costas da cabine, sorrindo, olhando-me com um ar benevolente.

— *Isso?* — pergunto.

— Você passou metade do jantar me lançando esse olhar. Eu estava falando sobre o que mesmo? Sobre o hospital, eu acho. E você me olhou de viés, com esses olhos azuis engraçados, e não consegui me lembrar do meu próprio nome. Fiquei calado de repente. Você deve ter notado.

— Acho que sim. — De fato, eu me lembro perfeitamente. Ele estava falando sobre a nova máquina de raios X e sobre exposição à radiação. Na hora pensei que ele tinha parado com medo de que o assunto fosse técnico demais para damas. Eu tinha ficado ali sentada na minha cadeira elegante no Hanover Inn cheia de frustração e louca para falar que eu *me* importava, que queria ouvir tudo o que ele tinha a dizer.

Estendo a mão para a xícara de café. O calor sobe até a boca e o nariz, e a xícara de cerâmica branca disfarça — eu espero — meu rosto afogueado.

Ele estende a mão esquerda para a sua xícara, porque a direita ainda está segurando a minha mão. Toma alguns goles e a coloca de volta no pires sem nem olhar.

— Então eu fico ali sentado, como um completo idiota, sem saber o que estava dizendo. Eu disse para mim mesmo: Greenwald, essa garota vai embora daqui a uma hora. É melhor você pensar num jeito de tornar a vê-la. Por que você está sacudindo a cabeça?

— Não sei. Porque você parece que está descrevendo a cena de um filme. Meus casos amorosos não são geralmente tão bem-sucedidos.

— Geralmente? — Ele levanta as sobrancelhas. São sobrancelhas marcantes, como tudo nele: retas, escuras e grossas. — E quais os que não foram?

— Bem, teve o Jimmy, filho do capitão de um dos barcos de pesca de Seaview Harbor. Mas ele tinha 10 anos naquele verão, e eu só tinha 8.

— Cara mais velho, hein? E desde então?

Nada. Alguns encontros, alguns flertes durante as férias, que acabaram em indiferença. Nenhum garoto na escola da Srta. Porter, nenhum rapaz aqui em Smith. Durante os verões em Seaview, apenas alguns, poucos, conhecidos e convencionais demais para serem interessantes.

— Ah, eu não sei — digo, bebendo o café. — O de sempre.

A comida chega fumegante nos pratos. Dorothy arruma tudo com movimentos rápidos e precisos, pratos de torradas e manteiga, um pote de geleia de morango. Ela torna a encher nossas xícaras. O melado escorre preguiçosamente pelos lados das panquecas de Nick. Ele finalmente larga a minha mão e pega o garfo e a faca.

— Tudo certo? — Dorothy pergunta.

— Perfeito. Obrigada.

Os olhos de Nick me abandonaram infielmente para se fixarem, famintos, na comida à sua frente.

— Obrigado — ele diz para Dorothy, e hesita, educadamente, olhando para mim.

— Coma! — digo a ele.

Ficamos algum tempo calados, devorando o café da manhã. Não posso dizer que Nick encha a boca de comida — ele é elegante demais para isso —, mas quase isso, pois deve estar faminto. Eficiência talvez seja a palavra certa. As panquecas desaparecem em alguns segundos, os ovos são destruídos. Eu o observo com espanto e admiração, mal notando o gosto da minha comida.

— Peço desculpas — ele diz, limpando a boca com o guardanapo. — Isto não foi muito civilizado, foi?

— Eu estava prestes a cobrar entrada.

Ele ri. Gosto do riso dele, baixo e natural.

— Desculpe. Eu estava morto de fome, com tudo o que aconteceu ontem e por ter ficado acordado a maior parte da noite.

Olho para os ombros largos dele, para seu torso sólido, o corpo atlético desaparecendo debaixo da mesa. Ele é como um motor, parado em ponto morto, consumindo uma grande quantidade de energia mesmo sem se mexer.

— Não se desculpe.

— E a comida estava boa — ele diz. — Você vem sempre aqui, não é?

— Gosto de estudar aqui. Eles não se importam que eu fique horas, com meus papéis espalhados na mesa. Dorothy mantém a minha xícara cheia de café, me traz uma fatia de torta. Você devia experimentar a torta.

— Eu gostaria de experimentar, em outra ocasião. — Ele estende a mão para a xícara de café. — Agora é a sua vez.

— A minha vez?

— Conte-me por que você está aqui. Por que você desceu, em vez de me expulsar do seu dormitório. — Os olhos dele estão brilhantes e saciados. Amo a cor deles, afetuosos e caramelizados, quase derretidos, com reflexos verdes ao redor do castanho. *Estou apenas feliz*, ele tinha dito antes, e parecia mesmo estar.

Será que eu devia dizer a verdade a ele?

Budgie diria que não. Budgie diria para eu não mostrar minhas cartas, para eu obrigá-lo a se esforçar por isso. Eu deveria ser cautelosa, misteriosa. Eu deveria deixá-lo duvidando de si mesmo.

— Foi pouco antes de você quebrar a perna – digo. – Você parecia... eu não sei... selvagem, como um pirata. Diferente de todo mundo, cheio de fogo. Você me surpreendeu.

Ele fica satisfeito. Seu sorriso torna-se mais largo e volto a pensar como isso suaviza as suas feições, a ossatura do seu rosto. Uns poucos fios de cabelo cobrem-lhe a testa e tenho vontade de enrolá-los em meus dedos.

— Pirata, é? – ele diz. – É disso que as garotas gostam hoje em dia? De piratas?

— Essa foi a palavra errada. Determinado, seria mais certo.

— Mas você usou a palavra pirata. Essa foi a sua primeira palavra, a verdadeira. – Ele está me olhando com um brilho nos olhos, mas que não é nada selvagem nem parecendo um pirata.

Mudo o rumo da conversa:

— No que é que você estava pensando naquela hora?

— Ah, não sei. Na jogada seguinte, provavelmente. Você entra num nevoeiro durante um jogo. O nevoeiro da batalha, a alegria que ela traz. O resto do mundo meio que desaparece na neblina. – Ele encolhe os ombros.

— Mas você joga tão bem.

Ele torna a encolher os ombros.

— Prática.

— Aquele passe para a frente, o *touchdown*, pouco antes de você se acidentar. Não entendo nada de futebol, mas...

— Um lance de sorte. O receptor fez todo o trabalho. – Ele olha para o prato e passa a torrada num restinho de gema.

— Você está chateado por causa da sua perna? – pergunto, baixinho.

— Bem, sim. Minha última temporada. Muito azar. Ou melhor, estupidez, porque eu deveria saber... Mas o jogo é assim mesmo. — Ele levanta os olhos. — Num segundo você faz um *touchdown*, no segundo seguinte está quase aleijado. De todo modo, estou muito menos chateado hoje do que estava ontem.

Terminamos o café. Nick insiste em pagar a conta. Ele deixa, eu noto, uma boa gorjeta para Dorothy. Caminhamos de volta no ar frio e úmido, e levanto a gola ao redor do pescoço. A rua está mais movimentada agora, enchendo-se com o trânsito de domingo. Olho para Nick, alto e impenetrável num sobretudo de lã escuro. Ele se vira para mim, e seu rosto está sério de novo, quase hesitante.

— E agora? — ele pergunta.

— Quando você tem que estar de volta?

Ele olha para o relógio.

— Meia hora atrás. Reunião do time. Mas acho que eles não estavam me esperando. De todo modo, Pendleton vai me dar cobertura. Vai dizer que eu estava dopado demais de remédios ou algo assim. — Ele bate com a ponta da muleta no gesso.

— Ainda assim, você precisa voltar. Deve estar exausto.

— Você quer que eu volte? — O hálito dele fica pairando no ar frio.

— Não, mas você deveria, mesmo assim.

Ele estende o braço para mim, lembra-se das muletas e as coloca com um ar triste debaixo dos braços.

— Então eu a levo de volta para o seu dormitório.

Vamos em silêncio, como viemos até a cidade, sem conseguir colocar nossos sentimentos em palavras. Mas é um silêncio mais relaxado desta vez, e, quando paramos brevemente num sinal, Nick segura minha mão e a aperta carinhosamente.

Ele para no meio-fio, um pouco antes do meu dormitório. Como eu, não quer cem pares de olhos femininos olhando para nós das janelas.

— Está doendo? – pergunto, apontando para a perna dele.

— Está tudo bem. Tomei uma aspirina.

— Como você aperta a embreagem?

Ele sacode a perna machucada.

— Com muito cuidado. Não vá contar para o meu médico.

— Você foi louco em vir até aqui. Espero que a fratura cicatrize direito.

— Está tudo bem.

Mais uma vez o silêncio entre nós, o carro roncando sob nossas pernas. Nick mexe na chave presa na ignição, como se estivesse ponderando se desligava ou não o motor. – Eu odeio isto – ele diz, olhando pelo para-brisa. – Há tanta coisa para dizer. Quero saber tudo sobre você.

— E eu sobre você. – Minha voz sai fraca.

— Quer mesmo, Lily? – Ele se vira e olha para mim. – Você não está apenas sendo educada?

— Não, não estou. Eu... – Meu coração dispara; não consigo raciocinar. Balanço a cabeça. – Não posso acreditar que você está aqui. Eu estava com esperança de ter uma chance de vê-lo no sábado. Budgie disse que eu podia devolver o seu paletó, que seria a minha desculpa para aparecer lá.

— Budgie. – Ele sacode a cabeça e segura minhas duas mãos. – Por que vocês são amigas, afinal? Vocês não poderiam ser mais diferentes.

— Nossas famílias veraneiam juntas. Eu a conheço desde que nasci.

— Então deve ser por isso. Não dê atenção a ela, está ouvindo, Lily? Seja você mesma, seja essa doçura que você é.

— Tudo bem.

Ele solta uma das minhas mãos para acariciar meu cabelo.

— Lily, quero tornar a vê-la. Posso tornar a vê-la?

— Sim, por favor.

– Quando?

Eu rio.

– Amanhã?

– Feito – ele diz depressa.

Torno a rir. O café está correndo em minhas veias, deixando-me tonta, ou talvez seja só isto, a visão de Nick, cada vez mais bonito, olhando para mim com tanta intensidade. Como pude achar que o rosto de Graham Pendleton era mais bonito do que o dele?

– Não seja ridículo. Como você vai ser arquiteto se não for às aulas?

– Não vou ser arquiteto.

– Vai sim. Você tem que ser. Prometa-me isso, Nick.

Ele torna a acariciar-me o cabelo e segura meu rosto.

– Meu Deus, Lily. Sim, eu prometo. Prometo qualquer coisa para você.

Ficamos ali sentados, olhando um para o outro, extasiados. Encosto o rosto nas costas do banco, no paletó de Nick pendurado nele.

– Não sei o que dizer – diz Nick. – Não quero ir.

– Eu não quero que você vá.

– Eu me sinto como Colombo, avistando terra finalmente, e tendo que voltar para a Espanha.

– Colombo era italiano.

Ele me dá um beliscão.

– Ah, é assim que você é?

– E New Hampshire é muito mais perto do que a Espanha. E você tem um carro veloz, e não uma velha caravela.

– Bem, esta é a última vez que digo algo sentimental para você, garota intelectual.

– Não diga isso. – Passo os dedos de leve no rosto dele, aliso o cabelo sobre sua orelha, tonta com a liberdade de tocar nele. – Desculpe. Se eu não rir agora, talvez eu chore.

— Não me importo. Gostaria de saber como fica seu rosto quando você chora. Não que eu queira ver você chorando — ele acrescenta depressa —, e nem triste. É só que... você entende. Não é?

Sorrio.

— Fico horrível. Vermelha e inchada. Só para você saber.

— Então vou fazer tudo para você não chorar.

A expressão dos seus olhos, quando ele diz isso, é tão cheia de significado que me sinto partida ao meio.

— É grotesco. Agora, Budgie sabe chorar com elegância. Algumas lágrimas rolando pelo seu rosto, como Garbo...

— Chega de falar nela. Eu mesmo vou estar choramingando como um bebê daqui a um segundo. Nem que seja só de pura exaustão.

— Desculpe.

— Não se desculpe. Valeu a pena. — Ele vira a cabeça e toca meus dedos com os lábios. O leve contato provoca uma descarga elétrica em mim.

— Vou no sábado com Budgie — digo.

— Sim. Vá. Vou estar no banco com minhas malditas muletas, mas vou procurar você. Depois do jogo podemos jantar, como ontem.

— Mas vamos ter Budgie e Graham junto conosco.

— Então venho de carro até aqui no domingo de manhã, depois da reunião da equipe. Posso passar o dia aqui, se você quiser. E eu vou escrever. — Ele sorri. — Expor meus planos para você.

— Seus planos parecem muito bons até agora.

— Você também tem que escrever para mim. Contar tudo a seu respeito. Quero saber o que você está lendo, se você joga tênis. — Ele ri. — O que estou dizendo? É claro que você joga tênis. Quero saber a história da sua vida. Quero saber por que o seu cabelo encrespa ao redor das orelhas, desse jeito, e não de outro. — Ele chega mais perto. — Eu quero...

— O quê? — pergunto ofegante.

— Nada. — Ele volta à posição anterior. — Cada coisa no seu devido momento. Temos muito tempo agora, não temos? Eu estava tão apavorado, vindo para cá. Agora tenho que lembrar a mim mesmo que a urgência terminou.

O motor engasga, torna a pegar. Como uma acompanhante, chamando discretamente a nossa atenção.

— Levo você até a porta — Nick diz, acariciando mais uma vez o meu rosto.

Caminhamos lentamente pela calçada, usando as muletas de Nick como uma desculpa para estender aqueles últimos momentos.

— É horrível deixar você — ele diz —, e no entanto nunca me senti melhor. Você não sente isso?

— Sim. Como se eu fosse uma criança, quando o Nat... quando as férias de verão estavam chegando.

— Você ia dizer *Natal*.

— Sim, eu... — paro confusa.

Ele ri e cutuca o meu braço com o cotovelo. Estamos nos aproximando da entrada do dormitório.

— Minha mãe arma uma árvore todo ano. Vamos juntos à igreja.

— Ah. Bem, Natal, então. Ou verão. Os dois somados.

Passamos pelo portão e paramos sob os galhos de um carvalho de cem anos, ainda cheio de folhas alaranjadas. Nick olha para a fileira de janelas no segundo andar.

Fico tonta. Já fui beijada antes, mas nunca um beijo de verdade, nunca um beijo que significasse alguma coisa.

Nick se inclina e a aba do seu boné de lã bate na minha testa. Ele ri, tira o boné e torna a se inclinar.

Os lábios dele são macios. Ele os pressiona sobre os meus por um ou dois segundos, apenas o tempo suficiente para eu sentir um gostinho de melado, e depois levanta a cabeça depressa para ninguém nos ver das janelas.

— Dirija com cuidado — digo, ou melhor, murmuro, porque minha garganta está fechada.

Ele torna a pôr o boné.

— Pode deixar. Eu escrevo esta noite.

— E trata de dormir.

— Como um bebê. — Ele pega minha mão, beija-a rapidamente, e torna a se apoiar nas muletas. — Até sábado, então.

Ficamos parados, um olhando para o outro.

— Você vai primeiro — diz Nick.

Eu me viro, subo os degraus e entro no calor da sala comunitária. Do lado de fora, Nick está mancando pela calçada, de volta ao seu elegante Packard, de volta a New Hampshire. Suas mãos grandes irão segurar o volante, sua perna engessada irá pisar com dificuldade na embreagem, seus amorosos olhos castanhos irão fitar a estrada à sua frente. Espero que três xícaras de café sejam suficientes para mantê-los abertos.

Nick Greenwald. Nicholson Greenwald.

Nick.

Cruzo a sala e subo a escada de madeira até o meu pequeno quarto no segundo andar. A porta está entreaberta. Eu a empurro e vejo Budgie Byrne, ainda de camisola, com seu robe de lã amarrado na cintura fina. Ela está deitada na minha cama, ao lado da janela.

— Ora, ora — ela diz, sorrindo, balançando o pé calçado com um chinelo. — Quem está sendo uma garota travessa?

6

SEAVIEW, RHODE ISLAND

Maio de 1938

Ninguém sabe ao certo quando a primeira casa foi construída em Seaview Neck, mas eu tinha assistido a discussões cordiais na varanda do clube que se estendiam até bem depois da meia-noite, tentando definir a questão. Os nativos da Nova Inglaterra são assim: todo mundo quer descender em linha direta de um fundador.

Quem quer que *tenha* se estabelecido primeiro em Seaview tinha um olho excelente para localização. A terra se curvava ao redor da beira de Rhode Island formando um dedo comprido e afilado, protegido na ponta por um afloramento rochoso e por uma fortaleza abandonada que tinha disparado seu último tiro durante a Guerra Civil. De um lado do Neck ficava o oceano Atlântico, plano e imenso, e do outro lado ficava a Seaview Bay, na qual a maioria das casas tinha construído deques que se projetavam como uma fileira de palitos de dentes sobre a água. Geração após geração, nós, crianças, tínhamos aprendido a nadar e remar e velejar em Seaview Bay, e a pegar jacaré nas ondas e a construir castelos de areia ao longo da larga faixa amarela de areia cercando o oceano.

Com a devida modéstia (e todos os nativos da Nova Inglaterra são assim também), os Dane tinham tanto direito quanto qualquer outra pessoa à coroa dos fundadores. Nossa casa ficava na ponta do Neck, o último de quarenta e três chalés de telhado de madeira, colado na velha fortaleza e com sua própria enseada escavada nas rochas. De acordo com a escritura na biblioteca de papai, Jonathan Dane tomou posse da terra em 1697, o que precedeu a formação do Condomínio de Seaview e a construção do Seaview Club em cento e setenta anos.

Eu sempre achara a nossa localização a melhor em Seaview Neck. Se eu quisesse companhia, saía de casa e virava à esquerda, percorria a longa fileira de casas e com certeza encontrava algum rosto familiar antes de ter percorrido cem metros. Se quisesse privacidade, virava à direita e ia para a pequena enseada. Eu fazia isso quase todas as manhãs. Minha janela dava para leste, e as velhas venezianas de madeira não tapavam o sol de verão, então eu me enrolava no robe, pegava uma toalha e mergulhava nua na água antes que alguém pudesse me ver.

O prazer variava de estação para estação. Em setembro, o Atlântico tinha tomado sol o verão inteiro, chegando preguiçosamente do sul tropical, e meu nado matinal era um banho quente em água salgada. Em maio, um mês depois das chuvas geladas de abril, um dia depois de Nick e Budgie terem nos dado carona do Seaview Club até em casa, meu mergulho foi uma das formas mais bárbaras de tortura medieval.

E o pior é que Budgie estava sentada nas pedras, me esperando, quando saí da água, tremendo de frio.

— Olá — ela disse. — Toalha?

Tornei a me atirar no Atlântico.

— O que você está fazendo aqui?

— Nick acordou de madrugada, para ir à cidade. Em vez de voltar para a cama, pensei em encontrar com você aqui. Muita atividade para mim, não acha? Você não está com frio?

A água batia no meu peito nu. Frio? Eu estava inteiramente entorpecida, tentando tirar da cabeça a imagem de Nick na cama com Budgie, de Nick acordando cedinho e Budgie acordando junto com ele. Endireitando sua gravata, alisando seu cabelo. Despedindo-se dele com um beijo.

— É estimulante — eu disse.

Ela levantou a toalha e a sacudiu.

— Não seja envergonhada. Nós já dividimos um dormitório antes, lembra?

Abanei os braços, espalhando água, tentando achar uma desculpa.

— Ah, tudo bem, vou me juntar a você. — Budgie se levantou e tirou o chapéu, o suéter listrado de azul e branco e a blusa. Fiquei olhando espantada enquanto seu corpo se revelava diante de mim, a pele clara exposta ao frio da manhã. Ela usava uma combinação de seda cor de pêssego por baixo, enfeitada com rendas, e não trazia nem cinta nem meias. Ela se inclinou, segurando a barra da camisola, e eu me virei e olhei para o mar aberto e para as ondas rolando ao longo do horizonte em longas fileiras brancas.

Budgie estava rindo atrás de mim.

— Cuidado aí embaixo! — ela gritou, e virei a cabeça a tempo de ver seu corpo longo e esbelto mergulhar como uma faca na água, perto de mim.

Ela emergiu gritando:

— Que horror! Está um gelo!

— Você vai se acostumar.

Budgie inclinou a cabeça para trás, molhando o cabelo até ele ficar grudado, liso e escuro em seu crânio. A ausência de um penteado enfatizava a simetria de suas feições, os ângulos e pontas; o tamanho exagerado dos seus olhos de Betty Boop, que davam um ar tão incongruente de inocência àquele rosto mordaz. Ela sempre fora esbelta, mas sua magreza agora tinha atingido uma proporção impensável, uma elegância esquelética. Ao lado dela, me senti gorda, sem contornos definidos.

— Como você aguenta isto, todas as manhãs? — ela me perguntou, sorrindo, balançando os braços do lado do corpo. Seus pequenos seios flutuavam acima da superfície como damascos frescos.

— Você não se lembra? — eu disse. — Você costumava fazer isto comigo quando éramos pequenas.

— Não todo dia. Só quando eu precisava sair de casa para não enlouquecer. Vamos apostar uma corrida. — Sem aviso, ela girou o corpo e começou a nadar, os longos braços cortando as ondas, os pés rosados chutando água.

Hesitei, hipnotizada pelo movimento de suas pernas, e depois fui atrás dela.

Apesar de toda a sua energia, espalhando água para todos os lados, Budgie não estava nadando depressa. Eu a alcancei em menos de um minuto e a ultrapassei; cheguei ao outro lado da enseada, bati com a mão nas pedras e voltei.

Quando cheguei ao lugar de onde tínhamos saído, Budgie não estava mais atrás de mim. Olhei em volta e a vi correndo nua do outro lado, ao longo do trecho estreito de praia na direção do lugar onde minha toalha estava dobrada em cima de uma pedra. Por um ou dois segundos contemplei sua silhueta contra o cinza-escuro dos canhões abandonados, enquanto o sol fazia brilhar seus ossos.

Então a toalha a cobriu. Ela se enxugou da cabeça até a ponta dos dedos cobertos de areia, terminando pelos cabelos, que esfregou com força, e depois estendeu a toalha para mim.

— Sua vez — ela disse, sacudindo a toalha.

Eu não tinha escolha. Saí da água, sentindo com dolorosa exatidão a exposição da minha pele ao ar frio e ao olhar de Budgie, dos seios à cintura, às pernas e pés, cobertos de espuma.

— Ora, ora. — Ela me estendeu a toalha. — Você conservou bem o seu corpo, considerando tudo. É claro que a água fria ajuda.

Evitei os olhos dela, mas não tinha como não ver seus mamilos enrugados, ou a chocante ausência de qualquer coisa que não Budgie entre suas pernas.

Ela deve ter visto minha expressão horrorizada. Olhou para baixo e riu.

— Ah, isso. Aprendi na América do Sul, dois invernos atrás. Todo mundo lá depila o corpo todo. Você conhece o método, não é? Para arrancar todo aquele pelo?

— Já ouvi falar.

— Você não imagina como dói. Mas os homens adoram, os pobrezinhos. — Ela tornou a rir, aquela risada alegre e irritante. — Você devia ter visto a cara do Nick.

A toalha estava molhada e suja de areia, mas me cobri com ela assim mesmo, me sequei o melhor que pude, tremendo de frio. Quando não pude mais disfarçar a mágoa em meu rosto, me virei, peguei o robe e o vesti.

— Você parece uma ampulheta, Lily, com essa cintura fina e os quadris e seios grandes. Igualzinho às nossas mães antes da guerra, com seus espartilhos. Lembra? — Atrás de mim, Budgie estava se vestindo. Ouvi o tecido deslizar por sua pele, e os suspiros e gemidos para enfiar as mãos e pernas nas aberturas.

— Eu me lembro.

— Não sei por que eles saíram de moda. Mas aconteceu. Não há como explicar o gosto dos homens. Vamos deitar juntas na areia, como costumávamos fazer. — Pulou das pedras, levantando areia.

Ela parecia tão estranhamente solitária, deitada com os lábios azulados, tremendo de frio na areia que grudava no seu cabelo escuro e com os ossos se projetando da pele clara, que por motivos desconhecidos me deitei ao lado dela a alguns centímetros de distância, e fiquei olhando para o céu sem dizer nada. Umas poucas nuvens passavam, pintadas de dourado, como acontecia quando éramos crianças, deitadas naquele mesmo pedaço de praia.

Budgie foi a primeira a quebrar o silêncio:

— Você não se importa que eu fale sobre Nick, se importa? Depois de todos esses anos?

— Não, é claro que não. Aquilo foi séculos atrás. Ele é seu marido.

Ela riu baixinho.

— Eu ainda não consigo acreditar. Sra. Nicholson Greenwald. Nunca pensei.

— Nem eu.

— Ah, você está lembrando o que eu disse antes, não está? Como eu era infantil, achando que *isso* era importante. É claro que é um aborrecimento o modo como aquelas gatas velhas nos trataram ontem no clube. Eu tinha esquecido que as pessoas ainda pensavam assim.

Pressionei meus dedos entorpecidos contra o pescoço para aquecê-los.

— Você lê os jornais, não lê, Budgie?

Ela balançou a mão como que para dizer que os jornais não tinham importância.

— Ah, é só aquele doido do Hitler. Quem é que o leva a sério com aquele bigode? Estou falando *aqui*, em Seaview. As pessoas se recusando a jantar conosco. — Ela virou de lado e olhou para mim. — Mas *você* não faria isso, faria, Lily?

— Não, é claro que não. Você sabe que nunca liguei para isso.

Ela riu.

— É claro que não. Doce e nobre Lily. Ainda me lembro de você no estádio de futebol, com aquela expressão obstinada no rosto. Posso contar com você, certo, Lily? Você irá nos visitar e se sentará na nossa mesa no clube, certo? Mostrar para todo mundo?

— Mas isso não tem importância, tem? Você não devia ligar. — *Se o amasse realmente.*

— Diz a nobre Lily. Você não sabe como é, sabe? Ver as pessoas batendo com a porta na sua cara. — A voz dela fraquejou, e ela tornou a se deitar de costas.

Virei a cabeça para olhar para ela. Estava contemplando as nuvens, sem piscar.

— É mesmo?

— Nick está acostumado com isso, é claro, então não diz nada. Mas eu costumava ser convidada para toda parte, e agora... — Ela se virou de novo para mim e agarrou minha mão na areia. — Venha almoçar comigo hoje. Por favor. Ou jogar tênis, ou alguma outra coisa. Fico tão sozinha quando Nick não está.

— Quando é que ele volta?

— No fim de semana. Ele só veio para me instalar aqui. É tão difícil para ele deixar o trabalho, mesmo no verão. Todo mundo na empresa depende dele para tomar a menor decisão. Ele trabalha até muito tarde, é um horror. — Ela me olhou com seus olhos enormes. — Por favor, venha me visitar, Lily.

Eu me levantei e limpei a areia das costas do roupão.

— Tudo bem. Vou almoçar com você, que tal? Vou ter que levar a Kiki, se você não se importar. Mamãe e tia Julie não aguentam com ela.

Budgie ficou em pé de um salto e me abraçou.

— Ah, eu sabia que podia contar com você, querida. Eu *disse* a Nick que você ia nos apoiar. — Ela me deu um beijo no rosto. — Agora tenho que ir. Os operários vão chegar a qualquer momento. A velha casa está quase inabitável. Espero que minha empregada tenha conseguido acender o fogão.

Ela me deu o braço e caminhamos pela praia, rodeando a borda da enseada, onde o sol tinha iluminado de amarelo o telhado cinzento do chalé Dane. Ela se virou e tornou a me beijar.

— Foi tão bom ver você ontem à noite, querida. Nick e eu conversamos sobre isso até em casa, sobre o quanto tinha sido bom tornar a ver você. Como nos velhos tempos. Você se lembra?

— Eu me lembro. — Retribuí o beijo. A pele do rosto dela parecia de cetim, de tão fina.

❧

MESMO QUANDO ÉRAMOS PEQUENAS, eu nunca passava muito tempo na casa de Budgie. Ela nunca me convidava. Estávamos sempre do lado de fora, jogando tênis ou nadando. O pouco tempo que passávamos dentro de casa era geralmente na cozinha da minha casa, ou então no meu quarto, e isso só quando a chuva de verão se tornava forte demais para ser ignorada.

Quando subi Neck Lane ao meio-dia, de mãos dadas com Kiki, só reconheci a casa de Budgie porque eu sabia que ela ficava ao lado da casa dos Palmer, mais ou menos no meio de Seaview Neck. Durante anos, eu tinha evitado olhar para ela ao passar por ali, como se estivesse evitando olhar para uma cicatriz. Fiquei parada do lado de fora e olhei para o caminho estreito, com a vegetação crescida, para a porta da casa de Budgie com a pintura descascada. Havia dois caminhões estacionados em frente, *L. H. Menzoes, General Contracting* estava escrito nas portas; ouviam-se vozes e marteladas do lado de dentro. Todas as portas e janelas estavam abertas para entrar o ar do mar, e a voz de Budgie sobressaía sobre tudo isso, dando ordens.

A casa dos Greenwald, eu disse a mim mesma. Ela agora pertencia aos dois.

Kiki puxou minha mão.

— O que você está esperando, Lily?

— Nada. Vamos. — Caminhei com Kiki até a porta entreaberta e bati. As dobradiças rangeram.

A cabeça de Budgie apareceu numa janela do segundo andar. O cabelo dela estava amarrado para cima num lenço de bolas vermelhas.

— Entrem! A porta está aberta! — ela disse.

Kiki entrou na sala e franziu o nariz.

— Está cheirando a mofo.

— Faz anos que eles não vêm aqui — eu disse.

Budgie estava descendo a escada, tirando o lenço da cabeça. O cabelo dela estava impecável, em ondas cobertas de laquê.

— Muitos anos! Estávamos falidos, sabe, Koko...

— Kiki.

— Kiki. Mil desculpas. Estávamos falidos, destruídos pela bolsa, e não recomendo isso para ninguém. Limonada? Algo mais forte? A Sra. Ridge acabou de chegar do mercado, e já não era sem tempo. — Budgie se virou e fez um sinal na direção de uma porta à direita. — Ali fica a sala de estar, coberta de mofo, conforme me informaram. Você se lembra da sala, não é, Lily?

— Não. Eu não me lembro de quase nada. Acho que só entrei aqui uma ou duas vezes.

Olhei em volta. A casa dos Byrne era relativamente imponente vista pelo lado de fora, tinha três andares, janelas projetadas para fora no primeiro andar e frontões no terceiro. Do lado de dentro, ela dava a impressão de um celeiro, e tinha o mesmo cheiro empoeirado, só que misturado com sal, e não com estrume. Os cômodos eram arejados e espaçosos, as paredes com a tinta descascada e com papel estampado de flores. À esquerda, uma porta aberta mostrava a sala de jantar, seus armários de canto cheios de poeira e seu lustre quase um metro abaixo do normal.

— Ah, olha — Kiki disse, agachando-se ao lado da escadaria. — Acho que tem uma família de camundongos morando aqui embaixo.

— Encomendei móveis — Budgie disse —, mas eles só vão chegar daqui a um mês, depois que a reforma estiver pronta. Eu gostaria de retirar uma ou duas paredes e todas essas malditas *portas* que estão por toda parte, todas essas sancas velhas, e pintar tudo de branco. Quero que tudo isso *desapareça*. — Ela fez um gesto amplo com os braços, para a esquerda e para a direita, e nos conduziu para os fundos da casa.

— É bastante coisa para fazer. — Arranquei uma teia de aranha no canto da sala. Rasgada e vazia, como se até as aranhas tivessem abandonado o lugar.

— Estão contratando um monte de gente para terminar tudo depressa. Eu disse a eles para não poupar despesas. Nick e eu estamos dormindo no quarto de hóspedes enquanto eles consertam o nosso. Ele é o primeiro da lista, é claro. Quero um banheiro moderno, faço questão absoluta disso. Agora vamos lá para fora. Pensei em almoçarmos no terraço. Eu estava olhando os veleiros em Seaview Bay e senti uma enorme nostalgia.

Budgie nos fez passar por uma porta empenada no fundo da casa que dava no terraço, que era feito do bom arenito da Nova Inglaterra e estava intacto, apesar dos anos de abandono; só havia alguns tufos de capim crescendo entre as rachaduras. O sol brilhava intensamente, fazendo cintilar as águas de Seaview Bay. Um pequeno veleiro estava ao largo, tentando conseguir um vento decente.

— Você disse limonada? — Budgie foi até um conjunto idílico de mesa e quatro cadeiras sob uma grande barraca verde. Havia uma jarra cercada de copos altos sobre uma bandeja, junto com uma garrafa de gim, um maço de Parliaments e um isqueiro de ouro.

— Tem *ginger ale*? — Kiki perguntou.

— Ela vai tomar limonada, obrigada — eu disse. — E eu também.

Budgie serviu limonada, acrescentando uma dose generosa de gim ao seu copo. Ela balançou a garrafa indagativamente sobre o meu copo. Fiz sinal de que sim e mostrei só um pouquinho com o polegar e o indicador, mas Budgie riu e serviu uma boa dose. A Sra. Ridge trouxe sanduíches numa travessa antiga azul e branca, lascada de um lado.

Budgie tirou os sapatos, descansou os pés numa cadeira vazia e deu uma dentadinha no seu sanduíche. Seus dedos eram rosados, as unhas pintadas de vermelho. Ela olhou na direção da baía com um olhar distante, como se estivesse tentando enxergar detalhes do continente.

– Então fale-me de todo mundo, Lily – ela disse. – Da velha gangue. Alguma fofoca? Fora a minha, é claro.

– Para ser sincera, não. Eu não me mantenho muito informada. E, de qualquer maneira, parece que a maioria das pessoas já sossegou nesta altura.

– É, até eu! – Ela riu e balançou os dedos de unhas vermelhas. Kiki se levantou, tendo terminado o sanduíche e tomado a limonada. – Lily, posso andar ali no deque?

– Ah, meu bem, é um deque muito velho, pode ter alguma tábua solta...

Budgie sacudiu a mão.

– Não tem perigo. Andei ali ontem à noite. Você é uma garota ajuizada, não é, Kiki?

– Sim, Sra. Greenwald.

Kiki ficou ali parada com um ar inocente, as mãos para trás, o cabelo ainda amarrado com uma fita branca.

– Está bem – eu disse. – Mas tome cuidado. Fique onde eu possa vê-la.

– Ela é uma criança adorável – Budgie disse, vendo-a correr pelos restos do que antes havia sido um gramado. – Você tem muita sorte.

Kiki dirigiu-se para o deque com uma docilidade incomum, sabendo que estávamos olhando para ela. Eu a tinha vestido com suas melhores roupas, ou quase: um vestido branco à marinheira com uma gola azul amarrada no pescoço, sapatos pretos de fivela e meias brancas. O cabelo escuro preso por uma fita caía até as costas. Ela era o retrato perfeito de uma menina exemplar.

– Eu sei.

Desenhei círculos na condensação do meu copo de limonada com o dedo. Pensei em contar mais coisas a Budgie, em dizer a ela como tínhamos temido a chegada de Kiki, como tínhamos nos sentido infelizes por ela surgir na nossa vida de forma tão inconveniente, sem um pai para criá-la. E como, pelo contrário, ela nos salvara, me tirara de um desespero tão profundo que eu tinha achado que jamais sairia dele. Que agora eu não podia imaginar a vida sem Kiki; que ela se tornara o meu sol.

Mas eu não disse nada disso. Esperei que Budgie falasse. A coisa que Budgie mais detestava era o silêncio.

E ela logo falou:

— Isso quase me faz pensar em ter um filho também.

— Bem, agora você está casada. Tenho certeza de que não vai demorar.

— Quem sabe? Talvez não demore mesmo. — Ela pôs a mão na barriga. — Imagine só, Lily Dane. Eu me tornando uma *mãe*. — Ela riu e tornou a balançar os dedos dos pés.

— Você vai ser uma ótima mãe, eu tenho certeza.

— Imagine só. A sua Kiki pode ajudar a tomar conta do bebê. — Ela estalou os dedos. — *Babysitter*, é essa a palavra, não é? Todas as meninas estão fazendo isso para ganhar um dinheirinho.

A minha Kiki tinha chegado ao deque. Ela se deteve um instante na beirada, olhando para a água, sentou-se e tirou os sapatos e as meias. Virou-se para mim e acenou, e, embora estivesse a cem metros de distância, pude ver seu sorriso.

— Preciso chamá-la de volta — eu disse. — Temos que ir embora. A Sra. Hubert — pensei rapidamente —, a Sra. Hubert quer fazer uma reunião esta tarde para planejar o Quatro de Julho. Nós ainda não escolhemos um tema.

Budgie tomou um gole de limonada e estendeu a mão para o maço de Parliaments.

— O tema não é evidente por si mesmo? Quer um cigarro?

Aceitei um cigarro e o acendi.

— Gostamos de apresentar diferentes aspectos do espírito patriótico. No ano passado, foi "A beleza da América", que ficou muito bom, com todo mundo pendurando retratos de todas as partes do país, e uma vez fizemos "Amor à nossa bandeira", o que não poderia ser mais direto, como você pode imaginar...

— Lily. — Budgie exalou um longo fio de fumaça. — Ouça o que está dizendo.

Estendi a mão para a jarra de limonada. Ela estava quase vazia, e o gelo tinha derretido. Despejei o restinho no meu copo assim mesmo, só para evitar o olhar de Budgie. Desta vez, quando ela inclinou a garrafa de gim, cobri o copo com a palma da mão.

Ela encolheu os ombros.

— Você se enterrou. Eu sempre soube que você faria isso, sem alguém para ajudá-la a sair do buraco.

— Isso não é verdade. Eu não me enterrei de jeito nenhum.

— Enterrou sim. Quantos erros cometemos naquele inverno. Eu não devia ter abandonado você daquele jeito; nunca vou perdoar a mim mesma.

— Você não teve culpa. Você também enfrentou suas próprias tragédias. — Bati as cinzas do cigarro. Tinha sobrado um sanduíche de presunto na travessa. Estendi a mão para ele. O presunto era delicado, cortado bem fino, e o pão tinha bastante manteiga.

Você se enterrou. Pensei na minha escrivaninha em Nova York e na gaveta de baixo trancada, onde havia um maço de cartas no fundo, presas com um elástico, todas endereçadas a máquina a uma caixa postal na rua Setenta e Três. *Cara Srta. Dane, obrigada por sua correspondência de três meses atrás. Embora tenhamos lido o seu texto com algum interesse, lamentamos informar que o Phalarope Press não pode aceitar seu manuscrito no momento... Cara Srta. Dane, embora o seu texto seja muito promissor, a revista* Metropolitan *não considera essa história adequada para publicação...*

Budgie se inclinou para a frente e pôs a mão sobre a minha.

— Vou me redimir com você neste verão. Vou fazer você se divertir bastante. Vou convidar um monte de homens solteiros para você conhecer. Estou certa de que Nick vai achar alguns bons candidatos.

— Não, por favor, prefiro que você não faça isso.

Meus olhos foram irresistivelmente atraídos para as pedras que brilhavam na mão que cobria a minha. De perto, elas pareciam ainda maiores, como chicletes, com uma lapidação moderna, dominando os ossos delicados dos dedos de Budgie. A do meio era a maior, como eu podia ver agora, mas pouca coisa maior.

Ela acompanhou o meu olhar.

— Vulgar, não é? — Ela riu e virou a mão para um lado e para o outro, com um sorriso satisfeito nos lábios. — O primeiro que ele me deu era uma piada, uma pedra só, de dois quilates no máximo. Eu o levei de volta e escolhi este. Não é lindo?

— É maravilhoso.

Ela tornou a rir.

— Ah. Não precisa fingir. Imagino que o meu anel não faça o seu estilo, se conheço bem a minha Lily. Você que ainda veraneia em Seaview ano após ano e que provavelmente não compra um par de sapatos novos desde 1935. Aposto que você está se controlando para não balançar a cabeça com um ar de censura. *Essa Budgie*, você deve estar pensando.

— Eu...

Budgie se virou de repente, como se alguém tivesse batido em seu ombro. Olhei para trás e vi uma mulher de meia-idade vindo na nossa direção, seu uniforme preto e branco parecendo quente demais naquele sol.

— Olá, Sra. Ridge — disse Budgie. — O que é?

— Telefone para a senhora, madame. É o Sr. Greenwald.

Budgie pôs o cigarro no cinzeiro, dobrou o guardanapo, colocou-o ao lado do prato e se levantou da cadeira.

— Você me dá licença um instante, querida?

No vácuo da ausência de Budgie, meus pensamentos ficaram pendentes. O terraço tornara-se quente no sol do meio-dia, capturando calor em suas fissuras microscópicas, até eu ficar cercada de calor como uma lagarta num casulo, fumando o restinho do cigarro, o gim começando a circular no meu cérebro. Uma mosca voou sobre o meu sanduíche intocado, zumbindo sonolentamente, enquanto dentro da casa Budgie falava no telefone com Nick, provavelmente enrolando o fio no dedo, provavelmente sorrindo como recém-casadas costumavam fazer. A duzentos e quarenta quilômetros de distância, na cidade de Nova York, Nick estava sentado à escrivaninha em seu escritório, falando com ela.

Não aguentei mais.

No deque, Kiki balançava os pés dentro d'água. A fita tinha desamarrado, caindo numa tripa branca pelo seu rosto. Apaguei o cigarro e caminhei na direção dela, apertando o passo a cada instante, até estar quase correndo. Um par de gaivotas gritou e levantou voo.

— O que aconteceu? — Kiki perguntou, olhando por cima do ombro.

— Está na hora de ir, meu bem. A Sra. Greenwald está ocupada com a casa, e eu tenho um encontro com a Sra. Hubert. — Estendi a mão.

— Está bem — ela disse com relutância. Pegou minha mão e se levantou. Ela estava quente do sol, e cheirava a água e madeira.

Chegamos ao terraço bem na hora em que Budgie saía pela porta de vidro.

— Vocês não vão embora, vão? — ela disse.

— Temos que ir. Obrigada pelo almoço. Foi bom pôr os assuntos em dia.

— Mas nós ainda não pusemos a conversa em dia. Estávamos apenas começando. Eu *disse* a Nick para não nos interromper.

— Vocês tiveram uma boa conversa?

— De jeito nenhum. Essas linhas compartilhadas, horríveis, por todo o país. Não se pode falar nada que seja importante. Tenho certeza de que metade dos telefones estava fora do gancho, por todo o Neck. — Ela abriu a porta para nós. — Então vamos.

Atravessamos a casa, no meio da poeira, das marteladas e do cheiro de mofo que a brisa do mar levava embora. Segurando os sapatos e as meias, Kiki foi saltitando, e atravessou a rua até a praia.

— Mas Nick é um amor — Budgie disse, cruzando os braços e observando Kiki. — Está sempre me telefonando. Ele tem medo de que eu me sinta muito sozinha.

— Ele é muito bom.

— Temos que achar alguém para você, Lily. De fato, esse é o meu projeto. Tive uma ideia maravilhosa, uma luz, quando estava falando com Nick.

— Você não devia se preocupar com isso. Não tenho tempo para esse tipo de coisa.

— Todo mundo tem tempo para o *amor*, querida! — Ela me deu um beijo no rosto. — Espere só, Lily Dane. Espere para ver o que estou tramando aqui na minha cabeça.

Não respondi. Apenas retribuí o beijo dela, me despedi, agradeci pelo almoço e fui até a praia atrás de Kiki. Tirei os sapatos e enfiei os dedos na areia. Kiki já estava saltitando sobre a água. O sol bateu com força no meu rosto, e me arrependi de não ter trazido um chapéu. Por que eu não tinha trazido o chapéu para me defender do sol?

Protegi os olhos com a mão e fiquei ali parada, vigiando Kiki. A voz de Budgie ecoava nos meus ouvidos:

Nick é um amor... Está sempre me telefonando.

Nick se levantou de madrugada.

Sua mão de dedos longos pousada como uma carícia sobre a barriga. *Quem sabe? Talvez não demore muito. Imagine só, Lily Dane.*

Os homens adoram isso... Você devia ter visto a expressão no rosto de Nick.

Bem devagar, eu abaixo a minha mão.

Nick e eu estamos dormindo no quarto de hóspedes enquanto consertam o nosso.

Virei o rosto para cima e fechei os olhos, deixei que o sol banhasse o meu rosto, e senti uma sensação boa, sensual. Uma sensação de verão.

Por que não?, pensei. Por que não sair com um ou dois caras? Por que não deixar tia Julie cortar meu cabelo e pintar minha boca de batom? Por que não levantar um pouco a bainha das minhas saias, e deixar alguém me beijar de novo? Por que não beijar de novo, e ao beijar, esquecer?

Imagine só. A sua Kiki pode ajudar a tomar conta do bebê.

Kiki estava fazendo 6 anos. Ela ia começar a escola no outono. Durante anos, o fato de ela precisar de mim tinha consumido a minha vida, tinha consumido misericordiosamente todo o meu amor e a minha energia, mas, com o passar do tempo, ela ia precisar cada vez menos de mim. O mundo ia abrir os braços para ela, aos poucos, e os meus iam ficar vazios, aos poucos.

E eu queria ser beijada de novo. Eu queria me lembrar de como era ser abraçada por um homem, e ouvi-lo dizer o que eu significava para ele. Eu queria sentir o calor de suas mãos e seus lábios na minha pele. Eu queria me deitar ao lado dele, e ouvir o som da sua respiração, e saber que ele era meu.

Por que não beijar de novo, e ao beijar, esquecer, e ao esquecer, perdoar?

Olhei para o sol por sob as pálpebras, deixei que o calor de maio penetrasse nos meus ossos. Quando estava suficientemente aquecida, fui até a beira do mar e me juntei a Kiki, pulando e rindo sobre a espuma que parece de champanhe.

7

SMITH COLLEGE, MASSACHUSETTS

Meados de dezembro de 1931

Nick e eu estamos abraçados no banco do seu Packard Speedster, conversando sobre o Natal.

— Pense nisso — ele diz. — Vamos estar a menos de uma milha um do outro, durante três semanas inteiras. Podemos nos ver todo dia, sair para jantar, ter um pouco de privacidade. O que você quer de presente?

— Você não tem que me dar nada.

— Alguma coisa macia? Alguma coisa brilhante? — Seu hálito aquece o alto da minha cabeça; seu braço está envolvendo minhas costas e ombros. Sob meu rosto, a lapela do seu sobretudo tem a maciez e a suavidade do cashmere.

— Nada. Só você.

— Mas isso você já tem. — Ele beija meu cabelo. — Não faz mal. Já sei o que vou comprar para você, Lilybird.

— O quê?

— Você vai ter que esperar para ver.

— *Humm*.

Fecho os olhos. Estou ficando sonolenta com o calor do corpo de Nick e porque já é bem tarde. Ele devia ter ido embora há muito tempo, mas ainda estamos ali sentados, sem conseguir nos separar.

Ele chegou às onze da manhã, como costuma fazer aos domingos, e passeamos a pé no ar gelado antes de almoçar no restaurante, vigiados pelos olhos brilhantes de Dorothy. Outra caminhada, e depois uma visita ao museu, onde trocamos um beijo rápido num momento em que o fluxo de visitantes havia diminuído um pouco. Jantar com Budgie e um ou dois amigos, depois um cinema e agora isto: o banco da frente do carro esporte de Nick, porque é o único lugar onde podemos ter um pouco de privacidade sem ficarmos congelados no ar de dezembro, e onde Nick Greenwald, como sempre, está se comportando como um perfeito cavalheiro. Nem um botão do meu casaco foi desabotoado, nem um centímetro do meu vestido foi levantado sobre minha perna coberta com meia de seda.

— Nick, você tem que ir. As estradas vão estar geladas. Você vai chegar depois da meia-noite. — Meu hálito se condensa no ar. A temperatura veio caindo o dia todo, e o cheiro de neve fresca é forte do lado de fora.

— Eu sei. — Ele não se mexe.

Viro o rosto para ele. Eu amo os beijos dele, ternos e longos, geralmente nos meus lábios, mas às vezes descendo pelo meu queixo, meu pescoço, enquanto sua respiração se acelera, e seus dedos apertam meu corpo sob as camadas grossas de roupa.

Mas não passa disso.

— Você não é Budgie Byrne — ele me disse, faz uma semana. — Você é boa demais para bancos de automóvel e dissimulação. Você é *sagrada*, Lily.

— Eu não me importaria de ser um pouco menos sagrada — eu disse.

— Quando chegar a hora, Lily. Quando for o momento certo. Pode esperar.

Esta semana, não quero mais esperar. Abraço o pescoço dele e aprofundo o beijo. Sua boca está doce da barra de chocolate Hershey que dividimos no cinema. Penso em Claudette Colbert e Fredric March se abraçando na tela, e como os dedos de Nick tinham se entrelaçado nos meus no escuro e na luz prateada, e no modo como senti um frio na barriga, uma sensação que nunca tinha sentido antes.

Acaricio sua nuca, seu cabelo. Ele tem um cheiro delicioso.

– Lily – ele murmura.

Continuamos a nos beijar, pegando fogo no frio, e de repente percebo que ele está desabotoando os botões do meu casaco, um por um, com os dedos longos e nervosos.

Meu coração bate com força, com tanta força que ele deve estar sentindo as batidas em sua mão.

– Lily. – Ele desliza os dedos dentro do meu casaco para segurar meu seio esquerdo.

Suspiro, inclino a cabeça para trás, e seus lábios descem pela minha garganta. Sem luvas, a mão dele devia estar fria, mas pelo contrário, o calor que ela emana atravessa a seda da minha blusa e o meu sutiã.

Ele faz um movimento brusco para trás, como se estivesse acordando. – Meu Deus. Desculpe.

– Não pare. – Eu o puxo de volta. Meus seios se sentem gelados, expostos, privados do calor da mão de Nick.

Ele fecha meu casaco e o abotoa desajeitadamente. Está ofegante.

– Eu perdi a cabeça.

– Não foi você. Fui eu.

– Sim, você é irresistível. – Ele segura meu rosto com as mãos, beija meu nariz e encosta a testa na minha. – Mas é minha obrigação resistir a você. Veja como você é bonita, como é inocente.

– E você não é?

Tentei arrancar esta informação dele, mas ele reluta em fornecê-la, como se os detalhes pudessem de alguma forma contaminar a pureza do nosso namoro recente. Acho que houve mulheres antes.

Houve, sem dúvida, alguma mulher no verão passado, percebi por algumas insinuações. Alguma mulher que ele conheceu quando estava na Europa com os pais. Uma mulher com quem talvez ele tenha feito amor, ou talvez chegou perto de fazer. Perto até que ponto? Como posso saber, quando não conheço as gradações, o passo a passo do ato sexual? Qual é a distância que existe entre aceitar a mão de Nick no meu seio e ir para a cama com ele? Qual o tamanho do território que existe no meio?

As mãos dele estão acariciando meu cabelo.

– Não inocente em pensamentos, isso eu posso garantir.

– Nem eu.

As mãos de Nick param em volta das minhas orelhas. Ele olha para mim.

– É mesmo? E o que você... Não. Não me conte. Meu Deus. – Ele suspira. – Lily, Lily. Isto... Isto... *não é fácil*.

– Eu sei.

– Sabe mesmo? Eu quero tanto, Lily. Não pense que não quero. Só penso nisso, me torturo com isso. Deitar ao seu lado, estar com você, o tempo todo. Imagine só, Lily.

– Eu imagino. – Coloco a mão no casaco dele, na altura do coração, e penso como ele deve ser sem o casaco, sem o paletó, sem a camisa, apenas Nick.

– Mas não *aqui*, pelo amor de Deus. Você é importante demais para mim, preciosa demais...

– Sagrada demais? – As palavras têm um gosto insípido em minha boca.

– Sim, *sagrada*. Se é que algo possa ser considerado sagrado hoje em dia. – Ele ajeita minha cabeça no vão do seu pescoço, até eu sentir seu sangue pulsando contra a minha testa. – Lily – ele diz –, o que você acha de conhecer os meus pais?

Só hesito um segundo.

– Eu adoraria conhecê-los.

— E eu posso ter a honra de conhecer os seus?

Penso no rosto preocupado do meu pai, nos olhos severos da minha mãe. As palavras de Budgie ecoam na minha cabeça: *Divirta-se um pouco... Mas não o leve para conhecer sua mãe.*

— Lily — Nick diz com delicadeza, e percebo que não respondi a ele.

— Sim. É claro que você pode conhecê-los.

— Você falou com eles a meu respeito?

— Ainda não.

Nick não diz nada.

— Papai é um pouco frágil, você sabe, por causa da guerra. E mamãe... *Mamãe irá me proibir de tornar a vê-lo quando souber.* — Mamãe é antiquada. Quer dizer, ela não é preconceituosa, não é isso — *Meu Deus, pareço a Budgie falando* —, mas ela não acredita que uma coisa possa acontecer até ver com os próprios olhos. Entende o que estou dizendo?

— É claro. — A voz dele é fria.

— Não fique assim. Você sabe como eu me sinto. Você sabe que não me importa quem seja o seu pai. Estou louca para conhecê-lo.

— Se você está dizendo. Mas importa para as pessoas que você ama.

— Então elas podem ir para o inferno, Nick. — Olho para ele. — Está entendendo? Vai ser difícil contar para eles, porque *sei* o que eles pensam, sou *honesta* quanto a isso, Nick, conheço os defeitos deles. Mas isso é tudo. Essa é a única razão por eu não ter contado nada a eles, porque sei como vai ser desagradável. Estou decidida. Eu me decidi desde aquela primeira manhã em que você veio dirigindo de Hanover até aqui com a perna quebrada.

Ele não diz nada. Há muito pouco luar, e estacionamos o mais longe possível do poste de luz. O rosto de Nick está no escuro, quase invisível; só consigo ver o brilho dos seus olhos, o contorno do seu rosto.

— A questão — ele diz —, a *ironia* disso tudo é que eu nem mesmo sou judeu. Pelo menos de acordo com a lei. Isso é passado pela linhagem materna.

Fico ali encostada nele, ouvindo sua respiração.

— Bem, o que você acha? Quer dizer, *você* se sente judeu? Ou cristão?

— Sim. Não. Nenhum dos dois. Não sei. — Ele fala baixinho: — Os pais do meu pai são praticantes. E bastante rígidos, eu diria. Costumávamos ir para a casa deles nos feriados importantes, quando eles eram vivos, e era sempre difícil, porque para eles eu era um gentio, um forasteiro. Eles me amavam, é claro, mas... bem, sempre houve uma diferença entre mim e meus primos. Todos os meninos usavam seus quipás e sabiam responder em hebreu, e eu não.

Estou vibrando por dentro. Nick raramente fala em coisas assim, tão pessoais. Fico com medo de dizer algo, com medo de dizer a coisa errada e fechar para sempre este canal de comunicação.

— Você poderia ter se convertido, ou algo assim? Seu pai não quis que você fosse... bem, igual a ele? — pergunto, hesitante.

Nick encolhe os ombros.

— Meu pai não é praticante. Nunca seguiu os preceitos judaicos, que eu me lembre. Nunca me mandou para uma escola judaica ou algo assim. Nunca deu importância a isso.

— E sua mãe?

— Ela acredita, eu acho. Mas é sempre muito discreta. Natal, Páscoa.

As palavras dele estão saindo mais duras. Ele já me disse tudo o que queria por ora: uma lasca do iceberg de Nick.

Tento mais uma vez:

— Então você ficou dividido entre os dois, não foi? Cada lado pensa que você pertence ao outro.

— Mais ou menos.

— E qual você quer ser?

— Não sei, Lily. Não sei. O que você quiser que eu seja. Que diabo, posso ser Papai Noel, se você quiser.

Eu me viro.

— Não precisa ser grosseiro.

— Então não fique me interrogando desse jeito.

— Eu não estava interrogando você. Não foi essa a minha intenção. Só quero saber mais a seu respeito. — Tento me afastar, mas o braço de Nick, que ele tinha abaixado, torna a me abraçar com força.

— Espere, Lily. — Ele suspira. — Não quis ser grosseiro. Mas esse é um assunto delicado.

— Estou vendo.

— Você estava certa. Você *tem* todo o direito de me interrogar.

Não respondo.

Ele levanta a outra mão e toca do lado da minha cabeça com enorme delicadeza, e com enorme delicadeza me faz encostar de novo em seu peito.

— Desculpe fazer você passar por tudo isto — ele diz finalmente.

— Você não me fez passar por nada. Você me *deu* tudo. Olha, eu não estou *ligando* para isso, Nick. Você sabe que não. Diga que sabe disso.

— Eu sei disso. — Ele me beija. — Eu sei disso.

— São apenas coisas práticas para serem resolvidas. E tudo vai melhorar. As pessoas estão se modernizando. Todos os velhos preconceitos vão cair por terra.

— Lily querida — ele sussurra —, você faz ideia do que está acontecendo no mundo neste momento?

— Na Europa. Não aqui. Esse tipo de extremismo jamais ocorreria aqui.

Ele me abraça sem dizer nada.

— E de todo modo, meus pais não são extremistas, de jeito nenhum. Eles deploram tudo isso. São pessoas muito boas. São quase socialistas, na verdade. É só que... as coisas sempre foram de um determinado jeito durante toda a vida deles, e...

— E você planeja virar a mesa.

— Planejo. E vou virar — digo apaixonadamente, e então me calo, desconcertada. Entramos em território perigoso. Afinal de contas, Nick não me pediu exatamente em casamento. Ele nem mesmo disse que me ama. Ele só quer que eu conheça os pais dele, e quer conhecer os meus.

— Está bem — ele diz. — Vamos virar a mesa juntos. Deixe que eles pensem o que quiserem.

— Isso mesmo.

Nós nos beijamos mais um pouco, até Nick dizer, relutantemente, que era melhor me levar para casa. Ele me empurra do seu colo, vai para trás do volante e dirige pelas ruas escuras do campus até chegarmos ao dormitório.

O gesso foi tirado duas semanas atrás, mas Nick ainda anda com a perna um pouco dura e para, como sempre, debaixo dos carvalhos de cem anos. Seus galhos agora estão nus, um esqueleto de árvore alto e complexo, com umas poucas folhas marrons, teimosas, ainda agarradas nos galhos. O frio aumentou muito, e flocos de neve caem sobre nós.

— Tenho duas provas esta semana e na sexta-feira viajo — ele diz. — Tenho o seu telefone. Você mora na esquina da Park com a Sétima, não é?

— Sim. Park, 725. Budgie vai me levar de carro no sábado.

— Posso passar lá no domingo?

Imagino Nick Greenwald na sala do apartamento dos meus pais, bonito e sorridente, com cachos pretos caindo na testa, traços da geada de dezembro ainda sobre o casaco e o chapéu.

— Sim — digo.

Ele empurra o chapéu para trás e se inclina para me beijar, ajeita meu chapéu, segura minha mão coberta por uma luva de lã e a beija também.

— Até domingo, então, Lilybird.

Entro no dormitório flutuando de felicidade, assino o livro, brinco com a atendente de ar sério e me volto para o salão, onde Budgie Byrne está recostada num sofá ao lado da minha tia Julie.

Eu paro, espantada.

— Olá, tia Julie. — Meu corpo está tenso, e meus lábios parecem inchados e vermelhos. Meu rosto aparentemente retrata toda a história daquela última hora.

Tia Julie se levanta.

— Olá.

Ela parece tão cordial como sempre. O cabelo dourado forma cachos debaixo do gorro de lã cinzento, e ela usa um casaco combinando, de cashmere cinzento, e luvas de couro preto de dirigir automóvel. Põe as mãos nos meus ombros e me beija de leve dos dois lados do rosto, envolvendo-me no seu perfume Chanel.

— Aí está você! Há horas que estou esperando.

— Desculpe. Se eu soubesse...

— Ah, está tudo bem. A boa e velha Budgie ficou me fazendo companhia. — Ela olha por cima do ombro. A boa e velha Budgie balança os dedos e dá um sorriso travesso.

— Imagino que sim — resmungo.

Ela me dá o braço e me leva para o sofá.

— Só estava passando por aqui, você sabe, a caminho de Nova York, então não resisti e parei para visitar minha sobrinha predileta.

Passando? A caminho de Nova York? Vindo de onde? De Montreal?

— Bem, estou feliz que tenha vindo. — Sentei-me no sofá, ao lado dela, e tirei as luvas de inverno, que tinham se tornado intoleravelmente quentes. — Eu só queria ter sabido para você não precisar esperar por mim. Você vai ficar na cidade?

Ela sacode a mão.

— Não. Vou seguir viagem. Sou uma verdadeira coruja.

— A Sra. Van der Wahl estava me contando sobre o seu divórcio. — Budgie balança os pés calçados de chinelos. — Ela faz isso parecer tão divertido. Estou começando a achar que gostaria de me casar só pela diversão do divórcio.

— Pobre Peter — diz tia Julie, com um suspiro de compaixão. — Ele é um cavalheiro. Uma pena não combinarmos, mas acho que não existe nenhum homem no mundo que seja capaz de me aguentar por mais de um ou dois anos.

— Os seres humanos não foram mesmo feitos para a monogamia — diz Budgie. — Estou fazendo um curso fascinante de psicologia sexual este semestre. O professor é simplesmente encantador. Eu estava falando sobre isso com a sua tia, Lily, quando você finalmente voltou do seu encontro com o Nick.

— Divertiu-se muito, querida? — Tia Julie me fita com seus famosos olhos verdes.

— Muito. Nick é um perfeito cavalheiro.

— Budgie querida — diz tia Julie —, por que não nos deixa um instante a sós?

Budgie se levanta do sofá e estica os braços finos na direção do teto.

— Estou mesmo morrendo de sono — ela diz. — Foi um fim de semana e tanto. Vejo você de manhã, querida. Boa-noite, Sra. Van der Wahl. Boa viagem. Dê um beijão em Manhattan por mim, sim?

Ela nos atira beijos e sobe a escada.

— Muito bem — diz tia Julie, vendo o traseiro de Budgie desaparecer na escada. — Conte-me tudo sobre esse seu namorado.

— Você vai direto ao ponto, não é?

— Sempre. Então fale.

— Não sei o que dizer. — A sala está quente, abafada. O aquecedor chia no canto. Desaboto o colarinho do meu casaco, e depois o segundo botão. — Eu o conheci em outubro, quando Budgie e eu fomos a Dartmouth para assistir a um jogo de futebol. Ele joga como *quarterback*, ou jogava, até quebrar a perna. Ele é fantástico. Simpático, engraçado.

— Tenho certeza de que ele é uma maravilha. Você sabe sobre o pai dele, não sabe?

— Sei um pouco. Sei que mamãe não vai ficar feliz ao ouvir o sobrenome dele, mas estou certa de que você é bem mais esclarecida — digo num tom de desafio.

— O sobrenome dele. — Ela bufa com elegância. — Não, você tem razão. Sua mãe não vai ficar nem um pouco feliz. Você não sabe nem da metade, nem de um quarto da história.

Começo a perder a paciência:

— Bem, pois isso não importa para mim. Estou apaixonada por ele. Ele está apaixonado por mim.

— Ah, você está *apaixonada* por ele? Que coisa encantadora. Estive apaixonada uma vez. Foi muito agradável. Eu recomendaria isso a qualquer pessoa.

— Não brinque. Estamos levando isso *a sério*, tia Julie.

— Quer saber, eu levei Peter muito a sério antes de me casar com ele. Quer dizer, tanto quanto consigo levar qualquer coisa a sério. Você teria um cigarro para me dar? Ou cigarros são proibidos em escolas femininas?

As mãos dela estão tremendo. Ela move o braço para o lado do sofá e começa a tamborilar com a unha pintada de vermelho no tecido desbotado.

Eu me levanto.

— Por que você está aqui, tia Julie? Alguém a avisou de que eu estava tendo um caso com alguém inelegível? Você veio aqui como uma mãe vitoriana para me proibir de tornar a vê-lo?

— Ah, cale a boca. Sente-se. Pelo amor de Deus, eu não sabia que você tinha essa tendência ao drama. *Amor*. Realmente, ele é responsável pelos excessos mais vulgares.

Fico mais alguns instantes em pé, com os punhos cerrados, depois torno a me sentar.

— Agora ouça. Você pode fazer o que quiser, é claro. Acredite, sei melhor do que ninguém que não há maneira melhor de levar uma jovem teimosa a fazer alguma coisa do que proibir que ela faça isso. Só peço que você me ouça.

Cruzo os braços.

— Está bem.

— Você sabe, é claro, que a empresa do pai do Nick está à beira da falência?

— Falência? — Descruzo os braços. — Como assim, *falência*?

— Estou dizendo que ele vai perder tudo. Ele está se aguentando, desde o *crash*, mas não vai conseguir segurar aquele castelo de cartas por muito mais tempo. Ele está acabado.

— Quem disse?

— Peter disse, e, como você sabe, ele não é dado nem a exageros nem a dar atenção a boatos falsos — diz isso com um ar triunfante, como é típico dela. Peter van der Wahl é um exemplo de discrição, um modelo de cavalheirismo. Então eu não esperaria menos dele do que permanecer amigo da ex-esposa e alertá-la sobre os problemas ligados ao jovem admirador da sua sobrinha.

O choque desta informação percorre meu corpo como uma corrente elétrica.

— Não estou ligando para o dinheiro do Sr. Greenwald. Nunca pensei nisso. E de todo modo Nick não está planejando trabalhar na empresa do pai. Ele vai ser independente, vai ser arquiteto.

— Arquiteto? — tia Julie diz com desprezo. — Ah, os jovens. Isso é encantador. Arquiteto. E vocês vão viver disso, os dois?

— Eu não sei. Não conversamos sobre isso. Mas não ligo para dinheiro. Prefereria morar numa choupana a me casar por dinheiro.

— Bem, esse é um belo sentimento, minha querida. Uma ambição nobre. Bato palmas para você. — Ela bate palmas. — O amor basta para você, então? Compensa o conforto material, a opinião dos seus amigos e da sua família, a saúde do seu pobre pai...

— *Não* jogue a saúde do meu pai na minha cara — digo, zangada. — Ele vai gostar do Nick, tenho certeza. Ele não compartilha da sua intolerância.

— Você sabe que ele não aguentará um choque desse.

— Não seja ridícula.

A porta da frente se abre e se fecha com estrondo. Um grupo de garotas entra na sala, rindo e conversando como um bando de passarinhos, tirando os capuzes. Elas assinam o livro de chegada, enquanto eu e tia Julie ficamos sentadas rigidamente no sofá, uma olhando para a outra. As palavras ternas de Nick ainda ecoam no meu cérebro. Ainda posso sentir sua mão no meu seio, cada dedo marcado no meu coração.

As meninas estão excitadas demais para irem para a cama. Elas se sentam no sofá e nas poltronas à nossa volta. Uma delas me reconhece:

— Ah, olá, Lily! Achei que você ainda estivesse na rua com o Nick.

— Não, ele voltou para Hanover.

— Pobrezinho, nestas estradas cobertas de gelo. Ele deve ser louco por você.

Eu a apresento à minha tia, troco mais algumas palavras com ela.

— Bem — tia Julie diz, se levantando. — Preciso ir. Só parei aqui por pouco tempo.

— Você precisa mesmo ir? — Minha voz soa tão falsa e alegre quanto eu pretendia.

— Não precisa chorar, certo? Você sabe o quanto desprezo sentimentalismos. — Ela me dá dois beijos. — Pense no que eu disse. Você está nas nuvens, querida, embalada pelo amor, mas pode acreditar em mim, em pouco tempo a nuvem desaparece, e aí? Você ainda tem uma vida para viver.

— Mas conosco é diferente.

Ela sacode a mão.

— É sempre diferente, não é, até ser exatamente igual. Bem, eu tentei, não foi? Estou curiosa para saber no que isto vai dar. Vou assistir de camarote. Não precisa me acompanhar até a porta. Eu sei o caminho.

Ela sai deixando para trás uma nuvem de perfume e pó de arroz, e subo para o meu quarto com sua cama estreita, bem arrumada. Eu meio que esperava ver Budgie deitada nela, louca para saber as novidades, como acontece quase todo domingo, mas a cama está vazia.

Budgie já sabe tudo o que precisa saber.

8

SEAVIEW, RHODE ISLAND

4 de julho de 1938

Durante mais de cem anos, a comemoração do Dia da Independência tinha levantado o abatido meio do verão em Seaview como o gigantesco mastro vermelho, azul e branco de uma tenda.

Não que o verão tivesse sido grande coisa até agora. Depois daqueles dias bonitos do final de maio, junho entrou num marasmo molhado, quente e chuvoso, obrigando-nos a ficar dentro de casa, jogando partidas intermináveis de bridge e mah-jongg. A Sra. Hubert começou a organizar sessões de mímica movidas a gim na sede do Seaview Club como uma medida desesperada, de sucesso mediano. Quando julho chegou, naquele verão de 1938, estávamos preparados para um pouco de animação.

Todo ano, as damas do Condomínio de Seaview passavam semanas preparando cuidadosamente o Quatro de Julho. De manhã, organizamos um pequeno, mas animado desfile pela Neck Lane até a velha fortaleza, onde a família Dane – de acordo com uma velha tradição de Seaview – acendia um canhão em miniatura que vinha do barracão do nosso quintal. Quando papai estava na guerra, assumi essa obrigação, aprendendo a limpar e preparar o canhão, a carregá-lo e a acendê-lo. Depois que ele voltou, continuei tranquilamente a fazer isso, e todo mundo entendeu.

O disparo do canhão sinalizava o início do piquenique de Quatro de Julho na praia. Antigamente, o piquenique era uma coisa caótica, com crianças correndo, fogos pipocando, tudo isso misturado com frango frito e salada de batatas. Agora, com as crianças crescidas e não tendo substituído a si mesmas nas areias de Seaview, o piquenique tinha adquirido um marasmo incurável, composto apenas de cabelos grisalhos e saias compridas, sem um único buscapé à vista.

— Não está sossegado? — A Sra. Hubert se reclinou sobre os cotovelos, expondo uma extensão de canela ossuda ao sol.

— Sossegado? Parece uma tumba — tia Julie disse. — E fica pior a cada ano. Eu me lembro de que havia muito mais fogos quando todo mundo era mais moço. Pode me passar outro ovo cozido, Lily? Pelo menos esses têm um pouco de páprica.

Olhei dentro da cesta de piquenique.

— Eles acabaram, tia Julie.

— Que droga! Cigarro, então.

Passei o maço de cigarros e o isqueiro para ela e tornei a deitar na manta. O ar estava quente e pesado.

— Mais tempestades esta tarde, aposto — eu disse.

— Ah, quanta emoção. — Tia Julie acendeu o cigarro depois de acionar algumas vezes o isqueiro. Ela estava com uma revista no colo, aberta numa página de moda. — Estou quase tentada a aceitar o convite do velho Dalrymple de Monte Carlo. O calor deve ser o mesmo, mas pelo menos a pessoa se diverte em Monte. Eu... — Uma pausa delicada, com cheiro de fumaça. — Bem, bem, por outro lado.

Fechei os olhos.

— O que foi?

— Não olhe agora, querida, mas acho que a diversão desta tarde finalmente chegou.

Antes que eu pudesse abrir a boca, Kiki pulou em cima de mim numa explosão de areia.

— Lily! Lily! O Sr. Greenwald está aqui! Posso ir dizer alô para ele? Por favor?

Meu rosto estava sujo de areia. Limpei as bochechas, os lábios e o cabelo.

— Então, Lily? O que você acha? — disse tia Julie. — A criança pode ir dizer alô para o Sr. Greenwald?

Olhei para a Sra. Hubert em busca de apoio, mas ela adormecera debaixo do chapéu de palha e estava começando a roncar.

— Acho que não devíamos incomodá-los, meu bem, se eles acabaram de chegar.

— Mas ele está acenando, Lily.

— Sim, Lily. — Tia Julie deu uma tragada no cigarro. — Ele está acenando.

Kiki subiu no meu peito e olhou dentro dos meus olhos.

— *Por favor*, Lily. Ele é tão legal. E sabe fazer os melhores castelos de areia.

O que eu podia dizer? Nick Greenwald *era* mesmo legal com Kiki, quando estava lá. A maioria dos maridos que ainda trabalhavam em Nova York tomava o trem na quarta ou na quinta e voltavam para a cidade domingo à noite; Nick raramente aparecia em público antes da manhã de sábado, e só ficava por tempo suficiente para levar Budgie para jantar no sábado à noite. Você podia vê-lo na casa durante o fim de semana, usando roupas velhas e andando de um lado para outro com plantas e martelos, ou então na praia, entre uma tempestade e outra, carregando a barraca e a manta de Budgie e aceitando as carícias dela com naturalidade.

Embora eu visse Budgie bastante durante a semana, tinha conseguido evitá-lo nos fins de semana. O resto de Seaview me ajudava nisso, num acordo tácito, até eu começar a suspeitar da existência de uma ligação secreta entre os membros do comitê para evitar os judeus, sob a liderança da Sra. Hubert. Se os Greenwald aparecessem em algum lugar, eu era na mesma hora convidada para me sentar com uma família ou outra, ou para caminhar na praia, ou era levada para dentro da fortaleza armada do clube, onde os Greenwald nunca iam, para tomar drinques e jogar bridge. No jantar de sábado, se eu desse de cara com Nick e Budgie, mal tinha tempo de trocar algumas palavras antes que alguém me chamasse para uma consulta urgente sobre a recente adição de crêpes suzette ao cardápio do clube (a Sra. Hubert considerava todas as sobremesas flamejantes vulgares), ou então sobre o nome daquele cara que escreveu *The Mill on the Floss*.

Mas Kiki passava por baixo de todas essas barreiras. Ela gostara de Nick Greenwald desde o começo, e quando eu voltava depois de examinar lagostas com a Srta. Florence Langley, ou depois de jogar bridge com os Palmer, encontrava Kiki construindo um castelo de areia com a ajuda de Nick, ou fazendo cama de gato com suas mãozinhas em frente às mãos enormes dele, ou desenhando em guardanapos de papel, enquanto os outros membros do clube assistiam horrorizados, e Budgie observava com uma tolerância divertida detrás de um romance ou de uma revista ou de um copo de algo mais forte.

Ela levantava os olhos quando eu chegava.

— Aqui está ela, Lily! Veja só eles dois. É incrível, não acha?

Nick ficava em pé e cutucava Kiki, e lhe dizia para ir ficar com a irmã dela, agora; e Kiki, que só obedecia a mim, e isso só de vez em quando, obedecia a ele como um acólito obedece ao seu bispo.

Então, quando olhei para os olhos suplicantes de Kiki naquela tarde do Dia da Independência, soube que não ia poder impedi-la.

— Pode ir, meu bem — eu disse. — Mas tenha modos, e não os interrompa se eles preferirem ficar sozinhos.

Kiki me beijou dos dois lados com seus lábios úmidos. — Obrigada, Lily!

Ela saiu correndo, e eu me levantei, sacudi a areia do vestido e do rosto e tornei a pôr o chapéu, sem olhar para a domesticidade acolhedora do piquenique dos Greenwald. Eu não precisava mesmo olhar. Um silêncio caiu sobre a praia quando o Condomínio de Seaview avistou os recém-chegados e arregalou os olhos numa expressão de censura. Mesmo que eu não pudesse contar com outra coisa, podia contar com a atenção com que vigiavam os Greenwald.

A sombra da barraca estava começando a mudar de posição com o sol; eu a ajustei para cobrir a Sra. Hubert e me sentei de volta, totalmente exposta ao sol. A sudoeste, sobre o continente, uma barreira de cúmulo-nimbo estava se formando no céu.

– Você acha que devemos juntar nossas coisas? – perguntei.

– Juntar as coisas? – Tia Julie virou a página de sua revista, com o cigarro elegantemente pendurado entre os dedos. – Você não está vendo que a festa acabou de começar?

Lancei um olhar para a praia lúgubre.

– O que você está dizendo?

– Estou *dizendo*, garota distraída, que a sua Budgie hoje tem outra carta escondida na manga, e ela está vindo direto para cá. – Ela apagou o cigarro na areia e afofou o cabelo. – Como estou?

Uma sombra caiu sobre minhas pernas.

– Ora, Lily Dane! Não acredito!

Protegi os olhos com o braço e olhei para o rosto sorridente e banhado de sol de Graham Pendleton.

– Graham! – Fiquei em pé de um salto.

Ele segurou minha mão estendida com suas duas mãos.

– Budgie me disse que você estaria aqui hoje, mas eu mal pude acreditar. Meu Deus, faz quanto tempo? Cinco anos? Seis?

– Quase sete. – Eu não podia parar de lhe sorrir. Ele estava rindo de alegria, com os olhos azuis brilhando. Estava igualzinho, só que um pouco mais velho, as feições mais marcadas, mas continuava bonito como antes. O cabelo, mechado do sol, apesar do tempo ruim, caía sobre sua testa por baixo do velho chapéu de palha. Senti uma alegria absurda ao vê-lo, um prazer enorme diante de algo tão antigo e familiar.

— Como você vai indo? — ele perguntou.

— Muito ocupada. E você? Algo a ver com beisebol, não é?

— Isso mesmo. — Graham lançou um olhar simpático de interrogação para tia Julie. — Importa-se que eu me sente um pouco aqui?

— Com todo prazer — tia Julie disse, estendendo-lhe a mão de unhas pintadas de vermelho sem se levantar. — Sou Julie van der Wahl, a velha e decadente tia de Lily.

Graham inclinou-se sobre a mão dela e a beijou.

— Não acredito numa só palavra que a senhora disse.

— É verdade — falei. — Ela é muito velha, e divorciada, e pula de escândalo em escândalo, colecionando e descartando amantes inconvenientes. Meu conselho é que você a evite a qualquer custo.

Graham se sentou na manta, entre nós duas, mantendo distância da figura adormecida da Sra. Hubert.

— Não sei. Ela parece ser o meu tipo de garota.

— Gosto desse cara, Lily — tia Julie disse. — Pergunta se ele quer um cigarro.

— Quer um cigarro, Graham?

Ele riu.

— Obrigado, eu tenho os meus. Não se importam?

— Pode fumar. — Olhei por cima do ombro, para onde Kiki orientava Nick na construção de um fosso em volta do seu castelo. Budgie estava lendo um romance por trás de óculos escuros grandes e redondos, aparentemente sem se dar conta dos olhos penetrantes do Condomínio de Seaview fixos nela. Tornei a me virar para o mar e para Graham Pendleton. — Na verdade, acho que vou fazer o mesmo.

Ele tirou o maço de cigarros do bolso da camisa, me ofereceu um, que coloquei entre os lábios que havia pintado antes de sairmos com um tubo novinho de batom Daredevil, de Dorothy Gray, e o acendeu.

— Obrigada — eu disse, soprando a fumaça numa espiral longa e irregular.

— De nada. Eu vi sua mãe no clube, jogando bridge. Acho que ela não me reconheceu.

— A mãe de Lily não reconhece ninguém quando está jogando bridge — tia Julie disse.

— Bem, mas ela me disse onde encontrar você. Não posso acreditar que este lugar continue igual. Veja só. As mesmas pedras onde bati com aquele velho veleiro. — Ele apontou para o conjunto de pedras, depois do píer, que protegiam os banhistas de Seaview dos olhares dos veranistas da praia pública, mais adiante. — Eu estava tentando impressionar minha passageira e acabei chegando perto demais.

— Eu me lembro. Budgie não ficou muito impressionada.

Graham riu.

— Não, não ficou.

— Mas estou vendo que não há ressentimentos. — Faço um sinal por cima do ombro. — Ela até o convidou para cá de novo.

— Budgie? Não, não estou hospedado na casa dela. Estou na casa dos meus primos outra vez. Você conhece os Palmer, não conhece? É claro que sim. Eles souberam que eu ia ficar de molho por alguns meses por causa deste maldito ombro e se ofereceram para me hospedar. — Ele esfregou o ombro direito.

— Ah, os Palmer! É claro. Eu só pensei porque...

Graham tornou a rir.

— Bem, seria um tanto embaraçoso, não é? Mas liguei para Nick e Budgie e avisei a eles que viria para cá. Seria bom ver o que eles andam fazendo atualmente. Todos dois. — Ele contemplou o movimento do oceano. — Confesso que fiquei surpreso quando soube de Nick e Budgie. Eu jamais teria imaginado os dois juntos.

— O coração tem suas razões — disse tia Julie.

— Eles realmente parecem muito felizes juntos — eu disse. — Mas e quanto ao beisebol? Ouvi alguma coisa, não faz muito tempo...

— Sou arremessador reserva dos Yankees — Graham disse, tirando um pouco de areia da calça.

— Os Yankees! Isso é muito bom, não é?

— Muito bom — tia Julie disse. — Você está gostando?

— Bastante — disse Graham. — Pelo menos o meu pai se conformou. Ele pertence ao tempo do esportista amador, não consegue se adaptar à ideia de se jogar beisebol pelo vil metal. — Ele bateu as cinzas do cigarro. — Mas eu disse a ele que era muito mais feliz atirando bolas o dia todo do que sentado num escritório, contando colunas num livro-caixa.

— Suponho que ajude o fato de você ser tão bom nisso — disse tia Julie.

— E ele é mesmo bom? — Olhei para Graham. Ele sempre fora um atleta, é claro, mas eu nunca tinha acompanhado esportes, principalmente depois de terminar a faculdade. Não fazia ideia de quem era quem, tirando Babe Ruth, e aquele cara mal-educado com quem tia Julie costumava sair, como era mesmo o nome dele? Qualquer coisa Cobb ou Cobb qualquer coisa.

— Bem — Graham disse com modéstia.

— Ele é o melhor arremessador reserva de beisebol que existe — disse tia Julie. — Uma lenda viva. Ouvi dizer que o senhor tem até sua própria marca de cigarro, não é, Sr. Pendleton?

— Por favor, me chame de Graham. De qualquer maneira, são cigarros vagabundos. Não recomendo que a senhora os experimente.

— Que coisa fantástica! — eu disse. — Conte-me mais. O que é um arremessador reserva?

— Sou eu que entro em campo para arremessar depois que o titular sai. — Ele sorriu com benevolência.

— O titular?

— O que começa jogando, Lily. Ele arremessa até ficar cansado, ou até errar demais.

— Ah, é mesmo? Então você espera ser titular um dia?

— Não, não. — Sorri outra vez com benevolência. — Estou feliz onde estou, na verdade. Gosto da pressão. Ser obrigado a acertar, ser o herói do dia, o cavalheiro branco chegando em seu cavalo e tudo o mais.

Cutuquei a areia com o dedão, tentando pensar em outra pergunta.

— Você ainda joga futebol?

— Acho que o Joe me mataria.

— Joe?

— McCarthy. O treinador. Meu patrão. — Graham apagou o cigarro na areia. — Mas chega de falar sobre isso. Fale-me sobre você, Lily. Sempre esperei grandes coisas desse seu cérebro.

— Eu me mantenho ocupada. Para começar, tenho minha irmã para tomar conta. — Virei-me para olhar para Kiki, mas ela e Nick tinham sumido, deixando apenas Budgie e seu romance, seus dedos de unhas pintadas de vermelho cavucando a areia fora da proteção da barraca. — Acho que ela foi a algum lugar com Nick. Deve estar procurando conchas.

— Ah, sim — disse Graham. — A famosa Kiki.

— Mal-afamada, isso sim — disse tia Julie.

— Sinto dizer que ela parece ter saído à tia — eu disse. — Espere um instante enquanto eu procuro por ela. — Fiquei em pé e protegi os olhos para olhar para um lado e outro da praia. Um fio de suor escorreu pelas minhas costas, no espaço entre a reentrância da espinha e o tecido claro do vestido. Nenhum sinal deles. Levei nervosamente o resto do meu cigarro à boca.

Graham surgiu do meu lado.

— Eles costumam fugir desse jeito?

— Sim. Ela tem uma paixonite por ele, eu acho, porque ele é o único adulto por aqui que a leva a sério, tirando eu.

— E Budgie não se incomoda? — Graham perguntou, numa voz calma.

— Não. Acho que ela pensa que é uma boa prática para ele.

Graham pareceu surpreso:

— Ela não está grávida, está?

— Ainda não. Pelo menos não me contou nada. Mas eles estão loucos por um filho. É só uma questão de tempo, não é?

Graham não respondeu, apenas balançou a cabeça e levou a mão à aba do chapéu.

— O bom e velho Nick — ele disse, baixinho, e então: — Olhe! Lá estão eles.

Acompanhei seu olhar e os vi, num ponto distante da praia, inclinados exatamente no mesmo ângulo. Nick parecia especialmente alto ao lado dela, e muito magro, caminhando devagar com suas longas pernas para que Kiki pudesse acompanhá-lo.

— Devem estar procurando conchas de novo. Espero que ela não o esteja incomodando.

— Não sei. Mas ele me parece bem satisfeito — Graham disse. Deixou a mão cair, quase roçando na minha, e de repente eu me dei conta de que ele estava muito perto de mim, que seu ombro parecia muito sólido ao lado da minha orelha, vestindo uma camisa branca e sem paletó por causa do calor, cheirando a cigarro e a goma de roupa e levemente a suor. O ar à nossa volta parecia parado, carregado do calor de julho.

— Muito bem, meus caros — disse tia Julie —, vocês estão tapando todo o sol.

Graham riu, virou-se e tirou o chapéu com uma reverência.

— Perdoe-me, Sra. Van der Wahl.

— Meus amigos me chamam de Julie.

— Você pode chamá-la de *tia* Julie, se quiser — eu disse. — Ela adora isso.

Tia Julie estendeu a perna até seus dedos saírem da manta e se enterrarem na areia, como os de Budgie.

— Não ouse fazer isso, Graham. Você devia ver a carcaça do último homem que tentou.

Graham fez uma continência.

— Julie então, madame.

— E nada de *madame* também. E muito menos quando está olhando para mim com os olhos brilhando desse jeito. Estou certa de que esse tipo de coisa é contra as normas do condomínio.

Graham virou os olhos brilhantes para mim.

— Lily, por mais que eu preferisse ficar aqui, minha prima Emily vai me matar se eu não voltar logo para jogar bridge. Mas você vai ao baile esta noite, não vai?

O cigarro queimou meus dedos. Joguei a guimba na areia e cruzei os braços.

— Sim, é claro. Estamos planejando isso há um tempão.

— Estou certo de que sim. — Ele sorriu, exibindo os dentes brancos e perfeitos, saídos diretamente de um anúncio de pasta dental. Todo o rosto dele, perfeitamente simétrico, bronzeado do sol, parecia irradiar saúde e alegria. — Mas o seu cartão de dança ainda não está completo, está? Você vai guardar uma dança para o seu velho amigo Graham?

— É claro que sim.

Ele se inclinou para a frente, me deu um beijo no rosto e tornou a pôr o chapéu.

— Muito bem, então. Estarei esperando. Julie? Foi um prazer conhecê-la. Vou guardar minha *última* dança para você. — Ele piscou o olho azul-celeste, deu meia-volta e começou a caminhar pela praia na direção do clube, flexionando os músculos com o esforço de escalar as dunas de areia macia.

— Ora, ora — disse tia Julie, vendo-o ir. A revista escorregou do seu colo sem que ela percebesse.

Ao lado dela, a Sra. Hubert deu um ronco alto e se assustou. Ela levantou a cabeça e olhou em volta, confusa. Franziu o nariz.

— Alguém andou fumando? — ela perguntou, um tanto zangada.

— Todo mundo. — Eu me agachei ao lado da manta e comecei a guardar as coisas do piquenique na cesta.

— Pregos de caixão — disse a Sra. Hubert. Ela parou de repente e me olhou com atenção, depois se virou para tia Julie e tornou a olhar para mim. — Tudo bem, senhoras. Eu perdi alguma coisa?

Tia Julie pegou outro cigarro e o colocou entre os lábios.

— Pode ter certeza.

※

A ORQUESTRA ERA HORRÍVEL, a cantora, pior ainda, mas ninguém no Seaview Beach Club se importava com isso, já que a alternativa era gastar dinheiro com melhores músicos.

Quer dizer, ninguém, exceto tia Julie.

— O que vem depois? Jazz? — ela disse, engolindo seu coquetel de champanhe, irritada e frustrada. — Quem pode dançar com esta música? Lily, você devia ter escolhido um batom mais escuro. O que aconteceu com o que eu mandei para você?

— Kiki pegou para maquiar as bonecas.

— Mas que menina. Vou buscar outra bebida. Eu me ofereceria para trazer outra para você, mas estou vendo que você mal provou essa. — Ela se afastou abruptamente, deixando para trás apenas um traço de Chanel.

Tomei um gole do meu coquetel e examinei a varanda. O sol ainda não tinha se posto, e no lusco-fusco do final da tarde todo mundo parecia lindo, até mesmo as senhoras idosas, com as rugas menos marcadas, o brilho sutil dos vestidos. Os homens estavam usando paletós brancos e gravatas-borboleta vermelhas, azuis e brancas (orientados pela Sra. Hubert para combinar com o tema deste ano, "Você é uma velha e imponente bandeira"), e o efeito era um tanto ofuscante, junto com a música de Gershwin e o brilho da brilhantina nos cabelos e o borbulhar dos coquetéis de champanhe. Os Palmer tinham acabado de chegar, com o cabelo mechado de sol de Graham Pendleton se destacando no meio deles. Sua risada atravessou a sala, por cima do burburinho de conversa.

Como se soubesse que eu o estava observando, Graham virou a cabeça, e eu me acovardei e corri para a extremidade da varanda, onde ergui o drinque na direção do horizonte e fitei o oceano através do cristal da taça. Os veleiros balançaram por trás das bolhas e do brilho do famoso coquetel de champanhe de Seaview, uma receita secreta anotada e trancada no cofre de um banco quando a Lei Seca começou. Felizmente, a Sra. Hubert ainda tinha a chave quando a lei foi revogada.

Tomei o resto da bebida. Não fazia sentido desperdiçar uma boa champanhe.

Duas mãos me taparam os olhos, uma delas segurando um cigarro e a outra um copo alto e gelado.

— Adivinha quem é? — murmurou Budgie.

— Alguém fumando Parliaments e usando perfume demais. — Coloquei a taça vazia no parapeito. — Só podia ser Budgie Greenwald.

— Ah, que droga! Você é esperta demais. — Ela me fez virar. — E olhe só para você! Onde achou esse vestido? Ele devia ser proibido.

— Tia Julie me levou para fazer compras em Newport na semana passada. Você gostou dele?

— Gostei? Adorei. Eu mesma o usaria se tivesse seios. — O hálito de Budgie cheirava a uma banheira de gim, e seus lábios estavam pintados de um vermelho cor de sangue. — Você já olhou para essa gente? Não vejo tanto cabelo branco desde... ah, desde esta tarde no piquenique, eu acho! Ah, lá está aquela maldita Sra. Hubert, vindo libertar você das minhas garras. Depressa! — Ela me deu o braço e me arrastou para o meio da multidão. A orquestra estava tocando um animado foxtrote. Budgie agarrou minha mão e me fez ficar de frente para ela. — Vamos dançar, querida. Isso vai agitá-los um pouco.

Eu ri e coloquei a mão ao redor da cintura dela. Começamos a dançar um foxtrote meio sem jeito, enquanto o cigarro de Budgie queimava entre nossas mãos entrelaçadas, e seu gim derramava por cima do meu ombro.

— Ah, isso mesmo! — ela exclamou. Seus cachos negros e sedosos balançavam ritmadamente, e seus lábios vermelhos se abriam. Ela cochichou no meu ouvido. — Está todo mundo olhando. Imagine a cara deles se eu contasse que passei oito meses na América do Sul dormindo apenas com mulheres.

O foxtrote terminou e em seguida veio uma valsa, e Budgie me levou valsando até o outro lado da varanda, onde nos recostamos, ofegando e rindo, no parapeito.

— Ah, isso foi divertido. Há muito tempo que eu não me divertia tanto, Lily. Vamos a Newport na semana que vem, ou então a Providence, só nós duas, enquanto os homens estiverem fora. Vamos nos divertir tanto. Conheço os lugares mais impróprios por lá.

Peguei o cigarro dela, dei uma boa tragada e tornei a devolvê-lo.

— Não posso deixar a Kiki.

— Ah, pode sim. Sua mãe pode tomar conta dela uma vez na vida, ou então a empregada. Eu mando a Sra. Ridge, se for preciso. Quem está tomando conta dela esta noite?

— Mamãe. Ela detesta dançar.

— Está vendo? Ela vai sobreviver até de manhã, você vai ver. — Budgie apagou o cigarro e o atirou na areia. — Diga-me, você gostou da minha pequena surpresa esta tarde?

— Que surpresa?

Ela me cutucou com o pé e apoiou as costas no parapeito. Seu corpo se esticou sob a seda vermelha do vestido, combinando com o tom do batom.

— *Lily*. Como se todo o Condomínio de Seaview não tivesse visto vocês dois flertando na sua manta.

— *Graham?* Mas ele disse que estava hospedado com os Palmer!

— É *claro* que ele está hospedado com os Palmer, querida. Ele não pode ficar conosco, já que Nick passa a semana toda em Nova York. *Isso* sim seria um escândalo. — Ela riu, terminou de tomar o seu gim e atirou o copo por cima do ombro, na areia, perto da guimba de cigarro. — Mas quem você acha que ligou para Emily Palmer e disse a ela para convidá-lo?

— Foi você?

— É claro que sim. Ela me devia um favor, muito antigo. Ele não está maravilhoso? Quero que vocês dois se divirtam *bastante* este verão, e quero conhecer todos os detalhes na manhã seguinte, está ouvindo? — Ela se virou para mim e inclinou-se na direção do parapeito, encostando seu corpo esbelto no meu. Ela disse, no meu ouvido: — *Cada* detalhe. Não olhe agora, mas ele está vindo para cá. Vou descer a escada que dá na praia e deixar vocês dois a sós.

Budgie me beijou no rosto e se foi, e quando ela desapareceu num clarão vermelho, lá estava Graham Pendleton no seu paletó branco e gravata-borboleta vermelha, azul e branca, sorrindo para mim como um cachorro para o seu dono. Ele me entregou um coquetel de champanhe.

— Você está com cara de quem precisa de um drinque — ele disse.

— Obrigada. — Peguei minha taça e bati na dele. — Saúde.

Graham tirou o lenço do bolso.

— Espere. Ela deixou um pouco de batom no seu rosto.

Ele limpou o batom enquanto eu bebia. Quando ele terminou, eu também tinha terminado. Pus a taça sobre o parapeito, e ele tornou a sorrir para mim.

— Devagar, garota. Nós temos a noite toda. Quer um cigarro?

— Da sua marca?

— Meu Deus, não!

— Então quero. — Pus o cigarro entre os lábios e deixei que ele acendesse. Sua mão grande fez cócegas no meu queixo. Ele acendeu o cigarro dele e ficamos ali, de costas para a festa, contemplando o movimento contínuo do oceano na praia. A maré estava subindo na direção da linha de algas marinhas e detritos da última maré cheia. Não havia sinal de Budgie.

— Bonito vestido — disse Graham.

— Obrigada.

Ele se inclinou sobre os cotovelos, deixando a cinza do cigarro balançar e cair na areia.

— Sabe, você é uma garota engraçada, Lily Dane. Fica quietinha no seu canto, toda serena e não me toques, e então, de vez em quando, você aparece com um vestido desses, com *essa* aparência, e aposto que fica todo mundo coçando a cabeça, tentando entender você.

Eu ri.

— E há quanto tempo isso vem acontecendo?

— Uns cinco minutos, eu diria.

Eu me virei para ele, encostando o quadril no parapeito, o sangue correndo agradavelmente pelas minhas veias.

— Diga-me uma coisa, Graham. O que aconteceu entre você e Budgie no passado? Todos nós achávamos que se tratava de amor e casamento e filhos.

Ele sacudiu a cabeça.

— O quê? Me casar com Budgie? De jeito nenhum. Estávamos nos divertindo um pouco, só isso.

— Para mim, parecia bastante sério. O Grand Canyon, lembra?
— Para você, tudo parece sério, Lily. Isso faz parte do seu charme. — Graham virou-se para mim e apoiou a mão no parapeito, a menos de dois centímetros do meu quadril. Ele estava tão perto que tive de virar a cabeça para cima para olhar para ele. Uma espiral de fumaça passou pelo seu rosto. — Sim, nós conversávamos sobre o futuro, mas vou contar a você como isto funciona, minha doce Lily, caso você não saiba. Quando duas pessoas jovens, solteiras e desimpedidas... digamos, Graham Pendleton e Budgie Byrne, só para dar um exemplo... quando elas começam a transar, elas falam sobre amor, elas falam sobre o futuro, às vezes seriamente e às vezes não, porque, senão, elas estarão estragando a pequena ficção de que não estão simplesmente trepando no banco de trás de um carro por prazer. Isso está bem claro para você?

Ele falou com uma voz baixa e cordial, tendo como pano de fundo a música e o barulho das ondas. Seus olhos estavam fixos nos meus, examinando minha reação, como se não estivesse absolutamente convencido de que eu sabia o que era sexo.

Tirei o cigarro da boca e o encarei com firmeza.

— Então é isso. Vocês estavam apenas trepando no banco de trás do carro de Budgie?

— Ela estava satisfeita com isso. Eu estava, sem dúvida, satisfeitíssimo com isso. Olha, quer saber dos detalhes picantes? Nós transamos o verão todo, o outono todo. Foi muito divertido, sem compromisso. Por volta do Natal, ela de repente começa a falar em casamento, e não estava apenas brincando, como antes. De repente, ela quer um anel e uma festa de casamento. — Ele parou de fumar, tirou um pedacinho de fumo do lábio. — Então fico sabendo que o pai dela está encrencado, afundando como todo mundo. Eu disse a ela que sabia o que ela estava querendo. Nós nos separamos.

— Esse é o resumo da história.

— É tudo o que você precisa saber. Mas ela caiu em pé, como você pode ver.

Ele fez um sinal na direção da multidão. Segui o gesto dele, e lá estava Budgie, que havia reaparecido como num passe de mágica, dançando colada no seu marido, com um novo copo de bebida equilibrado na mão esquerda. Os outros casais abriram bastante espaço para eles. O cabelo castanho cacheado de Nick e suas costas brancas se viraram na minha direção e pude avistar apenas a parte de cima dos olhos redondos de Budgie por sobre o ombro dele. Ela piscou o olho para mim e inclinou a cabeça para tomar um gole de bebida. Seu anel refletiu a luz num clarão ofuscante.

Eu me virei de volta para Graham. Ele estava me olhando com uma expressão estranha, a boca repuxada num sorriso intrigado.

— Isso a incomoda? — ele perguntou.

— De jeito nenhum. Pelo menos eles não estão apenas trepando no banco de trás do carro.

Ele atirou o cigarro na areia.

— O carro de Greenwald não tem banco traseiro.

— O seu tem?

Graham tirou o cigarro dos meus dedos e o apagou. Ele pegou minha mão vazia e beijou-lhe a palma com os lábios quentes.

— Por acaso ele tem. Um banco largo, macio e confortável. Mas você não é o tipo de moça que um homem leva para o banco de trás do carro dele, é?

O sol estava começando a se pôr, e os olhos de Graham estavam mais cinzentos do que azuis, envolvendo-me com uma seriedade que eu nunca tinha visto neles antes. O coquetel de champanhe tilintava alegremente no meu cérebro.

— Ah, não sou não? E o que isso quer dizer exatamente?

Graham alisou meu cabelo para trás e deu um ligeiro puxão na minha orelha.

— Não sei o que isso quer dizer. Estou um pouco perdido no momento. Mas de uma coisa eu sei: se um cara não conseguir pelo menos dançar uma vez com você, ele vai estar uivando para a lua no final da noite.

Eu me afastei do parapeito e me aproximei do peito dele.

– Não podemos deixar que isto aconteça.

Graham me levou para a pista, passando por tia Julie com o seu segundo coquetel, passando por Budgie com sua terceira ou quarta bebida, passando pelo olhar desconfiado de Nick Greenwald, cuja mão envolvia a cintura forrada de seda vermelha da esposa e cuja boca tinha vestígios do seu batom vermelho.

9

PARK AVENUE, 725, CIDADE DE NOVA YORK

Dezembro de 1931

Para meu alívio, papai está num dos seus bons dias. Ele já se levantou e está tomando café na sala de jantar quando entro ainda de camisola, com olhos de sono, despertada por um sonho aflitivo que mal consigo lembrar.

— Bom-dia, boneca — ele diz, levantando os olhos com um sorriso, e dou um beijo no seu cabelo ralo.

— Bom-dia, papai. — Passo o braço pelos ombros dele. — Eu queria dizer alô quando cheguei ontem à noite, mas estava muito tarde. Você e mamãe já estavam deitados. Não quis incomodá-los.

— Você pode me acordar quando quiser — ele diz, apertando carinhosamente a minha mão. — Sente-se. Tome um pouco de café.

Eu me sento na cadeira à direita dele. O sol aguado de inverno entra pelas janelas, iluminando a mesa, que já está posta para três, com manteiga e geleia em abundância e uma jarra de suco no meio, brilhando num tom alaranjado que parece uma gema de ovo.

— Onde está mamãe? — pergunto.

— Ah, ela ainda está deitada. Esta manhã quem acordou cedo fui eu. Como foi sua viagem?

— Perigosa. Você conhece a Budgie. — A porta da cozinha é aberta, e Marelda, nossa empregada, entra com um grande bule de café.

O branco imaculado do seu avental reflete o sol com tal força que chega a me doer os olhos. – Bom-dia, Marelda. Ah, bendito café. Obrigada.

Ela me serve.

– Bom-dia, Srta. Lily. Como estava a faculdade?

– A faculdade estava ótima, Marelda. Ótima!

– Algum rapaz? – Ela pisca o olho.

Olho para papai, que voltou a ler o *New York Times*, e pisco de volta para ela.

– Talvez. Nunca se sabe.

– Isso é bom, Srta. Lily. Isso é bom.

Papai está estudando o *Times* com a testa franzida em concentração. Ele tem um belo perfil, reto e firme, seu colarinho é branco e engomado, e o cabelo louro está apenas começando a ficar grisalho nas têmporas. Olhando assim para ele, você jamais diria que há algo de errado. Talvez você notasse apenas o ligeiro tremor de suas mãos, segurando o jornal. Se ele virasse o rosto, talvez você se impressionasse com o modo como os claros olhos azuis estão sempre se desviando dos seus, como se ele não suportasse conectar-se com você. Mas isso é tudo. Hoje é um bom dia, sem dúvida.

– Papai – eu digo –, você conhece a empresa Greenwald and Company?

– O que foi, boneca? – Ele se vira para mim.

– Greenwald and Company. Você conhece?

– É claro que sim. Um bom homem, Greenwald. Títulos de capitalização, não é? Pelo que sei, muito bem-sucedido. – Ele dobra o jornal cuidadosamente, mantendo as dobras originais.

– Eles tiveram algum problema recentemente?

– Bem, todo mundo teve problemas, Lily.

– Estou dizendo mais do que o normal. Eles *são* uma... – Procuro as palavras. – Uma empresa próspera, não são?

Papai encolhe os ombros. Seus ombros ainda estão muito magros por baixo do paletó; ele todo ainda está muito magro, depois da pneumonia do último inverno. Ele já tinha tido pneumonia duas vezes antes, e cada vez ela fica pior. Embora ele nunca fale da guerra, sei por Peter van der Wahl que papai foi atingido por gás em Belleau Wood, e que não estava de máscara na hora, estava ocupado demais ajudando um dos seus homens com uma correia defeituosa, e é claro que depois disso seus pulmões nunca mais foram os mesmos.

— Não ouvi nada de diferente a respeito, boneca. Por que você pergunta?

Abro a boca, torno a fechá-la, e tomo o meu café com um bolo na garganta.

— Ah, por nada.

O telefone toca. Uma, duas vezes. A voz de Marelda atravessa as paredes num murmúrio.

Eu me sirvo de suco de laranja. A jarra treme na minha mão.

A porta que dá para a sala de estar é aberta.

— Srta. Lily, telefone. É...

— Obrigada, Marelda. — Eu me levanto depressa. — Já vou.

Mamãe não gosta de telefones, e o nosso fica escondido num vão entre a sala de estar e o escritório, com um banco duro para a pessoa se sentar. Mas ele tem a vantagem de ficar protegido dos ouvidos alheios, e isso é bom.

— Bom-dia, Lilybird — diz Nick, numa voz alegre e ansiosa, afastando todas as minhas dúvidas.

— Bom-dia. Onde você está?

— Em casa. Como foi a viagem?

— Horrível. Budgie quase nos matou pelo menos três vezes.

— Aquela Budgie. Eu mesmo devia ter ido buscá-la. Você está bem?

Eu me encosto na parede e fecho os olhos para poder me concentrar no som da voz dele. A parede é dura contra a minha espinha.

— Sim, é claro. Estou com saudades suas.

— E eu estou louco para vê-la. Estou olhando para o outro lado do parque neste momento, imaginando se posso ver o seu prédio.

— Não pode. Ele fica no meio do quarteirão.

— Vamos nos encontrar em algum lugar. Você está vestida?

Eu olho para o meu roupão.

— Ainda não. Estamos tomando café.

— Bem, não demore para se arrumar. Eu me encontro com você no meio do caminho, está bem? Que tal perto da garagem de barcos?

— Claro. Perfeito.

— Mas não demore, está bem? Não precisa se arrumar toda para mim. Apenas venha.

Eu me arrumo assim mesmo, só um pouco: um toque de batom, um pouco de pó de arroz, meu melhor chapéu. Passo rapidamente pela sala e saio dizendo vagamente que vou fazer compras. Do lado de fora, o ar frio bate no meu rosto me dando uma agradável sensação de boas-vindas.

Quando Nick me vê chegando, ele abre os braços, e me atiro nele com tanta força que ele cambaleia para trás, rindo, abraçando-me como se não nos víssemos há meses.

— Esta é a minha garota — ele diz.

— Em carne e osso.

Ele me abraça com mais força ainda e me faz girar.

— É tão maravilhoso encontrar com você aqui. Não posso acreditar que moramos todos estes anos na mesma cidade sem saber disso.

— Bem, não exatamente. Eu passava o ano fora, na escola, e o verão em Seaview. Às vezes tenho a impressão de quase não conhecer Manhattan. — Ainda estou com a cabeça encostada no peito dele. Sinto um medo estranho de encará-lo.

— Eu também, eu acho. Mas aqui estamos, de todo modo. Aonde vamos?

Caminhamos por algum tempo, devagar, por dentro do parque. De braços dados. Finalmente consigo olhar para ele, e é ainda mais bonito do que eu me lembrava, um sorriso nos lábios, seu hálito deixando uma espiral branca no ar gelado.

— Nova York combina com você — digo a ele.

— *Você* combina comigo. Ouça, Lily. Tenho tanta coisa para dizer para você. Minha cabeça está cheia de planos. No longo caminho de volta de New Hampshire para cá, tudo ficou claro. Desta vez, estou decidido.

— Decidido a fazer o quê?

— A fazer o que você disse naquela primeira manhã. Sobre seguir meu próprio caminho. — Ele aperta mais o meu braço passado pelo dele. — Tenho tanto que agradecer a você.

— Eu não fiz nada.

— Você fez tudo. Diga-me, quais são os seus planos para o Réveillon?

O sangue corre com mais força pelas minhas veias.

— Não sei. Nós geralmente ficamos em casa.

— Bem, venha entrar o ano lá em casa. Sempre damos uma festa, com máscaras e caviar e cascatas de champanhe, a última palavra em vulgaridade. Você pode conhecer meus pais.

— Como eles irão me conhecer se eu estiver usando máscara?

Nick se inclina e cochicha no meu ouvido:

— Porque à meia-noite tiramos as máscaras, sua boba. Na hora de beijar você.

Ele está flertando. Adoro flertar com Nick.

— É mesmo? E por quê? Para ter certeza de que está beijando a garota certa?

Um grupo de rapazes se aproxima, falando alto. Um deles segura uma bola de futebol nas mãos vermelhas e nuas sob o vento gelado de dezembro. Nick espera até passarmos por eles e diz:

— Os outros, talvez. Eu reconheceria o seu beijo em qualquer lugar.

— Ah, então é assim, Casanova? Quer me encostar numa árvore e provar isso?

— Não preciso encostar você numa árvore — Nick diz, e então me abraça, me levanta do chão e me beija ali mesmo, no meio do parque, no meio de Nova York, sua boca quente contra a minha pele fria. Alguém assobia, zoando, e atira a bola nas costas de Nick.

Ele afasta os lábios.

— Novatos — resmunga. Ele se abaixa, pega a bola e a atira de volta com a força de um torpedo.

— *Ai!* — alguém grita ao longe.

Nick torna a me abraçar e volta ao que estava fazendo, e quando termina, minha pele não está mais entorpecida, mas quente e viva.

— Isso é o que eu chamo de última palavra em vulgaridade — digo, limpando uma mancha de batom do rosto dele.

Caminhamos por um ou dois minutos, envolvidos numa sensação de intimidade. Nossos pés tocam o chão gelado; os galhos verdes passam por nós em fileiras silenciosas.

— Então isso resolve a questão de conhecer os meus pais — ele diz finalmente. — E os seus?

— Tenho certeza... de que eles irão adorar conhecer você.

— Você ainda não contou a eles, contou?

— Mamãe ainda não tinha se levantado. — Ao dizer isso, percebo como é estranho. Mamãe nunca dorme até tarde. Ela pode ficar horas no quarto, escrevendo cartas e fazendo listas, mas acorda bem cedinho.

— Entendo.

— Não diga isso. Ela não estava acordada, Nick. O que eu posso fazer?

— É claro. Eu entendo. Há tempo de sobra.

— Nós podemos ir até o meu apartamento agora mesmo.

— Isso não é necessário.

— Estou falando sério. Agora mesmo. Vou provar para você. Vou mostrar para você...

— Lily. — Ele para, se vira e me segura pelos cotovelos. — Isso não é necessário. Você não precisa provar nada.

Mas o rosto dele está sério e tenso, como se cada músculo, relaxado de prazer ao me ver, tivesse se retesado de novo. Seu orgulho está estampado nas linhas fundas marcando sua testa.

Toco o canto de sua boca com a ponta do dedo.

— Nick, por favor, vamos até a minha casa. Quero que você conheça os meus pais. Quero que eles conheçam você, que vejam como você é maravilhoso. Por favor, venha.

Ele solta o ar devagar, aquecendo o meu dedo.

— Está bem — ele diz. Mas sua expressão continua dura, tensa.

Saímos do parque na rua Sessenta e Seis, subimos a Quinta Avenida e descemos a Sétima, sem falar nada. O braço de Nick está duro sob o meu, como se ele quisesse retirá-lo, mas não soubesse como. Quase posso senti-lo expandindo-se ao meu lado, adquirindo altura e largura; fito os olhos dele, sei que estarão apertados e ardendo.

Ele está indo para a guerra, percebi, sem poder fazer nada.

Eu o faço parar do lado de fora da entrada do prédio.

— Você está zangado. Não fique zangado.

— Não estou zangado com você. É tudo, é tudo isso...

— Pare. Não faça isso. — Ponho as mãos no rosto dele. — Por favor. Se você estiver zangado, vai ser um desastre. Olhe para mim, Nick.

Ele olha para mim.

— Sou eu, Lily. Eu estou do seu lado. Eu apoio *você*, Nick.

Ficamos ali parados como duas pedras, com o movimento da calçada à nossa volta. Alguém esbarra em nós, prageja, olha para cima e vê o tamanho de Nick e vai embora depressa.

— Eu sei disso. — Ele me dá um beijo na testa. — Eu sei disso.

Nosso prédio não é o mais elegante de Park Avenue, nem de longe, mas gosto do seu jeito antigo, dos seus pesados elevadores e dos seus porteiros monossilábicos. Um deles aperta o botão do elevador para nós. Em silêncio, Nick e eu observamos a seta sobre o elevador descer devagar, parando para mostrar cada andar, até chegar ao saguão com um estrondo.

— Você confia sua vida a essa máquina? — Nick pergunta friamente, enquanto o porteiro fecha a grade e a porta do elevador.

Apesar das minhas palavras corajosas de solidariedade, meu estômago está ardendo de ansiedade. O que papai irá dizer? Não faço ideia. Ele conhece o pai de Nick, gosta dele, mas uma coisa é apertar a mão de um homem e apreciar sua companhia e outra é vê-lo como sogro de sua única filha. Mas papai é justo e amável. Eu sei no meu coração que ele vai gostar de Nick, que ele é bem-educado demais para demonstrar um traço de decepção com a escolha da filha, pelo menos em público.

Mas mamãe.

Meus dedos se encolhem dentro das luvas. Talvez ela não esteja em casa. Talvez ela ainda esteja deitada. Talvez ela esteja doente, com gripe.

Mamãe não vai aprovar Nick de jeito nenhum. Os olhos de mamãe vão se arregalar, e depois vão se estreitar. Ela vai se comportar com toda a correção, oferecendo um chá ou um café a Nick, insistindo para que ele prove o bolo de limão de Marelda. Ela vai perguntar a ele sobre seus pais, seus amigos, sua formação, cada pergunta destinada a expor algum defeito ou provocar alguma revelação desabonadora. Ela vai se referir à linhagem dos Dane de modo casual, e vai mencionar seu próprio nome de solteira no meio da conversa. No final, vai ficar claro para Nick e para mim que não combinamos um com o outro, que estou tão longe dele quanto a órbita do Sol está longe da órbita da Lua.

Ela vai apertar a mão dele, fechar a porta, se virar para mim e dizer:

— Ora, que rapaz simpático. Pena o pai dele, senão eu teria gostado dele para você.

O elevador sobe aos solavancos, passando pelo oitavo andar, pelo nono. Nick fica pacientemente parado ao meu lado, vendo passar os números. A manga dele roça na minha. Naquele cubículo apertado posso sentir o cheiro da lã do seu casaco, do seu sabonete, do seu hálito.

Tenho 21 anos e estou terminando a faculdade. Não preciso da aprovação dos meus pais para nada. Se eu quiser, posso ficar com Nick.

O elevador chega ao décimo segundo andar, suspira profundamente e para. A porta se abre. Nick estende a mão e abre a grade.

— Vou me comportar bem, prometo — ele diz.

— Não se preocupe. Eles vão gostar de você.

Procuro minha chave na bolsa, tiro a luva e torno a procurar, até encontrá-la.

— Achei — eu digo.

— Olá, Lily!

A voz alegre da menina me faz dar um pulo:

— Oh, olá, Maisie — digo. — Vai descer?

Nosso prédio tem dois apartamentos por andar, e Maisie mora no outro com os pais e dois irmãos mais velhos, cujos nomes nunca consigo decorar. Ela olha para mim, depois para Nick, arregalando os olhos castanhos, e com a simplicidade dos seus 10 anos pergunta:

— Esse é o seu *namorado*, Lily?

— Eu... bem, ele...

— Sou sim, Maisie — Nick diz, estendendo a mão para ela. — Nick Greenwald. Esse é o seu apartamento? — Ele aponta para o outro lado do hall, onde a porta dos Laidlaw está aberta.

Ela aperta a mão dele.

— É sim. Vamos fazer compras de Natal, assim que mamãe encontrar a bolsa. Você já esteve na Bergdorf?

— Ainda não.

— Tem uma árvore e um trem na vitrine, e o trem está cheio de brinquedos e dá voltas ao redor da árvore. — Ela faz círculos com as mãos para mostrar. — O que você vai dar de presente de Natal para Lily?

Nick ri.

— Isso é surpresa.

A porta dos Laidlaw se abre completamente, e a Sra. Laidlaw, parecendo apressada, sai vestindo um casaco de lã marrom, com a bolsa fujona pendurada no braço, enchendo o ar abafado com o perfume de pó de arroz recém-aplicado.

— Maisie! Aí está você. Oh, olá, Lily. De volta da faculdade?

— Sim, ontem. Como vai, Sra. Laidlaw?

— Ah, você sabe como esta época do ano é agitada. — Ela está examinando Nick com o canto dos olhos.

— Sra. Laidlaw, este é Nick Greenwald, um amigo meu.

— Ele é *namorado* da Lily — Maisie diz toda prosa.

— Sra. Laidlaw. — Nick estende a mão. — Muito prazer.

A Sra. Laidlaw arregala os olhos e abre a boca numa *expressão* de espanto. Ela permite que Nick balance sua mão mole.

— Eu... sim. Prazer em... *Greenwald*, você disse?

— Nick Greenwald. — Nick abaixa a mão.

A Sra. Laidlaw olha para mim, olha para Nick, torna a olhar para mim. Sua mão direita segura a alça da bolsa.

— Ora, ora. Muito... prazer em conhecê-lo. Eu... *bem*.

O elevador dá um solavanco, como se alguém tivesse apertado o botão em outro andar. Nick estende o braço para impedir que a porta se feche.

— Vão descer, certo?

— Sim. Obrigada. Maisie? — A Sra. Laidlaw empurra Maisie para dentro do elevador e aperta o botão. Nick fecha a grade, e as portas se fecham diante do rosto pálido dela.

— Bem — Nick diz de cara feia —, isso foi ótimo.

Olho para a chave, que ainda está apertada na minha mão direita. — Acho que ela só ficou surpresa ao me ver acompanhada de um homem, só isso.

— Sem dúvida.

Nick fica parado em silêncio enquanto enfio a chave na fechadura e abro a porta do apartamento.

— Mamãe! Papai! — chamo. — Estou em casa! — Eu me viro para Nick. — Entre.

Marelda aparece.

— Ah, Marelda. Onde estão meus pais? Trouxe um amigo.

— Srta. Lily. Seu pai está no escritório, e sua mãe...

Mas papai aparece, com um livro debaixo do braço.

— Lily, aí está você. Achei que tinha ouvido a sua voz. — Ele está trêmulo, nervoso. A calma relativa de hoje de manhã tinha desaparecido. Os olhos dele estão aflitos.

— Papai. — Eu me aproximo e toco na mão dele. Está tremendo. — Papai, você não está bem? Onde está mamãe?

— Estou bem, boneca. — Ele se controla. Quero abraçá-lo, apertá-lo contra mim até ele parar de tremer, mas não tenho coragem. — Sua mãe acabou de sair. Alguma compra de Natal de última hora, sem dúvida.

Eu rio.

— Bem, você conhece a mamãe. Tudo tem que estar perfeito.

— Mas você trouxe uma visita. — A voz dele tem uma alegria falsa, que me deixa triste.

— Sim. — Eu me afasto de papai com um último aperto carinhoso na mão dele. — Este é o Nick, papai. Nick Greenwald. Ele é meu amigo. Eu o conheci no outono. Ele estuda em Dartmouth.

Nick avança e estende a mão.

— Sr. Dane, é um prazer conhecê-lo. Lily fala do senhor com tanto amor.

O rosto de papai fica rígido. Ele olha para Nick e depois para mim. Estende a mão num reflexo para aceitar o cumprimento de Nick.

— Greenwald — ele diz. — Nick Greenwald.

— Sim, senhor. Talvez o senhor conheça o meu pai. Robert Greenwald. — Nick fala com uma mistura de firmeza e respeito, sem nenhuma hesitação.

Eu me volto para ele, com o coração inchado de orgulho. Está ali em pé como eu havia imaginado, alto e ereto e bonito, o cabelo dele refletindo a luz que vem das arandelas da parede. Está segurando o chapéu com a mão esquerda e abaixa a direita depois de cumprimentar o meu pai. Na sua boca tem um sorriso, e ninguém, a não ser Lily Dane, que o conhece tão bem, poderia detectar a tensão nos cantos de seus lábios.

Por um momento, por um breve e lindo momento, eu penso: *Vai correr tudo bem, papai vai gostar dele, e como poderia não gostar?*

— Sim. Eu conheço Robert Greenwald — meu pai murmura. Ele olha para mim. — Foi por isso que você me fez aquela pergunta hoje de manhã? Sobre a Greenwald and Company?

Sou apanhada de surpresa. — Eu... eu... sim, de certo modo...

— Este homem... Eu não entendo... — Papai continua movendo os lábios, gaguejando. Ele põe as mãos para trás, e então de novo na frente, depois leva as mãos à cabeça, passando os dedos pelo cabelo grisalho das têmporas, como se estivesse procurando os óculos. — Este homem... Greenwald... ele se insinuou para você?

Nick dá um passo à frente.

— Senhor.

Papai levanta as mãos como que para afastá-lo.

— Não. Não é possível. Não a minha *filha*.

— Papai, por favor. — Eu me coloco no meio deles e seguro meu pai pelos ombros. — Papai, você está nervoso. Vamos nos sentar. Deixe-me pegar um chá para você. Vou chamar Marelda, ela vai trazer chá e bolo...

— Eu não preciso de chá. — Ele olha para mim e desvia os olhos. O suor brota na pele pálida acima dos seus lábios. — Eu preciso... Eu não entendo. Por que *ele*, meu bem? Boneca, *por quê*?

— Vamos nos sentar. Você não está passando bem, está tendo uma crise, não está pensando com clareza. Marelda! — Eu chamo. Olho por cima do ombro para Nick, que nos observa com um misto de espanto e raiva. — Não é você. Eu juro que não. Ele só está tendo uma crise. Ele tem crises assim o tempo todo. Por favor, Nick.

Nick dá um passo à frente.

— Por favor, deixe-me ajudá-lo. O senhor está precisando sentar-se.

— Não. — Papai me empurra com tanta força que cambaleio para trás. — Não preciso me sentar. Não preciso de um chá. Preciso que me deixem em paz. Por que vocês não podem me deixar em *paz*, pelo amor de Deus?

Nick me segura pelos ombros.

— Lily! Cuidado!

— Papai, por favor...

A voz de papai soa como um chicote:

— Tire as mãos da minha filha!

— *Papai!*

Nick me vira para ele delicadamente.

— Você está bem, Lily?

— Eu estou bem. Papai...

Papai aponta um dedo para o peito de Nick. Ele tem no rosto uma expressão determinada. Ele fala com uma voz que eu nunca ouvi: clara, autoritária, como deve ter falado em Belleau Wood, antes que os alemães atirassem suas latas de gás amarelo na lama do lado de fora da trincheira.

— Rapaz, eu *disse* para você *tirar... as... mãos... da... minha... filha.*

Nick fica rígido. Ele vira a cabeça de leve na minha direção.

— Lily?

— Nick — eu murmuro, tremendo —, por favor.

Nick abaixa as mãos.

— Agora — papai diz, mais calmamente — eu peço, mais uma vez, que o senhor saia e deixe esta família em paz.

— Papai, não! Pare, Nick. Não vá. Ele não sabe o que está dizendo. Papai, você não pode estar dizendo isso, você é um homem bom, você não deu a ele uma *chance...*

— Lily, acho melhor eu ir. Não é verdade, senhor?

— Eu ficaria muito agradecido, Sr. Greenwald.

— Papai! Papai, não diga isso, eu o *amo*, não o ofenda, não faça isso! — As palavras me doem na garganta. Mamãe, a animosidade de mamãe eu poderia entender. Mas papai? Meu bondoso e generoso pai, a quem sempre adorei? Isso é uma traição inominável.

Marelda aparece na porta da sala. Ela olha para nós três, arregala os olhos e torna a sair.

Papai olha para mim. O cabelo dele está espetado nas têmporas, onde passou os dedos; seus lábios estão úmidos e cor-de-rosa e trêmulos.

— Você não tem dignidade, Lily? Você não tem compaixão?

— A sua filha, senhor, tem mais dignidade no seu dedo mínimo do que todas as outras moças que eu conheço. — Nick põe o chapéu na cabeça. — Passe bem, Sr. Dane, espero vê-lo em breve, com melhor disposição. Lily, até logo e feliz Natal.

— Nick, você não pode ir embora! — Estendo a mão para ele.

— Lilybird — Nick diz, baixinho.

— Lily — diz meu pai.

Os detalhes da sala passam pelos meus olhos, as gravuras emolduradas de Audubon e as arandelas acesas, a porta de madeira com sua maçaneta de bronze. Eu murmuro:

— Nick, eu ligo para você. Eu...

— Você não vai ligar para esse rapaz, Lily. Não desta casa.

— Lily, é melhor eu ir. — Nick se vira para a porta.

— Você sabe onde me encontrar — digo, desesperadamente.

— Ele não vai procurar você — papai diz. — Eu proíbo.

Nick olha para trás. O rosto dele está duro e firme por cima da lã escura do cachecol.

— Sr. Dane, com todo o respeito, sua filha tem 21 anos, e portanto tem idade suficiente para agir como achar que deve. Lily, meu bem, eu vou procurar você, não se preocupe.

Ele sai e fecha a porta. Faço menção de ir atrás dele, mas a voz de Marelda soa aflita atrás de mim:

— Sr. Dane! Srta. Lily!

Eu me viro a tempo de segurar meu pai quando ele cambaleia, segura numa mesa em forma de meia-lua e escorrega para o chão, chorando.

10

SEAVIEW, RHODE ISLAND

Julho de 1938

A Sra. Hubert me interceptou quando eu estava saindo para encontrar Budgie.

— Sra. Hubert! — Apertei os lábios para disfarçar o brilho do batom, fechei o casaco para disfarçar o decote do meu vestido. — Achei que a senhora estava visitando a mamãe.

— Eu estava. Acabei de sair. — Ela olhou pela janela, para onde o carro de Budgie estava parado, e Budgie estava retocando o batom no retrovisor. — Você vai a algum lugar com a Sra. Greenwald, ao que parece?

Estiquei o corpo e levantei o queixo.

— Vamos jantar em Newport. Vamos nos divertir um pouco, só nós duas.

— Você acha que isso é prudente?

Eu me virei, peguei o chapéu no cabideiro do hall e o coloquei na cabeça. O rosto da Sra. Hubert me olhou do espelho, por cima do meu ombro.

— Não sei o que a senhora quer dizer com isso. Budgie e eu somos velhas amigas.

— Lily, com efeito. — Ela sacudiu a cabeça. Estava usando uma saia branca comprida, velhos sapatos de couro e um chapéu de palha largo, o mesmo traje que tinha usado o verão inteiro e o verão anterior. A Sra. Hubert mudou do mesmo modo que Seaview mudou: mais grisalha, mais enrugada, enquanto a decoração continuava a mesma. — Você foi enganada por essa menina quando eram crianças e agora ela a enganou de novo.

— Ela não me enganou. Eu sei quem ela é.

— Sabe mesmo? Duvido. Não que eu possa culpá-la, com aquele pai dela, e Deus sabe o que acontece por trás de portas fechadas. Olhe para mim, Lily Dane, pelo amor de Deus.

Eu me virei. O hall de entrada, virado para leste, recebia o sol diretamente, e nuvens negras já estavam se formando a oeste. O rosto da Sra. Hubert estava sombrio e cansado e cinzento, com duas linhas profundas de cada lado da boca, como dois parênteses. — Você sabe que ela está fazendo um jogo, não é? — ela disse.

— É só o que ela sabe fazer.

— E você consegue perdoá-la? Você consegue perdoá-la por ter se casado com esse Greenwald, por trazê-lo para cá, um... um... — A voz dela falhou.

— Um *judeu*, Sra. Hubert? Era isso que a senhora estava tentando dizer?

— É claro que não.

Baixei a voz e comecei a sussurrar porque Kiki estava jantando na cozinha, com a empregada, e eu não queria que ela escutasse.

— Era sim. É isso que vocês todos estão pensando. Como foi que Budgie Byrne teve coragem de trazê-lo aqui? Como é que Lily Dane permite que a irmãzinha dela brinque com aquele judeu sujo do Greenwald?

Budgie buzinou da rua e gritou alguma coisa que não consegui ouvir.

— Muito bem — disse a Sra. Hubert. — A sábia e moderna Lily resolveu nos trazer para o século vinte, quer queiramos ou não. Batom e judeus para todo mundo. Que encanto. E esta experiência deu tão certo para você antes.

— *Li*-ly. — A voz de Kiki veio dos fundos da casa. — A Sra. Greenwald está *buzi*-nando.

— Como a senhora tem coragem de falar assim — sussurrei. Fiquei surpresa ao ver que tinha conseguido responder. Eu estava gelada, meus ouvidos apitavam. O perfume de água de rosas da Sra. Hubert fez meu estômago revirar.

A Sra. Hubert estendeu as mãos.

— Desculpe, Lily. Fui muito inoportuna.

— Foi mesmo.

— Sou uma velha mal-educada. Todo mundo sabe que você não teve culpa.

— Se me der licença, Sra. Hubert. — Minha voz estava tremendo; limpei a garganta. — Eu já vou indo.

Eu me virei para a porta. Minha mão suada escorregou duas vezes na maçaneta. Tive de usar a outra mão para girá-la.

— Lily Dane — a Sra. Hubert disse —, você tem uma tendência a apostar no cavalo errado.

Fiquei ali parada na porta, olhando para o carro de Budgie e para a própria Budgie, acenando para mim com um amplo sorriso nos lábios cor de sangue. Eu disse, sem me virar:

— Sra. Hubert, talvez o defeito esteja na corrida, e não no cavalo.

⁂

As primeiras gotas de chuva bateram no para-brisa assim que Budgie ligou o motor e, quando ela estacionou o carro, a chuva estava caindo como se um balde gigante tivesse sido derrubado do céu. Olhei através do aguaceiro para o prédio baixo de madeira com sua placa pintada a mão, para os carros velhos estacionados ao lado do nosso.

— Pensei que íamos para Newport — eu disse.

Budgie abriu uma fresta do vidro e jogou fora o cigarro.

— Bem, se eu dissesse que íamos para um restaurante de beira de estrada, você teria recusado. Vamos, meu bem, a menos que você esteja planejando passar a noite no carro.

Ela cobriu a cabeça com o casaco, abriu a porta do carro e correu para a porta do restaurante sem olhar para trás.

Fiquei mais alguns instantes ali sentada, terminando meu cigarro. A chuva caía torrencialmente pelos vidros, e o ar quente dentro do carro foi ficando úmido e enfumaçado.

— Que droga — eu disse alto, então cobri a cabeça com o casaco e abri a porta.

Na curta corrida até a entrada do restaurante, meu cabelo e minhas roupas ficaram ensopados. O mesmo aconteceu com Budgie, mas ela ainda estava atraente com os cachos molhados brilhando sob as luzes fracas, a pele clara e o batom vermelho. — Balance a cabeça, assim — ela me disse, e eu sacudi, espalhando água. Ela assentiu. — Assim está melhor.

O lugar não era grande. O salão era quase todo ocupado por um bar comprido de um lado, com um homem vestindo colete preto e camisa branca atrás dele, e no resto do espaço havia algumas mesas redondas de madeira. O chão era escuro e manchado e cheirava a cerveja velha, a suor e cigarro. Uma pequena banda tocava jazz num canto, e aos poucos me dei conta de todos os olhares voltados para nós: masculinos, principalmente, alguns duros e calculistas, outros divertidos. Homens de macacão, homens de terno, até uns poucos homens com calças elegantes de verão que eu conhecia desde pequena.

Mulheres também. Uma ou duas piranhas com os homens, um trio risonho no bar usando vestidos estampados ordinários; uma mulher de cabelo azul vestindo um casaco de cashmere fúcsia, debruçada sobre o seu drinque como se ele fosse um braseiro numa tempestade de neve.

Mas nenhuma das mulheres era igual a Budgie, cujas roupas glamourosas cobriam as pernas glamourosas, e cujos enormes olhos azul-prateados examinavam o entorno com aquele irresistível mistério de inocência fingida, de fragilidade selvagem. Os homens olhavam para ela e queriam se apossar daquele mistério, ou então salvá-la de si mesma, como eu. Como, talvez, Nick Greenwald; como Graham Pendleton não tinha feito.

O ambiente estava quente e úmido. Tirei o casaco, como Budgie tinha tirado, e o pendurei nas costas da minha cadeira.

A garçonete chegou, um cordeiro abatido de 20 anos, maquiagem brilhante e cabelo mais brilhante ainda, os olhos vidrados.

– Bebida?

– Dois martínis, bem secos, com azeitonas. Não, pode trazer quatro. – Budgie piscou o olho. – Para poupar o seu trabalho.

A garota nos lançou um olhar que dizia que os martínis só vinham de um jeito, era pegar ou largar, e voltou rebolando para o bar.

Budgie tirou os cigarros da bolsa e acendeu um para mim sem me perguntar.

– Pronto, bem melhor assim. – Ela soltou uma longa baforada. – Eu já me sinto melhor. Ouça só essa música. O saxofone é uma droga, mas o cara que toca pistom é divino, não é? Um gênio.

Olhei para a banda, e o cara que tocava pistom *era* mesmo divino, um mulato de maçãs do rosto salientes e doces olhos castanhos. Quanto à sua qualidade como músico, eu não saberia dizer. Eu não ouvia jazz, só o havia escutado em raras ocasiões, no rádio ou na vitrola de alguém. Gostei do som do seu pistom, melancólico e sinuoso. Os doces olhos castanhos do músico tinham provocado a admiração de Budgie, e ele agora estava tocando para ela. Quando a sequência terminou, ele guardou o pistom no estojo e veio até onde estávamos.

O lugar estava começando a encher, com fumaça, risos e gente. Budgie perguntou ao músico se ele queria uma bebida, e ele disse que sim, puxou uma cadeira e se sentou nela ao contrário, apoiando os cotovelos nas costas arredondadas.

— A Lily, aqui, não entende muito de jazz — Budgie disse.

O músico sorriu.

— Posso ensinar a ela. Você gostou do que ouviu?

— Gostei muito. — Tomei um gole do meu martíni, que estava morno e não muito seco.

— Jazz, Srta. Lily, é o filho ilegítimo da música, que teve como mãe a canção dos negros e cujos pais grã-finos jamais irão reconhecer. — A garçonete se aproximou, pôs um copo de uísque na frente dele e continuou andando. — Obrigado — ele disse por cima do ombro. — E o que traz duas damas tão finas ao outro lado do rio esta noite?

— Só o desejo de ouvir música — disse Budgie. — Um pouco de jazz, para eu me lembrar que estou viva.

O músico riu.

— Ele faz isso. Este cavalheiro é conhecido de vocês?

Levei um susto, e meu coração disparou.

Mas a figura inclinada sobre nós não era de um zangado Nicholson Greenwald, pronto para arrancar a esposa das garras do jazz e da devassidão. Era Graham, sorrindo satisfeito, pondo as mãos nos nossos ombros.

— Consegui chegar — ele disse, beijando primeiro o meu rosto e depois o de Budgie, e se sentando numa cadeira ao meu lado. — Você é péssima para ensinar o caminho, Budgie Greenwald.

Budgie fitou meus olhos acusadores com uma piscadela e um encolher de ombros.

— Nunca consigo me lembrar dos números. Mas você nos encontrou, não foi, seu espertinho?

— Eu não ia desistir por nada. — Ele cumprimentou o tocador de pistom. — Seu amigo?

— Este é... — Budgie riu. — Eu nem sei o seu nome, não é?

O tocador de pistom sorriu e estendeu a mão.

— Basil White, músico de jazz.

Budgie apertou a mão dele.

— Budgie Greenwald, dona de casa entediada. E esta é minha amiga Lily, também entediada sem ser dona de casa, e Graham Pendleton, que nunca fica entediado.

— Só deixo os outros entediados — disse Graham, apertando a mão de Basil White.

O rosto do músico se animou.

— Ei, você não é o arremessador reserva dos Yankees?

Graham levantou as mãos.

— Em pessoa.

— Não me diga! É uma honra conhecê-lo! Aquela jogada contra os Tigers, ora, aquele foi o melhor jogo a que eu assisti este ano. Como está o ombro?

Graham esfregou-o.

— Está melhorando. A operação foi bem-sucedida. Devo começar a arremessar umas bolas daqui a uma ou duas semanas.

— Deixe-me pagar-lhe uma bebida. — Basil White virou-se para o bar e acenou.

— O que você está fazendo aqui? — cochichei para Graham.

— Ah, só estou me certificando de que vocês não se metam em encrencas. — Ele descansou o braço nas costas da minha cadeira e brincou com as pontas do meu cabelo. — Você está toda molhada.

— Fui apanhada no aguaceiro.

— Que pena. — Ele não pareceu desapontado. Segui a direção dos olhos dele e vi que estavam apontados para o alto do meu vestido.

Dei uma tragada no cigarro e bebi o restante do meu martíni.

— Esse é o espírito — disse Graham. A garçonete voltou com um copo de uísque, sem gelo, e Graham brindou com o meu segundo martíni: — Saúde. À chuva e ao jazz.

Nós fumamos e bebemos, e conversamos sobre jazz e beisebol e o tempo horrível, e quando Basil White voltou ao seu pistom, Graham estava em seu terceiro scotch, e minha cabeça estava zumbindo de tanto gim morno e cigarro.

— Vamos dançar? — Graham disse, apagando o cigarro.

Eu olhei para Budgie.

Ela balançou os dedos para nós. Não estava usando seu anel de noivado, só a aliança de casamento.

— Vão em frente, garotos. Vou ficar aqui, admirando o cenário.

Graham se levantou e me levou pela mão até a multidão de gente reunida perto do bar, algumas agarradas e se movendo numa espécie de ritmo, aparentemente dançando. Os corpos estavam colados uns nos outros, irradiando suor e calor. A palma da minha mão direita grudou na de Graham, a minha esquerda em volta do pescoço dele. A mão dele pressionou minhas costas.

— Não sei dançar isso! — gritei no ouvido de Graham.

— Nem eu! — ele gritou de volta, e nós nos movimentamos o melhor que pudemos, guiados pela colisão com outros corpos, nossos quadris se aproximando cada vez mais, até eu sentir cada detalhe do musculoso Graham contra o meu corpo. Nós dois estávamos molhados de suor. Pensei em Nick e Budgie, com os corpos colados na varanda no baile do Quatro de Julho, movendo-se ao mesmo tempo, o batom dela deixando uma mancha na boca de Nick. Pensei nos dois chegando em casa naquela noite, em Nick ajudando-a a tirar a roupa, indo para a cama com ela. Quem poderia ter resistido a Budgie, com aquela seda vermelha deslizando em seu corpo? Nick com certeza a tinha levado para a cama, com certeza tinha se sentido à vontade entre as pernas da mulher. Como Graham dissera, tinha feito sexo com ela. Tinha transado com ela para satisfação mútua naquela noite úmida de julho.

Graham recuou.

— Vamos sair para tomar um pouco de ar?

Concordei. Graham pegou mais uns drinques no bar e me levou até a porta e depois até o lado do prédio, longe dos carros e da entrada. A chuva tinha parado, mas algumas gotas ainda caíam das calhas. O ar estava morno, não tinha refrescado nada, mas pelo menos cheirava a folhas molhadas e fumaça de carro, em vez de cigarro e suor.

Havia um banco de madeira encostado na parede, tanto o banco quanto a parede com a tinta azul descascada. Graham pôs os drinques no banco, se sentou e me puxou para o seu colo.

— Lily Dane. — Ele sacudiu a cabeça e bebeu metade do uísque. — O que uma moça como você está fazendo num lugar como este?

— Não sei. Beijando você, eu acho — eu disse, e puxei a cabeça dele.

Sua boca tinha um gosto forte de uísque, fazendo minha cabeça girar ainda mais, e seu braço direito me abraçou pela cintura enquanto a mão esquerda equilibrava o copo. Nós nos beijamos por algum tempo, com mais ardor a cada instante, até que ele afastou a cabeça e me olhou com os olhos embaçados.

— Ora, ora — ele disse.

— Ora, ora — eu disse. Levantei-me e montei nele.

Graham largou o copo e estendeu as mãos para desabotoar meu vestido, até a cintura. Estiquei os braços, e ele fez o vestido deslizar pelos meus ombros e cair em volta da minha cintura. Eu estava usando um sutiã simples de seda marfim por baixo, que não era nem debruado de renda.

— Agora está mais parecido — ele disse. — Muito prático, muito Lily. — Ele escorregou o dedo pela beirada. Como não reclamei, suas mãos experientes abriram o fecho e afastaram o sutiã.

— Ora, ora — ele tornou a dizer. Inclinou-se para trás no banco e deixou o sutiã cair do seu lado. O sol estava se pondo atrás das nuvens espessas, e o rosto dele tinha se suavizado com a bebida. O olhar pesado deslizou pelo meu peito, observando cada detalhe. – Eu não contava que isso fosse acontecer tão cedo.

– Mas contava com isso.

– Um homem pode ter esperança. – Ele pegou seu uísque e derramou algumas gotas na curva do meu seio direito, depois inclinou a cabeça e lambeu-as. – Isto é ótimo. Scotch e Lily. Muito bom. – Ele fez o mesmo com o outro seio, desta vez deixando o uísque escorrer até a ponta antes de lambê-lo com a língua morna. Ele largou o copo.

Meus olhos estavam fechados. Eu estava flutuando numa nuvem molhada, morna. Em algum lugar na névoa do meu cérebro, Nick e Budgie estavam copulando, sem parar, os corpos fora de foco colados e o batom dela na boca dele. Os polegares de Graham acariciaram meus mamilos, e então suas mãos cobriram meus seios, fortes e grandes, apertando delicadamente. Arqueei as costas.

– Então, Lily. – Ele beijou meu pescoço úmido. – E agora?

– Acho que estou um pouco bêbada – eu disse.

– Eu também. Bêbado e não muito respeitoso.

Abri os olhos. Tornamos a nos beijar, mais longamente. Passei os braços pelo pescoço dele. Ele pegou o copo e bebeu o resto do uísque, quase sem interromper o beijo, e acariciou os meus seios. Suas mãos em minha pele eram duras e polidas por tacos e bolas e copos de bebida. – Acho melhor pararmos agora – ele disse.

– Tem razão.

– Eu não trouxe camisinha.

– Então temos mesmo que parar.

Graham suspirou e começou a tomar o segundo drinque.

– Está bem – ele disse. Pegou meu sutiã do banco e o colocou de volta, fechando as presilhas como se tivesse nascido para fazer isso, e levantei meu vestido e enfiei os braços nas mangas. Graham me fez virar e abotoou os botões nas costas do vestido. Meu coração estava acelerado; minhas mãos tremiam. A cabeça começou a ficar sóbria, deixando meu rosto vermelho de vergonha.

— Ei — Graham disse, segurando o meu queixo. — O que aconteceu?

— Nada.

— Sem arrependimentos, certo?

Não respondi.

Graham beijou meu nariz, pegou minha mão e a beijou também.

— Diga-me uma coisa, Lily. Quando foi a última vez que você beijou um homem?

— Há cerca de seis anos e meio.

Graham soltou um nome feio.

— É mesmo?

— Sim.

Ele pôs as mãos nos meus joelhos e escorregou os dedos por baixo do vestido, até minhas meias.

— Então eu diria que já não é sem tempo, não acha?

Eu não disse nada. Pensei nos beijos com gosto de uísque de Graham, nas mãos dele em minha pele, no quanto aqueles beijos e aquelas mãos eram ao mesmo tempo diferentes e iguais ao que eu tinha conhecido antes. Senti uma mistura de desejo, vergonha e impaciência. O rosto de Nick apareceu diante de mim, sério e zangado, acusador. Tive vontade de sair dali, mas as mãos de Graham me mantiveram montada em seu colo.

— Na minha opinião — Graham disse —, temos duas escolhas aqui. A primeira é levarmos esta conversa muito interessante para o seu quarto ou para outro lugar conveniente. Lá, devidamente equipados, com privacidade e conforto, levamos as coisas à sua conclusão natural. Talvez até possamos repetir, para dar sorte. Talvez até tornar isto um hábito.

— Diversão sem fim — eu disse. — E qual é a segunda escolha?

Graham tomou outro gole.

— A segunda escolha é começarmos de novo. Nada de bares, nada de jazz, nada de bebida, nada de beijos abaixo do pescoço. Só um cara cortejando sua garota.

Uma gota de chuva caiu na minha cabeça, e logo outra. Lá do alto veio um trovão ameaçador.

— A chuva está apertando – eu disse.

— E o que vai ser? – Graham perguntou. – Nenhuma das opções?

— Não sei. O que você quer dizer com *cortejando*?

— Boa pergunta. O que eu *quero* dizer com *cortejando*? – Outro gole. – Vou contar-lhe uma pequena história, Lily. Quando liguei para Budgie, antes de vir para Seaview, ela me disse que você estaria aqui. Ela me pediu que procurasse você, que fizesse você se divertir.

— E o que foi que você disse?

— Eu disse claro, por que não? Lily é uma garota bonita, uma garota simpática. Então foi por isso que vim para a praia na semana passada. Para examinar o terreno, para ter certeza de que você não tinha embagulhado. Mas o engraçado, Lily Dane... – Ele parou e tornou a beber. – O engraçado é que quando eu a vi ali sentada na areia, com o sol no seu cabelo e sua garotinha abraçando você daquele jeito, pensei... bem, eu pensei...

— O que foi que você pensou?

— Eu pensei... – Os olhos de Graham tinham perdido seu bom humor. Ele parecia cansado, nervoso, um pouco perdido. – Eu não sei. Não sei o que pensei. Não preste atenção em mim, bebi demais. Vamos esquecer que tudo isto aconteceu, *certo*? Vamos começar de novo, eu e você. – Ele tirou as mãos debaixo do meu vestido e me deu uma palmada de leve, depois pegou o uísque e bebeu-o até o fim.

— Tudo bem. – Levantei-me do colo dele e ajeitei o vestido. A chuva apertou. Já podia ouvi-la batendo nas folhas das árvores, chegando com força. – Vamos ficar encharcados – eu disse.

— Não, vamos chegar antes dela. — Graham se levantou e agarrou minha mão, e nós corremos para a porta, entrando segundos antes de a tempestade desabar.

O bafo de jazz e fumaça nos atingiu em cheio. Um homem corpulento passou por nós, usando um terno marrom ordinário, malajambrado. Ele olhou para mim, depois para Graham.

— Você é o arremessador reserva dos Yankees, não é? Pendleton, certo?

— Isso mesmo — Graham disse. Ele soltou minha mão e estendeu-a para o homem. — Graham Pendleton.

— Cara, eu sou um torcedor do Red Sox — o homem disse, e deu um soco no queixo de Graham.

∽

Enfiei a moeda no telefone de metal e olhei para os dois, Budgie e Graham, sentados no banco no escritório do gerente. Graham segurava um pedaço de carne sangrenta contra o queixo, com os olhos fechados. Budgie estava enroscada nele, cantarolando, com o rosto vermelho, bêbada. Eu não podia ligar para os Palmer, isto era certo. Tia Julie, talvez?

Mas aí mamãe ia ouvir tia Julie saindo, ligando o carro. Ela ia fazer perguntas.

Enfiei a moeda na abertura e disquei para a casa dos Greenwald. Era uma quinta-feira; Nick ainda estava em Nova York. A Sra. Ridge sabia dirigir. Ela podia pegar o outro carro, a caminhonete, e nos encontrar ali. Havia lugar suficiente para todos nós na caminhonete, um amplo Oldsmobile.

O telefone tocou duas vezes, e uma voz de homem disse:

— Greenwald.

— Nick? — exclamei.

— Lily?

— Ah, meu Deus. Achei que você estava em Nova York.

— Eu vim mais cedo. O que aconteceu? Onde você está? — Nick disse com uma voz ansiosa.

Respirei fundo e agarrei o telefone com as duas mãos. Ouvi um clique, depois outro. Telefones estavam sendo tirados do gancho em todo o Neck.

Pense, Lily. Escolha bem as palavras.

— Está tudo bem. Estou com Budgie. Íamos jantar em Newport, lembra?

Um pequeno silêncio, e em seguida:

— Sim, é claro.

— Tivemos um problema com o carro. Perto de South Kingstown.

Budgie deu um soluço alto.

— Meu Deus, vocês não estão no meio da rua, estão? — Nick perguntou.

— Não, não. Nós achamos uma... uma espécie de restaurante...

Nick praguejou baixinho.

— Eu já vou para aí. Onde fica?

Dei o endereço para ele.

— Mas é meio difícil de achar. É difícil de ver da estrada.

— Eu encontro vocês, não se preocupe. Não saiam daí. Vocês estão bem, Lily?

— Sim, estamos bem.

— Me dê meia hora.

Nós desligamos e eu me virei para Budgie e Graham.

— Nick disse que estará aqui em meia hora.

Budgie gemeu baixinho e enterrou o rosto no ombro largo de Graham. Graham também gemeu, virou a cabeça e vomitou no chão.

Nick chegou trinta e cinco minutos depois, com o cabelo castanho molhado, os olhos cheios de preocupação. Ele olhou para Budgie e Graham sem dizer nada. Juntos, nós os ajudamos a entrar no Oldsmobile e os ajeitamos no banco de trás, gemendo e reclamando. O vestido de Budgie estava com os botões de cima desabotoados. Nick levantou o decote e abotoou-os. Tirou o bife da mão de Graham e o atirou no mato.

Fomos em silêncio pela estrada molhada, de volta a Seaview. Nick ligou o rádio, onde alguém estava lendo as notícias com uma voz vibrante. O velho Oldsmobile tinha um teto alto, mas a cabeça de Nick estava um pouco encolhida, por hábito. Suas pernas compridas dobravam-se em volta do volante, dos pedais. Ele cheirava a lã molhada e cigarro, ou talvez o cheiro de cigarro viesse de mim.

No meio do caminho ao longo da costa, Nick falou:

— Você pode me contar o que aconteceu?

Contemplei minhas mãos, que estavam cruzadas no meu colo.

— Íamos jantar em Newport. Foi o que Budgie disse. Acabamos parando naquele lugar no meio do caminho.

— Ideia dela ou sua?

Minha voz estava rouca por causa da fumaça e do gim:

— Bem, dela.

— Acho que eu não precisava ter perguntado. E Graham foi com vocês? — Ele fez um movimento na direção do banco traseiro.

— Graham chegou mais tarde. Ele levou um soco de um fã do Red Sox.

Inesperadamente, Nick riu.

— Não me diga. O cara simplesmente deu um soco nele?

Sacudi o punho.

— Sem mais nem menos. Ele caiu no chão como uma pedra.

— Tinha tomado alguns drinques, imagino.

— Alguns.

— E Budgie? Ela também tomou alguns?

Olhei para trás para Budgie, roncando confortavelmente no ombro de Graham, o cabelo escuro cobrindo o rosto. Um farol passou, iluminando-a. O batom em sua boca estava borrado, e o vermelho glorioso tinha se tornado um rosa culpado. Eu a tinha encontrado, depois de muito procurar, no banheiro, corada, sorrindo e descabelada.

— Acho que estou um pouco bêbada, Lily — ela dissera, caindo nos meus braços com um sorriso sonhador. — Imagine só.

— Ela tomou alguns. Nós duas tomamos. Martínis e cigarros. Uma vergonha.

— Minha esposa está levando você pelo caminho da devassidão, ao que parece. — Ele acentuou ligeiramente a palavra *esposa*.

— Há anos que não me divertia tanto — eu disse.

— Não?

— Há seis anos e meio. Nem uma vez.

Uma placa brilhou sob a luz dos faróis, na entrada para Seaview. Nick freou cautelosamente por causa dos corpos empilhados no assento atrás de nós.

— Foi diferente para você, é claro — continuei. — Pelo que eu soube. Paris, mulheres, dinheiro, não é verdade? Quer dizer, no que se refere a devassidão.

Ele não disse nada. Não vinha nenhum carro no cruzamento, e Nick soltou a embreagem, mudando de marcha com uma das mãos e virando o volante com a outra. Não havia postes de luz em Seaview Neck, e a lua e as estrelas estavam invisíveis atrás das nuvens. Eu não conseguia enxergar muito mais do que o contorno do rosto de Nick, as sombras dos seus braços e pernas dirigindo o carro no escuro.

Paramos em frente à casa dos Greenwald.

— Pendleton pode curar a bebedeira aqui — Nick disse. — Não quero acordar os Palmer.

— Está bem.

Nick saltou do carro e afastou Budgie de Graham. Ela soltou uma exclamação de protesto, e em seguida se apoiou no marido.

— Você leva ela — Nick disse. — Vou dar uma ajuda a Pendleton. Vamos lá, irmão. Levanta daí.

Pus o braço de Budgie por cima dos meus ombros.

— Ah, Lily querida. Você está aí — ela disse, pertinho do meu rosto, e o cheiro de gim quase me derrubou. Quanto mais martínis mornos ela tomara, enquanto eu estava lá fora com Graham?

Subimos os degraus aos tropeções. Nick tivera a precaução de apagar a luz da varanda ao sair. Achei a maçaneta, abri a porta e arrastei Budgie para dentro. Nick e Graham estavam bem atrás de nós, subindo com dificuldade os degraus da varanda.

— Suba direto — Nick disse. — Segunda porta à esquerda.

— Vamos, Budgie — eu disse. — Não posso carregar você.

— Que pena. — Ela se sentou no primeiro degrau, pôs a cabeça entre os joelhos e vomitou.

— Cristo — Nick resmungou. — Aguenta firme. Vou levar Pendleton para cima e volto para buscá-la.

Ele arrastou Graham pelas escadas. Entrei na cozinha, achei um pano, molhei-o com água da pia, voltei e limpei Budgie o melhor que pude, depois limpei o vômito do chão. Os últimos vestígios dos efeitos dos dois martínis que eu tomara tinham desaparecido, e minha mente estava clara, fria e cansada.

Nick desceu a escada.

— Você não precisa fazer isso. — Ele pegou o pano e foi para a cozinha. Ouvi o barulho de um balde e da água escorrendo da torneira da pia.

Sentei-me ao lado de Budgie e segurei as mãos dela.

— Acorda, meu bem — eu disse.

Ela me olhou com olhos semiabertos.

— Eu estou um desastre, não estou? Pobre Nick. Ele devia... ele devia... — A cabeça dela caiu de novo.

— Está apagada, não é? — Nick disse. Ele cheirava fortemente a sabão.

Eu me afastei enquanto ele a levantava nos braços e a carregava para cima. Por um instante, hesitei, vendo Nick subir para os quartos, observando as pernas e a cabeça de Budgie penduradas de cada lado dele, e então fui atrás. Ele pode precisar de ajuda, eu disse a mim mesma, caso ela torne a vomitar.

O quarto deles era nos fundos. Entrei atrás de Nick. Havia duas camas separadas, bem arrumadas, com colchas brancas. Tentei não olhar para elas. Nick pôs o corpo mole de Budgie sobre uma delas, a que ficava perto da janela.

— As roupas dela ainda estão molhadas -- ele disse. — Você pode pegar um pijama? Primeira gaveta à esquerda.

Fui até a cômoda. Havia um espelho sobre ela, cercado por vidros de cosméticos sem as tampas, por lenços de papel e bolas de algodão, perfumes e joias. Vi meu rosto refletido nele, fracamente iluminado pela luz do corredor, meus olhos fundos e arregalados, o batom desbotado, o cabelo desgrenhado. Abri a primeira gaveta e achei uma pilha de pijamas de seda, bem dobrados.

Nick estava tirando o vestido de Budgie por cima da cabeça dela. Ela não estava usando sutiã, só cinta e meias. Seus pequenos seios se estendiam sobre o peito, os mamilos macios e marrons. Nick soltou as meias e desabotoou a cinta. Ele colocou o paletó do pijama pela cabeça dela, enfiando seus braços nas mangas. Entreguei-lhe as calças do pijama, e ele as enfiou, levantando uma perna de cada vez, amarrando o cadarço na cintura. Eram pijamas estranhamente conservadores, pensei, muito diferentes do que eu imaginava que fosse a roupa de dormir de Budgie. Aliás, eu nunca a tinha imaginado; sempre achei que ela dormisse nua, com as pernas entrelaçadas nas de Nick, marfim e ouro.

Nick puxou as cobertas e acomodou o corpo de Budgie debaixo delas. Ela gemeu e virou a cabeça no travesseiro, com o cabelo se espalhando, escuro, sobre a fronha branca.

— Ela vai ficar bem? — perguntei.

— Vai sim. Ela vai se sentir péssima amanhã de manhã, é claro, pobrezinha. — Nick deu um último puxão nas cobertas e se virou para mim. — Obrigado.

— Então eu já vou. — Virei-me para a porta.

As tábuas do assoalho rangeram atrás de mim.

— Eu levo você.

— Não precisa. É uma caminhada curta.

— Está muito escuro lá fora.

— Eu sei o caminho.

Nick desceu a escada atrás de mim, abriu a porta, seguiu até a entrada.

— Nick, não se preocupe — eu disse, virando-me para ele.

— Deixe-me caminhar com você, está bem? Pode ir calada, se quiser.

Caminhamos por Neck Lane, passando pelas luzes das varandas, com o Atlântico rugindo baixinho à nossa esquerda. A chuva parecia ter cessado; a sombra de uma nuvem passou, semelhante a um fantasma sob a luz do luar. Respirei o ar marítimo, misterioso e salgado, o perfume do verão.

— Você tinha razão a respeito de Paris — Nick disse. — Bebi e gastei dinheiro. Andei com mulheres, dormi com mulheres. O maior número possível, a princípio.

— Que bom para você. Espero que tenha se divertido.

— Eu estava tentando esquecer você. Toda vez que eu tentava esquecer, você estava bem ali, olhando para mim, vendo-me pecar, rindo de mim.

— Que bom para mim.

Ele não respondeu.

Eu disse:

— E Budgie? Suponho que você tenha se casado com Budgie para me esquecer?

— Para falar a verdade, sim. Para esquecer e para castigar você, eu suponho.

— Castigar-me por quê?

— Por me esquecer.

Nossos pés rangiam no cascalho.

— Eu nunca esqueci você — murmurei. — Nem por um dia, nem por uma hora. Como eu poderia esquecer? Você era Nick. Não havia mais ninguém no mundo.

— Eu estraguei tudo. Agora sei disso. Eu era jovem e burro, não estava pensando com clareza, achei que você... — Ele não completou a frase. — Foi por isso que voltei, para dizer a você, para pelo menos *explicar*, mesmo que seja tarde demais para...

Eu parei e me virei para ele. Estávamos no intervalo entre a última casa e a minha, fora do círculo de luz da varanda, a escuridão entre nós. Eu podia sentir o hálito de Nick no meu rosto.

— E qual o sentido disso, exatamente? *É* tarde demais. Você já está casado. Qual a vantagem disso? Você sabe o quanto me tortura ver vocês dois juntos? Sabe? Isso também faz parte do meu castigo? Você está tentando enfiar a faca mais fundo e torcê-la?

— Não diga isso. Escute, Lily, tem outra coisa, uma coisa que você precisa saber...

— Beijei o Graham hoje — eu disse. — Fomos para fora, para trás do prédio, e eu o beijei, e deixei que ele me despisse, até a cintura, bem ali do lado de fora. — Deixei que ele me tocasse. Sentei no seu colo.

Nick suspirou.

— Mais alguma coisa?

— Não. Ele parou. Disse que queria me cortejar.

Uma pausa.

— Você disse que sim?

— Por que eu não diria? Talvez eu também queira me casar. Talvez eu queira ser beijada e abraçada e amada, e ter uma família, com um marido ao meu lado. Talvez eu queira alguém para me despir e me botar na cama quando eu tiver bebido demais.

Nick se virou e continuou andando. Pela sua silhueta no escuro, pude ver que ele tinha posto as mãos nos bolsos, que estava com a cabeça inclinada para baixo.

Eu o alcancei.

— Eu mereci isso, é claro — ele disse.

— Isso e muito mais.

Ele parou no caminho que ia dar na varanda.

— Você quer se casar com Graham?

— Não sei. Acho que vou descobrir se quero ou não.

Nick ficou ali parado, olhando para mim. A luz da minha varanda estava acesa, e o rosto dele parecia duro e distante. Ele resmungou alguma coisa baixinho.

— O que foi que você disse? — perguntei.

— Eu disse que se ele a magoar eu o mato.

Uma onda inesperadamente grande bateu com força nas pedras na extremidade da minha enseada. Por cima do ombro de Nick pude ver a silhueta dos canhões, lá no final da praia, com um brilho prateado ao luar.

— Isso é engraçado, vindo de você — eu disse.

— Lilybird... — Nick disse, baixinho.

Eu o interrompi:

— Bem, boa-noite.

— Espere. — Ele pôs a mão no meu braço.

Puxei o braço e cruzei as mãos nas costas.

— O que é?

— Obrigado por permitir que eu conhecesse Kiki. Ela é uma menina maravilhosa, um tesouro.

Meu coração bateu forte no escuro. A poucos centímetros, o coração de Nick também está batendo, pensei, seu peito está se movendo, seus braços e suas pernas e sua cabeça enchem o ar de vida, de sua presença única. Após seis anos e meio, Nick Greenwald está parado diante de mim na noite morna à beira do Atlântico.

Pensei na boca de Graham com gosto de uísque na minha, nas mãos cheirando a uísque de Graham na minha pele nua. Graham, os olhos desfocados e um tanto perdidos contra a tinta azul descascada da parede do restaurante de beira de estrada.

— Você tem muito jeito com ela — eu disse. — Budgie tinha razão; um dia, você vai ser um pai maravilhoso.

Eu me virei, subi o caminho até a casa e tateei até achar a maçaneta. No último instante, olhei para trás. Nick ainda estava ali parado, enquanto as nuvens se separavam atrás dele, deixando o oceano banhado em luar.

— Sinto muito pelo modo como estão tratando você — eu disse. — É horrível. Eu disse isso à Sra. Hubert.

— Eu não esperava outra coisa. Boa-noite, Lily.

— Boa-noite.

Nick não se mexeu. Entrei em casa e subi a escada sem apagar a luz do hall. O quarto de Kiki ficava no fundo, perto do meu, com a porta entreaberta. Esgueirei-me para dentro, abri um pouco mais a janela para entrar ar, cheguei a respiração dela no travesseiro. Acariciei-lhe o cabelo macio, o rosto delicado. Beijei sua testa, fui para o meu quarto e vesti a camisola. Marelda tinha posto água fresca na jarra ao lado da minha cama. Bebi um copo, fui para o banheiro e escovei meus dentes com gosto de gim e cigarros.

Antes de me deitar, olhei pela janela. Nick tinha ido embora, mas achei que estava vendo a silhueta dele descendo o Neck, com as mãos nos bolsos e a cabeça baixa.

11

PARK AVENUE, 725, CIDADE DE NOVA YORK

Véspera de Ano-Novo, 1931

O relógio se aproxima das dez horas numa lentidão agoniante. Olho por cima do meu livro para papai, que está sentado junto ao rádio, oculto pelos lados curvos da poltrona e pelas folhas verticais do seu jornal.

O rádio está ligado baixinho, um pano de fundo de falências e aumentos de impostos e assassinatos em massa. O jornal de papai treme quando ele vira a página.

Torno a olhar para o relógio. Nove e trinta e nove.

Ponho o livro no colo e dou um grande bocejo.

— Você vai ficar acordado até meia-noite, papai?

Ele boceja em resposta.

— O que você disse, boneca?

— Vai ficar acordado até meia-noite?

— Meia-noite? Não. Acho que não. E você?

— Ah, não. — Nove e quarenta. — Estou exausta. Exausta mesmo.

— Nenhum programa para hoje à noite? — Ele vira outra página. — Achei que você e Budgie tinham alguma festa para ir.

— Não, não. — Rio. — O grupo de Budgie é agitado demais para mim. Não consigo acompanhar.

Papai larga o jornal. Os óculos dele escorregaram pelo nariz e agora estão pendurados precariamente na ponta.

— Que pena. Você devia sair, boneca. Devia se divertir.

— Você me conhece, papai. — Aperto meu robe em volta do corpo.

— Eu me lembro de que quando tinha a sua idade os Van der Wahl davam festas de Réveillon muito animadas em seu apartamento. Quinta Avenida com rua Sessenta e Quatro. Uma festa de arromba, como costumávamos dizer. — Ele ri. — Conheci sua mãe numa dessas festas. Tínhamos planejado tudo. Aquela foi a primeira vez que a beijei, atrás das plantas no salão de bailes da velha Sra. Van der Wahl.

— Papai, seu danadinho.

Ele alisa as têmporas.

— Ah, sua mãe era bem namoradeira naquela época. Atrevida. Mas nós só tivemos olhos um para o outro desde o momento em que nos conhecemos.

Mamãe, namoradeira?

— Ah, papai — digo, baixinho.

— Nós nos casamos seis meses depois, e então tivemos você. — Ele sorri para mim. — Agora olhe para você, uma adulta. Sentada aqui com o seu velho pai, em vez de sair. Sua mãe já voltou?

— Ainda não.

Papai olha para o relógio — nove e quarenta e dois — e sacode a cabeça.

— Aquele comitê dela. Imagine, precisar dela na véspera do Ano-Novo.

— Mamãe é assim. Até na véspera do Ano-Novo.

As palavras trazem uma sombra de preocupação à minha cabeça. Mamãe tem trabalhado obsessivamente o inverno todo; eu mal a tenho visto, entre uma reunião e outra, até tarde da noite. É como se ela tivesse desistido inteiramente de nós, como se tivesse trocado nossa presença chata e sem graça pelo zelo de servir aos órfãos.

Mas eu não preciso mais de mamãe, preciso? Tenho meus próprios sonhos agora. Meu zelo particular. Só desejaria, pelo bem de papai, que ela voltasse mais cedo para casa. Que não oferecesse seus serviços este ano na véspera do Ano-Novo.

Torno a bocejar, me espreguiço, levanto da cadeira e torno a me espreguiçar com o livro acima da cabeça.

— Mal posso manter os olhos abertos, papai. Acho que vou me deitar. Acorde-me quando a bola cair.

Papai ri.

— Ah, já vou estar dormindo há muito tempo quando isso acontecer. Aliás, acho que vou me deitar agora. Não faz muito sentido ficar sentado aqui sozinho na véspera do Ano-Novo, faz?

Ele se levanta, desliga o rádio e põe o jornal em cima da mesa. Por um momento, olha para a natureza-morta formada pelo rádio, o jornal e o abajur de porcelana chinesa azul e branca, o cenário das suas noites, dia após dia. Seus ombros, cobertos por um roupão de seda azul, inclinam-se para a frente, no mesmo ângulo do pescoço. Sobre a lareira, o relógio marca as horas, nove e quarenta e três agora.

Tenho muitas lembranças de papai antes da guerra — lembranças alegres e animadas. Lembro-me dele como um sol, sempre dourado e brilhante, atirando-me no mar e tornando a me levantar, ou então abraçado comigo no sofá do meu quarto, lendo histórias de um livro grande e colorido, *Peter Rabbit* ou outro parecido.

Agora, é claro, não é possível abraçar o papai. Seguro a mão dele, beijo o seu rosto; se ele está num bom dia, até me atrevo a passar o braço pelos ombros dele.

Eu me aproximo dele agora, arrastando os pés no tapete para ele me ouvir chegar. Ponho a mão no seu ombro e dou-lhe um beijo no rosto. Ele está com os olhos fechados.

— Boa-noite, papai — digo. — Feliz Ano-Novo.

— Feliz Ano-Novo, boneca.

Dou um tapinha no ombro dele e saio da sala, descendo o longo corredor até meu quarto.

Uma vez lá, fecho a porta e tiro o robe. Meu vestido brilha por baixo dele, um belo vestido de lantejoulas douradas comprado na Bergdorf uma semana atrás com a ajuda de Budgie. Eu me ajoelho ao lado da cama, puxo os sapatos que comprei para combinar com ele – dourados, de saltos bem altos – e os calço com os dedos trêmulos.

Viro-me para o espelho sobre a penteadeira. Vejo meu rosto radiante, as faces coradas, os olhos brilhantes. Passo pó de arroz no nariz, nas faces e na testa; em seguida, aplico o batom. Uma, duas vezes. Tiro o excesso com um lenço de papel e torno a aplicar.

Ao lado do espelho, está o pequeno frasco de Shalimar que papai me deu de Natal. ("Com efeito, querido, esse é um presente pouco prático", mamãe disse a ele com sua cara fechada.) Tiro a tampa e passo um pouco atrás das orelhas e nos pulsos. O perfume me envolve com um odor adulto, misterioso. Não há como desistir agora. Você não pode ir para a cama cheirando a Shalimar e pronto.

Meu cabelo está preso em cachos; tiro os grampos e o afofo. Pego na caixa de joias um colar de pérolas, mas, quando o prendo no pescoço, ele parece absurdo: sóbrio e infantil diante das lantejoulas douradas do meu vestido. Torno a guardar o colar e corro para o armário, onde o segundo melhor casaco de mink de mamãe está pendurado, disfarçado por vestidos velhos e cheirando ligeiramente a cânfora.

Envolta em mink e Shalimar, abro a porta e enfio a cabeça para fora. Tem uma luz acesa no quarto dos meus pais; papai foi se deitar. Com dedos frios e culpados, apago minha luz, fecho a porta com cuidado e caminho pé ante pé pelo corredor, pela sala e pela copa, em direção à porta de serviço. Marelda já está na cama, no seu quartinho ao lado da cozinha.

Abro a porta de serviço, e Maisie está parada do lado de fora, de pijama listrado cor-de-rosa, o cabelo penteado numa trança que vai até a cintura. Ela está sufocando um ursinho de pelúcia debaixo do braço.

— Maisie! — exclamo, apertando o casaco em volta do meu corpo. — O que você está fazendo aqui? Já não passou da sua hora de dormir?

— Marelda geralmente me dá biscoitos. Você vai sair? — Ela aponta para o casaco de mink com o seu ursinho.

— Vou sim.

— Você está linda. Por que está usando a porta de serviço? — A voz de Maisie é aguda e curiosa. Ela levanta os olhos para mim, emoldurados por cílios longos e pretos, as íris visíveis sob a luz forte do hall de serviço.

— Porque sim.

— Você vai sair com o seu *namorado*?

Sorrio.

— Pode ser. Mas vá se deitar, Maisie. Marelda já está no quarto dela.

— Sem biscoitos? — Maisie faz uma cara triste.

Olho para ela. Seu pijama está amarrotado e com uma mancha amarela no peito, como se ela tivesse derramado leite nele. Aperta sem parar o pescoço gasto do ursinho de pelúcia.

— Espere um pouco, está bem?

Entro e vou até a cozinha, onde fica o pote de biscoitos, que, como sempre, está cheio. Tiro dois bem grandes, embrulho num guardanapo e levo para Maisie.

O elevador de serviço está abafado e escuro e ainda mais lento do que o social. Envolta no casaco de mamãe, com a pele roçando o meu rosto parecendo seda, vou vendo passar os números, um por um, até chegar ao térreo com um estrondo e um suspiro hidráulico.

Do lado de fora, Nick está encostado na porta do Packard Speedster, vestindo um casaco grosso de lã e um cachecol, os sapatos bem engraxados cruzados na altura dos calcanhares, o rosto oculto pela aba do chapéu. Ele dá um pulo quando me vê.

— Finalmente! — ele diz, e me levanta nos braços, e me gira sem parar. — Achei que você não vinha mais.

Jogo a cabeça para trás e rio, *rio* de verdade, pela primeira vez em muito tempo. Os braços fortes de Nick me amparam enquanto o mundo gira diante dos meus olhos. Faz duas semanas que não o vejo, desde que papai o expulsou do apartamento, e por isso beijo-o loucamente nos lábios.

— Olhe só para você, cheia de peles e lantejoulas — ele diz, enterrando o rosto no meu pescoço. — Você está com um cheiro delicioso. Você é bonita demais para mim, Lilybird.

— Budgie escolheu o vestido, e a pele é de mamãe. Não conte pra ninguém.

Ele me coloca no banco do carona e depois entra no carro. A capota está arriada, expondo-nos ao ar gelado. Nick liga o motor e se inclina para mim no escuro.

— Eu poderia comê-la viva. Estava feito louco. Por que você não quis se encontrar comigo?

— Eu disse a você que não podia. Papai só agora saiu do quarto, foi a pior crise que ele já teve, e mamãe... — Balanço a cabeça.

— Não faz mal. — Ele me beija. — Vou fazer você se divertir muito esta noite, Lily. Vamos compensar o tempo perdido. Meu Deus, como você está linda! Eu já disse isso? — Ele engrena o carro e sai em disparada, com o motor roncando alegremente.

Nas duas últimas semanas, só pensei em Nick, não fiz mais nada a não ser planejar o que iria dizer a ele esta noite. Agora, com a Park Avenue passando rapidamente e o vento frio rugindo sobre a minha cabeça, não consigo pensar em uma só palavra. O ronco do motor e o barulho do vento teriam abafado minhas palavras de qualquer jeito.

Nick grita alguma coisa e segura a minha mão.

— O que foi que você disse?

Ele desacelera ao se aproximar de um sinal.

— Vamos primeiro para a festa, tudo bem? Você tem uma máscara?

— Sim, na minha bolsa.

— Ótimo.

O sinal abre, e Nick engrena o carro. Viramos à direita na rua Sessenta e Seis para atravessar o parque. Eu me encolho dentro do casaco de pele da minha mãe e me delicio com o ar gelado no meu rosto; fiquei tanto tempo presa dentro do apartamento abafado dos meus pais, tomando conta do papai, saindo apenas para fazer uma compra ou para uma visita de cortesia. Respiro satisfeita aquele ar gelado. Como Nick adivinhou e arriou a capota, neste frio? Encosto a cabeça no banco do carro e a viro para observar Nick dirigindo, fito o seu perfil de águia contra a paisagem acelerada da rua. Meu corpo inteiro vibra de amor. Quero me deitar com ele ali mesmo naquele carro aberto. Paramos em outro sinal, ele se vira para mim e sorri.

— Pare com isso — ele diz. — Ou eu vou beijar você e bater com o carro num poste.

Nick estaciona na esquina do prédio dos pais dele, em Central Park West com a rua Setenta e Dois.

— Deixe-me ajudá-la a prender a máscara. — Ele a amarra para mim.

— Como estou?

— Parecendo uma deusa. — Um beijo, depois outro mais longo, com os dedos de Nick enfiados no meu cabelo. — Estou louco por você. Mas tenho que parar, senão jamais chegaremos à festa. Amarre minha máscara para mim. — Ele pega um pedaço de seda preta, e amarro as pontas atrás da cabeça dele.

— Você está parecendo um bandido.

— Eu *sou* um bandido. Já raptei uma bela donzela esta noite. Vamos, Lilybird. Venha conhecer a doida da minha família.

Podemos ouvir o barulho da festa do elevador, que dividimos com sete ou oito convidados.

– Você conhece os Greenwald? – um deles pergunta, apertado contra a pele do casaco da minha mãe.

– Ligeiramente – digo.

– Não ouça o que ela diz – Nick fala. – Ela é só uma penetra.

– Eu também! – o homem diz alegremente. – Ouvi dizer que é a melhor festa da cidade.

O elevador para na cobertura, e saímos para um salão enorme, cheio de risos e gente mascarada e fumaça de cigarro. Eu tinha achado o meu vestido ousado, mas de fato me senti quase inferiorizada diante dos decotes e bordados das outras mulheres.

– Vou levar seu casaco para o meu quarto – Nick diz no meu ouvido, deslizando a pele pelo meu ombro – para não ficar misturado com os outros. Fique aqui.

Um garçom passa com uma bandeja de champanhe. Pego uma taça e bebo ansiosamente, as borbulhas fazendo cócegas no meu nariz. À minha volta, há um mar de máscaras, algumas austeras como a de Nick, outras enfeitadas de plumas e pedras. Uma obra-prima cubista parece ter deixado seu dono praticamente cego, ou talvez ele só esteja bêbado. Nenhum dos rostos parece familiar. Tomo outro gole de champanhe, mais longo ainda que o primeiro, e sinto como se tivesse ganhado asas e voado para longe, para longe dos meus pais e da Park Avenue, de Seaview e do Smith College, de tudo o que me é familiar.

Passeio pelo salão até chegar a uma sala com uma lareira numa ponta e portas francesas na outra, sugerindo um terraço. No meio, uma cascata brilha com um tom amarelo sob o lustre, e percebo com um choque que Nick estava certo, que ela é feita de champanhe, desafiando alegremente a lei. Os convidados estão ainda mais apinhados, rindo ainda mais alto, e em algum lugar, em outra sala, uma orquestra está tocando Gershwin com entusiasmo bem pago.

Dois braços me rodeiam por trás. Por um momento, penso que Nick voltou, mas os braços são muito finos, e a voz é de Budgie:

— Olá, querida! *Quelle surprise.*

Eu me viro.

— Aí está você! Mas que linda. — Ela está usando lamê prateado, que desce pelo seu corpo esbelto como uma onda, e uma máscara também prateada. Ela combina com seu cabelo escuro, com o batom vermelho e com os olhos enormes, azul-prateados, perfeitamente maquiados.

— Não, *você* é que está linda! Eu disse que esse vestido era perfeito. — Ela passa o braço pelo meu. — Venha comigo.

— Onde está o Graham?

Ela faz um gesto com a mão.

— Está por aí. Ele está sendo difícil, então o mandei embora. Olhe! Lá está o seu fiel pretendente.

— Aí está você. — Nick toca no meu braço. — Achei que tinha dito para você ficar parada onde estava. Fiquei com medo de ter perdido você de vez. Budgie. Que prazer em vê-la. — Ele inclina a cabeça para ela.

Budgie o beija no rosto, logo abaixo da extremidade da máscara.

— Nick, querido! Você está incrivelmente atraente. Que festa maravilhosa. Obrigada por ter me convidado.

Ele olha para os lados.

— De nada. Pendleton está por aqui?

Ela sacode o braço.

— Está perdido por aí. Vocês dois já comeram?

— Eu estava querendo convencer Lily a dançar comigo primeiro. — Nick se vira de frente para mim.

— Ah, claro. Não se preocupe comigo. Você gostou do vestido que escolhi para a Lily?

— Muito.

— Ele a transformou, não foi? Ninguém poderia supor que dentro desse doce ratinho havia tudo isso. — Ela aperta meu queixo. — Vocês dois divirtam-se bastante. Prometem? E não se metam em encrenca.

A orquestra começa a tocar "Embraceable You". Assim que ficamos escondidos pelos outros pares, levanto a mão e limpo a mancha de batom que Budgie deixou no rosto de Nick.

— Isto é maravilhoso. Fazia um tempão que eu não dançava.

— Nem eu. — Ele sorri.

— Tem certeza de que gosta do meu vestido? Ele não é um pouco exagerado?

Nick olha para mim com seus olhos de conquistador.

— O oposto, eu diria.

Dançamos uma ou duas músicas, até eu perceber, pela expressão de Nick, que sua perna começou a incomodá-lo. Digo-lhe que estou com fome, e ele me arruma um lugar para se sentar e me traz um prato cheio do bufê, com camarão e morangos e caviar servido sobre torradinhas triangulares. A música e as máscaras giram ao redor de nós. Não vejo sinal de Budgie. Nick sorri para mim por baixo da seda preta, bebe mais champanhe e me põe um morango na boca. Estamos sentados perto de uma janela alta na extremidade do salão, todo adornado de colunas e sancas. Tudo parece brilhar, refletir a luz dos lustres e multiplicá-la ao infinito. Eu me inclino para Nick e digo, por cima do barulho da orquestra e do burburinho de vozes e risos:

— Você gosta de *morar* aqui?

Ele ri.

— Eu não! Não muito, pelo menos.

— O seu quarto é tão grandioso assim?

— Você não gostaria de ver?

Ponho a mão no joelho dele por baixo da mesa, num gesto ousado.

— Adoraria.

Por baixo da máscara, os olhos castanho-esverdeados de Nick brilham. Ele já tomou algumas taças de champanhe, o que o deixou mais flexível. Sinto a cabeça leve. Inclino-me para a frente.

— Por favor, Nick? Você sabe como detesto multidões.

— Eu também. — Ele fica em pé. — Tudo bem. Venha comigo.

Ele pega minha mão e me leva por entre a multidão, corpos cheirando a perfume, suor e cigarros, o aroma inconfundível de uma boa festa. Embora o cenário diante dos meus olhos brilhe com formas e cores, só vejo as costas largas de Nick, cobertas pela sua casaca preta, movimentando-se no meio da multidão à nossa frente. Sobre a linha branca do colarinho, o pescoço está rosado, como se tivesse sido esfregado recentemente.

Passamos do salão de baile para a sala onde a cascata de champanhe ainda brilha sob as luzes, e uma bela mulher de cabelo escuro está estendendo o braço para encher sua taça. Observo fascinada a champanhe se derramar pela borda da taça, e ela ri, se vira e bebe com sofreguidão. Ela usa uma máscara branca coberta de plumas brancas com um pequeno ramalhete de brilhantes em cada ponta, e seu vestido branco comprido também é enfeitado por ramalhetes e brilhantes que refletem a luz em pequenos arco-íris. Ela é alta e atraente, e algo em seus movimentos graciosos, algo em seu sorriso, produz uma sensação de familiaridade no meu cérebro enevoado pela champanhe.

Mas Nick está me levando, mantendo-me em pé quando meus saltos altos deslizam no mármore encerado. Quase corro para poder acompanhá-lo, e na minha efusão levanto a mão dele para beijar seus dedos longos. O vestido rodopia ao redor das minhas pernas. Nick ri e beija minha mão de volta, e juntos fugimos da multidão como crianças levadas, atravessamos um longo corredor e viramos à direita, onde de repente existe paz, e os risos e a música se transformam num murmúrio distante.

Nick tira uma chave do bolso.

— Sempre tranco o meu quarto em dias assim — ele diz, e me faz entrar na frente.

O quarto de Nick não é nada grandioso. Nem é especialmente grande; pelo menos, não é maior do que o meu. Estantes cobrem as paredes, cheias de livros e maquetes arquitetônicas em vários estágios de elaboração; duas janelas grandes estão iluminadas pelas luzes amarelas da cidade lá fora. À minha direita, duas portas estão entreabertas: um banheiro e um closet, suponho. Uma cama de solteiro ocupa a parede oposta, entre as estantes, com os lençóis bem esticados e um travesseiro gordo e o segundo melhor casaco de mink da minha mãe sobre ela. Olho para a cama, penso no corpo comprido de Nick e imagino como ele consegue caber ali.

Os braços de Nick me envolvem por trás. Ele apoia o queixo no alto da minha cabeça.

— O que você acha?

— Eu o teria reconhecido em qualquer lugar. — Viro-me em seus braços. — E então, quantas outras garotas você atraiu para o seu covil?

— Você é a primeira.

— É mesmo?

— Nenhum fantasma, eu juro. — Ele percebe meu ceticismo e ri. — Olhe, a minha *mãe* mora aqui. Eu não iria trazer para casa uma garota de programa, se é isso que você está pensando.

— Então para onde você *levava* as suas garotas de programa?

Nick acaricia meu cabelo.

— Escute aqui. Você está preocupada com quê, Lily? O que você está pensando? Que eu não levo você a sério?

Os olhos dele me fitam, amorosos e envolventes.

— Não. Eu sei que você me leva a sério.

— Então o que é? Outras garotas? O passado? Você está com ciúmes, Lilybird? *Você?*

Baixo os olhos.

— Um pouco, talvez.

— Elas se foram, Lily. Desde o instante em que a vi, não houve mais ninguém. Elas se foram, você entende? Aliás, nunca fui de sair muito. Em matéria de passado sórdido, o meu é uma grande decepção.

— Eu não me importo – digo.

— Está vendo? Então, Lily, você é realmente a primeira garota que trago para este quarto. – Ele levanta meu queixo e me beija. – Eu gostaria que fosse a última.

Deslizo as mãos pelas lapelas da sua casaca e o abraço pelo pescoço. A pele que admirei antes agora está sob meus dedos.

— Gosto desses sapatos. Fica mais fácil alcançar você de cima deles.

— Também gosto dos seus sapatos. Mas, se você quiser me alcançar, é só pedir. – Segurando-me pela cintura, ele me levanta com facilidade, e nós nos beijamos longamente, dividindo o gosto de champanhe e morangos, até Nick me soltar, e eu deslizar pelo corpo dele até tocar o chão com as pontas dos meus sapatos.

— Então aqui estamos nós – digo, mexendo no botão do colete dele.

— Aqui estamos nós. – Ele levanta a manga do meu vestido e beija meu ombro nu. – Tenho uma confissão a fazer.

— Uma confissão? Alguma travessura, espero.

— Mandei uma carta para seu pai uma semana atrás.

Dou um passo para trás.

— Você fez *o quê*?

— Volte aqui. – Nick segura as minhas mãos. – Não sei se ele a leu ou não. Ele pode tê-la jogado fora sem abrir. Mas... Bem, Lily, como eu disse, minhas intenções a seu respeito são sérias, desde o começo, e eu quero fazer as coisas direito.

Minha cabeça está girando. O quarto gira à minha volta, e o único objeto sólido é Nick: suas mãos segurando as minhas, o rosto sério fitando o meu.

— O que dizia a carta?

Ele sorri.

— Eu acho que você sabe.

— Meu Deus.

— Você parece horrorizada. Era uma carta respeitosa, Lily. Eu juro. Levei uma semana elaborando-a. Pedi a autorização dele, disse quais eram as minhas intenções, disse que entendia suas reservas. Mas ouça, Lily, eu disse que a decisão final pertence apenas a você.

— Ó Nick. — Não consigo falar. Penso no meu pai, lendo aquela carta no seu quarto, não contando nada para mim. Ou então lendo o nome do remetente e jogando-a na cesta de lixo sem abrir, sem querer saber, enterrando a cabeça na areia da sua inocência. Como aquele envelope tinha escapado à minha atenção? Será que minha mãe o tinha visto?

Minha mãe.

Nick está me abraçando de novo, me beijando de novo.

— Foi por isso que eu trouxe você aqui, apesar de nunca ter trazido ninguém para a minha casa antes. — Ele sacode a cabeça. — É sério o que sinto por você. Estou *louco* por você. Você não sabe disso? Louco por você. Só penso em você desde o dia em que a conheci, não passo um minuto sem pensar em você.

Retribuo o beijo, porque beijos são muito mais fáceis do que palavras e porque ele parece tão grande e dominador com sua casaca e sua máscara de bandido, e no tumulto da minha cabeça e do meu corpo isso é só o que eu quero: ser dominada. Ser subjugada.

— Eu ia esperar até mais tarde, até depois da meia-noite, mas o jeito como você me olhou... e esse *vestido*, meu Deus... — Ele me levanta de repente e me carrega até a cama. Fico ali deitada por um momento, aninhada no casaco de pele, sem conseguir acreditar, com a cabeça no travesseiro macio de Nick, estendendo os braços para ele enquanto ele tira o casaco. No instante seguinte, ele está cobrindo o meu corpo com seu corpo quente e grande, beijando-me até eu estar me afogando em Nick, até não haver mais nada no mundo, a não ser Nick e sua mão forte, escorregando por baixo do decote do vestido e acariciando meu seio nu.

Minha mãe.

Levo um susto.

Abro os olhos. Empurro o peito de Nick.

— Nick! *Nick!*

Ele levanta a cabeça, solta o meu seio.

— Lily! Desculpe, eu...

Faço força para sair debaixo dele. Ele se levanta, com o cabelo caindo na testa, os olhos confusos e enevoados de desejo por trás da máscara de seda preta.

— Não, não é você – digo. – É a minha *mãe*, Nick.

— Sua *mãe?*

Agarro sua camisa com as mãos fechadas.

— Eu a vi. Ao lado da cascata de champanhe, usando um vestido branco. Ela está *aqui*.

12

SEAVIEW, RHODE ISLAND

Agosto de 1938

Graham Pendleton me cortejou durante todo aquele verão abafado de 1938, e Seaview inteira aprovou.

Dois dias depois dos nossos beijos no restaurante de beira de estrada, ele apareceu na porta de manhã cedo, com os sapatos engraxados, o cabelo penteado para trás, flores na mão, e perguntou se eu queria ir passear.

Fiquei ali parada, atônita.

— Passear?

— Escolhi a segunda opção. — Ele pegou minha mão mole e beijou-a. — O que você acha?

Fitei seu rosto perfeito, marcado apenas por uma mancha roxa perto do queixo, e seus brilhantes olhos azuis. Eu tinha acabado de chegar da natação, meu cabelo ainda estava pingando água salgada, meu corpo nu coberto pelo roupão.

— Você está falando sério?

— Muito sério.

— E devo concordar com isso?

— Espero que você concorde. Passei ontem o dia inteiro tomando coragem para perguntar. — Ele mostrou as flores. — Fique com elas. Dê-me uma chance, Lily. Pelo menos venha dar um passeio comigo.

Peguei as flores e cheirei-as. Eram lírios, uma gentileza a mais, e estavam muito perfumados. Sorri para ele.

— Vá até a cozinha e pegue um vaso. Vou tomar banho e me vestir.

Quando desci, Graham estava esperando numa cadeira no hall. As flores estavam na mesinha ao lado dele, num vaso comprido de cristal. Ele abriu a porta para mim e me deu a mão enquanto nos dirigíamos para Neck Lane.

— Vou mostrar a enseada para você — eu disse.

Nós nos sentamos nas pedras perto dos canhões. O céu estava coberto de nuvens, como um cobertor, e o oceano estava agitado. Ninguém tinha saído ainda. Seaview Neck estava silencioso e deserto, exceto por algumas gaivotas pousadas sobre as paredes de pedra da fortaleza, examinando as rochas com olhos vigilantes. Graham contemplou o mar, franzindo a testa, como se não soubesse como olhar para mim. Cutuquei o sapato dele com a ponta do meu pé.

— Você devia estar me cortejando.

Ele riu e se virou. Era mesmo muito bonito.

— Está bem. Como é que uma garota gosta de ser cortejada?

— Você podia começar me dizendo o quanto estou bonita, que você nunca conheceu ninguém como eu.

— Você está linda, Lily. Nunca conheci ninguém como você.

Eu ri.

— Você devia fingir que está sendo sincero.

Ele pegou minha mão e brincou com meus dedos.

— Eu estou sendo sincero.

— Graham, não sou idiota. Você tem namorado garotas lindas desde que passou a usar calça comprida. Não chego aos pés delas.

— Chega sim. — Ele ergueu os olhos. — Você é... Eu não sei. Você não é deslumbrante, é claro, exceto quando se arruma para ir a um baile ou a um restaurante de beira de estrada. Mas o seu rosto... tem uma beleza honesta, Lily. Uma beleza luminosa. O formato dos seus olhos. E os seus cílios: só notei na noite passada como eles são longos e curvos, como os de uma criança.

— Assim é que se fala. O que mais?

— Seu cabelo. — Tocou nele, enrolou uma mecha no dedo. — Sempre gostei do seu cabelo, mesmo nos velhos tempos. Era assim que eu costumava pensar em você... a namorada do Nick, Lily, com aquele cabelo. Rebelde e cheio de colorido. Parece quase vermelho nesta luz. — Ele fez uma pausa. — Posso falar no seu corpo, quando estiver cortejando você?

— Isso é considerado vulgar.

Ele fez uma careta.

— Então não vou falar. Mas eu *penso* nele. Um *bocado*.

— *Humm*. — Retirei a mão e apoiei meu queixo nela. — E quando foi que começou toda essa admiração? Começou assim do nada, uma semana atrás?

— Não sei. — Ele tornou a olhar para o mar. — Não. De fato, há anos que penso em você. Talvez desde aquele último Réveillon, aquela festa na casa dos Greenwald. Vi você saindo de fininho com o Nick, usando outro dos seus vestidos fantásticos. Pensei, puxa vida, Nick escolheu a garota certa.

— E depois disso?

Ele encolheu os ombros, tirou os cigarros do bolso e brincou com o maço, virando-o de um lado para outro.

— Aí eu toquei a vida, e você também, e Nick também. Mas eu pensava em você, sempre que ficava triste e cansado da vida. Não sei por quê, você simplesmente aparecia na minha cabeça, como um antídoto para todo o mal. E então a velha Emily ligou para mim, de repente, e me convidou para vir para cá. E aqui estamos. — Ele me ofereceu um cigarro. Coloquei-o entre os lábios, e ele acionou duas vezes seu isqueiro de ouro até aparecer uma chama cor de laranja na ponta do cigarro, na luz cinza-chumbo daquele dia.

— Aqui estamos — eu disse, soprando fumaça na direção do mar. Graham acendeu um cigarro e ficou calado por alguns instantes.

— Sinto muito sobre a outra noite. Eu perdi a cabeça. Não penso em você daquele jeito, Lily.

— De que jeito?

— Como alguém para eu me divertir um pouco, e mais nada.

Enfiei o dedão numa fenda cheia de areia.

— Um pouco de diversão não faz mal a ninguém.

— Faz sim. Não que eu me arrependa do que aconteceu. Acho que não pensei em outra coisa desde então. — Ele sacudiu a cabeça. — Mas a questão, Lily... e estou falando sério agora... é que chega uma hora que um cara precisa sossegar. E se ele vai sossegar, é melhor que seja com uma moça como você.

Deixei as cinzas do cigarro caírem nas pedras, lá embaixo.

— Bonita, mas não demais. Sossegada, mas não demais. Virtuosa, mas não demais.

— Muito bonita. Virtuosa o suficiente para mim.

Fitei o mar também, pensando em Nick, pensando em sexo, pensando em casamento. Também pensei em papai, e no que ele teria dito se eu tivesse levado Graham Pendleton para conhecê-lo naquele longínquo Natal. Ele teria aprovado? Sem dúvida que sim. O genro perfeito, Graham. Um belo casamento, uma lua de mel na Europa. É claro que teria que ser no inverno, para não atrapalhar o beisebol. Talvez nas Bahamas, então. Em algum lugar mais quente. Dias com Graham, noites com Graham. Era isso que eu queria?

— Você não fica incomodado? — eu disse. — Com o que aconteceu com Nick?

— Isso foi há muito tempo. E, de todo modo, quem é virgem hoje em dia? — Ele encolheu os ombros e riu. — Não quero chocá-la, mas isso não me incomoda nem um pouco.

— Não diga. — Brinquei com meu cigarro, sem muita vontade de fumar. Um barco pesqueiro passou devagar na nossa frente, indo para o mar, o motor roncando. O cheiro de óleo queimado se espalhou, misturando-se ao cheiro de maresia e de cigarro. — Não se esqueça de Kiki. Não posso deixá-la com mamãe. Onde eu vou, ela vai.

— Eu pensei nisso, é claro. Não me importo. Ela é uma criança simpática. Posso ensinar beisebol para ela.

Fiquei ali sentada com um dos braços em volta dos joelhos, o outro segurando o cigarro, pensando.

Graham pôs a mão no meu cotovelo. Ele me segurou com delicadeza, e sua voz era suave:

— Então, o que me diz, Lily? Vai me dar uma chance?

Dar-lhe uma chance. Por que não? E eu tinha alguma escolha? Eu poderia dizer não. Poderia continuar como estava, ir murchando até me tornar uma solteirona. Ou eu poderia voltar para Nova York no final do verão e começar a ir a festas, começar a procurar um amante, como tia Julie fazia todo mês de setembro. Será que eu queria ser igual a tia Julie?

Ou eu poderia ficar com este homem, que qualquer moça em seu juízo perfeito adoraria ter: de uma beleza quase perfeita, ótima companhia, de boa família, louco para casar e ter filhos. Será que ele daria um bom marido? Será que seria fiel a mim, um bom pai para os nossos filhos? Quem poderia saber? Algum homem era perfeito? Mas eu achava que poderia amá-lo. Eu já estava atraída por ele, e sempre gostara dele. Ele sabia flertar, sabia beijar. Já tinha lambido uísque da minha pele, um começo promissor, realmente; o que mais ele poderia saber para me excitar na cama? Ele ia me levar para sair, ia me proporcionar uma vida divertida, ia me dar filhos e uma casa. Nós conhecíamos as mesmas pessoas. Ele se encaixava perfeitamente no meu mundo, como uma luva. Seaview gostava de Graham Pendleton, sempre gostara de Graham Pendleton. Um cara legal, Graham Pendleton. Um ótimo partido.

— E por que não a primeira opção? — perguntei. — Por que não ir para a cama comigo e pensar no resto depois?

— Porque são duas coisas diferentes. Porque você não vai simplesmente para a cama com a garota com que está pensando em se casar.

— Isso é um pedido de casamento?

— Ainda não. Mas poderia ser. Eu gostaria de descobrir.

Uma das gaivotas gritou e voou de cima da fortaleza, e outra foi atrás. O pesqueiro desapareceu no mar aberto, e o horizonte se espalhou, desimpedido, diante de nós.

Acabei meu cigarro, atirei-o nas ondas e me levantei.

— Tudo bem, Graham. Você tem um mês e meio para me cortejar. Aí veremos.

Então namoramos com grande decoro, e no final de agosto a notícia do nosso noivado era aguardada com ansiedade em todo Seaview Neck.

— Ele é perfeito para você, querida — tia Julie disse, abanando-se languidamente. — Não sei por que não pensei nisso antes.

Eu estava deitada de bruços, de frente para o mar, o chapéu fazendo sombra na minha cabeça, vendo os homens dar cambalhotas na praia. Budgie tinha dado para convidar amigos para o fim de semana, enchendo seus quartos com jovens corretores de valores e suas amantes de lábios vermelhos, que bebiam e fumavam ainda mais do que ela. Um grupo deles estava organizando um jogo de futebol na praia diante de nós – a maré estava baixa –, e Graham tinha sido chamado para completar o time.

Antes ele estava deitado na manta ao meu lado, um pouco para fora do perímetro da barraca.

— Eu não deveria jogar — ele disse. — Meu ombro precisa descansar. — Mas a própria Budgie viera falar com ele e o puxara para cima, até que, rindo e protestando, ele tinha me dado um beijo no rosto (*você não se importa, não é, meu bem?*) e corrido pela areia.

— Ninguém pensou nisso antes — eu disse. — Nem o Graham e, certamente, nem eu. — Mesmo agora, olhando para ele, eu não conseguia acreditar que uma criatura tão magnífica pertencia a mim, ou pelo menos afirmava isso. Todos os homens estavam usando calção de banho, sem camisa, e Graham se destacava no meio deles como um Adônis dourado, bronzeado do sol, com músculos perfeitos, rosto quadrado e olhos azuis. Suas maçãs do rosto erguiam-se elegantemente acima do resto da humanidade.

Budgie o estava puxando pela mão, levando-o para junto do grupo. Alguém jogou uma bola para ele, e Graham a rolou nas mãos, sorrindo, experimentando. Ele olhou para mim e piscou.

— Falando sério, eu gostaria que você o compartilhasse de vez em quando — tia Julie disse. — Nas segundas-feiras, por exemplo, quando você está ocupada planejando as compras da semana e não precisa de um homem por perto. Minhas necessidades são simples, na minha idade. Uma hora ou duas seriam suficientes.

Dei um tapa no braço dela com uma indignação que não estava certa de sentir. A verdade era que eu não me importaria nada em dividir Graham Pendleton às segundas-feiras, se tia Julie o quisesse. Eu gostava muito dele, admirava-o, sentia um desejo físico natural dentro de mim quando ele me beijava à noite, na varanda dos fundos. Mas possessividade?

Eu o vi acompanhar Budgie, dar-lhe uma palmada de brincadeira quando ela chutou areia em suas pernas, tentando fazê-lo atirar a bola para ela. Houve um tempo em que eles foram amantes. Tinham transado. Ainda dava para ver traços dessa relação no modo natural com que eles interagiam, nos pequenos contatos físicos. Examinei meus sentimentos em busca de algum vestígio de ciúme, de alguma sensação de desconforto ou aborrecimento. Não encontrei nada. Seria pelo fato de eu estar tão segura da devoção dele, expressa todo dia, ou porque eu não gostava tanto dele?

Graham olhou para mim e encolheu os ombros. Acenei-lhe. Ele estava tentando organizar dois times, com base nas condições físicas das pessoas. Seus longos braços gesticulavam e apontavam. Apoiei o queixo na mão, peguei um cigarro e saboreei a primeira tragada. Estava quente de novo, quente e úmido, como tinha estado durante todo o verão. Esta tarde ia haver tempestade, como tinha havido ontem. Eu sentia o peso do ar nos meus ombros, tornando cada movimento lento, cada ação lânguida. Apaguei o cigarro e me levantei.

– Vou nadar. Está quente demais.

Tia Julie se ajeitou na manta.

– Você é louca. Está divino.

Fui até a beirada da água, mantendo-me afastada do jogo de futebol. A água estava calma, uma lagoa, as ondas rolando devagar como se estivessem tão oprimidas pelo calor quanto nós. Deixei a espuma bater nas minhas pernas, as algas se enroscarem nos meus tornozelos, e fechei os olhos. ("Você vai queimar sua pele", mamãe dizia.)

– Lily!

Era a voz de Budgie gritando meu nome. Eu me virei.

– Está faltando uma pessoa! Você tem que jogar conosco. Por favor.

Encolhi os ombros.

– Não sei jogar.

Graham se aproximou e me levantou em seus braços.

– Eu ensino. Venha, Lily. Você pode jogar no meu time.

Sacudi os braços e as pernas até ele me colocar no chão.

– Não, de verdade. Vocês podem arranjar alguém melhor. Que tal o Sr. Hubert?

Budgie riu.

– Teríamos que parar a cada dois minutos você sabe para quê. Até sua mãe seria melhor.

— Ela nunca toma sol para não estragar a pele – eu disse. Graham ainda estava me abraçando pela cintura; um amigo atirou-lhe a bola, e ele a agarrou com uma das mãos, sem me soltar.

— Que tal Greenwald? – alguém sugeriu. – Ele costumava jogar na faculdade, não é?

— Isso mesmo – Graham disse, virando-se para Budgie. – Onde está o seu adorado marido, Sra. Greenwald?

— Deve estar em casa, analisando suas plantas. Ele jamais irá concordar.

— Ora, o que é isso? – Graham piscou o olho. – Você não pode usar o seu charme para convencê-lo?

Ela piscou os olhos com um ar coquete.

— Eu quero continuar treinando futebol. Mande sua namorada. Nick faria qualquer coisa por Lily.

Duas das mulheres deram uma risadinha. Graham apertou minha cintura com mais força.

— Eu vou – Norm Palmer disse.

— Não, tudo bem – Graham disse. – Lily pode ir, não pode, benzinho? – Ele olhou para mim, com o rosto sorridente e o olhar tranquilo.

— Eu vou. – Tirei a mão de Graham da minha cintura e a beijei. – Volto num minuto, querido.

Graham me deu uma palmadinha quando saí andando, como tinha feito com Budgie.

Parei na barraca e vesti meu vestido de algodão por cima do maiô, calcei as sandálias e peguei o chapéu. Tia Julie levantou os olhos.

— Aonde você vai?

— À casa dos Greenwald. Estão querendo que Nick venha jogar futebol.

Ela assobiou baixinho.

— Bem, bem. Prepare-se para o que der e vier.

— Não seja ridícula.

O ar quente agarrou a minha pele enquanto eu descia a rua até a casa de Nick. Não tínhamos nos falado naquele último mês, desde a noite do incidente no restaurante; eu mal o tinha visto. Ele e Budgie nunca mais tinham ido aos jantares de sábado no clube; em vez disso, ficavam em casa, onde Budgie dava festas que provocavam críticas dos moradores de Seaview em relação à música, ao barulho de risos, às mulheres semidespidas dançando no terraço.

Quanto a mim, eu estava ocupada sendo cortejada por Graham Pendleton. Jantávamos com os Palmer nos sábados; íamos ao cinema ou dançar nas sextas-feiras; passeávamos, velejávamos e jogávamos bridge com minha mãe no clube quando estava chovendo. Nas manhãs de sol, Graham me dava sua luva de beisebol e me ensinava a agarrar a bola para ele, exercitando aos poucos os ombros, preparando-se para jogar. Em uma semana, eu já estava agarrando todas as bolas com *movimentos* confiantes.

Não houve mais jazz, uísque nem beijos abaixo do pescoço. Graham me deixava na porta de casa à meia-noite. Tomávamos limonada no terraço dos fundos, nos beijávamos, fumávamos, nos beijávamos mais um pouco. De vez em quando, Graham enfiava a mão dentro do meu vestido, ou passava a mão em minhas costas, sem tocar nos meus seios. Aí ele retirava a mão, piscava o olho sugestivamente e dizia que estava na hora de ir embora. Ele pegava um atalho pelos gramados das casas de Seaview Neck, assobiando, desaparecendo na escuridão, o cigarro brilhando entre seus dedos, e tornava a aparecer às dez da manhã, com o rosto fresco e os olhos brilhantes.

Então Graham tomava quase todo o meu tempo, e eu estava satisfeita com isso. Eu não queria pensar em Nick, nem nas coisas que ele tinha dito para mim na noite do restaurante de beira de estrada. Eu não deixava nenhum tempo livre para pensar em Nick Greenwald, ou para imaginar o que ele fazia com a esposa e com seu tempo.

Eu sabia, é claro, que ele passava muito tempo com Kiki. Quando abri a porta da frente, que estava encostada, recém-reformada e pintada, ouvi o riso dela à minha direita. Segui o som, passei pelas paredes recém-pintadas de branco, espaços abertos e espelhos da casa de Budgie até encontrar os dois no jardim de inverno, deitados de bruços lado a lado, com as plantas espalhadas no chão. Por causa do calor, Nick estava só de camisa e calça de algodão, as pernas compridas tomando metade do espaço. Kiki estava com seu vestido azul listrado de branco, descalça. Ele levantou os olhos e me viu primeiro.

— Lily! — Ela deu um pulo e se atirou nas minhas pernas.

— Nick estava me mostrando as plantas do apartamento dele em Nova York. Uma escada em espiral, Lily! Ele disse que eu podia visitá-lo e descer pelo corrimão se... — Ela parou.

— Se você não contasse para a sua irmã — Nick disse. Ele ficou de joelhos. — Está tudo bem, Lily?

Ele estava sorrindo satisfeito quando entrei, mas o sorriso desapareceu quando me olhou, sendo pouco a pouco substituído por um olhar extremamente alerta. Retribuí o olhar, e no estranho hábito da memória, pensei no modo como ele tinha me olhado, sentado em frente a mim no restaurante da faculdade, naquela primeira manhã. Suas feições eram as mesmas, ainda marcadas e interessantes, ainda capazes de mudar com seu estado de espírito: duras com determinação, suaves com amor. A luz do sol flutuava na sala, dando um brilho dourado aos seus olhos castanhos. Meu coração bateu forte.

Eu me abaixei e abracei Kiki.

— Está tudo bem. Estão querendo você na praia, para jogar futebol.

— Futebol?

Eu sorri.

— Você se lembra de futebol, não lembra? Bola alongada, campo retangular.

— Você sabe jogar *futebol*, Nick? — Kiki perguntou admirada.

— Kiki, Nick um dia foi o melhor jogador de futebol do Dartmouth College. Você devia ter visto. Ele jogava a bola tão rápido e tão longe que você não conseguia enxergá-la quando ela voava pelos ares.

Nick se levantou.

— Aí eu quebrei a perna e não pego numa bola desde então.

— Exceto uma vez — eu disse. — No Central Park.

Kiki se virou para ele.

— Qual perna?

— Esta aqui. — Ele apontou para a perna esquerda.

— Ela já está melhor?

Nick olhou para mim, depois desviou os olhos.

— Bem melhor.

Kiki correu e deu a mão a ele.

— Vamos para a praia! Eu quero ver você jogar. Quero que você jogue a bola para mim. Aposto que eu consigo agarrar.

— Damas não apostam, Kiki — eu disse.

— Você está parecendo a mamãe. Vamos, Nick! — Ela puxou a mão dele.

Nick olhou para mim sem saber o que fazer.

— Você não precisa ir, se não quiser. Digo a eles que você estava ocupado.

— Você *tem* que ir — Kiki disse. — Eu *quero* que você vá.

— Kiki! — falei, chocada.

— Não, está tudo bem — Nick disse. — Eu vou. Vamos, Kiki. Vamos ver o que o meu velho braço consegue fazer.

Ela foi saltitando ao lado dele.

— *Posso* jogar também, Nick? Posso ser do seu time?

— Se quiser — Nick disse.

Achamos as sandálias de Kiki e caminhamos até a praia, os três, com Kiki pulando entre nós dois e segurando nossas mãos. O sol batia no meu chapéu de palha e irradiava das pedras da rua para as minhas pernas nuas. Kiki ia tagarelando sem parar, acompanhada pelo ranger dos nossos passos no cascalho da rua.

Quando chegamos à praia, todo mundo olhou para nós, e até as gaivotas pareceram parar de gritar por um momento.

Então Graham se adiantou sorrindo, sem avisar, e atirou a bola na direção do peito de Nick. Ele levantou o braço e agarrou-a com uma das mãos, prendendo-a na dobra do cotovelo, sem largar a mão de Kiki.

– Ele agarrou! – Kiki disse, triunfante.

Nick sorriu. Girou a bola, colocando-a na palma da mão, e, com um movimento quase casual do braço, mandou-a girando como uma bala de espingarda, e ela bateu bem no meio do peito de Graham Pendleton.

Kiki gritou de alegria:

– Ah, faz isso de novo, Nick! Faz isso de novo!

– Está bem.

Nick largou a mão dela, tirou os sapatos e as meias, enrolou as mangas e as bainhas da calça. Cada movimento, lento e determinado, vibrava com uma energia latente. Ele correu para o meio dos corpos seminus, dos peitos nus e maiôs ousados, meia cabeça mais alto do que todos, inclusive Graham. Senti um calor na boca do estômago, uma sensação de justiça.

Kiki puxou minha mão.

– Eu também quero jogar, Lily. Me deixa jogar.

Nick estava indicando onde cada pessoa devia ficar. Observei o rosto dele, encantada, sua testa franzida e determinada, os olhos duros e brilhantes, a velha expressão de pirata tomando forma.

– Meu bem – eu disse. – Acho melhor você ficar assistindo um pouco.

Eu a levei até a manta onde tia Julie tinha se sentado e estava olhando o jogo se armando ao redor do corpo alto e magro de Nick.

— Eu não tinha percebido o quanto ele era alto — ela disse.

— Nós não o temos visto muito por aqui este verão — eu disse.

Eu não conhecia muitas das pessoas que estavam na praia. Quase todas elas eram hóspedes de Budgie. Eu conhecia Graham e Budgie, é claro, que estavam jogando contra Nick. Vi Norm Palmer no time de Nick, com um ar desconcertado. Os Palmer tinham sido colocados numa posição incômoda em relação aos Greenwald, assim como eu: Graham tinha se recusado a ficar contra Budgie, então Emily e Norm de vez em quando frequentavam o círculo dela.

Nick era uma outra questão. Ele tinha se mantido convenientemente afastado até agora, poupando-nos de qualquer mal-estar, e agora o pobre Norm não sabia o que fazer. Ele lançou um olhar suplicante para a esposa, que estava sentada na barraca. Emily encolheu os ombros ossudos de tenista e se apoiou nos cotovelos.

Logo ficou óbvio que Graham e Nick eram os únicos homens que sabiam jogar futebol. O time de Nick ficou com a bola primeiro, e ele a atirou para Norm Palmer, um arremesso perfeito na altura das costelas de Norm. Ele balançou a bola de uma das mãos para a outra por alguns segundos, cada vez mais alto e mais rápido, até que Graham mergulhou como uma águia e a roubou dele, correndo treze metros pela praia antes que Nick o interceptasse numa explosão de areia.

Graham deu um pulo e levantou a bola.

— Intercepção! — ele gritou. — Intercepção de um passe de Greenwald! Nunca se fez isso antes! — Ele beijou a bola e a apontou para mim.

Acendi um cigarro.

— Imagino o que Joe McCarthy iria pensar desta jogada.

— Quem é Joe McCarthy? — tia Julie perguntou.

— O técnico dos Yankees, é claro. Todo mundo sabe disso. — Soprei uma baforada de fumaça.

Mas a alegria de Graham durou pouco.

Primeiro ele entregou a bola para Budgie, que deu dois passos antes que diversos braços — alguns pertencentes ao seu próprio time — a atirassem na areia.

Em seguida, Graham tentou passar a bola para um dos corretores de valores. O cara agarrou a bola, mas, antes que pudesse sair correndo, Nick voou em cima dele com tanta força que a bola saltou das suas mãos e caiu nas mãos atônitas de Norm Palmer, que estava parado ali perto.

— Corra! — Nick gritou, e Norm correu alguns passos na direção errada antes que Nick o virasse e bloqueasse Graham Pendleton, que tinha corrido em defesa, com um golpe de braço. Norm correu para marcar o primeiro *touchdown*.

Kiki pulou e gritou:

— Viva, NICK! Você viu isso, Lily?

Uma onda de tensão varreu o campo.

Não havia possibilidade de chutar porque todos estavam descalços. O time de Graham tinha de novo a posse da bola, e desta vez Graham delegou o papel de *quarterback* para um dos corretores de valores.

— Apenas entregue a droga da bola para mim — ele disse. Seu rosto estava pingando suor sob o sol causticante. Ele enxugou o suor da testa e se preparou para a próxima jogada com a ponta do dedo enfiada na areia para se segurar.

— Minha nossa — tia Julie disse. — As coisas estão ficando sérias.

Estiquei as pernas e acendi outro cigarro. Nick também estava suando por baixo da camisa branca e da calça de algodão, agora suja de areia. Ele esperou a jogada com as pernas abertas, o olhar feroz, as mãos flexionadas, como da primeira vez que eu o tinha visto. Os músculos do meu corpo ficaram tensos também. Senti como se estivesse sufocando, sem conseguir respirar sob o peso da emoção pressionando meu coração ao ver Nick Greenwald se posicionar para a batalha na areia.

Kiki torcia e gritava ao meu lado. A bola foi jogada para Graham, e ele se lançou para a frente como uma locomotiva, as pernas velozes, como Budgie o havia descrito naquela longínqua tarde de outono, numa outra vida.

Mas Nick Greenwald não tinha medo de locomotivas. Ele mergulhou na direção de Graham e o agarrou com seus braços longos, detendo-o no seu terceiro passo.

Tia Julie estendeu a mão para a cesta de piquenique.

— Bem, bem. Quem quer um gim-tônica?

❦

UM POR UM, os corretores de valores e suas amantes desistiram, mortos de calor, mergulhando no mar para se refrescar e para assistir ao duelo entre Graham e Nick, apoiados por Norm e Budgie e mais dois jogadores tenazes. A maré estava enchendo, diminuindo o campo de jogo. Puxamos nossas mantas para trás, para dar mais espaço a eles.

— Eles deviam parar — eu disse, apagando meu quarto cigarro com mãos trêmulas. — Está muito quente. Alguém vai passar mal.

— Duvido que eles parem até que alguém *passe* mal mesmo — tia Julie disse.

Neste instante, um dos corretores de valores que havia sobrado soltou um grito. Uma das mulheres correu para ele, gritando, e se inclinou sobre seu pé.

— Ele pisou numa concha — ela anunciou. — Não pode mais jogar.

— Bem, então acabou — disse Nick. O corretor era do time dele.

— Não acabou não — disse Graham, cujo time estava perdendo por seis pontos.

Budgie pôs a mão no braço dele.

— Não seja tolo. Já jogamos muito. Não temos mais jogadores.

Graham olhou para mim.

— Lily pode jogar.

Todo mundo se virou para mim. Eu estava acendendo outro cigarro. Olhei para Nick e para Graham, larguei o cigarro e o isqueiro, e sacudi a cabeça.

— Não, nunca joguei futebol.

— É fácil. Nick vai se encarregar de todo o trabalho. Não é, Nick? — Graham levantou as sobrancelhas para Nick.

— Vamos considerar acabado, está bem? Eu desisto. Você ganha.

— Não, seu filho... — Graham interrompeu o que ia dizer.

— Pelo amor de Deus, Pendleton. Está um forno. Ela não quer jogar — Nick disse friamente.

Fiquei em pé de um pulo.

— Querem saber? Eu vou jogar.

Houve alguns aplausos fracos ao meu redor. Tirei a areia das pernas e fui até onde estava Nick, com uma cara zangada, jogando a bola de uma mão para outra.

— Tem certeza, Lily? — ele perguntou em voz baixa.

— Absoluta. Mostre-me o que fazer.

— Você não precisa fazer nada. Só não se meta em encrenca.

— Não seja condescendente. Eu vim para jogar. Estive observando. Sei o que está acontecendo. Passe a bola para mim.

— Você sabe agarrar uma bola de futebol?

— Não pode ser tão difícil assim.

Nick suspirou.

— Olha — eu disse —, tenho agarrado bolas para Graham o verão todo.

— Aquilo é beisebol. Você usa uma luva no beisebol.

Graham pôs as mãos em concha em volta da boca e gritou:

— Querem que eu mande uma limonada, senhoras?

— Passe-me a bola, Nick. Eu vou agarrá-la.

Nick me encarou.

Norm Palmer deu um tapa no ombro dele.

– Vamos, Greenwald. Vamos começar.

– Está bem – disse Nick. – Palmer, você corre, como se eu fosse jogar a bola para você. Lily, você corre para o lado direito. Nove metros e depois se vira. Estenda as mãos assim, Lily. – Ele me mostrou, fazendo um triângulo com os indicadores e os polegares. – Mantenha as palmas das mãos moles, os dedos moles. Deixe a bola fazer o trabalho. Entendeu? No três.

Eu não fazia ideia do que *No três* queria dizer. Formamos uma fila na areia quente, Norm e Nick e eu do lado direito de Nick. Budgie piscou o olho para mim. Ela estava suando, mas de uma forma delicada e feminina, como gotas de orvalho brilhando em sua pele. Enterrei os dedos dos pés na areia e esperei.

Nick disse algo cadenciado e incompreensível, e de repente estávamos nos movendo. Nick deu um passo para trás, Norm Palmer saiu correndo para a frente. Comecei a correr, contando os passos até chegar a dez, e me virei.

A bola voou das mãos de Nick para as minhas.

Palmas moles, pensei. *Dedos moles.*

A bola pousou delicadamente nas minhas mãos. Sem pensar, eu me virei e saí correndo, e lá estava Budgie, dançando na minha frente, sorrindo, pronta para o ataque. Corri para um lado, depois para outro.

– Lily! Aqui!

Nick estava correndo à minha esquerda, com as mãos estendidas. Não parei para pensar. Joguei a bola para ele.

Mirei errado, joguei alto demais na minha efusão. Nick deu um salto no ar, esticando o corpo até o limite, expondo os músculos do abdome por baixo das pontas da camisa branca. Seus dedos roçaram a bola. Ele quase a agarrou.

Mas então minha visão foi escurecida pelo corpo de Graham Pendleton, pelas pernas de Graham plantadas na areia e seus ombros largos prontos para atacar. Ele pegou Nick no ar, bem nas costelas, e Nick caiu no chão.

A bola deu uma volta e caiu na areia ao lado da cabeça dele.

⁓

Por um momento, ficamos paralisados, como atores numa peça que de repente se esqueceram de suas falas. Olhamos para o corpo de Nick estendido na areia, o cabelo agitado pelo vento, as mangas brancas, as calças arregaçadas e os tornozelos expostos ao sol.

Então Kiki deu um grito e correu para o lado dele, e todo mundo entrou em ação. Budgie caiu de joelhos e começou a gemer; Graham praguejou, pôs as mãos na cabeça e chamou por um médico. Forcei minhas pernas a se movimentarem na direção do corpo de Nick, ajoelhei-me ao lado dele, segurei seus ombros, virei-o e bati em suas faces pálidas.

— Ele está respirando — eu disse, com uma voz que soou calma aos meus ouvidos. Olhei para Graham. — Vá até o clube. Charlie Crofter está jogando bridge com minha mãe. Ele é médico.

Graham saiu correndo. Ajeitei com cuidado as pernas de Nick, pus a mão em seu peito. Sua respiração parecia superficial, mas regular. As pálpebras estavam imóveis sobre os olhos castanhos.

— O que aconteceu? — Kiki soluçou. — Ele está morto?

— Não, ele não está morto. Só está inconsciente. Ele vai ficar bem — eu disse. — Ele vai ficar bem. Não vai, Nick? Fale com ele, Kiki. Tenho certeza de que ele pode ouvi-la.

Meu Deus, permita que ele fique bom. Eu faço qualquer coisa. Permita que ele fique bom.

— Nick, acorde — Kiki disse numa voz chorosa, que não era a dela. — Por favor, acorde. Sou eu, Kiki. Por favor, acorde.

Eu não sabia o que fazer. Eu não era enfermeira. Meu coração batia forte nos meus ouvidos, mas me sentia calma, quase serena, como se estivesse sonhando. Desabotoei a camisa de Nick e a abri com cuidado. Suas costelas já estavam ficando roxas da força com que Graham o havia atingido. Quebradas, possivelmente. Eu ia ter de contar a Charlie sobre isso.

— Você está bem, Nick — eu disse com firmeza, calmamente, porque Kiki estava balbuciando. — É a Lily, Nick. É a sua Lilybird, lembra? O médico está chegando. Você vai ficar bom. Você *tem* que ficar bom, está ouvindo? — Eu ouvi Budgie atrás de mim, ainda gemendo. — Sua esposa precisa de você, Nick. Acorde por ela.

Qualquer coisa, meu Deus. Até isso.

Olhei por cima do ombro. Budgie estava se arrastando na areia, na nossa direção, o rímel escorrendo dos olhos. Eu nunca a tinha visto chorar antes.

— A culpa é minha — ela falou. — Eu disse a ele para jogar. A culpa é minha. Ele está morto, não está? Eu não consigo olhar.

— Ele não está morto — eu disse asperamente. — Só está inconsciente. Ele está respirando bem. O médico está vindo.

Ela abraçou o próprio corpo.

— A culpa é toda minha. Meu Deus. Não posso olhar para ele desse jeito. Preciso de uma bebida.

— Controle-se, Budgie. Você é a esposa dele, ele precisa de você. Controle-se — falei zangada.

Kiki estava alisando o cabelo de Nick para trás.

— Acorde, Nick. Acorde, Nick. É a Kiki, a sua Kiki. Eu preciso de você, Nick. Por favor, acorde.

As pápebras de Nick tremeram.

Uma sombra se debruçou sobre seu rosto. Olhei para cima e vi a silhueta de Chalie Crofter contra o sol, ofegante.

— O que aconteceu?

Abri espaço para ele.

— Estávamos jogando futebol. Ele foi atingido nas costelas e caiu. Acho que bateu com a cabeça. Está inconsciente. Pode ter quebrado as costelas.

Nick gemeu.

— Ah, é isso — Charlie disse. Ele olhou para mim. — Mandei Pendleton buscar minha valise. Fique de olho, está bem? A Sra. Greenwald está aqui?

— Estou aqui — Budgie disse, enxugando os olhos.

— Sra. Greenwald, preciso que a senhora se sente ao lado do seu marido e fale com ele. Não, do outro lado. Alguém tire a menina do caminho, pelo amor de Deus!

Peguei a mão de Kiki e levei-a embora delicadamente. Ela resistiu:

— Quero ficar! Ele precisa de mim! — ela disse. Seu rosto estava molhado de lágrimas, sujo de areia e com alguns fios escuros de cabelo grudados nele.

— Ele precisa da Sra. Greenwald — eu disse no ouvido dela. — É a esposa dele. Ela vai nos dar notícias. Vamos. Temos que deixar espaço para ele respirar. O médico está aqui, ele vai ficar bom.

Peguei Kiki no colo, me afastei um pouco e me sentei, embalando-a e acariciando seu cabelo. Ela teve uma crise de choro, soluçando como eu nunca a tinha visto soluçar antes. Senti alguém tocar meu ombro: tia Julie.

— Que confusão — ela disse, baixinho, sentando-se ao nosso lado. — Ele vai ficar bom?

— Tenho certeza de que sim. Ele já estava abrindo os olhos quando Charlie chegou. Isso acontece o tempo todo no futebol.

Graham veio correndo com uma valise preta de médico na mão. Levou-a para Charlie e abriu-a para ele. Olhei entre os dois homens e pensei ver a cabeça de Nick se mexendo, achei que vi os olhos de Nick se abrindo.

— Está vendo? — eu disse. — Ele está acordado.

Eles estavam levantando Nick, Graham e Charlie, até deixá-lo sentado na areia, balançando a cabeça. O sangue pareceu se esvair do meu corpo de tanto alívio que senti. Meu coração ainda estava batendo forte, porém mais devagar agora, num ritmo estranho, com espaços de silêncio entre uma batida e outra. Da mesma forma que tinha batido um dia, depois de fazer amor.

Obrigada. Obrigada. Obrigada.

— Lily, não consigo respirar — Kiki disse, e afrouxei um pouco meu abraço.

— Está vendo, meu bem? Ele está sentado — eu disse. — Ele vai ficar bom. Você vai ver. — Ela quis correr para ele, mas eu a segurei. — Ainda não. Ele vai ter que ir para casa descansar. Você pode ir visitá-lo mais tarde.

Kiki ficou sentada no meu colo, quieta e calada, observando Nick com seus olhos vigilantes. Eles estavam falando com ele, fazendo perguntas. Budgie estava sentada ao seu lado, com a cabeça nos joelhos, chorando. Meus olhos ardiam de tão secos.

Algum instinto me fez virar e olhar na direção do clube. Uma pequena multidão tinha se reunido na varanda, com braços protegendo testas, observando a cena na praia. Reconheci a figura alta e corpulenta da minha mãe, seu vestido branco e seu chapéu de palha. Tinha algo na mão esquerda, um copo de bebida, provavelmente.

Enquanto eu olhava, ela baixou o braço que estava protegendo os olhos e voltou para dentro do clube. O torneio anual de bridge que acontecia no final do verão estava no auge.

***

Graham passou pela minha casa depois do jantar, com olhos cansados e o cabelo um tanto desalinhado, como se tivesse ficado a tarde toda passando a mão nele.

— Ele agora está bem — ele disse. — Mas primeiro nos deu um susto e tanto. Não sabia o próprio nome. Ficava falando bobagens a respeito de pássaros. — Ele olhou para mim e pegou uma bebida.

Ainda estávamos sentados em volta da mesa de jantar, tia Julie, Kiki, Graham e eu. Mamãe estava jantando no clube, um jantar comemorativo do torneio de bridge. Marelda acabara de trazer o café e seu famoso bolo gelado de limão. Graham tinha ido direto para a bandeja de bebidas no aparador, muitas delas de antes da guerra, exceto as favoritas de mamãe. Ele se serviu de uísque sem gelo e sentou-se pesadamente numa cadeira.

— Mas ele está bem agora, não está? — Kiki perguntou, com um olhar ansioso.

— Bem, ele está com dor de cabeça. E com dor nas costelas. Alguém vai ficar ao lado dele a noite toda. Quando você sofre uma concussão, tem que acordar a cada hora para evitar complicações.

— E a Sra. Greenwald não pode se encarregar disso? — Tia Julie acendeu um cigarro.

— Não fume, tia Julie — eu disse. — Mamãe vai sentir o cheiro quando voltar.

— Não estou ligando a mínima para isso. Graham? Como está a Sra. Greenwald?

Graham desenhou um círculo na madeira encerada da mesa.

— Budgie — ele disse, com uma ligeira ênfase — ficou compreensivelmente nervosa e teve que ser sedada. Ela está dormindo agora.

Ele estendeu a mão para os cigarros de tia Julie e tirou um do maço. O isqueiro da tia Julie estava ao lado da bandeja de café, mas ele enfiou a mão no bolso e pegou o dele. Seus dedos estavam tremendo; ele precisou de várias tentativas para acender o isqueiro.

— Nick está cooperando? — perguntei.

— Está sim. O bom e velho Nick. De fato, ele não queria se deitar, mas todo mundo insistiu. Ele foi para o quarto de hóspedes, é claro, para não incomodar Budgie. – Graham tomou um gole de uísque. – Ele me disse... – Ele sacudiu a cabeça, deu uma tragada no cigarro. – Ele me disse para eu não me preocupar, que a culpa foi dele, expondo-se daquele jeito. Jesus.

– Foi um acidente – eu disse depressa.

Graham pôs as mãos na cabeça.

– Foi mesmo?

– É claro que foi. – Eu sorri. – De qualquer modo, não dá para machucar o Nick. Ele é como couro curtido. Lembra quando ele quebrou a perna, da primeira vez que eu fui a New Hampshire? E na manhã seguinte foi dirigindo até Northampton, Massachusetts.

Kiki ficou alerta:

– Dirigiu para *onde*? Você não fez faculdade lá? Por que ele fez isso?

Graham levantou a cabeça e olhou para mim. Olhei para Kiki. Ela olhou para nós dois.

Tia Julie deu uma longa tragada em seu cigarro, soprou a fumaça e disse:

– Porque Nick e Lily costumavam sair juntos, muito tempo atrás.

Kiki virou-se para mim. Seus olhos estavam arregalados e azul-esverdeados, da cor do mar.

– Nick era seu *namorado*?

Coloquei as mãos no colo.

– Era.

– Mas você... mas... – Ela olhou para tia Julie e depois para mim. Seus olhos começaram a brilhar e se encheram de lágrimas. – Por que você não se casou com ele?

– É uma longa história, meu bem.

Ela me deu um soco no braço.

— Você podia ter se *casado* com ele! Ele podia ser *nosso*! Você o mandou embora, não foi, e aí ele se casou com a chata da Sra. Greenwald e tem que morar com *ela*. — Tornou a bater no meu braço, chorando copiosamente. — Ele podia estar morando *aqui*, *aqui*. Ele podia ser... ele podia ser meu *pai*.

— Pare com isso, Kiki. — Segurei os braços dela. — Pare com isso. Sei que você está nervosa.

— Ele podia ser meu *pai*!

— Você *tem* um pai!

— Não tenho não! Não um pai de verdade. Não um pai que *fale*.

Graham se levantou, pegou o drinque e o cigarro e saiu da sala.

— Veja o que você fez — falei, zangada. Afastei os braços de Kiki e saí atrás de Graham.

Encontrei-o sentado com as costas apoiadas no olmo do jardim, fitando a Seaview Bay. Não consegui enxergá-lo direito no escuro, foi a ponta do seu cigarro que me guiou. Tirei-o de seus dedos e o apaguei na grama, peguei o copo da mão dele e o pus de lado. Ajoelhei-me entre suas pernas abertas.

— A culpa não foi sua — eu disse.

— Foi sim. Pensei bastante, revi tudo na minha cabeça e tenho certeza de que agi de propósito. Vi o velho Nick, o velho e perfeito Nick, com o corpo desguarnecido, e ataquei! — Ele fez um movimento amplo com o braço. — Não dava para resistir, dava?

— Não sei do que você está falando. Vocês estavam jogando futebol, só isso.

— Ah, é claro. Só isso.

Ele estendeu a mão para o copo, mas segurei o pulso dele.

— Não.

— Nick tem sorte — ele disse. — A mulher é louca por ele e a ex-noiva também. Até mesmo a filha que não conhecia.

— A *o quê?*

— A filha.

Fiquei olhando para ele, para o que eu conseguia enxergar no escuro. O luar refletia o branco de seus olhos e de seus dentes. Meus ouvidos zumbiram de choque.

— Não sei o que você está querendo dizer com isso.

— Ah, pelo amor de Deus, Lily. O mundo inteiro sabe.

— Sabe o quê? Sabe o quê, exatamente? — O tremor na minha voz parecia vir de outra pessoa.

— Que a Kiki é sua filha. Sua e de Nick.

Sacudi a cabeça. Minha mão, sem força, largou o pulso de Graham.

— Isso é ridículo! Kiki é minha irmã! Minha mãe a teve. Eu estava no hospital quando ela nasceu.

Graham me deu um pequeno empurrão e ficou em pé, pegando o copo ao se levantar.

— Não vou discutir. Faça como quiser.

Segurei o ombro dele quando se virou.

— É isso o que as pessoas estão dizendo? Diga-me a verdade.

— Pelo amor de Deus, Lily. Basta olhar para ela. Aquele cabelo e aquela pele.

— Isso é ridículo — repeti. — Mamãe tem cabelo escuro.

Ele não disse nada, ficou ali parado. Sua respiração enchia o ar entre nós, cheirando a cigarro e uísque, fazendo-me lembrar daquela noite no restaurante de beira de estrada. A mão dele tocou meu queixo.

— O modo como você a ama, Lily.

— *Gosto* dela como se fosse minha filha, admito. Eu praticamente a criei sozinha. Mamãe... bem, você conhece minha mãe, ela não é extremamente *carinhosa*. E estava muito ocupada cuidando de papai, e de todos os seus projetos...

— Pelo amor de Deus, Lily. Deixe isso pra lá. Eu só queria que alguém me amasse assim.

Pus a mão sobre a dele, que estava segurando meu queixo.

— Milhares de pessoas o amam, Graham. Milhões, talvez. Você é um herói.

— Você me ama, Lily?

— É claro que sim.

Ele segurou meu rosto com a outra mão.

— O suficiente para se casar comigo?

— Graham. — Estava tão escuro. Eu gostaria de poder enxergá-lo, mas as nuvens tinham encoberto a lua de novo, e a casa estava muito longe. Sua beleza física estava invisível para mim. Eu só podia sentir o cheiro dele, e tocá-lo, e ouvi-lo.

Senti a testa dele tocando a minha.

— Você traz tudo de volta à vida, não é, Lily? A sua garotinha. Nick, ali na areia. Então me traga de volta.

— Você já está vivo. Vivo demais, se quer saber.

— Não, não estou... Meu Deus, Lily. Você não sabe nem da metade. Não mereço você, nem por um segundo, mas, se me der uma *chance*, Lily. Juro por Deus que vou ser bom para você. Você vai me *tornar* bom, não vai?

— Você *é* bom, Graham. Você é um homem bom. Durante todo o verão, você se comportou como um perfeito cavalheiro, um...

— Pare de falar, Lily. Não posso ouvir você. Você está me matando. — Ele me agarrou pelo cabelo. A respiração dele ficou pesada contra a minha pele.

— Devagar — murmurei. — Você bebeu demais, Graham. Tudo foi demais para você hoje.

— Lily. — Ele beijou minha testa e meu rosto. — Se eu pudesse tirar uma coisa dele, só uma coisa. Só você.

— Estou aqui com você, Graham. — Eu o abracei. — *Shh*. Você me tem. Nick tem Budgie, e você me tem.

Graham riu.

— Está certo. É claro. Ele tem Budgie, eu tenho você.

Eu não disse nada. Passei as mãos ao longo das costas dele, para cima e para baixo. Os músculos se retesaram sob o meu toque.

— Você é como leite e mel, Lily. Sabia disso? — Ele me beijou na boca. — Você é consolo e alegria. Você é o antídoto para todo mal.

— Não sou não.

Seus dedos apalparam meu corpo, sua boca cobriu a minha.

— É sim. Minha garota feita de leite e mel. Minha serena Lily. — Ele caiu de joelhos, segurou minha mão e beijou-a. — Case-se comigo, pelo amor de Deus! Case-se comigo agora.

— Pare com isso, Graham. Você está muito bêbado.

— Não, eu estou muito sóbrio. Você é minha última esperança, Lily Dane.

— Torne a me pedir amanhã de manhã. — Meu vestido desabotoado deslizou sobre meus seios. Segurei-o com uma das mãos e segurei a mão de Graham com a outra.

— Você vai dizer que sim amanhã de manhã?

— Talvez.

— Diga que sim, Lily, pelo amor de Deus! Nick está casado, você não pode ficar com ele. Fique comigo.

Ajoelhei-me, para ficar cara a cara com ele, segurando meu vestido, segurando a mão dele.

— O que você quer realmente, Graham? O que você está realmente buscando? Você só acha que me quer por causa de Nick. Você não quer uma esposa, não de verdade.

— Preciso de uma esposa. Preciso de alguém para me manter na linha. Estou tão perdido, Lily, você nem imagina quanto. Preciso de você, Lily. Por que você não diz que sim?

Pus os braços em volta do pescoço dele.

— Não sei. — Eu o beijei. — Não sei.

Graham passou a mão pela pele nua das minhas costas.

— Mas *eu* sei. Que droga.

Ficamos ajoelhados ali, abraçados, meu vestido aberto e quase caindo dos ombros. Os insetos roçavam as asas na grama à nossa volta. Aos poucos, o peito largo de Graham contra meu rosto, suas mãos acariciando minhas costas fizeram meu corpo relaxar. A meio quilômetro dali, Nick estava deitado no quarto de hóspedes, com as costelas doendo, a cabeça doendo, com alguém o acordando de hora em hora. Budgie estava deitada no quarto deles, sedada, exausta de tanta histeria. Ambos pareciam muito distantes agora, perto da dimensão sólida de Graham Pendleton, musculoso e carente, abraçando-me no escuro como a um objeto muito precioso.

Comecei a sentir um desejo físico por dentro que foi rompendo todas as barreiras que eu tinha criado. Meus seios ficaram intumescidos. Levantei a cabeça e beijei Graham, pressionando os quadris contra o corpo dele.

Por um instante, ele correspondeu, enfiando a mão por baixo do meu vestido leve de algodão e encontrando apenas a borda rendada da minha calcinha de seda. Ao trocar de roupa no calor opressivo da tarde, ainda assustada com o acidente de Nick, eu não tinha posto nem cinta-liga nem meias. Eu não teria conseguido prendê-las com os dedos trêmulos.

— Minha nossa, Lily — Graham murmurou, segurando meus quadris.

Eu teria me entregado a ele ali mesmo, na grama, do jeito que ele quisesse. Eu precisava do consolo do sexo, precisava sentir o corpo de um homem sobre o meu, dentro do meu. Precisava de conexão, de carinho, paixão e alívio. Precisava de alguma coisa que me trouxesse de volta à vida. Puxei a camisa de Graham para fora da calça e comecei a tirar a camiseta de malha que ele tinha por baixo.

— Minha nossa, Lily — ele tornou a dizer, e então: — Não. — Ele tirou a mão debaixo do meu vestido, ficou em pé e passou as mãos pelo cabelo.

— Graham.

— Não, eu jurei, Lily. Eu jurei que ia fazer a coisa certa. Pelo menos desta vez.

— Graham, está tudo bem. Eu quero isto, estou pronta para você. Estou mesmo. — Estendi os braços para ele. Eu estava ardendo de desejo. Eu estava quase suplicando.

Ele segurou meu rosto.

— Diga que vai se casar comigo, Lily. Diga que sim e darei o que você quer, do jeito que você quer. Vai ser bom demais, Lily.

Olhei para ele com o corpo tremendo de desejo, mas com a boca trancada.

— Tudo bem, então — ele murmurou. — Fica para uma outra vez.

Graham Pendleton me beijou delicadamente nos lábios e se afastou, com passos um pouco desequilibrados, atravessando os gramados sem cercas de Seaview Neck, enquanto as luzes do continente piscavam do outro lado da baía.

13

MANHATTAN

Véspera de Ano-Novo, 1931

O prédio passa diante dos meus olhos num borrão cinza-amarronzado.

— Para onde estamos indo? — pergunto, encolhida dentro do casaco. O segundo melhor casaco de mink da minha mãe. Espero que ela não o tenha reconhecido quando nos esgueiramos de lá no meio da multidão.

— Meu pai tem um apartamento na cidade para clientes e para as noites em que ele trabalha até mais tarde — diz Nick. — Podemos assistir à chegada do Ano-Novo de lá. Se conseguirmos chegar a tempo. — Ele checa as horas com um movimento rápido do punho. — Você está bem?

— Sim. Só estou chocada.

— Imagino.

— Você entende, ela nunca sai de casa. Ela nos disse que ia supervisionar uma festa. Para órfãos! — Sou obrigada a gritar por cima do barulho do motor e do vento. As ruas estão incrivelmente vazias para uma noite de Réveillon. Todo mundo deve estar numa festa ou em casa, esperando pela meia-noite. — Mas imagino que... bem, com papai assim, talvez ela queira se divertir de vez em quando, e não queira que ele se sinta... — Não completo a frase.

Nick segura minha mão. Já estamos sem máscaras e vejo a expressão do seu rosto quando as luzes dos postes o iluminam: terna, indagadora.

– Você quer ir para casa? Podemos voltar, se você quiser. Só achei... bom, seria uma pena estragar a noite. Você está bem aquecida?

– Estou bem. – Eu me viro para ele e abro um sorriso. – Na verdade, é um pouco engraçado, não é? Lá estou eu, saindo de fininho do apartamento dos meus pais para ir a uma festa, me achando muito atrevida. E vejo minha mãe fazendo a mesma coisa.

– Chocante. Concordo.

Olho para o assento entre nós, onde nossas mãos estão entrelaçadas sobre as máscaras abandonadas.

– E a questão, Nick, é que ela estava tão bonita. Nunca tinha me dado conta disso antes. Ela sempre parece tão sem graça, tão *sóbria*, com seus conjuntos e chapéus. Foi como se eu a estivesse vendo pela primeira vez, *enxergando-a* de verdade. E ela estava linda, e eu não a reconheci.

– Bem, é claro que estava linda. Olhe para *você*. – Ele ri. – De qualquer maneira, agora vamos ter uma festa só para nós dois.

– Eu gosto disso. – Deslizo no banco e me encosto nele, e ele passa o braço em volta de mim, movendo-o apenas para trocar de marcha quando paramos nos sinais.

O apartamento do pai de Nick não fica exatamente no centro da cidade. Chegamos a um prédio discreto em Gramercy Park, onde Nick estaciona o carro e me ajuda a descer. O parque fica do outro lado da rua, por trás de suas grades de ferro. Meu coração bate acelerado. Se sair escondido da casa dos meus pais para ir a um baile de máscaras em Central Park West é uma ousadia, isto é um escândalo. Estou entrando num apartamento em Gramercy com um homem que não é meu marido, na noite de Réveillon. Champanhe ainda corre ilegalmente em minhas veias, e meu vestido brilha por baixo do casaco de mink.

— Tem certeza? — Nick pergunta, apertando minha mão.

Olho para ele, para as feições fortes e regulares iluminadas pela luz do poste mais próximo, e para o cabelo caindo na testa por baixo do chapéu. Seus ombros sólidos impedem a visão do resto da calçada. Este é o Nick, digo a mim mesma. Nada pode ser errado ou malfeito quando se trata de Nick.

— Absoluta — digo, dando o braço a ele.

O apartamento fica no oitavo andar, com vista para o parque. Nick abre a porta para mim e acende a luz do hall. Paro, chocada. O espaço é elegante e branco, cheio de espelhos e com poucos móveis. Na parede está pendurada uma enorme pintura abstrata de um vermelho-vivo, sem moldura visível, existindo num universo diferente das gravuras de Audubon na parede do apartamento dos meus pais.

— Ainda bem que o aquecimento está ligado — Nick diz. — Deixe-me guardar seu casaco. Ele o tira dos meus ombros, beija meu pescoço e me leva para a sala de estar. — Fique à vontade. Aposto que tem champanhe na geladeira. Papai sempre tem uma ou duas garrafas à mão, caso tenha algum contrato para celebrar.

Ando pela sala com a cabeça nas nuvens, pegando alguns objetos de arte modernos, folheando livros, tentando não pensar no quarto que acena para nós do corredor. As janelas estão escuras, como se a luz dos postes e dos prédios próximos não conseguisse entrar. Tem um abajur numa mesinha ao lado do sofá; eu o acendo, e um círculo de luz ilumina a sala. Na cozinha, Nick mexe em armários e copos. Ouço o ruído de uma rolha de champanhe pipocando no ar.

— Pronto, meu bem — Nick diz, entregando-me uma taça. — Saúde! A um maravilhoso 1932, que está apenas — ele olha para o relógio — a doze minutos de distância.

— Saúde. — Bebo um longo gole.

Ele segura minha mão.

— Você está tremendo. O que aconteceu? Está nervosa?

— Um pouco.

Ele tira a taça da minha mão e coloca-a no tampo de vidro da mesinha, ao lado da dele.

— Venha cá, Lily.

— Aonde?

— Aqui. — Nick me leva para o sofá. — Estou indo depressa demais para você? Seja sincera, Lily. Você pode me dizer a verdade. Diga-me exatamente o que está pensando.

— Não. Você não está indo depressa demais. — Olho para as nossas mãos, entrelaçadas sobre o joelho de Nick.

— Então o que é?

O coração dele bate compassadamente sob meus ouvidos, por baixo da camisa engomada. Conto as batidas, tentando me acalmar.

— Lily, sou *eu*, Nick. Seja o que for, eu vou entender.

— É só que desejo tanto isto — murmuro — e não sei... nunca fiz isto... Eu me sinto uma criança, despreparada, que não é o *bastante* para você...

— Ah. — Ele fica acariciando meus dedos com o polegar. — Você disse uma coisa para o seu pai, no hall, faz duas semanas. Foi isso que me fez suportar essas duas últimas semanas. Você se lembra?

Eu me lembro. Mesmo assim, pergunto:

— O que foi?

Ele se inclina para o meu ouvido.

— Você disse: *eu te amo*.

— *Humm*. Bem, você sabe, eu estava meio doida na hora.

— Você está se sentindo doida o bastante para tornar a dizer?

Eu rio.

— Nick, é claro que eu o amo. Você precisa perguntar?

Ele se vira para mim.

— Eu queria perguntar uma coisa mais cedo, Lily. Antes de sermos obrigados a fugir correndo.

A mão dele, que estava enfiada no bolso de dentro da mesma casaca que ele tirara com tanta pressa no quarto dele uma hora antes, pousa no meu colo. Quando ele a retira, deixa lá uma caixinha, amarrada com uma fita de seda branca.

— O que é isto?

— É o seu presente de Natal, com uma semana de atraso. Você aceita este presente, Lilybird?

Toco na caixa com as pontas dos dedos. Meus olhos ficam marejados de lágrimas.

— Sim.

⚜

Chega a meia-noite e 1931 dá lugar a 1932, mas nós não notamos. Ficamos deitados no sofá, eu de barriga para cima e Nick de lado, bem pertinho de mim. Ele está com o braço sob minha cabeça, acariciando meu cabelo; o anel dele brilha no meu dedo. Conversamos sobre o futuro.

— Vamos nos casar logo depois da formatura — Nick diz. Sua casaca está jogada no chão, e o colete de cetim branco está desabotoado. Ele passa os dedos pela frente do meu vestido. — Vamos viajar na lua de mel e passar o verão todo fora. Talvez não voltar mais. O que você acha?

— E a arquitetura?

— Vamos para Paris. Você pode escrever para o *Herald Tribune* ou estudar, ou fazer o que quiser. Vou encontrar alguém que me aceite como aprendiz. Que lugar pode ser melhor do que Paris para eu aprender minha profissão? — Ele me beija. — Vamos achar um apartamento em algum lugar, dando para os telhados, e vamos enchê-lo de livros, e papéis, e vinhos baratos, e móveis de segunda mão. Você não precisa de nada chique, precisa, Lily?

— Não se eu estiver com você. — A mão dele é tão grande que parece conter todo o meu quadril. Ele beija as pontas dos meus seios, por cima do decote do vestido. Meus dedos soltam as abotoaduras da camisa de Nick. Quero investigar seu corpo. — Estamos noivos — digo. — Não consigo acreditar nisso. Noiva de *você*, Nick.

— Temos seis meses para convencer seus pais. Mas vamos nos casar de qualquer jeito, não é, Lily?

— Sim. Não me importo com a opinião deles. Sou toda sua.

Ele não responde, e vejo o rosto dele inclinado sobre o meu, com uma expressão intensa, olhando-me com desejo.

— Nick?

— De onde você veio, Lily? Você parece um milagre.

— O *seu* milagre.

Ele me beija, abaixa meu vestido e expõe meus seios sob a luz do abajur. Eu penso: *eu devia ficar chocada, eu devia impedi-lo*, mas, em vez disso, empino os seios sob o olhar dele.

Nick murmura:

— Você é perfeita, Lily. É mais do que eu havia sonhado.

Ele acaricia meus mamilos com o polegar. Fico sem ar.

— Está tudo bem, Lily? — ele pergunta.

— Sim. *Por favor*, não pare.

— Não vou parar, a menos que você queira, Lily. Eu prometo. Só se você quiser. — Os olhos dele estão escuros e sérios.

— Eu quero, Nick. Eu quero tudo. — Minha pele roça na camisa dele. Sinto cada fio do tecido. Quero sentir mais a pele de Nick, a carne de Nick, quero fazer tudo o que ele quiser que eu faça. Quero que todos os nossos segredos sejam revelados.

Nick fecha os olhos. O abajur ilumina suas pálpebras, que estão tingidas de roxo nas bordas, como uma contusão. Os cílios são incrivelmente longos.

Ele baixa a cabeça e sussurra no meu ouvido:

— *Tudo?*

— Tudo, Nick.

Ele fica por cima de mim, apoiando-se sobre os cotovelos, o pescoço inclinado, o rosto tocando o meu. Suas pernas compridas se enroscam nas minhas. Eu amo o peso dele, o corpo sólido assim tão perto de mim.

— Tem certeza? Tem certeza absoluta? Você confia em mim?

— Nick. Não acabei de prometer que vou me casar com você? É claro que confio em você. *Sim*, sim, sim.

Nick se levanta do sofá e estende as duas mãos para mim.

— Venha — ele diz, me puxando. — Temos que tomar cuidado. Não tenho nada aqui comigo.

Franzo a testa, sem saber direito o que ele está dizendo.

— Não faz mal — ele diz. — Não se preocupe. Eu cuido disso.

Nick me leva pelo corredor até um quarto escuro no final e acende o abajur ao lado da cama. Como o restante do apartamento, o quarto é moderno, elegante, com espelhos e um quadro grande acima da cabeceira da cama que poderia ser um Picasso.

Por um momento, Nick me observa, os olhos refletindo a luz do abajur.

— O que foi? — pergunto, suspendendo o decote do meu vestido.

— Não faça isso. Não se esconda mais de mim. — Ele se aproxima e começa a desabotoar meu vestido. — Nós agora estamos juntos, Lily. Você não tem que esconder nada de mim.

O vestido cai no chão. Ele tira o colete e o joga sobre uma cadeira; desabotoa a camisa e a tira também. Eu o observo, sem conseguir respirar, vermelha como uma brasa no ar frio do quarto. Nick puxa a camiseta pela cabeça. A pele dele brilha na luz, pontilhada de pelos escuros. Toco maravilhada no peito de Nick.

Ele fica imóvel, de olhos fechados.

— Não sei o que fazer — murmuro. — O que devo fazer?

— Pode fazer o que quiser, Lily — ele diz, e então olha para a janela e ri. — Mas não vamos deixar que os vizinhos vejam.

Dou um pulo e cruzo as mãos sobre os seios.

— Eles podem nos ver?

— Não vou arriscar. Conheço muita gente na cidade que tem binóculos ao lado da janela. — Ele vai até a primeira janela e olha para baixo.

Percebo o exato momento em que ele nota o carro estacionando na rua. Os ombros dele ficam rígidos, os músculos das costas, tensos. A tensão no ar estala como um elástico esticado demais.

— O que foi? — Dou um passo à frente, assustada.

— Eu não acredito — ele diz. — Eu simplesmente não acredito.

— Nick, *o que foi?*

Ele se vira para mim. O rosto dele está calmo e zangado.

— Ouça, Lily, meu pai está lá fora.

— *O quê?*

— Com a sua mãe, eu acho. Eles devem ter descoberto tudo, só Deus sabe como.

Tapo a boca com as mãos.

— Ó não! *Como?*

— Não importa. O que você quer fazer? A escolha é sua. Se você quiser ficar aqui e enfrentá-los, fico do seu lado. Ou podemos ir embora. Descemos pelo elevador de serviço e eu a levo para casa. A decisão é sua.

Corro até a janela, segurando o vestido com uma das mãos, e olho para baixo. Não consigo vê-los claramente de cima, mas reconheço o vestido branco comprido da minha mãe, seus movimentos decididos. O Sr. Greenwald — deve ser ele, um homem grande, de ombros largos — a está ajudando a descer do carro, a lidar com sua saia rodada. Em poucos minutos eles estarão entrando no elevador, batendo na porta, prontos para me levar de volta para a Park Avenue, para a vida sem graça que sempre vivi.

Viro-me para Nick. O peito dele está iluminado pelo luar, o rosto pálido e determinado. O sangue circula rápido pelo meu corpo, cheio de champanhe, cheio de vida, cheio de amor.

— Não quero nem uma coisa nem outra.

— Então o que você quer?

Eu me atiro no pescoço dele e dou uma risada.

— Vamos fugir.

— *Fugir?*

— Sim. Agora. Vamos. Nós temos o seu carro.

Ele também ri, me levanta nos braços e gira comigo pelo quarto.

— Sua garota maluca. Para onde nós vamos?

— Não sei. Para onde as pessoas fogem?

— Para o lago George, imagino. Ou para Niágara.

— O lago George é mais perto — digo.

Olhamos um para o outro, sorrindo, imaginando todas as possibilidades que se abriam diante de nós.

— Vamos — diz Nick.

Ele me ajuda a enfiar o vestido; eu o ajudo a abotoar a camisa. Meus dedos estão tremendo: não de nervosismo, mas de excitação. Ele joga o casaco de mink para mim; entrego-lhe o paletó e o colete. Ele apaga as luzes, vai até a cozinha, pega um pão de forma e o enrola no seu sobretudo de lã.

— Estou morrendo de fome — ele diz.

Corremos para a porta, ainda rindo. No último segundo, ele para, vira-se e volta para a sala, onde a garrafa de champanhe ainda está sobre a mesinha, gotejando. Ele pega a garrafa e nossas duas taças.

— Vamos, Lilybird — ele diz. — Vamos nos casar.

14

SEAVIEW, RHODE ISLAND

Dia do Trabalho, 1938

Um furacão tinha atacado Florida Keys durante o fim de semana. Ouvimos horrorizados os relatos pelo rádio enquanto nos preparávamos para a festa dos Greenwald do Dia do Trabalho: casas tinham sido derrubadas, trens tinham descarrilhado, um grupo inteiro de veteranos de guerra tinha desaparecido.

— Um horror — disse tia Julie. — Todo mundo é tão louco pela Flórida atualmente. Não entendo. Sou muito mais o sul da França.

— Lá tem o mistral — eu disse.

— Mas ninguém fica na cidade durante o mistral, meu bem.

— Bem, não tem ninguém na Flórida neste momento — eu disse. — Ah, espere! Exceto as pessoas que moram lá, é claro.

Kiki puxou minha mão.

— *Vamos*. Nick está esperando.

Desde o acidente de Nick uma semana antes, Kiki não queria perdê-lo de vista. Tínhamos ido à casa dos Greenwald na manhã seguinte para ver como estavam as coisas. Nick já estava no andar de baixo, com as costelas enfaixadas, dizendo-nos que não era nada, deixando Kiki subir no seu colo e desenhar nas plantas que estavam na mesa diante dele. Budgie estava sentada na cama, comendo um ovo cozido e parecendo exausta.

— Eu devo ter envelhecido dez anos ontem, querida — ela disse, beliscando o ovo. — Não consigo imaginar a vida sem ele. Prometi a mim mesma ser uma boa esposa para ele de agora em diante. Vou ser quieta e fiel e vou preparar o café da manhã para ele todo dia.

Tive vontade de sugerir que ela não estava tendo um início muito promissor, mas, em vez disso, dei um tapinha na perna dela por cima do edredom e disse que Nick era um homem de sorte.

Mas Kiki queria mais do que se assegurar de que Nick não ia morrer. Sua imaginação tinha sido tomada pela ideia de que um dia eu havia sido namorada de Nick, que um dia havíamos sido noivos. Ela se convencera de que Nick devia se divorciar de Budgie e se casar comigo, e Kiki não era o tipo de garota sonhadora. Três dias antes, ao sair da enseada depois da minha natação matinal, eu tinha descoberto que a praia não estava assim tão deserta. Nick estava parado no meio das pedras perto da fortaleza, imóvel como uma estátua, o rosto com uma expressão de intenso terror. Ao lado dele, havia um balde de metal.

— Nick! — Pulei de volta na água.

— Lily! — Ele se virou assustado. — Desculpe. Eu não fazia ideia. Kiki...

— Kiki o quê?

— Ela pediu que eu me encontrasse com ela aqui agora de manhã. Falou alguma coisa sobre pescaria.

— Ela está aqui?

Ele olhou para as pedras, o pescoço absorvendo o clarão avermelhado do sol.

— Parece que não.

Fiquei alguns segundos mergulhada na água, imaginando havia quanto tempo ele estaria ali, sem coragem para perguntar.

— Nick, você se importaria...?

— O quê?

— Minha toalha.

Nick pegou a toalha nas pedras. O lado do rosto dele estava vermelho, como se tivesse estado sob o sol. Segurou a toalha de costas, sem olhar. Saí da água, peguei a toalha e me enrolei nela.

— Pode olhar agora — eu disse.

Ele se virou, fitando as ondas que batiam na praia.

— Desculpe. Ela parece ter enfiado na cabeça que...

— Eu sei. Tentei explicar para ela que é impossível... — Não completei a frase.

— Você *tentou*? — ele perguntou.

— *Você* não?

— Eu não disse nada. Não me cabe fazer isso, não acha? — Ele sacudiu a cabeça. — Eu já vou. Desculpe ter incomodado você.

— Nick, espere. Como está sua cabeça?

— Está bem.

— E as costelas?

— Estão bem.

— Você é tão estoico, Nick Greenwald. Sempre foi.

— Lilybird — ele disse, olhando para a areia —, você não faz ideia.

Ele então se virou, pegou o balde e foi embora, e voltei para casa e fiz um sermão para Kiki a respeito da santidade do casamento. Ela ficou de cabeça baixa o tempo todo, e, quando terminei, perguntou se podia ir almoçar na casa dos Greenwald.

Eu disse que não.

Então a festa do Dia do Trabalho era a primeira vez que Kiki estava com Nick em vários dias, e ela saiu correndo na frente, subiu os degraus voando e entrou na casa antes que tia Julie e eu tivéssemos sequer chegado ao portão. (Mamãe, que ainda observava a ordem de deixar os Greenwald na geladeira, tinha ido para a festa mais tranquila que ia haver no Seaview Club, com a cabeça erguida bem alto.)

Budgie me recebeu na porta, com os olhos brilhantes e os lábios vermelhos, e me deu um beijo no rosto. Ela me estendeu um copo de gim-tônica, cheio de gelo.

— Eu estava esperando por vocês.

Aceitei o copo.

— Aqui estamos.

Ela me deu o braço.

— Graham está aqui, com uma cara rabugenta. Você ainda não disse sim a ele, sua garota tola? Pobre rapaz.

— Faz poucas semanas que tenho saído com ele.

A casa já estava cheia, com mulheres alegres e homens atrevidos. Budgie me levou para o jardim de inverno, murmurando no meu ouvido:

— Preciso falar com você. Eu estava louca para falar com você.

— Aqui?

— Mais tarde — ela disse, piscando o olho, parando na entrada do jardim de inverno onde Nick e Kiki, uma semana antes, tinham examinado as plantas do apartamento de Nova York. — Mas aqui está o Graham. Vá. Faça-o feliz, querida. — Ela me deu um pequeno empurrão nas costas.

Graham estava parado no vértice de um triângulo com duas mulheres jovens em cantos opostos, uma loura e outra ruiva. Ele tinha um uísque numa das mãos e um cigarro na outra, e estava sacudindo ambos para ilustrar o que dizia. Ele me viu entrar na sala e teve a decência de ficar encabulado. Virei-me para Budgie, mas ela já tinha desaparecido.

— Senhoras — Graham disse, fazendo uma pequena reverência. Suas palavras saíram um tanto atropeladas. — Permitam que eu lhes apresente minha noiva, a bela Lily Dane.

As duas mulheres se viraram ao mesmo tempo. Suas sobrancelhas eram pintadas ao estilo de Garbo e formavam um arco idêntico de espanto em suas testas.

Graham largou o copo, apagou o cigarro num cinzeiro ali perto e caminhou na minha direção. Não o via desde a noite do acidente de Nick. Eu tinha me mantido em casa e no clube, e ele não tinha ido me visitar. Ele pegou minha mão e beijou-a reverentemente.

Acenei com os dedos que seguravam o copo de gim.

— Boa-tarde, senhoras.

Estava quente no jardim de inverno. Graham me levou para o terraço. Mantive os olhos fixos nas costas dele, recusando-me a olhar para Nick. Chegamos ao terraço, e ele continuou andando, até estarmos no deque, olhando para a baía.

— Sente-se — ele disse, e eu me sentei. Ele me ofereceu um cigarro e aceitei. — Beba — ele disse. — Beba tudo. Quero ver você embriagada, Lily. É o único jeito com você.

Tomei meu gim obedientemente, fumei meu cigarro. Havia nuvens pesadas no céu, ameaçando chuva. Da casa e do terraço vinha o som de gargalhadas. Graham sentou-se de pernas cruzadas na minha frente, ansioso, incrivelmente bonito, estranhamente humilde, mais do que ligeiramente bêbado. Ele acendeu um cigarro e deixou-o pendurado na boca, enquanto segurava minha mão com as dele.

— Eu lhe dei uma semana para sentir saudades minhas — ele disse.

— Eu senti saudades suas.

Ele tirou uma das mãos para segurar o cigarro.

— Quanta saudade?

— Muita. — Eu sorri.

— Beba um pouco mais.

Tomei mais um gole de gim.

— Você já tem uma resposta para mim?

Refleti um pouco, ocupando-me da minha bebida e do meu cigarro.

— Quem eram aquelas moças que estavam com você? Suas amigas?

— Fãs. Eu nunca as tinha visto antes. Faz parte do jogo. Mas você está evitando minha pergunta.

— O que você quer dizer com faz *parte do jogo*?

Ele suspirou.

— Quero dizer que no decorrer das minhas obrigações às vezes encontro membros do sexo oposto com pretensões a meu respeito. Entende?

— E o que você faz a respeito disso?

— Nada.

— Nada, Graham? Olhe, eu não nasci ontem. Se você não pode me dizer a verdade, é melhor eu voltar para dentro da casa.

Outro suspiro.

— Antigamente, eu às vezes me aproveitava dessa situação. Mas agora não.

— *Humm*. — Tomei mais um gole de gim.

— Não faça *humm* para mim, Lily, com esse seu tom de voz misterioso. Preciso de uma resposta. Vou voltar para a cidade amanhã. Tenho hora com o médico do time.

— Amanhã?

— Eles querem ver se vou estar pronto para outubro.

— O que tem em outubro?

Ele revirou os olhos e se apoiou numa das mãos.

— Os playoffs, Lily. A World Series, se conseguirmos chegar lá.

— Seu ombro está melhor?

— Bem melhor. Palmer tem treinado comigo de manhã; meu braço melhorou bastante. Vou viajar amanhã bem cedo. — Ele pôs a mão no bolso do paletó. — Vou ficar num hotel. Emprestei meu apartamento para um cara durante o verão, um cara do time, um cara de Ohio. Aqui está o endereço. — Ele me entregou um papel. *The Waldorf-Astoria*, estava escrito. *Suíte 1.101.*

— Por que você está me dando isto?

– Para você poder me visitar.

– Ah. – Aceitei o papel. Eu não tinha bolsa nem bolso. Fiquei com o papel na mão, examinando a tinta preta, a letra desleixada de Graham.

– Dá licença. – Ele puxou o decote do meu vestido e enfiou o papel dentro do sutiã.

– Só volto para a cidade no final do mês. Mamãe gosta de ficar até o fim do verão, e as aulas de Kiki só começam no dia 26.

– Você não pode arranjar uma desculpa? Que precisa fazer compras, talvez?

– Pode ser. – O cigarro começou a queimar meus dedos. Dei uma última tragada e apaguei-o.

– Pode ser. Talvez. Será que um cara não consegue uma resposta direta sua, Lily?

Meu copo estava vazio. Eu o pus de lado e segurei as mãos de Graham.

– Você não pode se contentar com *isto*, Graham? Você não precisa casar comigo.

– Alguém tem que se comportar corretamente com você, Lily.

Peguei meu copo vazio e me levantei.

– Não tem não. Francamente, o casamento não me atrai muito. Tudo o que vejo são as ruínas dele. Mamãe e papai. Tia Julie e Peter. Nick e Budgie. Alguma coisa sempre dá errado, não é?

– Vai ser diferente conosco.

As palavras da tia Julie, ditas num dormitório de adolescente sete anos antes, me vieram à cabeça. Apertei o copo com força.

– Sempre é diferente, Graham, até que passa a ser a mesma coisa. Irei visitá-lo em Nova York, se você quiser. Mas, pelo amor de Deus, não me fale em casamento.

Ele ficou em pé de um pulo.

– Não. O trato foi esse.

– Então não tem trato.
– *Li*-ly!
Era Kiki, correndo feito louca pelo gramado.
Corri para ela.
– O que foi? O que foi, meu bem?
Ela se agarrou nas minhas pernas.
– Nada. Eu só queria achar você. Volte para dentro da casa, Lily. Por favor. Nick disse que vai chover.
Olhei por cima do ombro. Graham estava sacudindo a cabeça, sentado no deque. Senti uma pontada de remorso.
– Desculpe! – gritei para ele. – Depois conversamos!
Ele acenou para mim e acendeu outro cigarro.

⁓

Budgie serviu um jantar ao ar livre que foi levado para dentro quando a chuva começou a cair copiosamente. Nós nos sentamos nos seus pisos brancos e mesas espelhadas, comendo frango e presunto, bebendo champanhe gelada. Tinha ficado tão escuro lá fora que Budgie acendeu todas as luzes da casa. Nick não estava à vista.

Kiki sentou-se ao meu lado, comendo em silêncio. Avistei Graham, parecendo um pouco molhado, conversando com as duas mulheres de antes, que estavam acompanhadas de uma terceira, muito atenta. Senti tocarem meu cotovelo, e o cheiro do perfume de Budgie. Virei-me para ela.

– Kiki – ela disse, inclinando-se para mim. – Você pode me emprestar sua irmã por um momento?

Kiki encarou-a e saiu sem dizer uma palavra. *Eu devia chamá-la de volta*, pensei distraidamente, *e obrigá-la a ser mais educada*.

– Bem, bem – Budgie disse, vendo-a ir. Segurava uma taça de champanhe numa das mãos e um cigarro na outra. Ela transferiu o cigarro para a mão que segurava a taça de champanhe e pegou minha mão. – Venha, Lily. Vamos achar um canto sossegado.

Todas as salas do andar de baixo estavam cheias de gente. Avistei Nick finalmente, parado perto da janela da sala de jantar, conversando com um homem de terno de algodão listrado e cabelo grisalho. Kiki estava agarrada na perna de Nick, comendo um biscoito. Ele deu um tapinha na cabeça dela.

Budgie me levou para cima, para o quarto dela. Ele pareceu menos arrumado do que antes, um tanto sujo, a escrivaninha cheia de coisas e os lençóis da cama amarrotados, como se alguém tivesse tirado um cochilo nela. O cheiro adocicado do perfume de Budgie pairava no ar. Ela andou pelo quarto, cantarolando, acendendo todas as luzes, bebendo o restinho da sua champanhe, enquanto a chuva batucava nas janelas. Fiquei parada, olhando para ela, tomando meu drinque.

Depois que o quarto ficou iluminado, ela me puxou para junto dela na cama e se recostou no travesseiro, ainda com o cigarro aceso na mão, onde ele encostava nas três pedras grandes do seu anel de noivado.

– Tenho novidades, Lily. – Ela tirou os sapatos. Não estava usando meias, e enroscou os dedos de unhas pintadas de vermelho na minha perna. – Quis contar primeiro para você, Lily.

Eu sabia o que ela ia dizer. Meu estômago sentiu o golpe primeiro, numa onda de náusea que o fez queimar. Larguei minha taça de champanhe no chão e me apoiei numa das mãos.

– O que é? – perguntei com naturalidade, balançando o pé.

Ela apagou o cigarro no cinzeiro ao lado da cama e se inclinou para a frente.

– Nós vamos ter um bebê. Não é maravilhoso? Rezei por isso o verão todo.

Por alguma razão, não foi nada difícil segurar as mãos dela e apertá-las com força. Não foi nada difícil dizer, com grande sinceridade, com uma voz alegre:

— Puxa, isso é maravilhoso, Budgie! Estou muito feliz por vocês!

Ela me olhou ansiosamente, os olhos redondos e infantis de um azul luminoso sob todas aquelas luzes do quarto, a pele branca como leite.

— Está mesmo, Lily? Você não se importa?

Apertei as mãos dela com mais força.

— Se eu me importo? Eu estava esperando por isto. Você vai ser uma mãe maravilhosa, Budgie. Olhe só para você! Você está desabrochando! Para quando você está esperando?

— Para abril, eu acho. O médico não tem certeza, e eu também não, se é que me entende. — Ela piscou para mim, os longos cílios cobertos de rímel.

Parecia que eu estava assistindo a uma cena de longe, de algum lugar perto do teto, vendo uma Lily de cabelo cacheado conversar alegremente com os belos ossos frágeis da Sra. Nicholson Greenwald, cumprimentando-a pela notícia sensacional da sua gravidez.

— Nick deve estar radiante — eu disse.

— É claro que sim. Ele está louco para ser pai. Ele me disse isso na lua de mel, que queria ter filhos comigo, que queria ter uma família de *verdade*.

— Bem, é claro. É para isso que as pessoas se casam, não é? — Tornei a apertar as mãos dela. — Como você está se sentindo?

— Melhor do que esperava. Exausta, é claro. Foi por isso que fiquei tão histérica outro dia, quando Nick se machucou. Eu pensei... ah, você não pode imaginar. Carregando este segredo maravilhoso dentro de mim, e Nick ali deitado na areia, sem se mexer. — Ela pôs a mão na barriga. — Felizmente você estava lá para manter todo mundo calmo. Você é uma rocha, Lily. Você vai me ajudar com o bebê, não vai?

— É claro.

— Vou dar a notícia na festa, daqui a alguns minutos. Mas queria contar primeiro para você, em particular. Você é a minha melhor amiga, Lily. Você não pode imaginar o que significa para mim ter sua amizade de novo.

— É claro — repeti. Peguei minha taça, tomei o resto da champanhe e inclinei a cabeça de lado. — Ah, ouça. É Kiki me chamando de novo. Você vai ter que me dar licença. É uma notícia maravilhosa, Budgie. A melhor possível. Mal posso esperar pelo feliz evento.

— Você é um amor, Lily. — Ela me deu um beijo no rosto e deixou que eu me levantasse.

— Você não vai descer?

— Não, vou ficar aqui descansando um pouco mais. Tudo isso é muito cansativo. — Ela sorriu radiante para mim do seu ninho de travesseiros.

Desci e encontrei tia Julie, flertando no canto da sala com um homem de cabelo negro e gravata-borboleta.

— Você pode levar a Kiki para casa? — perguntei. — Não estou me sentindo bem.

Ela me olhou desconfiada.

— É claro. O que aconteceu?

— Champanhe demais, eu acho.

Graham estava no jardim de inverno, sentado numa cadeira de vime branca, com uma mulher empoleirada em cada braço. Eu me aproximei, segurei as mãos dele e puxei-o da cadeira.

— Mudei de ideia — eu disse. — Você se importa de me dar uma carona até em casa no seu carro? Está chovendo muito.

※

GRAHAM TEVE DE CORRER até a casa dos Palmer para pegar o carro dele. Quando parou em frente a casa num Cadillac preto, estava encharcado.

— Desculpe — eu disse, entrando no carro, sacudindo a água do meu cabelo.

— Não faz mal. — Ele segurou meu rosto com as mãos e me beijou nos lábios. Sua boca tinha gosto de uísque, como naquela noite no restaurante de beira de estrada. — Nós estamos noivos.

— Sim. Leve-me logo para casa.

Descemos a Neck Lane debaixo de chuva, os limpadores de para-brisa na velocidade máxima. Graham foi devagar, segurando minha mão. Ele dirigia meio em zigue-zague. Imaginei quantos drinques teria tomado.

— O que a fez mudar de ideia? — ele perguntou.

— Não sei. Só estava pensando no assunto. Acho que foi a vontade de pertencer a alguém.

— Pertença a mim, Lily. Nós vamos pertencer um ao outro. — Ele beijou minha mão.

Paramos na frente da minha casa. As luzes estavam apagadas, exceto uma nos fundos. A da cozinha, provavelmente. Tínhamos dado folga a Marelda, mas ela não tinha ido para a cidade com aquele tempo ameaçador.

— Você vai me convidar para entrar?

Virei-me para ele.

— Marelda está lá dentro. Vamos ficar aqui no carro mais um pouco.

— Está bem.

O rosto dele estava sombrio, e a chuva caía aos borbotões lá fora. Ele se inclinou para a frente e me beijou, pôs a mão no meu joelho. Meu vestido tinha subido, e ele o puxou mais para cima, enquanto nos beijávamos, escorregando os dedos pelas minhas meias.

Ele beijou meu queixo, levantou meu cabelo, beijou meu pescoço. — Lily, você não acha que estaríamos mais confortáveis no banco de trás?

— Achei que você não levava garotas como eu para o banco de trás.

— Estamos noivos agora, não estamos? Não tem perigo.

O corpo dele estava pesado e úmido contra o meu; sua mão aquecia minha coxa.

— Acho que estamos bem aqui mesmo — eu disse, mudando de posição no banco.

Ele me beijou de novo. Seus dedos subiram pela minha perna esquerda para soltar a presilha da meia com um movimento hábil. Senti a presilha abrir, a meia deslizar pela minha pele e segurei a mão dele.

— Espere, Graham — eu disse. — Aqui não. No carro, não.

— Só mais um pouco, Lily. Deixe-me olhar um pouco para você. Adoro olhar para você. — Ele desabotoou a frente do meu vestido. Minha cabeça caiu para trás, contra o vidro da janela.

— Graham...

— *Shh*. Deixe eu ter um prova, só uma provinha. Passei o verão todo louco por isto. — Ele puxou meu vestido até abaixo do sutiã. O ar dentro do carro ficou quente e abafado, embora o vidro sob a minha cabeça estivesse frio da chuva. — Preciso disto, Lily. Você não faz ideia do quanto preciso.

O tom de sofrimento na voz dele me causou certa pena. Coloquei os braços em volta do seu pescoço.

— *Shh* — eu disse. — Está tudo bem.

Ele me beijou, me fez deitar no assento, levantou meu vestido até a cintura e desabotoou meu sutiã. Com um suspiro de alívio, ele enterrou o rosto nos meus seios. O assento estava quente e macio. Acima, a chuva caía com estrondo no teto do carro. Graham me acariciou com as mãos e os lábios como uma criança faminta. Com toda a concentração, tentei sentir o desejo físico que tinha sentido uma semana antes, no jardim. O desejo desesperado por um contato físico. Mas, em vez disso, eu me sentia curiosamente distante, insensível, como se fosse uma boneca.

— Você é tão doce, Lily. Você não faz ideia do quanto você é doce. — Ele lambeu meu seio. — Minha garota feita de leite e mel. Toda minha agora.

Meu cérebro estava um tanto embotado. Eu sabia que devia fazê-lo parar. As mãos dele já estavam subindo pelas minhas pernas, soltando a outra meia.

– Você é tão linda, Lily – Graham disse.

– Eu não sou linda. Sou apenas conveniente.

– Leite e mel. – Ele pôs os cotovelos dos lados da minha cabeça e se deitou sobre o meu peito, com a perna esquerda apoiada no chão e o joelho direito entre as minhas pernas. Ele estava quente e molhado de suor naquele abafado Dia do Trabalho. A respiração dele me cobriu de uísque e fumaça. – Deixe eu penetrar só um pouquinho, Lily? Quero tanto você. Estou tremendo.

– Graham, espere. Não agora. Vamos deixar para depois, para quando eu for visitar você na cidade. O hotel, lembra? Vamos ter a noite inteira.

– Esperei o verão inteiro por isto. – Ele me beijou e ergueu o corpo. – Só por um instante, okay? Só para sentir você um pouco. Eu não vou gozar, juro.

Pus as mãos no peito dele.

– Graham...

Mas ele já estava desabotoando a calça, já estava com a mão por dentro do vestido, puxando minha calcinha.

– Só um pouquinho, eu juro – ele disse. – Preciso tanto de você.

Ele enfiou os dedos na minha pele, me abrindo, e eu cedi. Cedi e deixei que ele me possuísse porque eu já estava deitada no assento do carro dele, porque já tinha deixado que ele tirasse meu sutiã e beijasse minha boca e meus seios na escuridão, porque já tinha concordado em me casar com ele. No meu desespero, eu tinha indicado a minha concordância; parecia desonesto impedi-lo agora, no último momento, quando ele precisava tanto de mim.

E, afinal de contas, eu não era virgem. Eu não tinha uma inocência a proteger.

No instante em que me submeti, senti a mão de Graham entre as minhas pernas. Perdi o fôlego com o choque daquela intrusão.

— Minha nossa — Graham disse. Ele ergueu o corpo sobre o meu, eu me preparei. Um empurrão. Senti meu corpo cedendo sob a pressão do dele e minhas pernas se abrindo sem eu querer. Ele gemeu. — Meu Deus, como isto é bom. — Ele penetrou mais fundo, sua pele suada grudando na minha. — Deixe que eu... ah, como você é gostosa... só mais um pouco...

— Graham, espere...

Ele tornou a empurrar, agarrou meus quadris, empurrou mais fundo. Minha cabeça bateu na maçaneta da porta.

— Minha *nossa*, Lily — ele disse, e se mexeu mais depressa, imprensando-me contra a porta a cada empurrão. A respiração dele ficou ofegante. O carro se encheu dos seus gemidos, abafando o barulho da chuva. Ele gritou: — Vou gozar!

Quando pensei em Graham ejaculando sem proteção dentro de mim, levantei as pernas e os braços e me virei de lado, empurrando o peito dele com os cotovelos. Ele caiu tremendo, a respiração saindo em movimentos espasmódicos.

— Que droga — ele disse, tirando o lenço do bolso.

— Você disse que não ia gozar! — A palavra grosseira escapou da minha boca.

— Que droga, Lily. — Ele pôs a mão no peito e tentou se levantar. — Vou me casar com você, não vou? Quem se importa se o Júnior chegar um pouco antes do tempo?

— *Eu* me importo! — Achei meu sutiã e o abotoei, zangada.

Ele se sentou e abotoou a calça.

— Bem, então o que foi *isto*?

— Isto? *Isto?* — Bati com raiva no banco do carro. — Isto foi eu agindo estupidamente, deixando que você me fodesse no banco do seu carro para nossa satisfação mútua, só que a satisfação não foi exatamente mútua, Don Juan, caso você não tenha notado. – Enfiei os braços nas mangas do vestido e me sentei. – E você *jurou* que não ia... *terminar*. – Não consegui dizer a palavra dessa vez.

– Puxa, Lily, não fique zangada. – Ele chegou perto de mim, pegou minha mão e me puxou para ele. – Desculpe, sim? – Ele tentou me beijar, mas eu virei a cabeça. – Sinto muito, eu devia ter parado. Só achei que... Vamos, me dá um beijo. Perdoe-me. Perdi a cabeça. Eu perco a cabeça com você. Beije-me, Lily, senão eu não vou perdoar a mim mesmo.

Ele estava tão arrependido, tão bonito. O cabelo úmido de suor caía-lhe sobre a testa. Pensei por um momento em Budgie, deitada nos travesseiros, grávida. Grávida de Nick, do bebê que eu queria ter. Deixei que Graham me beijasse, deixei que ele enfiasse a mão no alto do meu vestido. A palma da mão dele estava quente contra a minha pele.

– Você é tão doce, seus seios tão, tão... *sedutores*. Eu não consegui parar. Esperei tanto tempo e você finalmente disse sim, e se deitou no banco do carro desse jeito, toda minha. Eu não consegui mais me controlar.

Comecei a tremer, numa espécie de reação retardada ao que tínhamos acabado de fazer. Eu tinha feito amor, ou algo parecido, com Graham Pendleton, com o *meu noivo*, Graham Pendleton, no banco de trás do seu elegante Cadillac novo, todo forrado de madeira e veludo. Os braços de Graham estavam me envolvendo.

– Eu vou mais devagar da próxima vez. Vou fazer com que seja bom para você. Sei como fazer isso.

– Estou certa de que sim.

– Podíamos ir para o seu quarto agora mesmo.

– Não podemos. Os outros já vão voltar.

Ele continuou:

— Vamos nos casar logo, está bem? Assim que a temporada de beisebol terminar. Não posso esperar mais. Vamos ter nosso primeiro filho no ano que vem.

— Graham.

— Eu sei. Eu sei. Vou garantir que as velhas tenham os nove meses convencionais, não se preocupe. — Ele beijou meu cabelo. — Ninguém vai fofocar sobre *este* aqui, eu prometo.

Sacudi a cabeça e me soltei dos braços dele.

— Graham...

Ele segurou minhas mãos e beijou-as.

— Quero o pacote todo, Lily. Um monte de filhos, um cachorro e um gato, a maior casa do quarteirão. Vou lhe dar tudo o que você pedir. Você vai ter toda a ajuda que precisar. Não vai ter que levantar um dedo. Você vai ser a mulher mais invejada da Costa Leste. Que droga, vou adotar a Kiki, vou criá-la como se fosse minha. Eu...

— Pare com isso, Graham. — Apertei as mãos dele com força. — Acalme-se. — Minha cabeça estava começando a clarear. *Preciso de um cigarro*, pensei. Fechei os olhos e falei com cuidado: — Vamos fazer uma coisa de cada vez, está bem? Vamos desfrutar primeiro o fato de estarmos noivos.

Graham riu.

— Estou pondo o carro adiante dos bois, não é?

— É.

— Desculpe. — Ele acariciou meus dedos. — Então vamos começar pelo anel.

— O *anel*?

Graham piscou o olho e estendeu a mão para o paletó, que estava pendurado no banco, e tirou uma caixa do bolso esquerdo.

— Pedi ao banco para mandá-lo para cá. Ele foi da minha mãe, e, antes disso, da mãe do meu pai. Você irá passá-lo para o nosso filho. É uma espécie de tradição familiar.

– Graham! – Voltei a ficar tonta.

Ele abriu a caixa, e o anel de noivado dos Pendleton estava aninhado numa pilha de veludo azul, piscando na luz fraca que vinha de fora. Um pequeno solitário sobre uma tira de ouro enfeitada de pequenas folhas.

– Um pouco antiquado, mas você gosta deste tipo de coisa, não gosta?

Eu estava abobada demais para protestar quando ele o tirou da caixa e enfiou no meu dedo.

– Está um pouco grande – eu disse, girando-o.

– Você pode mandar apertar quando for à cidade. Vamos, Lily. Beije-me e diga que gostou do anel.

Olhei para ele. O belo rosto brilhava esperançoso, como o de Kiki quando eu dizia a ela que talvez fôssemos tomar um sorvete mais tarde. Acariciei o cabelo dele, beijei seus lábios e disse que tinha gostado muito do anel.

– Está bem, então. E você me perdoa pela minha grosseria?

– Não sei. Você foi muito grosseiro.

– Vou me redimir com você. Da próxima vez, vou estar sóbrio e bem equipado, prometo. Um cavalheiro até a raiz dos cabelos. Quando você vai me visitar?

– Não sei. Daqui a uma semana, talvez. Preciso de uma desculpa.

Ele levantou minha mão.

– Que tal dizer que tem de mandar apertar o anel? Procurar um vestido de noiva?

– Você é mesmo apressado, não é?

– Lily, eu me sinto um outro homem. Como se tivesse virado uma página da minha vida esta noite. – Ele beijou minha mão, por cima do anel. – Minha garota de leite e mel. Você me trouxe de volta à vida.

A chuva estava parando, finalmente. Graham tornou a prender minha meia, me ajudou a sair do carro e ajeitou meu vestido. Ele usou o corpo como escudo para me manter seca e corremos até a porta da minha casa.

— Eu entraria — ele disse —, mas jamais conseguiria sair, e tenho que viajar cedo amanhã.

— Tudo bem.

— Passo aqui para me despedir. E telefono quando chegar.

— Maravilha.

Ele me deu um beijo de despedida, com a mão segurando meu rosto, e correu de volta para o carro. Eu o vi partir, e então entrei e tomei um banho quente, bem longo.

DE MANHÃ, Graham passou para se despedir, como tinha prometido, e mamãe, ainda de penhoar e radiante com a notícia, insistiu para ele tomar café conosco. Ela disse a ele que podia fumar se quisesse, e ele acendeu um cigarro com o ar de um paxá.

Quando soube que ele ia ficar no Waldorf, mamãe pegou a chave do nosso apartamento e disse para ele ficar lá, para usar o quarto de hóspedes, pegar toalhas e lençóis na rouparia, uma vez que só estaríamos de volta no final do mês.

Afinal de contas, ela disse, ele agora era da família.

15

ROTA 9, ESTADO DE NOVA YORK

Dia de Ano-Novo, 1932

Acordo ao norte de Albany, quando o pneu dianteiro do lado direito fura. Por um momento, me sinto completamente desorientada. Minha primeira sensação é a maciez do casaco da minha mãe no meu rosto, e depois a mistura dos cheiros de couro e gasolina. Quando abro os olhos e vejo o painel do carro de Nick, o volante grande e redondo, penso por um instante que estamos de volta à faculdade, que adormeci e perdi o horário de recolher do meu dormitório.

Endireito o corpo, assustada, e uma luz ofusca meus olhos: o brilho de um diamante no dedo anular da minha mão esquerda.

Nick. Nós estamos fugindo.

Sinto um peso no peito. Minha cabeça dói. Sinto a língua grossa contra o céu da boca. Eu me recosto de volta no assento.

Mas onde está Nick?

O carro oscila com a batida da tampa da mala. Um instante depois, a porta do meu lado se abre e deixa entrar uma lufada de ar gelado.

— Você está acordada? Estou só trocando o pneu. Vou ter que levantar o carro agora; você quer ficar aí dentro ou quer sair? Está um frio terrível.

Levanto a cabeça e afasto o cabelo do rosto. Nick está sorrindo para mim, a pele iluminada pelo brilho esbranquiçado daquela manhã de inverno, o chapéu enterrado na cabeça. Penso que em poucas horas aquele homem vai ser meu marido.

— Você pode levantar o carro comigo dentro?

Nick ri e segura meu queixo.

— Meu bem, você não pesa nada. Fique aí dentro, se quiser. Só vai levar um minuto. Você está bem? Estou achando você um pouco... bem, pálida.

— Estou bem — minto.

— Vamos parar para tomar café daqui a pouco. Como nos velhos tempos, certo? — Ele pisca o olho e fecha a porta do carro.

Eu me recosto no banco. O carro começa a se inclinar em pequenos solavancos, no mesmo ritmo do meu coração. Alguma coisa rola no chão. Abro os olhos e vejo a garrafa vazia de champanhe.

Levamos quase uma hora para encontrar um restaurante aberto naquela manhã de Ano-Novo. A garçonete nos olha da cabeça aos pés.

— Estão vindo da cidade? — ela pergunta. Seu rosto está cansado, como se ela tivesse passado a noite em claro. O batom da véspera está rachado em torno dos seus lábios.

— Nós estamos fugindo para casar — Nick diz. — Café para a dama, por favor. E uma xícara para mim também, pensando melhor.

Vou ao banheiro e me lavo o melhor que posso. Meu cabelo está todo espetado, e as três camadas de batom desapareceram. Belisco as faces, esfrego os lábios. As lantejoulas do meu vestido refletem a luz com um brilho barato por baixo da curva dos meus seios, e, embora o aposento esteja bem aquecido por um aquecedor barulhento, aperto o casaco de mink em volta do corpo. Antes de me virar, reparo na minha mão esquerda no espelho e no anel cintilando no meu dedo. Levanto-o na direção da luz, contemplando-o de todos os ângulos, tentando me acostumar com ele.

— E para onde vocês estão indo? Para o lago George? — A garçonete pergunta, com o lápis pousado sobre o bloco de pedidos.

— Isso mesmo — diz Nick, e por um momento eles conversam sobre o melhor caminho a tomar, sobre qual a rodovia que ainda não foi limpa depois da nevasca do Natal. A garçonete olha para minha mão esquerda, como que para confirmar nossas intenções.

— Mas é claro que vocês não estão planejando casar até amanhã — a garçonete diz.

— Não. Hoje. — Nick sorri e pega minha mão. — O mais cedo possível.

Ela sorri para ele com um ar de pena.

— Mas, meu bem, hoje é dia de Ano-Novo. Não tem nada aberto.

Eu olho para Nick. Ele olha para mim.

— Vocês têm suas certidões de nascimento e tudo o mais, certo? — a garçonete acrescenta. — Para tirar a licença?

Nick põe as mãos na cabeça.

꙳

— Não se preocupe — digo, de volta ao carro, entupida de ovos com bacon e café e me sentindo bem melhor. — Vamos pensar em alguma coisa. Vou ligar para Budgie. Ela pode...

— Entrar no seu apartamento e procurar sua certidão de nascimento?

— Algo assim.

Nick descansa as mãos no volante.

— Lily, nesta altura seu pai já deve ter lido o bilhete. Deve estar um tumulto por lá.

— Eles não sabem para onde nós fomos.

— Mas o lago George é o lugar mais óbvio, não é?

Um pequeno floco de neve flutua no ar e pousa no para-brisa.

— Vamos de qualquer maneira — digo. — Vamos pensar em alguma solução. Depois que estivermos lá, juntos, todo mundo vai ter que aceitar. Podemos pedir que eles liguem para o cartório em Nova York. Estou certa de que devem fazer isso o tempo todo.

Nick batuca com os dedos no volante.

— E se eles não puderem fazer isso? E se tivermos que esperar?

— Como assim?

— Se tivermos que ficar juntos lá e não pudermos nos casar imediatamente. Você se importa? — Ele se vira para mim com uma expressão preocupada, quase suplicante.

— Ah. Sim, entendo.

Nick pega minha mão.

— Você acha melhor nós voltarmos? Tentar de novo em outro momento?

— Não! — A palavra explode da minha garganta. — Não, Nick. Vamos. Nós... nós vamos decidir o que fazer quando chegarmos lá. Não faz mal.

— Todo mundo vai falar.

— Não ligo para isso. Deixe que falem. Você não vê, se estivermos juntos, lá, não há nada que meus pais possam fazer, não é? Eles vão *ter* que aceitar você.

Minhas palavras ficam pairando no ar, no silêncio que se segue.

Ele tira a mão da minha e a coloca no volante. A voz dele muda de tom:

— Eles vão *ter* que me aceitar? O que você quer dizer com isso?

— Você sabe o que eu quero dizer.

— Ah, sim, entendo. Se eu já tiver ido para a cama com você, se eu tiver deflorado a filha deles, vão *ter* que aceitar o lobo mau. É isso?

— Não fale assim.

— Por que não? Não é isso que você está dizendo? Talvez eu devesse engravidar você de uma vez. Isto iria selar o acordo definitivamente, não acha?

— Talvez — digo com um ar desafiador, cruzando os braços na frente do peito. — Talvez. Por que não fazemos isso de uma vez, então? Aqui mesmo no carro? O que você está esperando? Quanto antes melhor.

— Não me tente. — Nick fica imóvel, inclinado sobre o volante, olhando para as planícies geladas de Albany. — Isso é demais — ele diz, ligando o carro. — O respeitável genro. Eles não vão me adorar?

O carro ronca. Ele o deixa trabalhar um pouco até esquentar o motor. O silêncio entre nós se prolonga, tenso, tão tenso que tenho medo de dizer alguma coisa e estragar tudo.

Finalmente, ele engrena o carro e sai do estacionamento de marcha a ré.

— Para onde vamos? — pergunto.

— Para o lago George, eu acho. — Ele observa o tráfego e entra na rodovia com um rugido poderoso do motor do Packard. — Deus me livre de desapontar todos eles.

Quando chegamos ao lago George, já são quase sete horas da noite e a neve está caindo em abundância.

— Passei uns dias aqui com os meus pais uma vez — Nick diz, tentando enxergar algo na escuridão lá fora. — Num hotel grande, na beira do lago. Estou certo de que eles devem ter quartos vagos.

Os olhos dele estão preocupados, seu rosto está preocupado. Ele está exausto. Uma rodovia estava bloqueada, e tivemos de voltar e tomar uma estrada circular, quase ficando sem gasolina antes de achar um posto. A neve reduziu nossa velocidade drasticamente. Eu podia ver o quanto ele estava cansado e implorei que me deixasse dirigir um pouco, mas ele recusou.

— Você nem sabe dirigir — ele disse.

— Sei sim. Eu costumava dirigir o carro do meu pai pelo Seaview Neck.

Ele revirou os olhos.

— Isso não serve como experiência. Não nestas estradas. Não se preocupe, eu me viro.

Paramos para almoçar, e Nick tomou um litro de café, mas, mesmo assim, eu podia sentir o cansaço em seu corpo.

— Está perto? — pergunto.

— Deve estar. — Ele faz uma curva, e o Packard derrapa assustadoramente, até Nick conseguir controlá-lo.

— Desculpe. — Tiro as mãos da beirada do banco, onde tinha me agarrado. — A culpa é toda minha. Não sei onde estava com a cabeça.

— Está tudo bem, meu anjo. Estamos quase chegando. Vamos comer uma comida quente, tomar um banho quente e vamos ficar novos em folha.

O hotel é enorme, um elegante hotel de veraneio como costumavam construir antigamente. O saguão se abre numa profusão de colunas e sancas de gesso, de sofás de veludo vermelho e tapetes gastos. À esquerda, há um restaurante, com um bar de mogno na frente. Para nossa surpresa, há hóspedes por toda parte.

— Damos uma grande festa de Réveillon aqui todo ano — o recepcionista diz. — O hotel fica lotado. Os senhores têm reserva?

— Não — diz Nick. — Qualquer lugar serve, desde que tenha uma cama.

Os olhos do recepcionista se estreitam numa expressão de dúvida. Ele examina a planta dos andares, estalando a língua.

Nick se inclina para a frente.

— Olhe, minha esposa e eu estamos aqui em lua de mel. Viajamos o dia inteiro. Sem dúvida, o senhor pode nos conseguir um quarto.

O recepcionista levanta uma das sobrancelhas com um ar cético.

— Parabéns, Sr. e Sra...?

— Greenwald.

— Greenwald. Mais uma vez, parabéns. — Ele olha discretamente para a minha mão esquerda. — Mas infelizmente não temos nenhum quarto. Talvez da próxima vez os senhores não se esqueçam de fazer uma reserva. — Ele sorri amavelmente.

Nick batuca no balcão e sinto a raiva dele crescendo.

— Nick, talvez o homem possa sugerir outro hotel aqui perto.

— Só um instante, meu bem. Posso falar em particular com o senhor? — Nick diz com firmeza.

O recepcionista engole em seco.

— Certamente, senhor.

Apoio o cotovelo no balcão e vejo-os se afastarem um pouco, falando baixinho. O corpo de Nick se inclina ligeiramente na direção do recepcionista, deixando à vista seu perfil zangado. Reconheço aquela expressão. É a mesma expressão determinada que ele tinha quando o vi pela primeira vez. Enquanto ele fala, o recepcionista parece se encolher por dentro do colarinho branco, balançando a cabeça e balbuciando alguma coisa.

Do outro lado do saguão, um piano de cauda começa a tocar "Thinking of You". Uma mulher, usando um longo vestido azul-escuro, se debruça sobre o piano e começa a cantar com voz rouca.

— Sra. Greenwald?

Levo alguns segundos para perceber que o recepcionista está falando comigo.

— Sim? — digo, virando-me.

— Parece que há um quarto disponível. A senhora tem alguma bagagem?

— Não. Nenhuma bagagem. — Atrás de nós, a cantora canta com sentimento:

Então eu não penso em mais ninguém
Desde que comecei
A pensar em você.

Nick está assinando o livro de hóspedes com uma caneta-tinteiro. Olho para a folha do livro. *Sr. e Sra. Nicholson Greenwald, Cidade de Nova York*, está escrito com a letra inclinada de Nick.

— Queremos que o jantar seja servido no quarto — diz Nick, largando a caneta e olhando nos olhos do recepcionista. — Filé-mignon, se tiver, e o seu melhor vinho tinto.

— Senhor — o recepcionista falou timidamente —, nós não podemos servir vinho, como o senhor sabe.

— É claro que não. Engano meu. Uma jarra de água, então. Água gelada. O que você quer de sobremesa, meu bem?

Dou uma tossida.

— Bolo de chocolate?

— Bolo de chocolate para minha esposa — diz Nick. — Dentro de meia hora, por favor. Não mais do que isso. Estamos com muita fome.

— Sim, senhor, agora mesmo.

— Obrigado. O senhor foi muito amável. — Nick pega a chave e estende o braço para mim. — Sra. Greenwald? Vamos?

Dou o braço forrado de mink para ele.

— Ah, vamos, é claro.

Nosso quarto é num andar alto, no final de um longo corredor forrado de tecido vermelho desbotado. Nick abre a porta e, antes que eu possa piscar, me levanta em seus braços cansados.

— Mas nós ainda não estamos casados! — protesto enquanto ele me carrega para dentro.

— *Shh*. Se dirigir dezesseis horas no meio de uma tempestade de neve não significa um voto de casamento, não sei o que significa.

De qualquer maneira, seja bem-vinda, Sra. Quase Greenwald. – Ele acende a luz com o cotovelo.

Escorrego dos braços de Nick e olho em volta. Apesar da luz acesa no teto, o quarto, um tanto mofado, mantém uma escuridão invernal, com as cortinas totalmente cerradas. Nick tira o casaco, pendura-o numa cadeira e vai até a janela para abrir a cortina pesada.

– Não se consegue enxergar muita coisa, mas o recepcionista me garantiu que o quarto tem vista para o lago. Acho que vamos descobrir isso amanhã de manhã.

– A neve deve parar até lá, não acha? – Junto-me a ele na janela e olho para fora. Não há nada para ver, exceto os flocos de neve caindo e a sombra branca da paisagem do lado de fora, refletindo as luzes do hotel. Nossos rostos flutuam na frente de tudo isso, cansados e preocupados.

– É um lugar bonito – Nick diz. – Estivemos aqui no verão e foi ótimo. O lago é enorme. – A voz dele paira no ar com um peso de chumbo.

– Você está exausto. – Ponho as mãos na cintura dele, por baixo da casaca preta, e faço-o se virar de frente para mim. – Você passou a noite inteira acordado.

– Já fiz isso antes. Vou ficar bem.

Meus olhos ardem ao olhar para o rosto dele, para o início de barba surgindo em sua pele.

– Eu não queria apressar você desse jeito. Não queria obrigá-lo a... Devíamos ter esperado, não é, até junho, até as aulas terminarem...

Nick segura meu rosto entre as mãos.

– O que você está dizendo, Lilybird? Não diga isso. – Ele se inclina para beijar meu rosto molhado de lágrimas. – Eu não perderia isto por nada no mundo. Imagine a história que teremos para contar um dia aos nossos filhos. Eu não queria estar em nenhum outro lugar do universo neste momento, a não ser neste quarto com você.

— Mas o que fazemos agora? Tem o resto do ano, temos que nos formar e...

— Não se preocupe com isso. Não se preocupe com nada. Nós estamos juntos, isso é o que interessa. O que são alguns meses? O que é uma pequena rusga familiar? Temos cinquenta ou sessenta anos pela frente, Lily. Isto não é nada. — Ele encosta a testa na minha. — Na verdade, isto é tudo. É o nosso começo. Começar fazendo barulho, assim é que se faz.

Eu rio no meio das lágrimas.

— Nós fizemos mesmo isso. Agora vá tomar um banho, antes que o jantar chegue.

— Não, vá você primeiro. Eu posso esperar.

— Não senhor. Você passou o dia todo dirigindo. Deve estar com o corpo todo duro. Pode tomar seu banho primeiro e eu arrumo o jantar para quando você sair. — Dou um cutucão nele. — Minha primeira tarefa de esposa.

Nick mexe com as sobrancelhas.

— Você pode se juntar a mim.

— Se você se sentir solitário, eu lhe dou um patinho de borracha.

Ele me dá um beijo e entra no banheiro. Ouço o barulho da água correndo por trás da porta fechada e depois os sons dos movimentos dele. Cuido de ajeitar o quarto, acendendo as luzes, pendurando o casaco de Nick, lendo todos os avisos. Não há muito o que fazer. Não há malas para abrir nem roupas para trocar. Encostada à parede, a cama espera, convidativa; uma cama de lua de mel, feita para dois. A colcha está presa por baixo do colchão, cobrindo os travesseiros.

Hesito, contemplando sua extensão, como se ela fosse um animal selvagem parado no meio do meu caminho.

O aquecedor geme no canto, e levo um susto. Sinto calor por baixo do casaco de pele. Eu o tiro dos ombros e penduro-o no guarda-roupa, ao lado do sobretudo de lã de Nick, e então vou até a cama e dobro a colcha com movimentos hábeis, afofando os travesseiros, esticando os lençóis, como já fiz milhares de vezes na minha própria cama, no meu próprio quarto, em Seaview, no Smith College e no Upper East Side de Manhattan. Ali ao lado, por trás da porta fechada do banheiro, Nick está entrando na banheira de água quente, fazendo a água se espalhar pelas paredes da banheira. Será que ele tem sabonete? Será que devo perguntar? Bater ou enfiar a cabeça pela porta?

Não consigo fazer uma coisa nem outra. Alguém bate na porta, e o jantar chega em travessas de prata sobre uma mesinha de rodas coberta por uma toalha branca. O garçom arruma tudo com muito cuidado, silencioso como um túmulo; ele tira uma garrafa de vinho debaixo da mesa e retira a rolha com delicadeza. Depois que termina, olha para mim, com uma certa expectativa.

Uma gorjeta. Céus! Não tenho nenhum dinheiro!

– Só um momento – digo.

Bato na porta do banheiro e abro só uma fresta.

– Nick – digo baixinho, olhando para o chão –, o jantar chegou.

– *Humm?* – A voz dele é sonolenta.

– O jantar chegou. Ele... Desculpe, mas preciso dar uma gorjeta para ele, e não tenho nenhum dinheiro...

O som de água pingando, como se Nick tivesse levantado a cabeça.

– Puxa vida! Desculpe, meu bem. Meu dinheiro está no bolso de dentro do casaco. Tire quanto quiser.

Fecho a porta, vou até o guarda-roupa e enfio a mão no bolso forrado de seda do sobretudo de Nick, até encontrar um porta-notas. O porta-notas de ouro está cheio de notas, notas altas, de cem e vinte. Talvez por isso o recepcionista tenha sido tão facilmente persuadido a nos arranjar um quarto. *Tire quanto quiser*, Nick disse com naturalidade, do jeito que fazem os maridos. Não me sinto nem um pouco à vontade. Procuro no meio das notas, até encontrar uma de um dólar, depois me lembro do vinho contrabandeado e pego uma nota de cinco, dobrando-a discretamente.

— Obrigada — digo para o garçom, entregando-lhe a gorjeta.

Ele arregala os olhos.

— Muito obrigado, Sra. Greenwald. Muito obrigado mesmo.

A banheira começa a esvaziar. O garçom sai.

Poucos minutos depois, Nick surge do banheiro, vestido com sua calça e a camiseta, a camisa branca pendurada num dos braços. Ele esfrega o rosto com a outra mão.

— Eu devia ter pedido uma gilete. Você se importa?

— De jeito nenhum. Você assim fica com um ar ainda mais sedutor.

Ele sorri e estende a camisa para mim.

— Achei que poderia vestir isto até comprarmos alguma roupa para você amanhã. É mais confortável do que seu vestido, não acha?

— Obrigada. — Aceito a camisa dele. — Dei cinco dólares para ele. Desculpe, sei que é demais, mas ele veio tão depressa e acabou trazendo o vinho, e... e, afinal de contas, é feriado...

— Lily, pelo amor de Deus, isso é o de menos. O que é meu é seu, está bem?

— Isso não é necessário, de verdade...

— Necessário ou não, você não precisa pedir. Agora, vamos comer.

Comemos em silêncio, cercados pela enormidade da noite, pela escuridão do inverno, pela neve caindo do lado de fora da janela, pelo cansaço no rosto de Nick, pela cama encostada na parede com a colcha dobrada. Nick me serve uma taça do melhor vinho tinto do hotel, mas mal consigo prová-lo, mal consigo tocar na comida que tenho no prato.

— Lily, *por favor*, coma. — Ele espeta meu garfo num pedaço de rosbife e me oferece. — Você precisa comer. Está me deixando preocupado.

Aceito a carne e a mastigo devagar, até conseguir que ela passe pelo bolo que sinto na garganta e no estômago. Nick me olha preocupado.

— O que foi, Lilybird? Você está com medo?

— Não, só estou cansada.

— Está arrependida?

— É claro que não! Não. — Eu me levanto da cadeira. Meus joelhos tremem, depois aguentam. — Acho que vou tomar meu banho agora. É disso que estou precisando.

Nick se levanta também e coloca o guardanapo ao lado do prato.

— Lily, se você estiver preocupada com... — Ele afasta o cabelo do meu rosto e fala com doçura: — Nós não temos que, você sabe. Eu jamais... você *sabe* que eu jamais...

— Eu sei. — Fico na ponta dos pés e beijo seus lábios. — Mas eu quero, Nick. Quero dividir isto com você. Você sabe que eu quero. — *Nervosismo*. Eu acho a palavra. — É só nervosismo.

— Nervosismo? Que tipo de nervosismo?

— Nervosismo do tipo primeiro dia de aula. Primeira vez dirigindo um carro.

Nick me abraça.

— Não há o que temer, Lily. Sou só eu. O seu velho Nick, que é louco por você, que quer fazer você feliz. Se você não estiver pronta, é só dizer. Temos o resto de nossas vidas, lembra?

— Eu estou pronta, Nick. Estou sim. Há muito tempo que estou querendo fazer isto.

— Tem certeza?

Recuo para olhar para o rosto dele e faço que sim com a cabeça.

— Vou tomar um banho e ficar bem cheirosa e gostosa para você, e vai ser perfeito. Tudo vai ser mais fácil, você não acha, quando estivermos juntos.

— Quando esta fase for ultrapassada, é isso? — Ele sorri e segura meu queixo.

— Você sabe o que eu quero dizer.

— Vou estar esperando — ele promete.

Quando saio do banho, quinze minutos depois, com o coração batendo no pescoço, usando a camisa de Nick e nada mais, a mesa foi arrumada e colocada num canto, e Nick está deitado na cama, dormindo profundamente, o braço cruzado por cima do peito.

Olho embevecida para ele. É tão comprido e perfeito e maravilhoso, seu rosto está tão calmo e sereno. Os pés descalços pendem para fora da cama. Na mesinha de cabeceira estão duas taças de vinho, pela metade, com um brilho vermelho sob a luz do abajur.

— Ó Nick — digo, baixinho. Ajoelho-me ao lado da cama e acaricio sua têmpora. Ele não se mexe.

O mais delicadamente possível, puxo a coberta debaixo do seu corpo e cubro-o com ela. O quarto está silencioso e vigilante, o hotel e seus hóspedes descansando. Apago as luzes, uma por uma, e fecho bem as cortinas. Desligo o telefone. Nada vai perturbar o descanso de Nick esta noite.

Um barulho distante, um murmúrio de vozes, e depois o silêncio de novo. Levanto as cobertas do outro lado da cama — o lado direito, onde costumo dormir, como se eu sempre tivesse sabido — e me deito junto de Nick.

Agora que estou ali, na cama com Nick, o peso se ergueu dos meus ombros, como o peso do casaco de mamãe. Fico acordada, com os olhos fixos no teto, e ouço a respiração de Nick, tentando sentir as batidas do coração dele através dos lençóis e cobertores, sentindo o calor do corpo dele me alcançar e proteger, mantendo-me aquecida enquanto a neve cai do lado de fora da janela.

16

MANHATTAN

Terça-feira, 20 de setembro de 1938

O Grand Central Terminal fervilhava de pessoas e guarda-chuvas molhados. Estava chovendo desde sábado, chovendo de forma épica, com trovoadas, raios e trombas-d'água. Mamãe, ao me levar de carro até a estação de trem de manhãzinha, tinha feito uma rara brincadeira ao dizer que devia ter me levado numa arca.

Eu tinha planejado tomar um táxi até o nosso apartamento, mas com aquele temporal foi impossível conseguir um. Então me contentei com o metrô. Larguei minha valise e procurei uma moeda na bolsa. Meus dedos estavam úmidos de suor, o corpo, encharcado. A chuva não tinha aliviado nem um pouco o calor. Era a terceira semana de setembro, e aqui no nordeste estávamos morando nos trópicos.

Encontrei uma moeda, com fiapos grudados, desci a escada e passei pela catraca, chegando à plataforma. O calor ia ficando cada vez mais opressivo a cada degrau. Meu cabelo estava grudado de suor por baixo do chapéu.

Quando chegasse ao apartamento, a primeira coisa que eu ia fazer era tomar um banho.

Supondo que Graham ainda não estivesse lá, é claro, mas, como ainda estava no meio da tarde, eu tinha quase certeza de que ele não estaria. Ele me ligara todas as manhãs desde que fora embora de Seaview – cedo, porque tinha de sair para consultas com o médico e todo tipo de compromissos. Toda manhã ele ligava e perguntava quando eu ia visitá-lo, e toda manhã eu tinha de disfarçar. Era difícil deixar a Kiki. Mamãe estava com tosse. Tínhamos começado a arrumar as malas e estávamos fazendo a limpeza de final do verão. Eu prometia que iria em breve. Eu mal podia esperar para vê-lo.

Ele costumava ligar também à noite, com a voz um pouco arrastada, uma disposição mais sentimental. Será que eu não podia ir só para passar o dia? Tudo estava tão vazio e sem graça sem mim. Ele precisava de mim. Ele queria marcar uma data, queria que partíssemos em lua de mel. Tinha ido até a agência de viagens, tinha apanhado alguns folhetos: o que eu achava do Caribe? Da América do Sul? Que tal dar a volta ao mundo velejando e voltar a tempo do treino da primavera? Ele mal podia esperar para me ver. Tínhamos tanto o que conversar, tantos planos para fazer. Uma vida nova juntos, um recomeço. Ele ia ser tão bom para mim.

Ele prometeu pagar a conta do telefone quando minha mãe voltasse de Seaview.

– Por que você ainda não foi visitá-lo? – Budgie tinha perguntado uma manhã. – Ele me telefonou outro dia absolutamente desesperado. *Desesperado*, Lily.

– Por que me sinto tão culpada de deixar todo mundo aqui? – eu disse.

– Não se faça de mártir. Podemos nos arranjar sem você. Ele está *enlouquecendo*. Você não pode deixar um homem como Graham esperando muito tempo, querida.

– Mas Nick está sem você na cidade desde o Dia do Trabalho. – As palavras saíram antes que eu pudesse pensar.

Estávamos deitadas numa manta na enseada, tomando sol durante um dos poucos momentos de céu claro naquele mês de setembro.

Budgie estava deitada de bruços, com o maiô abaixado até a cintura, os olhos fechados num torpor causado por Parliaments e um gim, que levara com ela numa garrafa térmica com água tônica e muito gelo. Ela abriu um olho e sorriu para mim.

— Bem, isso é diferente, querida — ela disse, estendendo a mão para o maço de cigarros. — Nós somos casados. E ele quer que eu fique aqui o máximo que puder, por causa do bebê.

O bebê. Ela falava o tempo todo sobre o bebê: como ela estava feliz, como Nick estava feliz. (Ia ser menino ou menina? Ela estava torcendo por um menino, por causa de Nick.) Como ela queria que Graham e eu tivéssemos logo um bebê para podermos criar os dois juntos. (Isso não ia ser ótimo? Nossos filhos passariam os verões juntos em Seaview, como nós duas tínhamos passado. Eu me lembrava de que tínhamos tomado nossa primeira casquinha de sorvete juntas, quando tínhamos uns 5 anos?)

— Sim, é claro — eu disse. — É muito melhor para você e para o bebê ficarem aqui e respirar o ar fresco do mar.

Budgie se virou de lado, reclinando-se como uma odalisca.

— Olhe só para mim, Lily. Já estou engordando. Dá para ver? — Ela levantou um dos seios com a mão esquerda, segurando o cigarro com a outra. Os brilhantes refletiram a luz do sol iluminando sua pele.

Não havia como negar. Os seios dela estavam mais cheios, os mamilos marrons tinham adquirido uma densidade rosada. Ela parecia quase maternal.

Peguei a garrafa térmica da areia, perto do cotovelo dela, tomei um gole e tornei a colocá-la no mesmo lugar.

— Talvez eu vá na terça-feira.

— Faça isso. — Ela tornou a fechar os olhos. — E comece logo a trabalhar nesse bebê, está bem? Quero que o nosso pequeno Nick Júnior tenha bastante companhia. Além disso, não quero ficar gorda e grávida sozinha.

— Naturalmente. Graham está louco por essa parte.

Budgie disse, com uma voz de sono:

— Eu quero que você seja *feliz*. Estou tão contente por você estar feliz.

Feliz. É claro que eu estava feliz. A felicidade corria pelas minhas veias enquanto o metrô sacolejava pela Lexington Avenue, ou talvez eu estivesse apenas tonta por causa do calor. Eu ia ver Graham, eu ia me casar com Graham. Meu charmoso, invencível, universalmente admirado noivo. *Sr. e Sra. Graham Pendleton*, gravado com tinta preta em papel de carta. Dentro de alguns momentos, eu ia chegar a meu apartamento. Eu ia tomar um banho e ligar todos os ventiladores de teto e me botar bonita; eu ia vestir um vestido de seda decotado e passar Shalimar no pescoço e nos pulsos. Graham ia abrir a porta e lá estaria eu, esperando por ele, perfumada e com a pele macia e livre de suor. Faríamos amor na minha cama com a luz do dia entrando no quarto, e sairíamos para jantar e dançar, depois voltaríamos para casa e faríamos amor de novo, e dormiríamos juntos, e eu pertenceria a Graham, seria só dele e de mais ninguém, cheia de amor e de esperança pelo futuro. Talvez não tomássemos nenhuma precaução, afinal de contas. Talvez eu seguisse o conselho de Budgie e engravidasse o quanto antes. Se nos casássemos em novembro, como Graham queria, ninguém iria reparar.

Amanhã eu levaria Graham para visitar papai, e papai ficaria tão feliz.

Kiki ia ser minha dama de honra, é claro. Escolheríamos o vestido dela na Bergdorf, algo não muito cheio de babados porque ela odiava babados.

O metrô parou na rua Sessenta e Oito. Saltei e subi a escada suja e molhada até a calçada suja e molhada e abri o guarda-chuva, atrapalhada com a bolsa e a valise. A chuva caía sem parar. Depois do verão em Seaview, Nova York era um choque de vitrines e pessoas, de movimento e cheiro de fumaça e de corpos humanos. Dois táxis buzinaram zangados um para o outro, disputando a posse de uma pista. Atravessei a Lexington e caminhei pela relativamente calma rua Sessenta e Nove, e então virei na Park Avenue.

A visão familiar estendeu-se diante de mim: a avenida larga dividida por uma ilha central cheia de flores, os prédios cinzentos altos com persianas verdes protegendo as janelas, os terraços estendendo-se ao longo dos andares mais altos. Eu me abriguei sob o guarda-chuva e caminhei pela calçada, cumprimentando os porteiros, até chegar à entrada modesta e discreta do saguão do meu prédio.

– Olá, Joe – eu disse alegremente para o porteiro. Joe era o único empregado simpático do nosso prédio, e o único que tinha menos de 60 anos.

Ele abriu a boca, espantado.

– Ora, Srta. Lily! A senhora chegou! Onde está a nossa garotinha?

– Ainda está em Rhode Island. Só vou passar uns dois dias aqui, resolvendo uns assuntos. Você está cuidando bem do meu hóspede?

O rosto de Joe ficou radiante sob o quepe de trabalho.

– Srta. Lily, eu nunca esperei. Sou fã de Pendleton desde que os Yanks o contrataram pela primeira vez. Não se preocupe, estamos cuidando muito bem dele. Uns jornalistas estiveram aqui outro dia, mas nós o livramos deles.

– Jornalistas?

Ele confirmou com a cabeça.

– Isso mesmo. Nós dissemos que ele nunca tinha estado aqui. – Ele se inclinou para a frente. – É verdade? A senhorita vai se casar?

Eu sorri.

– Sim, Joe. Ele é um velho amigo, e nós... bem, foi tudo muito repentino.

– Bem, meus parabéns, Srta. Lily. Tenho certeza de que a senhorita vai ser muito feliz. – Joe fez um sinal na direção do elevador. – Ele está lá em cima. Acabou de chegar do treino.

— É mesmo? Já chegou?

— Não é como trabalhar num escritório, não é mesmo? — Ele piscou o olho.

— Não, não é.

Segui Joe até o elevador. Ele apertou o botão para mim. O elevador já estava no térreo, e as portas se abriram com um movimento brusco. Joe abriu a grade.

— Até mais tarde, Srta. Lily.

— Obrigada, Joe.

Apertei o doze e me encostei na parede, vendo os números passarem. O prédio estava silencioso, parecia vazio, como se o calor e a chuva tivessem posto todo mundo para dormir. Fechei os olhos e contei os cliques enquanto o elevador subia.

Então Graham já estava lá. Ele ia ter que me ver do jeito que eu estava. Tirei o lenço da bolsa e enxuguei a testa e o queixo. Tirei o chapéu e afofei meu cabelo úmido de suor.

O elevador parou. Peguei a valise, abri a porta de grade e saí para o hall. À direita, ficava a porta do meu apartamento, meu lar desde que eu era criança, com o pretendente da minha vida adulta sentado em algum lugar lá dentro, na sala de jantar ou na sala de estar, ou até mesmo no escritório de papai, lendo o jornal ou ouvindo rádio ou fumando um cigarro, com uma xícara de café ou algo mais forte na mesinha ao lado.

Ele ia ficar surpreso ao me ver. Ele ia ficar encantado. Ele ia me pegar e me girar no ar, como Nick tinha feito uma vez.

Minhas mãos estavam tremendo. Tirei a chave da bolsa e abri a porta o mais silenciosamente que pude.

— Graham? — eu disse, mas minha garganta estava tão contraída que a palavra saiu muito baixinho.

Eu o ouvi na sala de estar. Ele estava fazendo um barulho abafado, como se estivesse fazendo exercícios para o ombro. Larguei a valise no hall, pus minha bolsa sobre a mesinha e entrei na sala de estar.

Graham estava sentado bem no centro do sofá, com a cabeça inclinada para trás e o cabelo pontilhado de mechas douradas de sol. Um dos braços em mangas de camisa estava pousado nas costas do sofá, o outro estava supostamente sobre seu colo. Ele estava com os olhos fechados, e pensei por um segundo que estivesse dormindo, só que seus lábios estavam se movendo, e era desses lábios que vinham os gemidos que eu tinha ouvido do hall.

Cheguei mais perto, e vi o resto dele. Sua mão esquerda não estava no colo, como eu tinha pensado, mas segurando uma bola de cabelos castanhos cacheados. O cabelo pertencia a uma mulher ajoelhada na frente dele, uma garota cujo suéter verde-limão e o sutiã estavam jogados no chão, ao lado dos sapatos pretos de Graham, e sua cabeça estava inclinada sobre o pênis exposto de Graham, que aparecia e desaparecia num ritmo perfeito do círculo vermelho de sua boca.

Enquanto eu olhava, hipnotizada, os gemidos de Graham ficaram mais altos, e ele disse algumas palavras incoerentes enquanto movia a mão sobre os cachos castanhos da garota, orientando o ritmo de sua atividade. Os quadris dele empinaram, mas a garota se segurou com força, os dedos presos ao redor da base como uma pilha de argolas cor de rosa. Seus ombros delicados, cor de marfim, se destacavam entre as pernas da calça azul-marinho de Graham.

– Vou gozar! – Graham gritou.

Devo ter feito algum barulho, porque a garota olhou para cima com olhos horrorizados, e minha mente estava tão perturbada que levei alguns segundos para reconhecê-la.

– Maisie? – eu disse.

Depois que Maisie Laidlaw parou de chorar e de se desculpar, depois que a despachei, inteiramente vestida, para o apartamento dos pais dela, eu disse a Graham para arrumar suas coisas e ir embora. Eu não queria que ele estivesse mais lá quando eu voltasse. Ele disse que queria ficar, conversar e explicar, mas eu disse que não havia explicação possível, exceto a explicação óbvia.

Ele disse que conversaríamos mais tarde, quando eu estivesse mais calma. Eu disse que estava perfeitamente calma.

Ele disse que tinha cometido um erro terrível, que tinha se sentido tão solitário e perdido sem mim, se ao menos eu o tivesse visitado antes. Ele disse que a garota tinha dado em cima dele desde que ele chegara, atirando-se para ele, literalmente tirando o suéter no elevador, e qual o homem que seria capaz de resistir a *isso*? Ele disse que pelo menos não tinha ido para a cama com ela, que não tinha transado realmente com ela, que jamais me trairia desse jeito. Eu disse que, no que me dizia respeito, era a mesma coisa.

Ele caiu de joelhos no tapete dos meus pais, e disse que nunca mais faria isso, nunca mais tornaria a olhar para outra mulher.

Eu disse que não era idiota.

Eu disse que Maisie Laidlaw era só uma garota.

Ele não quis aceitar de volta o anel da mãe, então eu o deixei na mesinha do hall, brilhando sob as duas gravuras Audubon, e fui visitar meu pai.

༄

Papai morava agora num hospital especial na rua Sessenta e Três, que se parecia mais com um prédio de apartamentos, na verdade, só que era cheio de médicos e enfermeiros, e os corredores eram pintados de branco. O quarto dele tinha uma pequena vista do parque, e ele normalmente ficava sentado, olhando para esse pedacinho de verde com seus olhos azuis inexpressivos e seu rosto imóvel.

— Ele está tendo um bom dia — o auxiliar de enfermagem me disse, conduzindo-me até o quarto dele. — Ele almoçou bem. Li os jornais para ele. Parece que estão se preparando para outro furacão na Flórida.

— Outro?

— Isso mesmo. — O rapaz balançou a cabeça. — Desta vez na costa do Atlântico. Vai ser dos grandes, é o que estão dizendo. Veja, Sr. Dane. Sua filha está aqui.

A cabeça do meu pai se moveu ligeiramente. Passei pela frente da sua cadeira, ajoelhei-me diante dele e segurei suas mãos.

— Papai, sou eu, Lily.

Ele olhou para mim, o lado direito do seu rosto levantado num leve sorriso. Toquei no rosto dele, passando o dedo sobre um pedacinho de barba que a gilete não tinha raspado.

— Como vai você? Tem feito muito calor neste verão, não acha? Senti muitas saudades suas.

— Posso trazer uma cadeira — o atendente disse.

— Não precisa. — Eu me sentei no chão, perto das pernas do meu pai, e o abracei. Senti um peso sobre minha cabeça: a mão dele. A janela era baixa, e eu podia enxergar, por cima do parapeito, onde o pedacinho verde do Central Park surgia no meio da chuva. Uma vez por dia, eles o levavam na cadeira de rodas para dar uma volta no parque, a menos que o tempo não permitisse. Dificilmente ele teria saído hoje.

— Basta tocar a campainha, se precisar de alguma coisa — o atendente disse.

Fiquei um longo tempo ali sentada, olhando pela janela, abraçada às pernas de papai, sentindo o peso de sua mão imóvel sobre a minha cabeça. Um leve cheiro de desinfetante pairava no ar, misturando-se com o cheiro do creme de barbear de papai.

— Você se lembra de Nick, papai? — perguntei, baixinho. Ele não se mexeu. — Provavelmente não. Ele era o rapaz de Dartmouth pelo qual eu estava apaixonada. Acho que ainda estou. Ele se casou com Budgie, papai. Budgie Byrne. Eles passaram o verão em Seaview, na velha casa de Budgie, só que Budgie a reformou toda. Ela agora está bem moderna.

Papai fez um som com a garganta.

— Não é tão mau. Ela estava muito destruída; eles tinham que fazer alguma coisa. — Acariciei a perna dele, fina como um palito por baixo da calça de algodão. Roupa de verão com este calor. O ventilador de teto girava acima de nossa cabeça, agitando o ar sonolento. — Bem, eles estavam lá, e ele estava igualzinho ao que era antes, tão sério, inteligente e bonito, tão afetuoso no fundo. Foi uma tortura, papai, ver os dois juntos. E Budgie... bem, você conhece Budgie. Ela é tão bonita, combina tanto com ele. E ela o ama. Você não acreditaria, eu não teria acreditado, mas é verdade. Ela realmente o ama.

O Central Park ficou fora de foco diante dos meus olhos. Enxuguei-os com a manga do vestido.

— Então comecei a namorar o Graham Pendleton, papai. Não sei se você chegou a conhecê-lo. Ele é muito bonito. Ele joga no time dos Yankees. Eu estava com ciúmes de Nick e infeliz, e eu... eu acho que Graham fez com que eu me sentisse melhor. Fez com que eu me sentisse bonita e amada. E então Budgie disse que ela e Nick iam ter um bebê, e não consegui suportar isso, então disse a Graham que me casaria com ele.

A mão de papai fez um movimento ligeiro no meu cabelo, os dedos roçando meu couro cabeludo.

— Ele disse que precisava de mim, papai. Você sabe que eu não consigo resistir a isso, ao fato de alguém precisar de mim. Achei que poderia fazer alguma coisa certa. Dar a Kiki um homem que ela pudesse admirar, com quem pudesse brincar, como eu tive você. Dar a Graham a esposa leal de que ele precisava, a família de que ele precisava. Mas eu estava errada. — As lágrimas ficaram presas na garganta e escorreram pelos olhos. Dobrei o corpo, agarrada na perna dele. — Eu me *enganei* tanto, papai. Fui tão *burra*, não fui?

Solucei com o rosto encostado na calça de papai, até o tecido grudar no meu rosto e meu nariz inchar. Solucei durante horas, até ficar oca por dentro, equilibrada precariamente ali no décimo oitavo andar de um prédio dando para o Central Park.

A mão de papai permaneceu no meu cabelo, embora não tenha mais se movido. A chuva batia na vidraça, uma grande quantidade de chuva, correndo pelas calhas até a rua. Quando me levantei para sair, não sabia dizer se tinha ficado ali dois minutos ou duas horas. Meus músculos estavam duros e doloridos, o rosto tenso. Beijei papai no rosto e disse a ele que viria visitá-lo de novo amanhã.

Ao sair, parei na cabine telefônica do corredor e consultei o catálogo até encontrar o número do telefone de Greenwald and Company, 99 Broadway.

⁓

Segundo as letras de bronze em alto-relevo na lista do saguão, a Greenwald and Company recebia seus visitantes no décimo primeiro andar. A chuva tinha diminuído muito quando saí do metrô, mas meu vestido ainda estava molhado, as meias grudadas nas pernas, o cabelo uma maçaroca de cachos vermelhos. Eram quatro horas da tarde, e o saguão com chão de mármore estava quase vazio, num estado de expectativa pelo movimento das cinco horas. Sacudi o guarda-chuva e apertei o botão do elevador. Tentei não olhar para meu reflexo nas superfícies de metal ao meu redor.

Eu disse a mim mesma que não estava fazendo nada errado, que só estava indo ver um velho amigo para acertar as coisas, para obter um pouco de solidariedade. Eu disse a mim mesma que não pretendia nada com Nick, não tinha intenção de atrapalhar o casamento dele e o fato de ele estar prestes a ser pai. Mas meus dedos estavam tremendo quando apertei o onze no elevador; meu coração estava batendo violentamente no peito com a consciência da culpa. Ou melhor, a consciência de uma ausência de culpa: de que eu não estava ligando a mínima. Que era a minha vez de destruir coisas, de magoar alguém de forma irreparável.

Eu não sabia o que esperar do escritório de Nick. Eu sabia que ele tinha dirigido a filial de Paris da Greenwald and Company depois da faculdade, que tinha tirado a firma do buraco depois da quase falência na primavera de 1932. Eu sabia que ele voltara para Nova York para assumir a empresa quando o pai morreu no ano passado, e que ele tinha pedido Budgie em casamento logo depois disso. Será que ele tinha reformado o escritório ou o mantivera do jeito que o pai o havia construído? Ele seria elegante e moderno como o apartamento de Gramercy Park?

Havia mármore, muito mármore, frio e branco. Havia caros tapetes no chão, e poltronas confortáveis, e arte moderna decorando todas as paredes numa explosão de cores primárias. Na extremidade do saguão, havia uma placa onde se lia **GREENWALD AND COMPANY** em letras pretas, e uma bonita secretária de cabelo preto sentada atrás de uma mesa de madeira de lei. Ela me lançou um olhar espantado quando me aproximei, segurando o guarda-chuva molhado.

— Greenwald and Company — ela disse. — Posso ajudá-la?

— Sou Lily Dane e gostaria de falar com o Sr. Greenwald.

— O Sr. Greenwald está numa reunião — ela disse prontamente, com um quê de satisfação. — A senhora tem hora marcada?

— Não, não tenho.

Ela lançou um olhar para o relógio na parede.

— Talvez fosse melhor a senhora voltar amanhã.

— Não, obrigada. Eu espero.

— A reunião ainda deve demorar bastante.

— Não faz mal, eu espero. Talvez a senhorita pudesse passar o meu nome para ele, enquanto isso.

Um sorriso superior.

— Eu não posso incomodá-lo, a menos que se trate de uma emergência.

— Senhorita... — Procurei um nome, fosse na jaqueta do seu conjunto cinzento ou numa placa sobre a mesa, mas não achei nada. — Senhorita, sou uma amiga pessoal do Sr. Greenwald. Estou certa de que ele gostaria de ser informado da minha chegada.

Uma sombra de dúvida passou pelos olhos dela, mas desapareceu.

— Desculpe. Ele deixou instruções severas. A senhora pode esperar na cadeira ou voltar amanhã de manhã.

Fiquei parada, olhando para a porta atrás dela, que estava entreaberta, revelando um pedacinho do interior do escritório. Um corredor com chão de mármore. Passou um homem, depois outro. Um deles, bem jovem, saiu pela porta e se inclinou para dizer algo no ouvido da secretária.

— A reunião terminou? — perguntei.

O homem levantou a cabeça, surpreso.

— Foi suspensa por um momento. Quem é a senhora?

— O senhor poderia dizer ao Sr. Greenwald que Lily Dane está aqui para vê-lo?

— Lily o quê?

— Dane — eu disse alto, projetando minha voz através da porta. — Lily Dane.

O rapaz me olhou sem entender.

— Lily Dane? Nós não temos nenhum cliente com esse...

— *Lily?*

Nick apareceu na porta, o rosto pálido de susto, usando um terno escuro e o cabelo penteado para trás. Quase não o reconheci, exceto pelos olhos castanhos, quase verdes, na luz artificial do saguão da Greenwald and Company.

— Nick — eu disse.

— O que aconteceu? Você está bem?

— Eu... — Olhei para a secretária, cujo rosto demonstrava um certo medo. — Eu me esqueci de marcar hora.

Nick segurou o batente da porta com força, os nós dos dedos brancos.

— Srta. Galdone — ele disse, com toda a calma —, parece que houve alguma confusão com minha agenda. Eu me esqueci de avisar que estava esperando a visita da Srta. Dane esta tarde. Uma hora marcada faz muito tempo; eu mesmo quase havia esquecido dela. — Nick olhou para mim. — Se me der licença, Srta. Dane, vou me desculpar com os cavalheiros lá dentro. Não vou demorar nada. Srta. Galdone, por favor, deixe a Srta. Dane o mais confortável possível.

— É claro, Sr. Greenwald.

Eu me sentei numa poltrona, estiquei a saia e ajeitei o guarda-chuva. A Srta. Galdone pigarreou e perguntou se eu queria uma bebida ou um cigarro. Agradeci e recusei.

Nick reapareceu segundos depois, parando diante da minha poltrona, com o chapéu na cabeça e segurando o guarda-chuva.

— Srta. Galdone — ele disse, sem olhar para ela —, estarei fora pelo resto do dia. Por favor, anote todas as minhas ligações.

— Sim, Sr. Greenwald.

Nick me conduziu até o elevador sem dizer nada e se afastou para eu entrar. Já havia três homens lá dentro, usando ternos escuros e chapéus enfiados até a testa na expectativa da chuva lá fora. Não dissemos nada, simplesmente observamos os números descendentes, mantendo silêncio. Quando as portas se abriram, saímos para o saguão, e Nick se virou para mim.

— Quer tomar um café?

— Sim, por favor.

Havia um café ali perto, dando para a entrada do metrô, mas Nick passou por ele e continuou caminhando pela Broadway, guiando-nos no meio do tráfego com um timing perfeito, no ritmo próprio da cidade de Nova York. Nossos guarda-chuvas batiam um no outro enquanto caminhávamos pela calçada, nos desviando de pedestres e táxis e caminhões de entrega. Quando chegamos a City Hall, Nick virou à esquerda e me levou para uma pequena lanchonete com um balcão de um dos lados. Ele me ajudou a me sentar num dos bancos e pediu um café. Quando o café chegou, ele pôs o chapéu sobre o balcão e se sentou no banco ao lado do meu. Suas pernas compridas mal cabiam sob o balcão; ele teve de sentar de lado, virado para mim, e nossos joelhos roçaram uns nos outros.

— Você está bem? — ele perguntou, as primeiras palavras que pronunciou desde que saímos do escritório.

— Sim. Fisicamente, estou bem. Devolvi o anel de Graham esta tarde. Terminei o noivado.

O rosto de Nick não mudou, nenhum músculo se mexeu. Ele tomou o café e tirou um maço de Chesterfields do bolso do paletó. Ele estendeu o maço para mim.

— Obrigada — eu disse, tirando um. Ele acendeu meu cigarro, depois o dele, e estendeu a mão para pegar um cinzeiro. Os dois fios de fumaça subiram entre nós, misturando-se. Olhei para a mão de Nick e pensei que ela estava segurando a xícara de porcelana branca de café com muita força. Eu estava nervosa com a proximidade dele, com aquela intimidade tão desejada com Nick, com a proximidade de suas mãos, que um dia haviam tocado o meu corpo com tanta ternura. — Você se lembra de quando o levei para conhecer meu pai?

Ele deu uma risada seca. A pele em volta dos seus olhos se enrugou brevemente.

– Se me lembro.

– Havia uma menina chamada Maisie do lado de fora, no corredor. Você foi muito simpático com ela; eu me lembro disso. Bem, ela já cresceu. Não tanto assim. Deve ter 16 ou 17 anos, mas é bem adulta para a idade, se é que me entende.

Nick balançou a cabeça sem olhar para mim.

– Acho que entendo.

– Você sabe que Graham está hospedado no nosso apartamento porque alugou o dele para alguém do time. – Tomei um gole de café, dei uma tragada no cigarro, escolhi as palavras: – Esta tarde, cheguei para fazer uma surpresa para ele, e Maisie estava lá, e ela estava ajoelhada na frente dele no sofá e... estava com a boca... – Fiz um gesto com a mão.

– Meu Deus. – Nick largou a xícara. – Que droga, Lily.

– Não diga que sente muito. Não *sinta*. Estou contente. Eu sabia... – Sacudi a cabeça. Minhas mãos estavam tremendo ao depositar a xícara de café sobre o pires. – Eu não sei. Eu sabia que gostava de mulheres. Eu sabia que as mulheres gostavam dele. Tenho sorte de o ter apanhado antes de nos casarmos.

– Mas você deve ter ficado muito magoada.

– Não fiquei não. Foi apenas um choque, mais nada. Eu não o amava de verdade. Não como dei a entender. – Deixei as cinzas caírem no cinzeiro. – Mas você sabe disso, é claro. O velho e sábio Nick, nos vendo fazer papel de idiotas o verão inteiro.

– Não foi nada disso. Fiquei desesperado ao ver vocês dois juntos. Sabendo que não tinha esse direito. – Ele disse isso baixinho, olhando para a xícara, com a cabeça curvada. – Você não faz ideia, Lilybird.

A palavra *Lilybird* flutuou na fumaça entre nós.

— Então por que você foi para lá? Por que ficou lá o verão inteiro? — perguntei finalmente.

— Porque fui obrigado. Não tive escolha. — Ele apagou o cigarro e se levantou. — Quero que você venha comigo, Lily.

Eu me levantei também, quase batendo com o nariz no peito dele.

— Para onde?

— Tomar um drinque. Jantar. Você parece estar precisando de um bom drinque. E eu também estou. — Ele tirou uma nota de um dólar do bolso e jogou sobre o balcão.

— Nick — eu disse.

— Vamos começar de novo, Lily. Vamos esquecer o que houve antes. Quis falar com você o verão inteiro, mas tudo nos impedia.

— Tudo nos impede ainda.

— Sim, mas não estamos em Seaview agora, estamos? Estamos em Manhattan. O ar é mais claro aqui. Venha comigo, Lily. — Ele pôs o chapéu e jogou meu cigarro no cinzeiro, ainda aceso. Com o guarda-chuva pendurado num braço, ele estendeu a mão para mim, com a palma virada para cima.

Olhei para a mão de Nick, para as linhas que se cruzavam e para os dedos abertos, e tornei a olhar para o rosto dele. O rosto de Nick, seus lábios, seus olhos, ternos e suplicantes.

Segurei sua mão sem dizer nada, e fui embora com ele na chuva.

17

LAGO GEORGE, NOVA YORK

2 de janeiro de 1932

Uma luz cinzenta cerca meus olhos quando eu os abro, horas depois. Meu nariz está frio, mas meu corpo está aquecido. Nick está deitado ao meu lado, a fonte de todo o calor, sua massa gravitacional impossível de ignorar. Sei que ele está acordado. Sinto o movimento cuidadoso da sua respiração quando ele tenta não me acordar. Sinto a forma do corpo dele no escuro, deslocando o ar.

Viro a cabeça.

— Que horas são?

— Não faço ideia. Ainda não está amanhecendo, eu acho.

— Você devia voltar a dormir. Você precisa de sono.

— Nem pensar. — Ele enfia a mão por baixo dos lençóis até encontrar os botões da minha camisa, bem na altura do umbigo. — Eu estava vendo você dormir, Lilybird.

— No escuro? — A palma da mão de Nick está pousada na minha barriga e parece mergulhar dentro de mim. A camisa está enrolada na minha cintura, deixando aberto tudo mais abaixo.

— O suficiente para enxergar sua silhueta. Seu cabelo no travesseiro. Eu estava pensando: Greenwald, você é o homem mais sortudo do mundo, tendo uma visão dessas ao acordar para o resto da vida.

Estou relaxada, sonolenta, confiante. Viro-me de lado e sinto o cheiro da pele dele, diferente por causa do sabonete floral do hotel.

— Estou tão *contente* por estarmos aqui.

A mão de Nick cobre meu quadril nu.

— Nervosa?

— Não.

Nick me beija com paixão, desabotoa a camisa amarrotada com uma das mãos e a retira cuidadosamente do meu corpo.

— Não quero machucar você. Você sabe que pode doer no princípio.

— Eu sei. E não me importo.

— Vou ser delicado, prometo. Não tenha medo. Temos todo o tempo do mundo. Se você quiser que eu pare, eu paro. Pelo menos vou *tentar* parar. — Ele respira no meu pescoço. — Eu *vou* parar. Confie em mim. Apenas me diga o que quer que eu faça.

— Eu não *sei* o que eu quero. Você é que tem que saber, não é?

— Meu Deus, você pensa que sou um especialista, não é?

— E você não é? — Acompanho o dedo de Nick correndo pela minha pele. — Eu gosto *disto*. Gosto das suas mãos, e... *disto*. — Eu me esfrego nele, timidamente.

Ele prende a respiração.

— Tudo bem, então. Espere um pouco.

Ele vai até o guarda-roupa e procura alguma coisa no bolso do casaco.

— Comprei isto aqui quando paramos para almoçar — ele diz, colocando alguma coisa na mesinha de cabeceira. — Já criei encrenca suficiente para você. — Ele tira a calça e a camiseta e se deita na cama, onde estou esperando, desejando-o loucamente.

Nu, ele parece ainda maior do que antes, imenso, coberto por quilômetros de pele rosada. Não sei onde tocar nele primeiro. Encosto as mãos em seu peito, logo abaixo da clavícula, e abro os dedos o máximo que posso.

— Está pronta? — Nick sussurra.

Faço sinal que sim com a cabeça.

Ele cumpre o que prometeu. É incrivelmente delicado e atencioso. Beija meus seios e minha barriga, ele me beija sem parar. Desliza os dedos pelas minhas pernas com uma liberdade impensável, enquanto respiro ofegante, seguro a cabeça dele e encosto a testa em seu ombro. Ele me acaricia até eu estar tremendo de desejo, pressionando seus braços e seus quadris, gritando seu nome.

Tudo bem, devagar agora, espere, ele diz, e estica o braço para a mesinha de cabeceira.

Fico imóvel, sem respirar. Nunca tinha visto uma camisinha antes; mal sei o que é uma camisinha. Vejo Nick colocá-la no escuro. Pergunto-lhe se dói, ele ri e diz *não, Lilybird*, e vem para cima de mim. Com segurança e tranquilidade, ele abre minhas pernas e levanta meus joelhos. Torna a perguntar se estou pronta, e entrelaço as mãos no pescoço dele e digo: *Sim, Nick, sim*.

Ele avança bem devagar, apoiado nos cotovelos, murmurando: *Está tudo bem, Lilybird, meu amor, não a estou machucando?* Não digo que sim, que ele está me machucando, que *está* me partindo ao meio, porque tenho medo de que ele pare. Peço-lhe uma vez que espere, e ele espera, beijando minha boca, beijando meu rosto, até o ar voltar aos meus pulmões, até eu estar preparada para mais. *Tudo bem?*, ele sussurra, e, quando digo *sim*, ele avança mais um pouco, dando-me todo o tempo do mundo, encostando o rosto no meu, sendo terno e paciente até o fim; até eu esquecer a dor e pensar apenas nas costas de Nick sob minhas mãos, no ritmo acelerado das pernas e da barriga de Nick, na pressão do corpo de Nick sobre o meu; até eu ser totalmente tomada por Nick, até ser transformada numa partícula pulsante de Nick.

Depois que o corpo dele para de tremer, depois que a agitação final termina, ele sai de dentro de mim e beija meus seios, beija meu pescoço, meus pulsos, as pontas dos meus dedos. Meu corpo dói com a ausência dele.

Não consigo abrir os olhos. Sou uma brasa brilhando de dentro para fora. O quarto escuro e silencioso deixa todo o resto de fora, toda sensação, exceto nós dois, Nick e Lily, que acabamos de fazer amor.

Ouço a respiração de Nick, ainda ofegante, perto da minha orelha.

— Você está bem? — ele murmura. — Não fui violento demais no fim? Meu Deus, você está chorando. Desculpe.

— Estou me sentindo *maravilhosamente bem*, Nick.

— *Está mesmo?* — Ele parece ansioso.

— Eu nem sabia. Eu não fazia ideia. Por que você estava escondendo isso de mim?

Nick beija meu rosto molhado.

— Eu já volto.

Quando volta do banheiro, ele me abraça e me vira de modo que minhas costas fiquem encostadas no seu peito e na sua barriga, e meu taseiro aninhado em seus quadris. Nós nos encaixamos um no outro com incrível simetria. A pele dele ainda está úmida e quente, como a minha. A mão dele segura meus seios; seu rosto com um início de barba arranha a minha têmpora. Fecho os olhos e imagino que estou absorvendo Nick através de cada poro.

— Tem certeza de que está bem? — ele pergunta. — Feliz?

— Sim. E você?

Ele não responde.

— Nick? — Viro minha cabeça.

Eu gostaria de poder enxergá-lo melhor. Gostaria de poder ver a expressão do rosto dele, a expressão dos seus olhos. Gostaria de ler sua mente, de saber o que ele sabe: as outras mulheres com quem ele dormiu, as outras camas que ele dividiu. (Tenho certeza, agora, de que houve mais de uma.) Os outros quartos escuros de hotel, talvez, com lençóis amarrotados. Como eram eles? Este é diferente? Será que o amor faz com que o ato de fazer amor seja melhor? Será que Nick sente esta comunhão sagrada, esta beleza, esta eternidade que estou sentindo? Ou o sexo é simplesmente assim, planejado pela Natureza para nos fazer multiplicar?

O lento amanhecer do inverno respira à nossa volta. Espero, espero e viro a cabeça para a janela.

Nick fala no meu cabelo, tão baixinho que mal consigo ouvi-lo:

— Desculpe. Não sei como descrever isto. Não há palavras que eu consiga pensar. Apenas... *seu*. Eu sou seu, Lilybird. Meu Deus, como posso explicar? *Fisicamente* seu, como se você tivesse me preenchido com seu corpo. Como se tivesse me preenchido com seu amor e sua confiança, com sua inocência, e me tivesse tornado parte de você.

Não consigo falar.

Ele beija minha orelha.

— Isso soa esquisito?

Digo a ele que não, que não soa nem um pouco esquisito. Fico aninhada nos braços dele, me sentindo segura, sonolenta e aquecida, vibrante, ouvindo a neve cair lá fora.

Eu pergunto:

— Foi igual para você? Da primeira vez que você fez amor?

Ele se mexe como se estivesse quase dormindo.

— Como assim?

— Você a amava?

— Ah, Lily. Por que você me pergunta essas coisas? Por que se preocupa com isso?

— É mais fácil saber. Imaginar é muito pior.

— Então não imagine.

— Não consigo. Você conseguiria?

Os braços de Nick pesam sobre mim, fazendo-me afundar no colchão. Suas mãos me acariciam distraidamente. Penso por um momento que ele não vai me responder, e então ele diz:

— Tudo bem. Se você quer saber. Foi no verão passado, quando eu estava na Europa com meus pais. Um verão quente, estávamos todos entediados e irritados. Ela era mais velha, divorciada, morando em Paris, uma amiga da minha mãe, o velho clichê. Ela me seduziu uma tarde; fiquei envaidecido e um tanto chocado e mais do que desejoso de ser seduzido. Nós nos encontramos secretamente por algumas semanas.

— Ela era bonita?

— Acho que sim. As pessoas a achavam bonita.

— Você a amava?

Ele ri.

— Não. Fiquei meio apaixonado, eu acho, mas foi uma coisa temporária. Nós nos despedimos em agosto, sem arrependimentos, sem que meus pais soubessem o que tinha acontecido, pelo menos até onde eu sei. Voltei para a faculdade e a conheci e me apaixonei perdidamente por você. Está satisfeita?

— Suponho que ela era muito experiente.

— Muito.

Penso em lençóis caros e risadas roucas, na luz suave de um fim de tarde e no corpo bronzeado de Nick se mexendo sobre o corpo de outra mulher. Não consigo ver o rosto dela, mas posso ver suas pernas brancas o envolvendo, as mãos compridas e cheias de anéis abertas sobre seus ombros. Ela está guiando os movimentos dele, ensinando-lhe o ritmo do ato sexual, do mesmo modo que ele me ensinou. Fecho os olhos. Forço uma risada e tento falar com uma voz indiferente:

— Que diferença, então, fazer amor com uma pessoa sem nenhuma experiência.

Inesperadamente, Nick me faz virar de barriga para cima, estende meus braços acima da minha cabeça e me beija com tanta paixão que fico sem ar.

— Toda a diferença do mundo, Lilybird. Agora vá dormir, e não pense mais em outras mulheres. Elas não existem. De agora em diante, só existe você.

※

Algum tempo depois, acordo com as mãos de Nick tirando o cabelo do meu rosto. Ainda está escuro lá fora.

— Nick.

— Desculpe. Eu não queria acordá-la.

Eu me viro e o abraço.

— Você pode me acordar quando quiser.

Nick me beija e pergunta se estou cansada. Eu o beijo de volta e digo que não estou nem um pouco cansada.

Então Nick faz amor comigo de novo, e é melhor ainda desta vez, porque sei agora o que significa fazer amor, porque não me limito a ficar deitada, inocente e submissa; porque estou livre de amarras, livre para tocar e provar Nick e me maravilhar com a integração entre Nick e Lily; livre para conhecer todos os cantos e texturas e dimensões do corpo que ondula junto com o meu.

Desta vez, quando Nick volta do banheiro, lindo e atraente, eu me sento sobre os joelhos e estendo os braços para ele. Rio quando ele se atira sobre os lençóis e me faz cócegas e beija meu pescoço. Murmuro algo chocante no ouvido dele, e ele ri e faz cócegas em mim sem piedade, e adormecemos assim, abraçados e sorridentes; minha mão na cintura dele, sua perna entre as minhas, jovens e apaixonados e cheios de esperança.

18

MANHATTAN

Terça-feira, 20 de setembro de 1938

Nick me levou a um lugar que eu não conhecia, em Greenwich Village, onde nunca tinha me aventurado a ir. Era escuro e discreto, com velas nas mesas e uma pequena orquestra num canto, e um espaço para dançar, embora ninguém estivesse dançando.

Pedimos martínis e bebemos sem falar nada. O que duas pessoas dizem uma à outra beirando perigosamente um adultério? Eu com certeza não sabia. Refugiei-me na bebida, que estava impecavelmente seca e gelada, e estava mordiscando minha azeitona, olhando para a mesa, quando Nick finalmente falou:

— Nós nos esquecemos de brindar. A que devemos brindar?

— Não dá azar brindar com os copos vazios?

— Então vou pedir outra bebida. — Ele fez sinal para o garçom e pediu mais dois martínis. — E então, Lily? — ele disse quando as bebidas chegaram.

Levantei meu copo.

— Não sei. À honestidade, suponho.

Nick bateu com o copo no meu.

— À honestidade. Você tem certeza de que está bem?

— Se estou *bem*? Você está brincando? Estou o contrário de bem. Está tudo muito confuso, não está? — Tomei um gole do drinque. — O que estamos fazendo aqui, Nick?

Ele largou o copo e cobriu minha mão com a dele.

— Eu estou consolando uma amiga que acabou de sofrer um choque.

— É assim que vamos chamar isto?

Ele retirou a mão e não respondeu. O garçom trouxe cardápios, e estudei o meu com grande concentração, embora as letrinhas pretas não fizessem o menor sentido. Quando o garçom voltou, eu me ouvi pedindo um creme de aspargos e um filé ao ponto, embora não me lembrasse de ter escolhido nenhum dos dois. Nick disse que queria a mesma coisa e uma garrafa de vinho tinto, o '24 Latour, se eles tivessem.

Ergui as sobrancelhas.

— Você ainda gosta de vinho tinto, não é?

— Esse vinho em especial é minha safra favorita.

— Nick.

Ele voltou a segurar a minha mão.

— Você está tremendo, Lily. Não trema. Não quero que você pense em nada neste momento. Quero que aprecie seu jantar e sua bebida. Não se preocupe com nada. Não é pecado jantar. Se for, o pecado é todo meu.

— Ela é minha amiga.

Nick inclinou-se para a frente e segurou minha outra mão.

— Preste atenção, Lily. Preste bastante atenção. Budgie não é sua amiga, está entendendo? Nunca foi. Você não deve nada a ela. Nem sua lealdade nem sua compaixão.

— Eu *sei* o que ela é, Nick. Mesmo assim, ela é minha amiga.

— Confie em mim, Lily.

Retirei as mãos.

— Confiar em você. Por que eu deveria confiar em você, Nick? Você se casou com ela. Você vai ter um filho com ela, pelo amor de Deus! Em abril. Você está radiante com isso, lembra? Foi o que Budgie disse.

Nick tomou um longo gole e acendeu um cigarro. Ele me ofereceu um, mas eu não quis. Ele fumou metade do cigarro, batendo as cinzas no cinzeiro antes de falar:

— Você queria honestidade, Lily. Você fez um brinde à honestidade. Aqui está a mais pura verdade: Budgie pode estar esperando um bebê ou não. Deus sabe que ela já usou essa mentira antes. Não faço ideia se é verdade desta vez. Mas de uma coisa tenho certeza absoluta: o bebê, se existir mesmo, não é meu.

A luz da vela iluminava o cabelo escuro dele, penteado para trás. Tirei o cigarro dele do cinzeiro e dei uma tragada. Os olhos de Nick estavam fixos nos meus, severos e sinceros. Quando abri a boca para falar, o garçom chegou com a sopa, sevindo-a com uma cerimônia solene. Ele acrescentou pimenta. Terminei o martíni. O vinho chegou, foi aberto e servido para aprovação de Nick. Observei o rosto dele na luz tênue da vela e por um momento ele pareceu tão adulto, tão refinado e experiente, enquanto eu estava ali com meu cabelo crespo, minhas roupas molhadas e meu chapéu de Seaview, os canais do meu corpo inundados de gim.

O bebê, se existir mesmo, não é meu.

O sangue corria acelerado em minhas veias.

— Como você pode ter tanta certeza? — perguntei em voz baixa, quando o garçom finalmente se afastou.

— Porque só fui para a cama com Budgie uma única vez, e isso foi antes de eu me casar com ela.

Por algum motivo, no choque desta confissão que provocou na minha mente uma profusão de dúvidas e conjecturas, só consegui perguntar:

— Uma noite, ou uma vez?

— Uma *vez*, Lily. — Ele segurou minha mão e desta vez não a retirei. — Uma vez, nem dez minutos, dez miseráveis e muito embriagados minutos, e odeio a mim mesmo desde então. Achei que aquela era a maior vingança possível, e em vez disso me vi cara a cara comigo mesmo, vi o quanto o meu comportamento tinha sido indesculpável... – Ele olhou para nossas mãos, entrelaçadas. – Eu ainda estava em Paris, preparando minha mudança de volta a Nova York, para assumir a empresa. Acordei na manhã seguinte com uma terrível enxaqueca, determinado a começar de novo, a mudar minha vida, a parar de me comportar como um imbecil.

– E o que foi que aconteceu? – perguntei.

Com a mão esquerda, Nick levantou o copo de martíni, tomou o resto e voltou a beber vinho.

– Lily, não vamos falar sobre isso ainda. Não estou suficientemente bêbado e nem você.

– Não. Já estou me sentindo totalmente bêbada. Eu quero saber.

– Coma a sua comida, Lily.

– Nick, não sou uma criança.

Ele pegou a colher.

– Por favor, Lily, coma. Eu estou faminto.

Ele esperou com a colher parada sobre a sopa, até eu ceder e começar a comer, fingindo uma fome que não estava sentindo. Eu nem conseguia sentir o gosto da sopa ou do vinho que estava tomando.

– Acho que você precisa saber de uma coisa, Nick. Budgie *está* realmente esperando um bebê. Eu a vi, não há dúvida quanto a isso.

– É bem possível. – Nick admitiu a infidelidade da esposa com naturalidade, entre uma colherada de sopa e um gole de vinho.

– Como assim?

– Estou dizendo que, embora *eu* tenha me mantido completamente celibatário desde Paris, minha esposa não.

Completamente celibatário.

– Então de quem é o bebê? Como você sabe?

Nick me lançou um olhar severo.

— Até onde sei, pode haver muitos candidatos. Eu a deixei por conta própria quase todo o verão. Mas acho que o candidato mais provável é Pendleton.

— Graham? — Larguei a colher sobre o prato com um barulho indiscreto. — Mas isso foi há anos!

— Lily — ele disse calmamente.

O sangue latejou em minhas têmporas. Estendi a mão para a taça de vinho.

— Acho que você nunca desconfiou. Estive a ponto de contar para você uma dúzia de vezes. Então achei que você não ia acreditar em mim. Achei que não me cabia fazer isso, que eu não tinha o direito de me meter.

— Você teria deixado que eu me casasse com ele, sabendo disso?

— Eu não sabia como contar para você. *Ah, por falar nisso, seu pretendente está se encontrando quase todas as noites no gazebo com minha mulher, depois de deixar você em casa.* É meio difícil puxar este assunto.

— Como você soube? — murmurei.

— Eu estava caminhando uma noite. Eu não os interrompi. Se eu achasse que ele estava dormindo com você também, eu teria dito alguma coisa, Lily. Juro que sim. Eu teria dado uma surra nele se soubesse, por sua causa.

— Mas não por causa de Budgie.

Ele sacudiu os ombros.

— Duvido que ele a tenha procurado. Ela deve tê-lo seduzido de propósito.

— E como você sabia que eu *não estava* dormindo com Graham? — perguntei, após uma pausa.

— Você sabe quando duas pessoas estão dormindo juntas, Lily, se estiver prestando atenção.

Esvaziei a taça de vinho. Nick tornou a enchê-la. Os restos verdes da sopa de aspargos no fundo do prato não eram nada atraentes.

— Então eu servia como aquecimento — eu disse. — Alguns beijos para acelerar o sangue. Não é de espantar que ele conseguisse ter tanto autocontrole. Ele tinha um corpo esperando por ele a poucos metros de distância.

— Sinto muito, Lily.

— Não sente, não. Você estava satisfeito por ele estar ocupado na cama dela, e não na minha. — Olhei para ele. — Você não podia tê-la mantido sob controle? Não podia ter dito a ela para fechar as pernas?

— Como, exatamente? Mantendo-a ocupada na minha cama?

— Não! — exclamei. E então, mais calmamente: — Não, imaginar vocês dois juntos era uma tortura para mim. Eu via o modo como ela se agarrava em você quando dançavam. O batom dela no seu rosto. Vocês pareciam ser amantes apaixonados.

— Budgie é uma atriz brilhante. Esse é um dos seus talentos mais úteis.

— Mas você também não representou mal — eu disse com amargura.

— Não é verdade. Você não prestou atenção direito. Kiki percebeu sem nenhuma dificuldade.

— Sim, Kiki. — Larguei a colher sobre a mesa e terminei o vinho. — Vamos dançar.

Ele se levantou, pegou minha mão e dançamos devagar perto da orquestra. Outro casal se juntou a nós, encorajado pelo nosso exemplo. A mão de Nick envolvia a minha, seca e quente; a outra estava pousada na minha cintura. Ele estava dançando bem junto, mas não junto demais; ainda havia uma fina camada de ar circulando entre nós. Eu amava o cheiro dele, gim e vinho, cigarros e chuva. Ele me envolvia e me deixava imersa em Nick, naquela sensação de amar e ser amada.

Inclinei a cabeça para trás para me lembrar do rosto de Nick, e vi que ele também estava olhando para mim.

— Não diga nada — eu disse.

— Não vou dizer. Não posso dizer, posso? Sou um homem casado.

Quando voltamos para nossa mesa, o filé estava esperando. Comemos depressa, esvaziamos a garrafa de vinho, abrimos outra. Nick acendeu um cigarro para mim e outro para ele. Perguntei-lhe sobre Paris, e ele me contou o quanto a cidade era linda, que ele costumava ir andando para o escritório e pensar em que sótão nós teríamos morado juntos, de que água-furtada teríamos olhado pela janela todas as manhãs. Ele sorriu para mim ao dizer isto, com aquela expressão carinhosa que eu tanto amava, porque era como se ele a reservasse só para mim. O vinho flutuava agradavelmente entre meus ouvidos, o rosto de Nick flutuava agradavelmente diante dos meus olhos.

Quando o garçom chegou para nos oferecer uma sobremesa, sacudi a cabeça.

— Vamos embora, Nick.

— Você não comeu o seu bolo de chocolate.

— Não estou com fome. Leve-me para outro lugar.

— Para onde?

— Para qualquer lugar.

Nick se virou para o garçom e pagou a conta. Do lado de fora, a chuva tinha voltado com vigor, despencando do céu escuro e inundando as ruas. Nick levantou a gola e abriu o guarda-chuva.

— Fique aqui debaixo do toldo — ele disse. — Vou pegar um táxi para nós.

Ele levou quase quinze minutos, mas acabou conseguindo um táxi que estava deixando um bando de passageiros bêbados num clube de jazz ali perto. Ele me ajudou a entrar, segurando o guarda-chuva sobre a minha cabeça, e sentou-se do meu lado.

— Para onde? — o motorista perguntou, olhando pelo espelho.

Nick olhou para mim.

— Para onde? Para o seu apartamento?

— Meu Deus, não. Não posso ficar lá enquanto ele não for desinfetado.

Nick disse para o motorista:

— Gramercy Park, por favor.

Eu estava embriagada de vinho, embriagada de Nick. Aninhei-me no banco e me maravilhei com a proximidade dele, com sua infinita capacidade de me proteger. Olhei para ele com o canto dos olhos, e pensei que aquele era o mesmo corpo que tinha feito amor comigo sete anos atrás, que tinha feito amor com inúmeras mulheres desde então, e que agora estava ali de novo.

Os prédios passavam num borrão indistinto. Era como se o táxi estivesse navegando sobre um rio muito rápido.

— Como elas eram? — perguntei. — As mulheres de Paris.

— Por que você pergunta?

— Preciso saber. Você me conhece.

O táxi dobrou uma esquina. Nick olhou pela janela para a chuva torrencial.

— Não me lembro da maioria delas. Normalmente eu estava meio bêbado. Não fazia diferença.

— Elas eram bonitas?

— Algumas sim, eu acho.

Juntei as mãos sobre o colo. Mesmo bêbada, aquelas palavras foram como um soco no meu estômago.

— Eu estava tentando provar alguma coisa, Lily. Eu estava tentando provar que você não tinha significado nada, que o que eu tinha sentido aquela noite, que o que tinha acontecido entre nós naquela noite não tinha significado nada. Que eu só precisava encontrar uma mulher, qualquer mulher, e ir para a cama com ela e pronto. Que você não tinha nada de especial. E toda vez eu via que estava errado. Toda vez, em vez de provar que eu não tinha amado você de verdade, eu provava o contrário. Eu me sentia mais vazio do que antes. Culpado também por me comportar como um canalha, usando-as daquele jeito. Por estar sendo desonesto. – Ele se virou para mim. – Então desisti.

– Até Budgie aparecer.

– Ela foi o pior de tudo. O pior de todos os erros.

O táxi entrou em Gramercy Park.

– Como foi que aconteceu?

– Não, Lily.

– Eu preciso saber. Você a procurou?

O táxi parou na esquina, diante da fachada conhecida do prédio onde o pai de Nick tinha um apartamento. Ele enfiou a mão no bolso para pegar o dinheiro.

– Não, eu não a procurei. Eu já disse que tinha desistido naquela altura.

– Então o que aconteceu?

– Ela me abordou no Ritz, durante uma festa de despedida promovida pelo escritório de Paris. Deixou-me furioso com uma de suas observações típicas, você sabe como ela é.

– Sobre o quê?

– Sobre você, é claro. Que outra coisa poderia me afetar? Então, quando eu estava suficientemente furioso, ela me disse que estava a fim, e nós subimos. Fiquei dez minutos e saí. Nem tirei a roupa. Paguei pelo quarto quando saí. – Ele me ajudou a saltar do táxi e fechou a porta com força.

Ele tinha razão. Eu não devia ter perguntado. Podia ver os detalhes agora: o quarto elegante com seus espelhos e banheiro privativo, a colcha de veludo, Budgie deitada languidamente no meio dos travesseiros perfumados com os lábios vermelhos, o corpo depilado, os seios parecendo damascos frescos. Eu tinha imaginado tudo isso antes, é claro, e mais, porém desta vez eu sabia que era real, que tinha acontecido. A transa de dez minutos, rápida e violenta. Nick se levantando e abotoando a calça, ainda ofegante, as feições distorcidas de desejo, o cabelo despenteado. Nick parando na recepção para pagar pelo quarto dela com notas novas tiradas da carteira. Na minha mente embriagada, eu não conseguia manter nenhuma imagem por muito tempo, mas um instante era o bastante.

Passamos pelo porteiro, calado, e Nick o cumprimentou com um movimento de cabeça. Subimos no elevador até o andar de Nick. Ele tirou a chave do bolso e abriu a porta para mim. Entrei no apartamento escuro, quente e um tanto abafado, embora não tão quente e abafado quanto do lado de fora. Nick fechou a porta e tirou o chapéu, e, em vez de acender a luz, estendeu os braços para mim. Seus dedos sentiram as lágrimas em meu rosto.

— O que houve, Lilybird? — Ele tirou o lenço do bolso e enxugou meu rosto.

— É tarde demais, não é? Sempre foi tarde demais.

Nick se encostou na porta, enquanto as sombras da sala de estar tomavam forma atrás dele.

— Quero que você saiba de uma coisa, Lily. De uma coisa muito importante. Toda vez que eu beijava uma mulher, que tocava numa mulher, eu sabia que estava cometendo um erro. Eu sabia que estava sendo um adúltero. No dia do meu casamento, seis meses atrás, eu me lembrei que a tinha chamado uma vez de minha esposa, e me senti um bígamo. Sempre fui seu, quer quisesses ou não.

Não consegui dizer nada. Só pude ficar ali parada, olhando para o chão.

— Perdoe-me — ele disse. — Sei que é muito para perdoar, mas estou pedindo assim mesmo. Fui infiel de todas as maneiras possíveis, sei disso, mas não posso viver nem mais um instante sem pedir seu perdão. Não quero que você me absolva, apenas que me perdoe. Porque vou passar o resto da vida me arrependendo do que fiz em Paris.

Levantei a cabeça. As luzes ainda estavam apagadas, e o rosto dele cheio de sombras, o que era bom. Tomada pelo ciúme, eu queria saber de tudo. Eu queria uma lista de nomes e idades e cores de cabelo, de atos e posições. Eu queria saber onde ele as tinha encontrado, como as tinha levado para a cama, se tinha tido amantes ou se tinha dormido cada vez com uma mulher diferente. Eu queria saber quantas, quantas vezes, se ele tinha feito amor devagar ou depressa. Eu queria saber se ele passava a noite com elas. Eu queria cada detalhe gravado no meu cérebro para me aliviar de tantos anos de dúvidas.

— Eu não sei se consigo — eu disse.

Nick estendeu o braço, tirou meu chapéu e colocou-o na mesa do hall, ao lado do dele, debaixo do abajur apagado.

— Vou consertar isso, Lily — ele disse. — Prometo que vou consertar.

Ficamos ali parados no saguão escuro do apartamento de Nick até meus pés começarem a doer e eu me afastar, com passos trôpegos, a cabeça embotada de vinho e choque. Nick segurou meu braço.

— Venha se secar.

Entramos na sala e Nick acendeu um abajur. Levei um susto. O lugar tinha mudado: a mobília era mais ou menos a mesma, e os quadros nas paredes, mas estava tudo desarrumado agora, mostrando que alguém morava ali. Os livros de Nick estavam empilhados sobre as mesas e o chão. Num canto, havia uma escrivaninha e uma cadeira, de que eu não me lembrava, cheia de papéis, canetas e uma régua de cálculo. Encostada numa parede havia uma quantidade de rolos de papel: plantas, provavelmente. Havia maquetes sobre todas as superfícies, feitas de madeira muito fina colada com precisão e cuidado.

— São suas? — perguntei, segurando uma.

— São um hobby. Mantiveram-me ocupado à noite durante este verão.

— São incríveis. Budgie já viu?

– Não, ela nunca esteve aqui. Ela gosta do apartamento do centro. Escute aqui. Você está molhada, cansada e bêbada. Quero que você vá até o banheiro, tome um banho e ponha suas roupas para secar. Vou levar um roupão para você vestir.

– Mas...

Ele encostou o dedo nos lábios.

– Quieta. Nada de discussão.

Eu *estava* mesmo molhada, cansada e bêbada. Fui obedientemente para o banheiro e enchi a banheira, onde tomei um banho com o sabonete de Nick, e fiquei deitada, olhando para o teto de Nick. Eu podia ouvi-lo no quarto ao lado, na cozinha, abrindo torneiras e armários. A água quente misturada com o vinho provocou um delicioso torpor nos meus membros, afastando as agulhadas de ciúme que pinicavam minha pele.

Ele me ama. Ele sempre me amou.

Ele partiu. Ele dormiu com outras mulheres. Ele dormiu com Budgie, ele se casou com Budgie.

Isso não quer dizer nada. Não foi nada. Ele as estava usando e pensando em mim. Ele ama apenas a mim. Ele passou dez minutos com Budgie e foi embora.

Então por que ele se casou com ela?

É mesmo, por quê?

E fazia diferença? Ele nem tinha mais dormido com ela, pelo menos era o que dizia. Não era o pai do filho dela. Não tinha nenhum elo com ela, exceto um pedaço de papel, um pedaço de papel que o fez sentir-se um bígamo.

Meus pensamentos giravam no meio de velhas imagens de Nick na cama com outras mulheres e de novas imagens de Nick na cama comigo, me amando, murmurando meu nome, murmurando *Lilybird, Lilybird*.

Levantei-me e me sequei com a toalha branca de Nick. Houve uma batida na porta.

— Entre — eu disse.

Nick enfiou o braço pela porta. Um roupão listrado estava pendurado em sua mão, grande demais.

— Eu sei que é muito grande, mas você pode enrolar as mangas.

Peguei o roupão, vesti e enrolei as mangas. As pontas se arrastavam no chão de ladrilhos brancos. Enrolei uma toalha na cabeça molhada e saí, limpa, sonolenta e tonta. Fui direto até Nick e o abracei pelo pescoço.

— Eu amo o seu banheiro — eu disse. — Eu amo o seu apartamento. Eu amo você.

Nick pôs as mãos nos meus braços.

— Lily, você está bêbada.

— Você também. Nós bebemos juntos.

— Nós bebemos a mesma quantidade, mas eu sou o dobro de você.

— Beije-me, Nick.

Ele beijou minha testa e segurou meus braços. Tirou-os delicadamente do seu pescoço.

— Quero que você beba água, tome uma aspirina e vá para a cama.

— Você vai comigo?

Ele estudou meu rosto.

— Você quer que eu vá?

— Mais que tudo no mundo. — Fiquei na ponta dos pés, mas meu beijo pousou no seu queixo.

Ele levantou minhas mãos e beijou uma de cada vez.

— Lilybird, vou dormir no sofá esta noite.

Desci da ponta dos pés.

— O quê?

— Você sabe que é melhor.

— Não sei, não.

— Beba a sua água — ele disse. — Tome uma aspirina. Vá dormir.

— Não.

— Sim. — Ele foi firme. Afastou-me e me trouxe um copo d'água. Bebi, trôpega. Ele tornou a encher o copo. Tornei a beber, engolindo duas aspirinas.

— Está vendo? Fui uma boa menina.

— Você foi uma menina muito boa. — Ele me levantou e me carregou pelo corredor. Encostei a cabeça no ombro dele. O ombro de Nick, os braços de Nick.

— Este é o mesmo quarto de antes? — perguntei.

— Sim.

— Você dorme aqui?

— Sim. Mas não esta noite. — O mundo balançou enquanto Nick puxou as cobertas e me pôs na cama. A cama cheirava a Nick.

— Igual a Budgie — murmurei. — Você toma conta de todo mundo, não é? Até da Kiki.

Ele tirou a toalha da minha cabeça e beijou minha testa.

— Vou dar um jeito nisso, minha querida, eu prometo. Vou consertar esta bagunça e acertar tudo.

Fechei os olhos e tentei imaginar Budgie deixando Nick livre, libertando-o de qualquer algema que tenha colocado nele, permitindo que ele se divorciasse dela e se casasse comigo. Não consegui. Nick, forte, sério e honrado não era páreo para Budgie.

— Eu também sinto muito, Nick. A culpa também é minha. Nunca lutei por você, não é?

— Você não deveria ter precisado lutar. Eu nunca deveria ter duvidado de você. Agora vá dormir. — Ele tornou a beijar minha testa, alisou meu cabelo e se levantou para sair.

— Nick?

— Sim, Lily?

— Preciso contar uma coisa para você. Não quero esconder isto. Naquela última noite, na festa do Dia do Trabalho. Eu deixei Graham... no carro...

— *Shh*. Eu sei.

— Você sabia?

Ele ficou ali parado ao lado da cama, olhando-me com infinito carinho.

— Fui procurar você. Todo mundo estava comentando a novidade que Budgie tinha anunciado e eu queria que você soubesse a verdade. Disseram que você tinha ido embora da festa. Vi o carro de Pendleton em frente à sua casa, e as luzes estavam apagadas lá dentro. Então dei meia-volta e fui para casa fazer as malas.

Eu me virei de lado, olhando para ele. Minhas pálpebras estavam pesadas.

— Você ficou zangado?

— Zangado com *você*, Lilybird? Não. — Ele foi até a porta e apagou a luz. — Achei que merecia aquilo. Agora, durma.

~

ACORDEI, PERFEITAMENTE SÓBRIA, algumas horas depois. Fiquei deitada sob os lençóis, molhada de suor, e olhei para o teto cheio de sombras. Pensei: *Isto aqui não é Seaview. Onde estou?*

Virei a cabeça na direção da janela e vi uma silhueta de homem na luminosidade fraca. Uma figura grande, fumando um cigarro, a luz caindo em seus ombros nus.

— Nick? — murmurei.

— Volte a dormir, Lily — ele disse, sem se virar.

Levantei-me da cama. O roupão de Nick escorregou dos meus ombros. Eu o puxei de volta e amarrei o cordão. O quarto estava escuro; guiei-me pela claridade que vinha da janela, pelo corpo de Nick que parecia um farol diante dela. A chuva batia em ondas contra a vidraça.

Pus a mão nas costas dele. Sua pele era lisa e macia.

— Você devia estar dormindo.

— Não consegui dormir.

— Então você devia ter me acordado.

— Também não podia fazer isso. — Ele olhou para a janela e vi que estava observando nosso reflexo no vidro.

— Por que não, Nick?

Ele não respondeu, nem se mexeu.

Deixei minha mão cair do lado do corpo.

— Nick, o que é? Você não pode simplesmente se divorciar dela? Você tem motivos de sobra, não tem?

— Não é assim tão simples, Lily.

Fui para o lado dele e me encostei no parapeito, de costas para a janela. Tirei o cigarro dos seus dedos, dei uma tragada e o devolvi.

— Nick, por que você se casou com ela, se não a amava? Qual é o poder que ela tem sobre você?

Ele continuou olhando pela janela até terminar o cigarro. Apagou-o e estendeu a mão para o maço que estava sobre a cômoda.

— Ela me procurou um mês depois que voltei para Nova York. Disse que ia ter um bebê e que era meu.

Fiquei com os dedos brancos, agarrados no parapeito da janela.

— Ela estava dizendo a verdade?

— Eu disse a ela que era impossível, que eu tinha usado camisinha, como ela devia se lembrar.

Tentei não visualizar aquela cena.

— Entendo.

Ele estendeu a mão para o cinzeiro.

— Ela disse que eu estava enganado, que estava bêbado demais na hora para me lembrar. Eu disse que, se estivesse tão bêbado a ponto de me esquecer de usar uma camisinha, então estaria bêbado demais para consumar o ato.

Fui até onde estava o maço de cigarros de Nick e acendi um para mim com dedos frios e trêmulos.

— Mas presumivelmente ela o convenceu do contrário — eu disse, encostando-me na cômoda.

— Não. Eu sabia exatamente o que tinha acontecido naquela noite. — Nick se virou, apoiando-se no parapeito da janela, e me olhou nos olhos. — Eu também sabia que ela estava passando dificuldades desde o suicídio do pai, naquele último inverno na faculdade. Eu sabia, como todo mundo, que havia anos que ela estava tentando dar o golpe do baú, que tinha tentado seduzir todo bom partido de Nova York e alguns no estrangeiro, sem conseguir fisgar nenhum peixe. Suponho que ela estava tão desesperada que resolveu tentar o judeu. — Ele bateu as cinzas no cinzeiro.

— Nick...

— Então eu disse a ela que não ia cair naquela cilada, que se ela precisasse de algum dinheiro eu lhe daria, mas que ela podia procurar um otário em outro lugar. — Ele olhou pensativo para a parede em frente. — Foi então que as coisas ficaram interessantes.

— Ah, eu estou interessada.

— Ela desabou. Admitiu que não estava grávida. Disse que estava desesperada, que meu pai vinha dando dinheiro a ela durante todos aqueles anos, e que agora que ele tinha morrido ela não tinha mais como se sustentar.

— Seu *pai* estava dando dinheiro a ela?

— Foi o que ela disse. Eu perguntei por quê. Ela disse que era porque *ele* a tinha engravidado naquele último inverno, pouco antes de nós fugirmos. Ele a tinha seduzido e feito promessas a ela; eles tinham tido um caso durante as férias. Ela disse que foi por isso que Graham não quis se casar com ela, que tinha sido arruinada, que tinha ameaçado contar tudo e que então meu pai concordara em pagar por um aborto e dar uma mesada a ela.

— Meu Deus — eu disse. Apertei as têmporas com os dedos, tentando me lembrar dos acontecimentos daquele inverno, tentando lembrar o que Budgie estava fazendo. Ela estivera na festa de Réveillon, é claro, irresistível no seu vestido de lamê prateado. Ela não tinha brigado com Graham naquela noite? Eu os tinha visto juntos depois disso? E então a firma do pai dela tinha falido, e ele tinha dado um tiro na cabeça no escritório, e eu tinha passado anos sem ver Budgie, até maio passado.

Mas ter um caso com o *pai* de Nick?

— Não é possível — eu disse. — Ela não faria isso. Ela nem o conhecia, não é?

— Era o que eu pensava. Mas lá estava ela, chorando no meu escritório, dizendo que eu era sua última esperança, que todo mundo a tinha abandonado, que ela não tinha mais nada. — Ele cruzou os braços no peito. — Eu também estava bastante deprimido, com meu pai morto, sabendo que eu tinha desperdiçado cinco anos farreando em Paris numa infelicidade egoísta, bebendo e deixando mulheres infelizes, enquanto pessoas estavam passando fome e perdendo suas casas. Então eu disse a ela que ia me inteirar de tudo.

— E ela estava dizendo a verdade?

Nick ficou ali parado, belo como uma estátua, com o peito nu e uma expressão feroz no rosto.

— Desconfiei que fosse possível. Eu tinha sabido algumas coisas a respeito do meu pai. Sabe, é engraçado como as ilusões da infância vão sendo destruídas, uma a uma. Eu tinha sabido, por exemplo, que ele mantinha este apartamento não para negócio, mas para suas amantes.

Dei um pulo.

— O quê?

— Isso mesmo. Eu me senti um idiota quando soube. A champanhe no gelo. A elegância do lugar. A localização discreta, bem longe da nossa casa e dos nossos conhecidos, para mamãe não ficar envergonhada.

— E você me *trouxe* aqui. Nós íamos fazer...

— Bem, não fizemos, não foi?

— Não, não fizemos. — Peguei o cigarro. Meus dedos tremiam tanto que mal consegui levá-lo aos lábios.

— Então pesquisei os livros do meu pai, que estavam uma bagunça, porque a firma dele também estava tendo dificuldades na época. Mas aí achei as contas pessoais dele, e lá estava. Mil dólares de uma só vez, seguido de duzentos dólares por mês, começando em janeiro de 1932 e terminando com a morte dele um ano atrás. Fiquei atônito por ela ter cobrado tão pouco dele.

Fechei os olhos. A fumaça passou pelo meu nariz, forte e perfumada no ar abafado do quarto.

— Você pode abrir um pouquinho a janela? — pedi.

Nick se virou e abriu a janela.

— Não vai adiantar — ele disse, mas levantou a vidraça assim mesmo, e o som da chuva encheu o quarto, batendo com força na calçada lá embaixo. Ele tinha razão, não adiantou. O ar do lado de fora estava tão pesado e abafado quanto o do quarto de Nick, cheio de umidade.

— Então — eu disse. — Deixe-me terminar a história para você. Você teve pena dela. Viu uma chance de se redimir, por você e por seu pai.

— Suponho que sim. Suponho que tive medo do que ela poderia fazer se eu recusasse. Contar à minha mãe, ir aos jornais. Eu pensei...
— Ele ainda estava de frente para a janela, com as mãos na beirada. Fitei sua cabeça, seu corpo feito de sombras. Os músculos dos braços pareciam tremer, embora talvez fosse um truque de luz. — Você vai

me achar um tolo. Achei que talvez pudesse salvá-la. Que fazendo isso poderia salvar a mim mesmo.

Juntei-me a ele na janela, logo atrás do seu cotovelo, tão perto que podia sentir seu calor, a tensão que irradiava de sua pele.

— Tia Julie apareceu naquele dia de manhã, no dia em que o anúncio do noivado saiu no *Times*. Eu me lembro do modo como ela jogou o jornal na frente da minha xícara.

— O que foi que ela disse?

— Não me lembro. Algo sarcástico. Eu estava nervosa demais para ouvir.

— Se eu soubesse que você se importava, mesmo um pouco...

— Só falaram nisso durante o inverno. Os jornais, as pessoas. Onde iria ser o casamento. Quem seria convidado. O que ela iria usar. — Terminei o cigarro e esmaguei-o no cinzeiro. — Para onde você a levaria na lua de mel.

— Ah, sim — Nick disse. — A lua de mel.

— Bermudas, não foi?

— Três semanas. — Ele foi até a cômoda, acendeu outro cigarro e voltou para a janela com o resto do maço, deixando a fumaça subir em espiral dos seus dedos por baixo da vidraça, para dentro da noite. — Até então, eu tinha mantido distância dela, tinha observado as chamadas conveniências. Não era só o fato de não estar apaixonado por ela; eu não conseguia nem aceitar a ideia dela, mal conseguia beijá-la, e Budgie tinha menos interesse ainda em mim, a não ser quando precisava de dinheiro. Aí eram lágrimas e carinhos. Eu nem ligava. Eu devia ter simplesmente terminado o noivado, mandar todas as nobres intenções para o inferno, mas não consegui.

Um carro passou, e o ronco do motor me lembrou daquela outra noite, tanto tempo atrás, no mesmo apartamento, naquele outro carro parando na rua silenciosa embaixo da mesma janela, e meu coração deu um salto.

— Por que não? — perguntei, quando pareceu que ele ia ficar ali parado até de manhã, olhando para a chuva.

— Não sei, acho que no fundo, apesar de tudo, eu estava esperando chamar sua atenção, que se continuasse com aquela palhaçada, Lily Dane iria entrar pela porta da minha casa e se atirar nos meus braços e me dizer para não seguir adiante com aquilo. De uma coisa eu sei: no inverno passado, comecei a atravessar o parque na direção do seu apartamento umas dez vezes e desisti todas as vezes.

— Meu Deus, Nick. — Cobri os olhos com a mão, para me proteger da visão dele, das costas nuas de Nick.

— Então os meses se passaram, e por um motivo qualquer me vi ao lado de Budgie no altar aquele dia, pronunciando meus votos. Eu disse a mim mesmo que era a coisa certa a fazer, depois do que meu pai a tinha feito passar, depois do que o mundo a tinha feito passar. Eu disse a mim mesmo que poderia aprender a amá-la, que tinha que pelo menos tentar, tentar nos transformar em dois seres humanos decentes, pelo bem dela e pelo meu. Que, afinal de contas, ela era uma mulher famosa por sua beleza, e eu tinha sorte em tê-la na minha cama, só para mim. — Ele fez uma pausa, e o ruído do seu isqueiro rompeu o silêncio, acendendo outro cigarro. Ele continuou, calmamente: — Naquela primeira noite, na nossa noite de núpcias, ela estava cansada demais e bêbada demais, então eu a coloquei na cama e dormi no sofá do quarto do hotel. Na segunda noite, no navio, ela estava simplesmente bêbada demais. Na terceira tarde, antes que ela tomasse seu quarto martíni, eu a fiz se sentar e disse que não importava o que tinha acontecido no passado, que agora estávamos casados e que eu queria tentar um casamento de verdade. Eu queria filhos, uma família. Eu queria ver se conseguia fazê-la feliz.

— Ela me contou tudo sobre isso, pode ter certeza.

— Ela contou o que disse para mim?

Tirei a mão dos olhos.

– Não.

Ele levantou o cigarro.

– Ela disse – ele virou a cabeça para soprar a fumaça, depois falou com precisão –, ela disse que não queria ter meus bebês judeus.

As palavras encheram o ar, duras e terríveis.

– Nick! Ela não fez isso!

– Ela disse que eu era louco em pensar que tinha se casado comigo para isso. Ela disse que não me amava, que jamais poderia me amar, que não era capaz de amar. Ela me disse algumas outras coisas, que a deixariam horrorizada, e que vou levar comigo para o túmulo.

Pus a mão no braço dele e esperei que continuasse. Meus olhos estavam embaçados de lágrimas.

– Achei a princípio que ela estava bêbada ou que estava apenas me agredindo, que não estava sendo sincera. Eu me virei e saí. Durante dois dias, não nos falamos. Eu estava esperando que ela se arrependesse do que tinha feito. Quando chegamos nas Bermudas, fiquei em outro quarto. Finalmente, ela bateu na porta do meu, sentou-se na cama e disse que estava na hora de discutir condições.

– Que tipo de condições? – Minha garganta estava seca. Eu precisava de outro cigarro, mas não queria tirar a mão do braço dele, não queria romper o contato entre nós.

– Como tinha dito antes, ela não queria ter filhos comigo. Isso era o principal. Ela disse que não era nada pessoal, que ela me achava atraente, mas que tinha sido criada acreditando em linhagem pura, e que eu era um mestiço. Ela usou esta palavra. Ela disse que, se eu quisesse filhos, ela ficaria feliz em escolher um candidato mutuamente aceitável para engravidá-la, ou vice-versa, se eu insistisse em ter um filho com meu próprio sangue.

– Meu Deus.

– Ela disse que estava surpresa com minhas ideias burguesas de casamento, que não via nenhum motivo para se dar tanta importância a amor e fidelidade. Ela disse que estava mais do que disposta a ir para a cama comigo, desde que eu tomasse providências para evitar filhos e não esperasse que ela fosse fiel. Se eu quisesse buscar outras pessoas, por minha vez, ela não se incomodava com isto, desde que eu fosse discreto. Ela disse que ia cumprir seu papel de esposa, organizar a casa e assim por diante, desde que eu fosse um provedor pródigo, que lhe desse roupas e joias e tudo o mais. Ela disse que daria festas junto comigo, e demonstraria ser uma esposa amorosa, e flertaria com os clientes quando fosse necessário. Depois ela serviu um drinque, cruzou as pernas e perguntou o que eu achava.

— O que foi que você disse?

— Eu disse a ela que queria o divórcio.

Minhas pernas ficaram bambas. Eu tinha imaginado muitas coisas, mas não isto. Que Budgie seria capaz de dizer essas coisas para o Nick, para o *meu* Nick, para o meu lindo Nick, de ombros tão retos, olhos tão sérios e carinhosos. Pensei na paciência que ele tinha com Kiki, nas horas que passara com ela explicando as plantas, ensinando-a a velejar, e chorei. Eu me ajoelhei no chão, com as costas apoiadas na parede, uma das mãos nos olhos e a outra em volta da perna de Nick, coberta por uma calça de pijama de algodão.

Ele pôs a mão delicadamente sobre a minha cabeça, acariciando meu cabelo.

— Está tudo bem, Lily. Não chore.

— Mas ela não devolveu sua liberdade, não foi? Ela não faria isso.

— Não, ela não fez isso.

— O que foi que ela disse?

— Lilybird — ele disse —, isso não importa. Ela me convenceu, só isso. No fim, eu disse que aceitaria os termos dela por enquanto. Bancaria o marido feliz, iria para Seaview com ela. Pensei que pelo menos poderia ver *você*. Pelo menos poderia conhecer a Kiki.

— Você queria conhecê-la?

— Muito mais do que você poderia imaginar.

— Ela gosta tanto de você, Nick. Eu sabia que todo mundo iria desaprovar, mas, quando vi vocês dois juntos, percebi que não podia me meter. Ela precisava tanto de um homem a quem admirar. Toda menina precisa. — Passei a mão pela perna dele, para cima e para baixo, sentindo os músculos, os ossos. Eu não podia abraçar Nick... Nick, que era casado com Budgie... mas podia abraçar a perna dele. — Eu pensei: já que não posso tê-lo, pelo menos a Kiki pode.

— Você não sabe o que isso significou para mim. Ela foi a única coisa boa deste verão. — Nick falou baixinho, virado para a vidraça da janela. Ele ainda acariciava meu cabelo, sua mão delicada como um beija-flor.

Meus olhos estavam acostumados com o escuro. Fitei as sombras dos móveis ao redor, a cômoda, a cama e a poltrona no canto. Eles pareciam diferentes do que eu me lembrava, com as linhas mais suaves, mas eu não podia ter certeza. Um relógio marcou as horas na mesinha de cabeceira, quase inaudível por causa do barulho da chuva. Tentei enxergar o rosto dele, mas estava muito distante. Estávamos suspensos no tempo, no meio da noite, fora da marcha das horas e minutos.

— Você *pode* consertar isso? — perguntei. — Ela vai concordar com o divórcio?

— Essa não é a questão. A questão é se estou disposto a pagar o preço da liberdade. Não, a questão também não é esta. Eu posso suportar qualquer coisa. A questão é o preço que outros terão que pagar.

— Não entendo. O que foi que ela contou para você? O que ela tem de tão ameaçador? É o seu pai?

— Lily, meu bem, o segredo não é meu, então não posso contar.

— Você pode contar para mim. Você pode me contar qualquer coisa. — Levantei-me e fiquei do lado dele. — Não me importa o preço. É algum escândalo? Posso suportar qualquer coisa. Está ouvindo? Se ela não quiser dar o divórcio, podemos viver sem ele. Se ela quiser o seu dinheiro, pode ficar com ele. Eu não me importo. Nada mais importa. Eu só quero *você*.

— Lily...

Segurei as mãos dele e apertei-as contra o peito.

— Vamos fugir para Paris, como tínhamos planejado tantos anos atrás. Vamos para Paris, com ou sem divórcio. Levamos a Kiki conosco. Você se lembra dos nossos planos? Eu me lembro, de todos eles. Eu vou ficar ao seu lado, trabalhar ao seu lado. *Eu vou* ter filhos com você. Vou ter orgulho disso, Nick.

— Lily. — Ele sacudiu a cabeça e retirou as mãos. — Sei que você faria isso. Mas não vai funcionar. Ou fazemos tudo direito ou não fazemos. Nós não vamos fugir cobertos de vergonha, você e eu. — Ele pôs a mão no coração dele e depois no meu. — Sagrado, lembra? Nós fazemos o que é digno. Nós não fugimos. Nós não nos escondemos. Nós nos erguemos diante do mundo, Lily. É isso — ele tirou a mão do meu peito e segurou as pontas dos meus dedos — *que* quero dizer quando falo que vou consertar as coisas.

— Então me diga, Nick — falei baixinho. — Por que você estava olhando pela janela ao lado da minha cama daquele jeito? Se você tem tanta certeza de que pode consertar as coisas.

— Porque amanhã de manhã bem cedo, Lily, vou voltar para Seaview e dizer a Budgie que a brincadeira terminou. Amanhã vou saber qual é o preço dela.

— O preço para quê?

— Para ter você de volta.

Seu rosto estava áspero de barba. Passei os dedos por ele, para tranquilizá-lo de alguma forma, mas ele se afastou.

— Não toque em mim, Lily. Deus sabe que, se você tocar em mim desse jeito, vou fazer amor com você e vou torná-la uma adúltera.

Fiquei parada diante de Nick, meu corpo escorregando do seu roupão grande demais, meu coração explodindo no peito.

— Mas você disse que se sentia um bígamo casando com ela. Um *bígamo*.

Ele diz baixinho, sem olhar para mim:

— Eu me *sentia* assim, Lily. Isso não quer dizer que eu era um. Não me casei com você, que Deus me perdoe. Eu me casei com Budgie, eu disse meus votos para *ela. Sou* marido dela.

— Mas ela foi infiel a você. Ela está esperando o filho de outro homem. Ela o enganou de todas as maneiras.

— Isso não torna *isto* certo.

Baixei a cabeça.

— Seu pai não teria ligado — eu disse, olhando para o chão.

— Eu não sou meu pai. Essa é a questão, não é? Fazer as coisas certas desta vez.

Eu não disse nada.

— A culpa é minha — Nick disse. — Fiz você sofrer, e a culpa é minha. Volte para a cama, Lily.

— Como posso ir para a cama sem você?

— Porque você tem que ir.

Nós nos olhamos, sem nos tocar. A chuva ainda entrava pela janela, mais fraca agora, como se finalmente estivesse passando.

— Sabe, a ironia de tudo isto é que acho que ela o ama de verdade — eu disse. — Ela não pode evitar. Você foi tão bom para ela, apesar de tudo.

— Porque tive pena dela.

— Mesmo assim. Se você tivesse visto a cara dela quando você estava ali deitado na areia. Não acho que ela estava representando. O olhar dela.

Ele deu um sorriso.

— E o *seu* olhar?

— Deus sabe. Eu só estava tentando fazer você melhorar.

— Bem, você conseguiu. Você sempre conseguiu isso. Agora, vamos dormir. Não ouso ajudar você. Só o que posso fazer agora é olhar para você, com o meu roupão escorregando do seu corpo. – Ele pegou o cinzeiro, cheio de pontas de cigarro. – Vou deixar a janela aberta para você. Para a fumaça sair.

– A chuva está melhorando, eu acho.

– Também acho. Boa-noite, Lily. – Ele se dirigiu para a porta.

Fui para a cama, perplexa, quase em transe. Levantei as cobertas e me deitei.

– Nick?

– Sim, amor?

– Você pode me contar o que é que Budgie sabe?

Nick parou na porta, com uma das mãos no batente e a outra segurando o cinzeiro. A luz da sala estava acesa, acariciando seus ombros nus. – Acredite em mim, Lily – ele disse. – Você não quer saber.

NICK VEIO ME VER antes de partir na manhã seguinte. Ele se sentou na beira da cama, a uma certa distância, e acordei imediatamente.

– O que foi? – perguntei, me sentando na cama. Ele tinha tomado banho e se vestido, estava com o cabelo molhado e penteado, o rosto cor-de-rosa da gilete. Ele cheirava a sabonete e café e cigarro. A luz do dia entrava pela janela, cheia de promessas, iluminando os reflexos verdes dos olhos dele.

– Eu queria me despedir. Aqui está a chave do apartamento. – Ele a colocou na mesinha de cabeceira. – Suas roupas estão secas; pendurei-as no armário. Se precisar de alguma coisa, pode usar à vontade. Fiz café. Telefono mais tarde para saber como você está indo.

– Eu não devia ir também? Quero ajudar. Deixe-me ajudar, deixe-me fazer alguma coisa.

– Lily, é meu casamento. É meu erro que eu tenho que consertar. Isto é entre Budgie e mim.

— Mas ela é minha amiga. Eu devia estar presente.

— Meu Deus, não! Quero que você esteja numa distância segura. Por favor, fique longe. Prometa-me, Lily.

O rosto dele estava tão sério e preocupado que me fez sentir uma vibração má.

— Você acha que ela pode ficar violenta? – perguntei.

— Só Deus sabe o que ela vai fazer. Ela nunca age de forma normal. Você sabe disso melhor do que eu.

Pus a mão no peito.

— E Kiki?

— Vou cuidar para que ela fique segura. Não se preocupe com isso. – Ele ficou ali sentado, com as mãos nos joelhos, olhando-me com desespero nos olhos.

— Quando vou tornar a ver você?

— Em breve. – Ele hesitou, inclinou-se para a frente e beijou minha testa.

— Nick. – Meus olhos estavam fechados.

Nossas testas se tocaram. Nick beijou meus lábios, bem de leve, e manteve a boca grudada na minha, sem movê-la.

Aspirei o hálito dele.

— Lilybird. – Ele suspirou, levantou-se e saiu do quarto.

19

LAGO GEORGE, NOVA YORK

Janeiro de 1932

O barulho começa no meu sonho. Estou num estádio de futebol, e os espectadores do time adversário estão batendo com os pés no chão num ritmo violento, e não quero me mexer, não quero me envolver na disputa. Quero ficar fora da briga.

Então sinto o movimento brusco de Nick saltando da cama, e o estádio se transforma num quarto de hotel, e o barulho vem da porta.

— O que é? — pergunto assustada, me sentando na cama.

O quarto está mais claro agora. Raios de sol branqueados pela neve entram pelas cortinas. Nick está enfiando a calça, vestindo a camiseta.

— Não sei, mas não são boas notícias, pode ter certeza. Fique aí.

Depois do calor do corpo de Nick, o ar na minha pele nua está frio. Cubro-me até o queixo e vejo Nick ir até a porta e olhar pelo olho mágico.

— Alguém do hotel — ele resmunga. Abre uma frestinha da porta. — Sim? O que é?

Eu me esforço para ouvir a conversa, mas Nick fala em voz baixa, e a pessoa do outro lado — um homem, é só o que consigo distinguir — é ininteligível. No chão está o fantasma da camisa formal de Nick; meu vestido está pendurado no banheiro. Estou exposta, impotente, com todos os músculos do corpo ainda doloridos do massacre do amor de Nick.

A conversa continua na porta. Bato com o punho no lençol, observando o corpo formidável de Nick, camiseta branca e calça preta fechada na cintura. Finalmente ele se vira, abre o armário e procura alguma coisa no paletó. Enfia uma nota pela fresta da porta; Nick fecha a porta com as costas.

– O que foi? – pergunto. – Eles descobriram que não somos casados? Ou foi o vinho?

Nick vai até o telefone e coloca-o de volta no gancho.

– Era o garçom de ontem à noite. Ele está tentando falar conosco. Sua tia está aqui. Ela está perguntando por você na recepção. Exigindo vê-la, pelo que disse o cara.

– Tia Julie? Mas... como?

– Deve ter tomado o trem ontem à noite, provavelmente. – Nick se senta na cama ao meu lado. Seus olhos são meigos, mas o rosto está sério. – Julie van der Wahl, não é?

– Sim. Irmã da minha mãe. Elas não são nada parecidas.

– Você acha que ela está do nosso lado?

Doendo ou não, meu corpo reage à proximidade de Nick com uma onda de desejo primitivo. Sinto uma enorme vontade de tocar nele, de abraçá-lo.

– Acho que não – digo, mexendo nos lençóis.

– Bem, azar o dela. Chegou tarde demais. Não vou desistir de você. – Nick me abraça. – Eu já não ia desistir antes, imagine agora.

– Então vamos fugir de novo?

– Não, vamos nos vestir, descer e resolver isto.

A voz dele soa forte e determinada. Desta vez, sei que não tenho escolha.

– Nick, tia Julie não é como os meus pais. Ela é menos convencional; sei que você já ouviu falar dela. Talvez tenhamos uma chance, se agirmos com esperteza.

Nick se levanta e pega a camisa do chão.

— Acho que já passamos dessa fase, não concorda? Somos adultos. Se quisermos nos casar, ela não pode nos impedir. Ninguém pode nos impedir. Eu adoraria me casar com você com a aprovação da sua família, Lily, mas com ou sem ela, vou me casar com você. — Ele abotoa a camisa e estende a mão. — Se você me aceitar, é claro.

Seguro a mão dele e me levanto da cama, enrubescendo de vergonha com minha nudez.

— Eu quero me casar com você.

Nick me aperta contra o peito.

— Como você está se sentindo, Lily? Você está bem?

Dolorida, tensa, exausta, confusa com a lembrança do que fizemos e dissemos na escuridão da noite.

— Estou ótima, Nick. Maravilhosa.

Ele beija meu cabelo.

— Eu também.

Sinto-me ainda mais sem jeito um quarto de hora depois, no meio do saguão do hotel, sob o olhar de tia Julie, impecavelmente vestida. Ela percebe tudo com um único olhar: meu vestido de paetês, a camisa amassada de Nick e seu rosto sem barbear, o diamante cintilando no meu dedo.

— Bem, bem — ela diz, tirando a estola de pele do pescoço. — Esta é uma situação adorável. Obrigada, Sr. Greenwald, por cuidar tão bem da minha sobrinha.

A mão de Nick aperta a minha.

Eu digo:

— Nick foi um anjo, tia Julie, e, além disso, a culpa foi minha. Fui eu que tive a ideia.

— Ah, tenho certeza disso. Duvido que o Sr. Greenwald faça ideia do compromisso que está assumindo com a minha doce sobrinha.

— O compromisso já foi assumido — diz Nick. — Lily é minha mulher, e eu não poderia estar mais feliz.

Tia Julie ergue as sobrancelhas com um interesse moderado.

— É mesmo? Suponho que seja possível, embora duvide, considerando o tempo tão curto. É claro que você a levou para a cama, isso é óbvio, mas não é o mesmo que casamento. — Ela tira a luva esquerda, dedo por dedo, e olha nos olhos de Nick. — É?

— No que me diz respeito, sim. — A tensão do corpo de Nick passa para mim através de nossas mãos unidas. Ele está vibrando debaixo daquela calma aparente.

Tia Julie continua a tirar as luvas, despreocupadamente.

— É mesmo? E quantas esposas você já colecionou, desse jeito?

Nick dá um passo à frente e para.

— Como você tem coragem? — digo. — Nick se comportou honradamente desde o começo. Nós é que o tratamos muito mal, e não vou mais permitir isso.

— Bem, não importa. Você pode me chamar para um duelo, se quiser. Mas estou aqui por outro motivo.

A declaração dela, dada num tom brusco, tem o efeito de uma bomba. Armada e pronta para a batalha, eu perco o pé. Sou obrigada a rever as palavras dela em minha mente, e, quando respondo, minha voz é quase um guincho.

— Como assim? Que motivo?

Tia Julie olha para Nick, que continua segurando minha mão com a mesma firmeza de antes.

— Posso falar em particular com minha sobrinha, Sr. Greenwald?

— Qualquer coisa que tenha a dizer para a minha — ele hesita, mas só por um instante — para Lily, pode dizer para mim, Sra. Van der Wahl.

— Isto é um assunto de *família*, Sr. Greenwald. — Ela bate impacientemente com as luvas no pulso.

— Nick *é* a minha família, tia Julie. Ele é meu marido, ou quase isso. — É a primeira vez que uso a palavra, e ela tem um sabor exótico na minha língua, exótico e muito íntimo.

– Isso é a mesma coisa que dizer que está *quase* grávida, minha querida. Ou você está ou não está. – Outro olhar severo para Nick. – E então?

– Nós estaríamos casados se ontem não fosse feriado – digo. E vamos nos casar no momento em que o... o cartório daqui abrir. Foi isso que eu quis dizer. Só não estamos casados no papel, e Nick tem tanto direito quanto eu de saber o que você veio dizer.

– Sr. Greenwald?

– Pertenço a Lily, Sra. Van der Wahl. Se ela quiser que eu fique, eu fico. – Nick passa o braço pelas minhas costas.

Tia Julie suspira. Estamos debaixo de um lustre grande, de cristal, e a luz se reflete no rosto dela em manchas brancas. Um instante antes de ela falar, vejo-a com novos olhos, com olhos diferentes, e penso para mim mesma que ela não é bonita, realmente, apenas sabe parecer bonita.

– Muito bem – ela diz, soando quase entediada. – Ninguém é mais teimoso do que um jovem apaixonado. Nesse caso, não vou esperar mais. Seu pai teve um derrame, Lily, e você tem que voltar para casa imediatamente.

20

MANHATTAN

Quarta-feira, 21 de setembro de 1938

As chuvas de setembro tinham finalmente passado, e o ar da manhã estava parado e ensolarado do lado de fora da janela do quarto de Nick. Quando liguei o rádio na sala às oito horas, já vestida, com café e cigarro na mão, uma torrada na torradeira elétrica de Nick, o locutor informou que o tempo ia continuar ensolarado e agradável, com ventos fracos à tarde, um final pacífico para um verão escaldante, e que o furacão que era esperado na Flórida tinha se dissolvido no mar. Um bom presságio, pensei.

Comi a torrada e terminei o café e o cigarro. Verifiquei minha bolsa. Eu tinha alguns dólares, um lenço amassado, um maço de cigarros, um isqueiro, um batom, um pó compacto. Ajeitei o rosto e fui até a cômoda de Nick para pegar um lenço limpo.

Eu não estava bisbilhotando, não mesmo. O que um homem guarda em sua cômoda é problema dele. Simplesmente notei a presença de roupas de baixo brancas na gaveta da direita e a ausência de artigos femininos, e então passei para a gaveta da esquerda, onde encontrei os lenços de Nick e, por baixo deles, uma caixinha azul-escura.

Não teria prestado atenção, só que eu já tinha visto aquela caixinha antes.

Abri-a e lá dentro encontrei o anel de brilhantes que Nick tinha colocado no meu dedo nos primeiros minutos do ano de 1932.

Tirei-o da caixa. O brilhante familiar refletiu a luz do sol que entrava pela janela, piscando para mim como um velho amigo.

Não havia nenhum bilhete por perto, nenhuma nota sentimental de espécie alguma. Certamente não o bilhete que eu tinha mandado para ele junto com o anel quando o devolvi, algum tempo depois. Será que o anel estava guardado embaixo dos lenços porque era importante para ele ou porque era uma joia valiosa que ele não queria perder?

O telefone rompeu agressivamente o silêncio, fazendo-me dar um pulo. O anel caiu no chão. Por um momento, fiquei ali parada enquanto o telefone tocava, procurando desesperadamente o anel no tapete, dividida entre duas urgências.

Então me lembrei que a ligação podia ser de Nick.

Corri para a sala, onde o telefone ficava sobre a escrivaninha dele. Agarrei o aparelho e, um segundo antes de falar, lembrei-me de que podia não ser Nick. Que podia, de fato, ser a esposa dele.

O que eu iria dizer se fosse Budgie?

A voz soou do outro lado no meio de estalos e chiados.

— Alô, Lily? Você está ouvindo?

— Nick. — Eu me deixei cair numa cadeira. — Tive medo que fosse Budgie.

— Não, querida, sou eu. Estou num posto de gasolina em Westport. Só queria saber como você estava.

— Estou bem. Eu... estou com saudades suas. — disse, insegura. Era tão estranho, tão desorientador, estar de novo trocando palavras carinhosas com Nick.

— Também estou com saudades. Você está se sentindo bem? Conseguiu dormir mais um pouco?

— Sim. Dormi até as sete. Você deve estar exausto.

— Eu não ia mesmo conseguir dormir. Tinha tomado café. Fale comigo, Lily. Conte-me uma história. Preciso ouvir sua voz. — Ele parecia cansado, apreensivo.

— Não sei o que dizer. Sinto uma falta horrível de você. Estou preocupada com você, com Kiki. Gostaria que me dissesse o que vamos enfrentar.

— Meu bem, não se preocupe. Não se preocupe com nada. Vou dar um jeito. Estive pensando nisso a viagem inteira.

— Você não pode oferecer dinheiro a ela?

— Não é dinheiro que ela quer, Lily. Infelizmente.

— Então o que é que ela quer?

Ele suspirou do outro lado da linha.

— Você ainda não adivinhou? Ela quer você, Lily. Ela venera você, ela tem inveja de você. Sempre teve. Tentei oferecer dinheiro para ela, em Bermuda. Ofereci uma quantia obscena. Ela não aceitou.

— Não entendo.

— Não, você não entenderia. Acho que nem ela entende. Ouça, estou quase sem troco. Torno a telefonar quando chegar lá.

— Espere, Nick. Eu... — Enrolei o fio do telefone no dedo. — Eu estava procurando um lenço na sua gaveta.

Ele ficou em silêncio, respirando suavemente no telefone. Enrolei e desenrolei o fio, esperando que ele respondesse.

— E o que foi que você achou, Lilybird? — ele disse finalmente.

— Achei o anel. Você o guardou, Nick.

— Eu o guardei. Não consegui me desfazer dele. Ouça, Lily. Ponha o anel de volta na gaveta. Guarde-o para mim. Quando eu voltar, quando o assunto com Budgie estiver resolvido, vamos tirá-lo da gaveta, e eu mesmo irei colocá-lo no seu dedo. — A estática quase abafou as palavras dele. Nem tive certeza de ter ouvido direito.

— Nick — murmurei.

— Se você me aceitar, Lily. Se quiser me dar outra chance de fazer você feliz.

— Eu quero.

— Ótimo. Agora quero que você relaxe. Não quero que se preocupe com nada. Vou consertar isto, de uma forma ou de outra.

A voz dele estava decidida. Eu podia ver o rosto dele, os olhos zangados fixando as paredes da cabine telefônica como se quisesse perfurá-las. Pensei em Budgie deitada na areia em Seaview, o corpo exposto ao sol, um cigarro preso entre os dedos, a garrafa térmica de gim acalmando-lhe os nervos, inconsciente da chegada dele.

— Lily, você está aí? — Nick disse. — Diga alguma coisa. Deixe-me ouvir sua voz.

— Eu estou aqui. Desculpe. Sim. Seja cuidadoso com ela, Nick. Não quero que ela sofra. Ela já é tão infeliz.

— Lily, não estou mais ligando a mínima para o fato de Budgie Byrne ser feliz ou infeliz. A única felicidade que me preocupa é a sua. Agora saia, aproveite o tempo bom e me deixe cuidar disto.

— Nick, estou falando sério. Não a magoe.

— Vou fazer o possível. Até logo.

— Até logo, Nick. Dirija com cuidado.

— Está bem. Eu te amo, Lilybird.

Antes que eu pudesse dizer o mesmo, ele desligou o telefone.

Sentei-me na cadeira, olhando para o telefone, enquanto o rádio falava atrás de mim: um anúncio de sabão em pó Ivory, 99% puro. Levantei-me e desliguei o rádio.

No quarto, achei o anel, que tinha rolado para baixo da cômoda. Guardei-o de volta na caixa e pus a caixa de volta na gaveta por baixo dos lenços. Tirei um lenço do alto da pilha, passado a ferro por uma passadeira invisível.

A janela ainda estava um pouquinho aberta. Eu a fechei, peguei o chapéu e a bolsa no hall e saí do apartamento de Nick.

~

TODO DIA DE MANHÃ, Peter van der Wahl chegava pontualmente às oito e meia a seu escritório em Broad Street. Sua secretária me reconheceu na mesma hora e abriu um largo sorriso.

— Ora, Srta. Dane! — ela disse. — A senhora acordou cedo. Já está de volta de Seaview?

— Ainda não, Maggie — respondi. — Ainda falta cuidar de algumas coisas antes de fazer as malas. Ele está?

— Sim. Está lendo alguns relatórios. Quer que eu diga que a senhora está aqui?

— Sim, por favor.

Sentei-me numa poltrona enquanto Maggie entrava no escritório de Peter. A firma de advocacia de Scarborough e van der Wahl ocupava um andar inteiro no prédio de Broad Street, e ninguém tinha pensado em reformá-la em vinte anos. Ela era um monumento à velhice venerável. As poltronas tinham se deformado confortavelmente, o tapete era limpo e puído, as gravuras na parede mostravam paisagens tranquilas do rio Hudson, em molduras douradas. A escrivaninha de Maggie era uma relíquia com pés em forma de garras, encerada uma vez por ano e lascada em todos os lugares certos. Na gaveta da esquerda, ela guardava um saco de balas que costumava me oferecer, escondido, quando eu era pequena.

— Lily!

Levantei os olhos e meu ex-tio estava parado na porta com as duas mãos estendidas, o cabelo recém-cortado e os óculos de leitura presos no alto da cabeça.

— Tio Peter! — Levantei-me de um salto e segurei suas duas mãos. — Você está com uma ótima aparência. Como foi seu verão?

— Foi bom, foi bom. Um tanto quente, não foi? Passei quase todo o tempo em Long Island. E você? Seaview, é claro? Como vão sua mãe e Julie?

— Cobertas de protetor solar e mergulhadas em gim-tônica. Você tem um tempinho para mim?

— Sempre. Maggie. Você pode bloquear minhas ligações por um tempo? Café? — Ele me fez entrar na sala.

– Não, obrigada. Já tomei.

O escritório do tio Peter tinha uma vista agradável do New York Harbor. Quando eu era mais jovem, e meus pais se reuniam com ele para tratar de assuntos legais, eu me enfiava num cantinho perto da janela de onde podia avistar o braço verde erguido da Estátua da Liberdade entre um prédio vizinho e outro.

Agora, é claro, eu tinha 28 anos e me sentei na cadeira em frente à escrivaninha dele, cruzei as pernas e aceitei o cigarro que ele me ofereceu.

Era típico de Peter van der Wahl o fato de manter cigarros e cinzeiro no seu escritório, embora ele mesmo não fumasse. Ele se recostou na cadeira, sorrindo para mim, enquanto eu manejava o isqueiro.

– Você levantou cedo – ele disse.

– Como disse, estou aqui para resolver uns assuntos. Tenho que voltar e arrumar as bagagens para retornar em um ou dois dias.

Ele batucou com os dedos na ponta da escrivaninha. Havia relatórios e livros de direito empilhados de cada lado, e faltava uma caneta no conjunto que ficava no meio. Mas as pilhas estavam organizadas, e a caneta estava pousada perto dos papéis sobre o mata-borrão, tudo cuidadosamente arrumado.

– E qual é a minha prioridade na sua lista de coisas a fazer? – ele perguntou, ainda sorrindo.

– Você está bem no alto, tio Peter, como sempre – eu disse, devolvendo o sorriso, mais uma vez imaginando como minha tia Julie pode um dia ter sido casada com este homem. Ele não era feio, de jeito nenhum. Mas seu rosto era mais simpático do que bonito, com feições calmas, olhos cinzentos e cabelos grisalhos. Ele chegava a ter cerca de um metro e setenta e três quando usava sapatos de inverno de sola grossa, e seus ombros sugeriam tênis mais do que futebol. Sua aparência transmitia gentileza e bom humor, educação e moderação tipicamente anglicanas, e no entanto tia Julie, num dos seus momentos mais encharcados de gim alguns verões atrás, tinha confessado que ele era um tigre na cama, que o primeiro ano do casamento deles tinha sido o mais cansativo da vida dela, que ela passara metade dele na cama e a outra metade no cabeleireiro, consertando o penteado. Mais um mês assim e teria morrido, ela disse.

Passei dois anos sem conseguir encarar o tio Peter depois que ela me contou isso.

— E o que posso fazer por você, Lily? — ele perguntou.

Levei o cigarro aos lábios para disfarçar minha hesitação. Eu tinha acordado aquele dia com as palavras de Nick ardendo no meu cérebro, com conjecturas e perguntas que eu não tinha feito a ele na noite anterior juntando peças de um quebra-cabeça. Eu sabia que Nick só tinha me contado parte da história, e sabia que ninguém conhecia mais a respeito dos assuntos da minha família — e de Manhattan de forma geral — do que Peter van der Wahl, que ganhava a vida fazendo isso.

Por outro lado, ele não podia revelá-los.

— Tio Peter — eu disse —, o que você se lembra a respeito do inverno de 1932?

Ele tirou os óculos da cabeça, colocou-os sobre a mesa e pegou a caneta.

— Por que você pergunta?

— Foi um inverno agitado, não foi? Houve o derrame de papai e minha fuga malsucedida com Nick Greenwald. Todo mundo estava falindo. O pai de Budgie Byrne se matou, lembra?

— Sim. Terrível. Foi uma das piores falências bancárias daquele ano, e acho que ele estava com uma grande quantidade de processos contra ele. Houve também uma questão de ética pessoal. — Tio Peter me olhou com atenção. Ele não era advogado à toa.

— E a firma de Nick também estava com problemas, não estava?

— Tenho uma vaga lembrança que sim. Talvez você tenha razão. Lily querida, o que você está querendo saber?

Eu me inclinei para a frente, pondo a mão no joelho, deixando o cigarro pendurado sobre o velho e inestimável tapete do tio Peter.

– Eu não sei. Não sei o que estou querendo saber. Não sei nem o que perguntar. Olha, posso falar com você confidencialmente?

– É claro.

– Você sabe que Nick Greenway se casou com Budgie Byrne na primavera passada.

Ele me olhou com compaixão.

– Sim, eu soube. Julie foi ao casamento, não foi?

– É claro que foi. Eles estão passando o verão conosco, na velha casa dos Byrne, reformando-a. E eu sei agora... não me pergunte como, tio Peter... eu sei que ele não se casou com ela porque a ama. Então estou tentando descobrir por quê. Que poder ela pode ter sobre ele. – Na minha agitação, estendi a mão para apagar o cigarro no cinzeiro e fiquei com as mãos juntas sobre a mesa.

Tio Peter coçou a testa.

– Lily, Lily. O que você anda fazendo?

– Nós cometemos um erro terrível sete anos atrás. Você sabe disso. Você sabe o que aconteceu.

– Eu sei. – Ele continuou coçando a testa. – Ele está propondo divorciar-se dela?

– Sim. O casamento... estou falando confidencialmente, lembre-se... nunca foi consumado. E durante todo este tempo, tio Peter, durante todo este tempo... – Minha voz falseou. Recostei-me na cadeira e olhei para baixo. – Eu fui tão imbecil. Eu o afastei de mim depois do derrame de papai, não consegui mais vê-lo. Estava me sentindo tão culpada, porque tinha feito aquilo com meu pai, pobre papai. Você se lembra de como ele ficou naqueles primeiros meses. Achamos que ele não iria sobreviver. Cada dia era um tormento.

Tio Peter me passou o lenço dele, mas não aceitei. Eu estava ganhando forças.

— Eu me lembro — tio Peter disse.

— Devolvi o anel a Nick. Disse a ele que nunca mais tornaria a vê-lo. Acho que estava torcendo para que ele não aceitasse isso, que voltasse e forçasse a entrada dele na minha casa e dissesse que ia ficar tudo bem, que a culpa não era minha, que ele não podia viver sem mim. Mas, em vez disso, ele foi para Paris.

— Acho que a firma do pai dele... — tio Peter disse.

— Eu sei, eu sei. Mas eu tinha 21 anos e estava desesperada, e imagino que, como uma criança, achei que ele ficaria em Nova York se lamentando. Quando ele foi para Paris, achei que ia morrer. Eu teria morrido se não fosse por Kiki. E na primavera comecei a ouvir histórias sobre o que ele andava fazendo por lá e achei que o odiava.

Tio Peter se virou na cadeira e olhou pela janela, para as águas do porto.

— Mas você não o odeia agora.

— Não. Acho que ele estava magoado, assim como eu. Ele achou que eu não estava ligando para ele, e pensei o mesmo em relação a ele. Éramos jovens, ignorantes e orgulhosos. E Budgie o encontrou.

Tio Peter não disse nada, ficou olhando pela janela, com a caneta ainda presa entre os dedos. O sol iluminava suas têmporas grisalhas.

— Nós não estamos tendo um caso, se é isso que está pensando — eu disse. — Nick é um homem honrado. Ele quer acertar as coisas com ela primeiro.

— Que confusão.

— Sim. Foi por isso que vim falar com você. Ele foi para lá hoje. Vai pedir o divórcio a ela, e acho que ela não vai concordar. Ela é muito... — Meu cigarro tinha queimado quase todo no cinzeiro. Peguei-o e dei uma última tragada. — Ela não é feliz. Bebe o dia todo, e... outras coisas. O que quer que ela tenha contra ele e que fez com que ele concordasse em casar com ela, sei que ela vai usar agora e estou preocupada. Não sei o que ela vai fazer. Acho que a paciência dele se esgotou. Ele disse algumas coisas pelo telefone agora de manhã. Não quero que isto acabe mal. Então vim procurá-lo.

— O que posso fazer?

— Você sabe de tudo, tio Peter. Tudo o que acontece no nosso pequeno mundo chega a esse seu cérebro discreto. Você conhece todos os nossos segredos. Achei que talvez soubesse este.

Ele suspirou e se virou para mim. O rosto dele estava um pouco pálido, ou talvez fosse o excesso de luz da janela.

— Lily, não gozo da confiança da Sra. Greenwald. Eu mal a conheço. E não sei quais foram os motivos dela para se casar com o marido, muito menos os dele para se casar com ela.

— Você sabia que ela estava tendo um caso com o pai de Nick, naquele último inverno?

Se eu esperava surpreendê-lo e forçá-lo a confessar que sabia, fiquei desapontada. Ele levantou as sobrancelhas; pôs a caneta de volta na escrivaninha.

— Eu não sabia — ele disse. Juntou os dedos e contemplou as pontas. — Mas eu ficaria surpreso se isto fosse verdade.

Um arrepio percorreu meu corpo, despertando meus nervos. As palavras de tio Peter se repetiram na minha cabeça, calmas e cheias de significado. Inclinei-me para a frente e pus os cotovelos sobre a escrivaninha.

— Por que, tio Peter? Por quê?

Ele encolheu os ombros.

— Porque sim. A Sra. Greenwald não é adepta da verdade.

— Mas Nick verificou as contas do pai. Ele pagou a ela, todos estes anos, duzentos dólares por mês.

— Ele poderia estar pagando a ela por diversas razões.

— Tais como?

Tio Peter sacudiu a cabeça e se levantou. Por um momento, achei que ele iria me conduzir até a porta, mas, em vez disso, pegou uma cadeira que estava num canto da sala, colocou-a em frente a mim e se sentou. Ele segurou minhas duas mãos entre as dele.

— Lily, minha querida. De todas as consequências lamentáveis daquele inverno, as que afetaram você foram as que mais me afligiram. Você tomou conta da situação quando tudo em volta desmoronou. E, no entanto, a mais prejudicada foi você.

— Isso não importa agora, tio Peter. O que eu quero é saber a verdade. Quero saber como uma mulher igual a Budgie conseguiu convencer um homem como Nick a se casar com ela. Quero saber como libertá-lo.

Tio Peter sacudiu a cabeça.

— Lily, você não está fazendo as perguntas certas. Você não está pensando na situação como um todo.

— Como assim?

— Durante todos estes anos, minha querida, você se culpou pela doença do seu pai.

— E como eu poderia não me culpar? Ele teve um derrame, tio Peter. Quando soube que eu tinha fugido, ele teve um derrame e quase morreu. Ele está sentado agora mesmo em frente a uma janela, olhando para o Central Park, como vem fazendo há anos. Ele nunca pôde segurar Kiki nos braços. Sua própria filha.

Tio Peter apertou minhas mãos.

— Tem certeza de que foi isso que aconteceu?

— Foi o que disseram. Ele viu o meu bilhete, correu para Gramercy Park para nos impedir. Minha mãe e o Sr. Greenwald disseram a ele que era tarde demais.

— E você nunca pensou como foi que a sua mãe ficou sabendo disto? Sobre vocês dois?

— Bem, foi Budgie, não foi? Ela viu minha mãe na festa e contou a ela. De que outro modo minha mãe teria descoberto? Minha mãe procurou o Sr. Greenwald e foi até o apartamento atrás de nós. Nós os vimos chegar da janela. – Sacudi a cabeça. – Passei anos sem nem poder ouvir o nome de Budgie. E ainda não sei por que ela nos traiu desse jeito.

Tio Peter colocou minha mão uma em cima da outra, entre as dele, e deu um tapinha na de cima. Ele me olhou com uma expressão firme e severa.

– Lily, você não está vendo as coisas do modo correto. Pense, Lily. Pense com cuidado. Pense no que viu naquela noite. Pense no que aconteceu depois.

Fiquei ali sentada, encarando o tio Peter, minhas mãos presas entre as dele. Examinei os acontecimentos na minha cabeça, revi cada detalhe, revirei tudo de cabeça para baixo.

– Não – murmurei. – Não faz sentido. Eles teriam me dito.

– Teriam mesmo? Quando você se mostrou disposta a tirar um peso das costas deles?

Tio Peter acariciou minha cabeça, alisando meus cachos, com a testa franzida numa expressão de compaixão.

– E você acha que Budgie sabe?

– Não faço ideia. Mas ela foi paga por algum motivo, não foi?

Retirei as mãos e peguei minha bolsa.

– Tio Peter – eu disse –, o senhor se importaria de me emprestar seu carro?

21

1932 – 1938

Lembro-me muito pouco das vinte e quatro horas seguintes. Lembro-me de que Nick exigiu viajar de volta conosco para Nova York, mas tia Julie disse que ele não podia simplesmente abandonar o Packard no lago George, e eu estava nervosa demais para discutir. Olhando para trás, acho que talvez ele tenha interpretado isto como ambivalência.

Lembro-me de ter dito adeus a Nick na estação, com uma voz embargada, enquanto tia Julie esperava impacientemente por mim. Lembro-me do modo como ele me abraçou, e como encontrei conforto em seu peito sólido e nas batidas do seu coração. Lembro-me de pensar como sobreviveria nos próximos dias sem ele.

Lembro-me da voz dele em meu ouvido, embora não me lembre das palavras exatas. O quanto ele me amava, que ia ficar tudo bem, que ele ia rezar pela recuperação do meu pai, que ele ia fazer tudo o que pudesse para ajudar. Disse para eu não pensar nele nem me preocupar com ele, que ele iria me procurar assim que chegasse à cidade. Reafirmou que eu era tudo para ele. Disse que jamais esqueceria aquela noite. Que estávamos unidos para sempre. Que eu era a vida dele, que era sua esposa diante de Deus, sua Lilybird. Que era como se estivéssemos casados, que ele ia esperar pacientemente, o tempo que fosse preciso.

Coisas como estas.

Lembro-me de que não consegui responder muita coisa.

Lembro-me do cheiro de vapor e fumaça de carvão no ar úmido e abafado, e até hoje fico enjoada quando paro numa plataforma de trem e respiro fundo demais.

Lembro-me de olhar pela janela do trem quando partimos e de ver a figura de Nick sozinha na plataforma, e ao mesmo tempo não ver, porque minha mente já estava consumida pela desgraça.

Eu gostaria de me lembrar melhor. Gostaria de ter gravado cada detalhe da aparência de Nick, sua expressão, sua silhueta contra o prédio cinzento da estação, porque eu não iria tornar a vê-lo até o verão de 1938, o verão em que o furacão veio e destruiu tudo.

22

SEAVIEW, RHODE ISLAND

Quarta-feira, 21 de setembro de 1938

Existe um lugar, quando você se aproxima de Seaview vindo do continente, em que a estrada faz uma curva fechada, e Seaview inteira se estende diante de você. A vista é tão impactante que é fácil perder a entrada de Neck Road. As pessoas fazem isso o tempo todo, passando direto pela placa de pare, com a cabeça virada para ver o Atlântico banhando as areias imaculadas da praia de Seaview ou então as velas brancas navegando pelas águas da baía. Meu Deus, elas pensam. Quem mora ali? Eu daria tudo para ter uma casa nessa praia, uma daquelas belas casas com telhados triangulares com telhas de madeira, e janelas projetadas para fora, e gazebos no quintal. Eu adoraria ter um deque daqueles com um ou dois veleiros ancorados.

Mas eu estava acostumada com a beleza de Seaview. Eu já tinha passado mil vezes por aquela estrada.

Cheguei à saída para Neck Road por volta de duas da tarde, tendo percorrido a nova Merritt Parkway até Milford, e depois subido a Boston Post Road o mais rápido que o Studebaker de dez anos de idade de Peter van der Wahl permitiu. Eu poderia ter chegado mais cedo, só que parei para ver papai antes de sair da cidade.

Ele estava sentado em frente à janela, como antes, um vestígio de sorriso no rosto. Ajoelhei-me diante dele, beijei-lhe o rosto seco e pus as mãos em seus joelhos.

— Vou para Seaview hoje, papai. Gostaria de poder ficar mais aqui com você, mas tenho umas coisas para fazer. Alguns erros para reparar.

Ele me olhou sem falar, os velhos olhos azuis sem expressão na luz difusa do quarto.

— Não sei se você consegue me entender, papai. Espero que consiga. Espero que você ainda esteja aí. Vou conseguir o Nick de volta, papai. Você o expulsou uma vez, mas acho que não foi pelo motivo que achei que fosse na época. Acho que foi outra coisa. Espero que tenha sido outra coisa.

O joelho direito dele se mexeu sob a minha mão. Segurei seus dedos, que estavam dobrados em seu colo, e apertei-os entre os meus.

— Acho que você gostaria dele, papai. Eu gosto muito. Acho que vocês teriam se dado tão bem. Não é fácil conhecê-lo, mas depois que você o conhece, depois que ele confia em você, ele é tão gentil e carinhoso, tão inteligente e engraçado. Ele desabrocha como uma flor. — Encostei o rosto em nossas mãos entrelaçadas. — Eu gostaria que as coisas tivessem sido diferentes. Acho que ele teria sido bom para você. Acho que vocês teriam sido bons um para o outro.

O relógio tinha soado as nove e quarenta e cinco, e eu soube que tinha de ir. Fiquei em pé, beijei as mãos de papai, coloquei-as de volta em seu colo, e então tornei a beijar seu rosto.

— Até logo, papai. Volto assim que puder. Deseje-me sorte.

Tive a impressão de que ele tinha apoiado o rosto no meu, mas posso estar errada. Desci depressa, entrei no carro do tio Peter e disparei pela Park Avenue, alcançando todos os sinais abertos.

Dirigi no limite de velocidade, parando apenas para botar gasolina e tomar café. Quando cheguei a Rhode Island, o tempo, tão bonito e arejado ao longo das cidades costeiras, tinha ficado estranhamente pesado, e gotículas de chuva começaram a bater contra o para-brisa, terra e poeira a voar dos lados da estrada, e os fios elétricos a gemer de agonia. Apaguei o cigarro e segurei o volante com as duas mãos. Quando entrei em Neck Road, ergui os olhos e avistei o oceano, cinzento e agitado, com manchas de espuma sob um céu escuro e ameaçador. Um pé de vento fez o carro balançar.

Que droga, pensei. Outra tempestade. Era só o que faltava.

Passei pelo clube, que estava fechado e deserto, as mesas e cadeiras já guardadas lá dentro para o inverno. A maioria das casas também estava fechada, os toldos guardados para o ano seguinte, as janelas bem trancadas. Os Palmer tinham partido no fim de semana anterior, bem como os Crofter e as irmãs Langley. Passei pela casa dos Hubert, onde a Sra. Hubert estava levando para dentro suas zínias, um vaso em cada mão, as saias batendo furiosamente contra as suas pernas.

Passei pela casa dos Greenwald sem nem olhar.

Eu estava dirigindo inconscientemente depressa, sacudindo ao passar pelos buracos, espalhando cascalho sob os pneus pesados do tio Peter. Minhas mãos apertavam o volante; meus olhos doíam com o esforço de enxergar a estrada. Uma pancada de chuva atingiu o lado do carro no momento em que parei na frente do velho chalé dos Dane, peguei meu chapéu, corri pela entrada e abri a porta violentamente.

– Mamãe! – gritei.

Ouvi um movimento no andar de cima. Virei-me e subi a escada.

– Mamãe! – tornei a gritar.

– Lily! O que foi?

Os pés dela surgiram na escada do sótão, um de cada vez, calçando sapatos marrons e meias escuras. Fiquei ali tremendo enquanto ela descia, cada nervo do meu corpo prestes a explodir. Suas mãos apareceram, segurando um par de toalhas brancas. Ela estava com um casaco de lã cor-de-rosa pendurado no ombro. O cabelo escuro, preso num coque na nuca, estava se soltando. Seus olhos estavam arregalados de surpresa.

— Você já está de volta? — ela perguntou, e então: — Meu Deus, você está um horror. O que aconteceu? Seu vestido está todo amarrotado, e seu chapéu...

Tirei o chapéu e joguei-o no chão. Os cheiros familiares me cercavam, madeira antiga, maresia e óleo de limão. Os cheiros do verão, de Seaview. Passei a mão pelo cabelo desgrenhado.

— Esse tempo todo — eu disse —, esse tempo todo você deixou todo mundo pensar que Kiki era minha filha. Minha e de Nick. Eu não fazia ideia. Todo mundo sabia menos eu.

Ela alisou o cabelo para trás.

— Não sei do que você está falando.

— Diga-me por que você e o Sr. Greenwald estavam em Gramercy Park naquela noite. Diga-me. Diga na minha cara, mamãe. — Eu estava sem fôlego de raiva. Eu mal conseguia falar.

Ela se virou como se fosse subir de novo a escada.

— Não quero falar sobre aquela noite, Lily. Fico muito nervosa. Seu pobre pai, caindo no chão daquele jeito. Agora suba e me ajude a colocar estas toalhas nas janelas. Tem uma tempestade chegando, se é que você não notou, e Marelda foi à cidade comprar mantimentos.

Agarrei o braço dela e a fiz virar para mim.

— Lily! — ela exclamou, apertando as toalhas contra o peito.

— Conte-me a verdade, mamãe! Eu mereço saber a verdade!

— Não sei do que você está falando! Você fugiu com aquele rapaz Greenwald. Essa é a verdade.

— E nove meses depois Kiki nasceu, e todo mundo achou que ela era minha. Minha! E você deixou! Você deixou que eu tomasse conta dela e a criasse. Você deixou todo mundo achar que ela era minha filha. Por que você fez isso, mamãe? Por quê?

— Tire as mãos de mim! Meu Deus! É assim que você fala com sua mãe? — Ela se livrou da minha mão e tornei a agarrá-la e sacudi-la, fazendo seu cabelo se soltar dos grampos e cair sobre os ombros.

— Ela não era filha do papai, era? Como fui *burra* estes anos todos achando que papai tinha condições de conceber outro filho com você. Ou será que eu estava fingindo para mim mesma? Será que eu sempre soube? — Larguei a mão dela e desabei no chão, cobrindo o rosto com as mãos. — Pobre papai. E ele encontrou vocês dois lá, naquele apartamento, o que o pai de Nick tinha para levar suas amantes. Você não tinha a menor ideia de que eu havia estado lá com Nick, tinha? Não fazia ideia até papai entrar pela porta procurando por mim, porque eu tinha pago ao porteiro para levar um bilhete para ele, para que não ficasse preocupado.

— Isso não é verdade! Não é verdade! — Ela subiu a escada correndo, de dois em dois degraus, os sapatos batendo nos degraus de madeira.

Ela bateu com a porta do sótão.

— Cristina! — tia Julie chamou lá de baixo. — Cristina! Onde você está? Meu Deus, está um horror lá fora. Aquele é o carro de Peter?

— Nós estamos aqui em cima — eu disse baixinho.

— Lily? — Os sapatos dela soaram nos degraus da escada. — O que você está fazendo aqui? Era você, no carro de Peter?

— Era eu.

Ela parou quando me viu.

— O que aconteceu? O que você está fazendo no chão? Onde está a sua mãe?

O vento cantava nas janelas, sacudindo a casa. Olhei para tia Julie, molhada de chuva, e não consegui falar.

— Meu Deus — ela disse, largando o corrimão. — Onde está sua mãe?

— No sótão, pondo toalhas nas janelas.

— Bem. — Ela olhou para a escada do sótão e depois de volta para mim. — Acho que só estou surpresa por ter demorado sete anos.

— Você sabia, é claro.

— Querida, tentei evitar que você continuasse saindo com aquele rapaz. A fofoca já corria solta. Sua mãe estava agindo muito estranhamente naquele outono, e as pessoas estavam comentando. — Ela tornou a olhar para a escada. — Quando sua mãe quebra as regras, ela não está se comportando mal.

— Não sei do que você está falando, Julie. — Mamãe desceu a escada pisando duro e parou no meio. O rosto dela estava branco; tinha prendido o cabelo de qualquer jeito.

Tia Julie ergueu as mãos no ar.

— Ora, pelo amor de Deus, Cristina. Ninguém culpou você por isso. Você só precisava ser um pouco mais discreta. E não ter engravidado, é claro, mas felizmente você tinha a indiscrição da sua filha para acobertar seu erro.

Mamãe deu um pequeno soluço, e vi que ela estava chorando, que lágrimas grossas escorriam pelo seu rosto.

— Não é verdade — ela disse.

Tia Julie cruzou os braços.

— Ah, seja franca para variar e confesse. Você passou sete anos mantendo sua reputação à custa da sua filha. Eu me contentaria com isso e me comportaria como uma dama, não concorda?

Mamãe desabou no último degrau no momento em que me levantei, segurando no corrimão da escada e me debruçando sobre ela.

— É pior ainda — eu disse. — Você me deixou pensar que eu tinha causado o derrame de papai, que ele teve o derrame porque eu tinha fugido com Nick. Mas isso não é verdade, é? A culpa foi sua. A sua traição, não a minha. E eu rompi com Nick por causa disso, devolvi o anel dele porque não pude suportar o que tinha feito com meu pai, porque tive medo de matá-lo, se não desistisse de Nick. Achei que essa era a minha penitência. Durante todo este tempo, mamãe. Você me deixou fazer isso.

Ela olhou para mim.

— Foi Nick Greenwald quem disse isso para você? Ele deve ter falado do bilhete, deve ter convencido você que eu...

— *Bilhete?* — eu disse.

Tia Julie virou-se para mamãe.

— Que bilhete?

Ela se levantou e passou por mim.

— Nada.

Agarrei o braço dela.

— Que bilhete, mamãe? Do que é que você está falando? Você mandou um bilhete para o Nick?

— Não. Eu não quis dizer isso. — Ela olhou furiosa para a tia Julie e depois desviou os olhos.

— Ora, isto está ficando interessante — tia Julie disse. — Fale-nos sobre o bilhete, Cristina.

Uma rajada de vento sacudiu a casa. As telhas gemeram alto, como um navio no mar. Olhei pela janela do hall e vi as ondas batendo no forte, a espuma subindo por sobre a mureta. O céu estava escuro e rajado de amarelo.

Senti um aperto no peito.

— Onde está Kiki? — perguntei.

— Ela está na casa dos Hubert — tia Julie disse.

— O que ela está fazendo lá?

— Bem, depois de toda a confusão de hoje de manhã...

— Que confusão?

Tia Julie tapou a boca com a mão.

— Ah, é claro! Você acabou de chegar! Houve uma cena horrível na casa dos Greenwald.

Segurei-a pelos ombros.

— O que aconteceu?

Ela fez um ar de espanto. Ergueu as sobrancelhas finas.

— Meu Deus — ela disse devagar. — Isto está começando a fazer sentido. Deixe-me adivinhar, Lily. Você se encontrou com Nick na cidade.

— Conte-me o que aconteceu!

Ela tirou minhas mãos dos seus ombros.

— Bem, o seu Nick chegou por volta das dez horas, eu diria, e entrou em casa furioso. Eu estava na praia com Kiki, aproveitando o sol, fumando meu cigarrinho sob o olhar desaprovador da Sra. Hubert. Passado algum tempo, ouvimos vozes, principalmente a voz de Budgie berrando todo tipo de maluquice, e então um barulho, e logo em seguida Nick apareceu na praia me chamando, disse que Budgie tinha se acidentado e me pediu para ajudá-lo a colocá-la no carro.

— Ah, meu Deus! — Cobri a boca com as duas mãos. — O que aconteceu?

— Aparentemente, aquela histérica tinha tentado cortar os pulsos. Ele a impediu antes que ela pudesse causar muito dano a si mesma... parece que ele arrombou a porta do banheiro, mas ela se cortou assim mesmo.

— E ela está bem? Kiki viu alguma coisa?

— Não, eu a mandei na mesma hora para a casa dos Hubert. Onde você vai?

— Tenho que ir buscá-la! Meu Deus!

Tia Julie desceu correndo atrás de mim.

— Lily, ela está bem! Todo mundo está bem! Nick levou Budgie para o hospital, Kiki está ajudando a Sra. Hubert com suas malditas... seja lá o que for, zinzas...

— Zínias. Que hospital?

— Eu não sei! Lily, pare! Raciocine por um momento. — Ela segurou meu ombro quando cheguei ao final da escada e me fez virar para ela. O rímel tinha escorrido com a chuva, dando-lhe uma aparência encovada, muito diferente dela, quase humana. — Tem uma tempestade se formando lá fora. Não é seguro sair. Fique aqui, nós estamos bem aqui. Vamos ter notícias de manhã. Tenho certeza de que eles vão passar a noite no hospital, com um tempo destes.

— Mas eu *preciso* encontrá-los! Você não entende! Ele estava pedindo o divórcio a ela, e...

— É claro que estava! Sei somar dois mais dois, pelo amor de Deus, especialmente quando se trata de divórcio. Acalme-se, Lily. Isto aqui não é nenhuma tragédia grega. — Ela deu um tapinha no meu ombro. — Ela está em boas mãos. Ele não vai deixar que ela machuque a si mesma. Para começar, tem o bebê.

— O bebê não é dele.

— Ah. — Ela levou um susto. — Bem, então de quem é? Daquele safado do Pendleton, imagino.

— Ah, pelo amor de Deus! Todo mundo sabia menos eu?

— Bem, isso agora não importa, não é? Nick é um cara bom, um homem especial, eu diria. Ele tinha tudo sob controle, estava muito calmo, enrolou uma toalha no pulso dela e tudo mais. Ele vai cuidar dela.

Encostei-me com força na porta. Pude sentir o vento sacudindo-a, a chuva açoitando a madeira atrás de mim.

— É claro que vai — murmurei. — É isso que ele faz.

Houve um estalo, um assobio, e as luzes se apagaram.

— Lá se vai a energia elétrica — disse tia Julie. — Tudo bem. Vamos buscar Kiki na casa dos Hubert e depois voltar para cá e esperar pela tempestade. Não sei o que sua mãe está fazendo. Provavelmente cortando os próprios pulsos. — Tia Julie pegou minha mão e abriu a porta, lutando contra o vento, o cheiro forte de sal e ozônio. — Meu Deus, está se aproximando depressa! Ainda bem que você está com o carro de Peter.

Corremos para o carro e descemos Neck Lane até a casa dos Hubert, onde as zínias estavam todas do lado de dentro, e Kiki estava sentada na mesa da cozinha com a Sra. Hubert, tomando chocolate quente sob a luz de um potente lampião. Ela me viu, atravessou a cozinha correndo e pulou no meu colo, gritando meu nome. Olhei para ela, para seu cabelo escuro e seus olhos azul-esverdeados, e soube por que ela sempre pareceu tão familiar e tão querida para mim. Aqueles olhos tinham exatamente o mesmo formato que os de Nick, e, quando eles sorriam, os olhos se enrugavam exatamente da mesma maneira.

Bem, é claro que sim, eu disse para mim mesma. Ela é irmã do Nick.

Lembrei-me de Nick montando o pequeno veleiro, sentando Kiki no leme, cobrindo a mãozinha dela com a dele e ensinando-a a velejar. Meu coração inchou dentro do peito.

Ela é irmã dele, pensei. E ele sabia disso o verão todo.

– Kiki, meu bem, vamos embora. Temos que chegar em casa antes que a tempestade piore. – Olhei para a Sra. Hubert, em pé ao lado da mesa da cozinha. – Muito obrigada por ter tomado conta dela. A senhora precisa de alguma coisa?

– Eu não preciso de nada. Só preciso falar um instante com você. Em particular. – Ela pôs as mãos na cintura. Estava usando um avental, listrado de cor-de-rosa, com as tiras dando duas voltas em sua cintura fina.

– Isso não pode esperar até depois da tempestade? Temos que voltar. Estamos sem energia elétrica, e imagino que sem telefone também.

– Só vai levar um momento – ela disse, com uma voz agourenta.

Olhei para tia Julie. Ela encolheu os ombros.

— Tudo bem. Só um minutinho. Leve-a para a sala, está bem, tia Julie?

Minha tia levou Kiki para a sala. Eu me virei para a Sra. Hubert.

— Sim?

— Não me *olhe* com essa cara. O que foi que houve na casa dos Greenwald esta manhã? E não me diga que não sabe de nada a respeito disso.

— Sei tudo sobre isso. Mas não é da sua conta, Sra. Hubert.

— Uma ova que não é. Devo lembrar a você que Seaview é um condomínio fechado, e em nossos estatutos existem instruções severas a respeito de perturbações domésticas.

— Baixe seu tom de voz, Sra. Hubert.

Ela me olhou zangada e sentou-se numa cadeira, cruzando as pernas ossudas.

— Fui mais do que tolerante com o comportamento de Budgie durante este verão, mas isto passou dos limites. Ela estava com uma toalha enrolada no pulso, Lily. Não sou tão velha e imbecil assim para não saber o que isto significa.

Fui tomada por uma onda de raiva.

— A senhora não foi nada tolerante, Sra. Hubert. De jeito nenhum. A senhora os esnobou e ignorou o verão inteiro, só porque Budgie cometeu a temeridade de se casar com um homem cujo pai era judeu...

A Sra. Hubert ergueu as duas mãos.

— Ora, pelo amor de Deus, Lily. Será que você é tão burra assim? Nós não esnobamos aquele tal de Greenwald por ele ser judeu! Imagino que alguns moradores liguem para isso, mas ninguém comentou na minha frente.

— Então por quê?

— Por *sua* causa! Meu Deus, Lily. Ele a seduziu, abandonou, deixou você com um bebê! E então Budgie, uma moça vulgar, bêbada, atrás de dinheiro, aquela vagabundazinha imoral não só se casa com ele mas o traz para cá para esfregá-lo na sua cara. Não sei como você pôde suportar isso. Ou você é uma santa ou uma idiota. Estou começando a achar que é a segunda opção.

Segurei-me no velho guarda-louças, chacoalhando os pratos.

— A senhora acha que Nick me abandonou?

O rosto da Sra. Hubert se suavizou. Ela olhou para as próprias mãos abertas, as palmas enrugadas pálidas sob a luz oscilante do lampião.

— Meu bem, nós amamos você aqui. Nós a conhecemos desde que você era um bebê, a coisinha mais doce do mundo. Ninguém se importou com o nascimento de Kiki. Mantivemos a história contada pela família. Se você tivesse pedido, teríamos expulsado os Greenwald.

— Ah, Sra. Hubert. — Deslizei pelo guarda-louças e me sentei no chão. — A senhora não entendeu. Nick nunca me abandonou. Eu é que o abandonei. E Kiki... não, não. Ela não é filha dele. Ela não é *minha* filha.

— Lily, eu não nasci ontem. Olhe para aquela criança.

Sacudi a cabeça.

— Ela não é filha dele. Ela é *irmã* dele. — Olhei para ela. — Ela é nossa irmã.

A Sra. Hubert arregalou os olhos e abriu a boca de susto. Ela deve ter visto a verdade nos meus olhos.

— Você não... meu Deus... sua mãe?

Assenti com a cabeça.

— Com o *pai* de Greenwald? Aqueles velhos boatos?

Tornei a assentir.

Ela desmoronou na cadeira como um gafanhoto murcho. A porta abriu, e o Sr. Hubert entrou, segurando um martelo numa das mãos e um velho lampião a óleo na outra.

— As janelas de cima estão todas pregadas. Eu... — Ele parou e olhou para nós duas. — O que está havendo?

A Sra. Hubert endireitou o corpo.

— Nada, Asa. Nada. Lily, tem certeza de que vocês três não preferem ficar aqui? Nós temos alicerces de pedra.

— Paredes grossas — acrescentou o Sr. Hubert.

Levantei-me do chão e olhei pela janela. Não consegui ver nada: a chuva caía torrencialmente na horizontal, cheia de detritos.

— O senhor acha que está tão ruim assim?

— Céu vermelho três dias seguidos — disse o Sr. Hubert. — Pode ser arrasador.

— Não posso ficar. Minha mãe está sozinha na casa, sem luz nem telefone. Temos que ir embora agora.

— Ela que se vire, é o que eu acho — a Sra. Hubert resmungou.

Corri para a sala, onde Kiki estava com o rosto encostado na janela, com um olhar extasiado.

— Olhe só as ondas, Lily! Eu nunca vi ondas tão altas!

Olhei para fora e vi uma onda enorme quebrar na praia, rolando até o meio de Neck Lane.

— Meu Deus! Precisamos chegar em casa!

Corremos para o carro e ligamos o motor. Ele tossiu heroicamente e morreu.

— Molhou — disse tia Julie. — Vamos ter que ir andando.

— Vamos ficar encharcadas! — Kiki disse alegremente.

— Não tem outro jeito — eu disse. — Vamos depressa!

O vento nos atingiu como uma parede, carregado de água salgada, quase me derrubando no chão quando saí do carro. Meu chapéu voou e desapareceu. Agarrei a mão de Kiki.

— Fique perto de mim! — Gritei no ouvido dela, mas não consegui ouvir minhas próprias palavras. O ar estava estalando, vibrando, cantando. Uma onda cobriu Neck Lane, molhando meus sapatos.

Tia Julie segurou a outra mão de Kiki, e fomos cambaleando pela rua, às vezes com as pernas enfiadas até as canelas na espuma do mar. Eu tinha de virar o rosto para respirar, para conseguir um pouco de ar nos pulmões. Kiki foi levantada pelo vento e agarrei o braço dela com a outra mão, mantendo-a no chão. Passo a passo avançamos, com o corpo inclinado para a frente, a chuva fustigando nossas costas, cabelos, entrando em nossos ouvidos e narinas, uma infinidade de chuva.

Pensei, *não vamos conseguir.*

Uma coisa escura apareceu do meu lado: um carro, uma caminhonete. Alguém saltou e me agarrou pelos ombros. Olhei para o rosto chocado de Nick.

– Lily! – ele gritou. – Entre no carro!

– Nick! – eu disse, aliviada. Ele abriu a porta de trás do Oldsmobile e nos jogou para dentro.

Nick entrou na frente e bateu a porta.

– Não vou perguntar o que você está fazendo aqui – ele gritou por cima do barulho da chuva. O carro avançou devagar, os limpadores balançando furiosamente e não fazendo a menor diferença. Apertei Kiki contra o peito. Ela estava toda molhada, tremendo, e não estava mais achando aquilo divertido.

Um minuto depois, eu me lembrei.

– Budgie! Onde está ela?

– Aqui, querida. – Veio um murmúrio do banco da frente, espiei por cima dele e a vi encolhida debaixo de um casaco, os pés descalços encostados nas pernas de Nick, o cabelo um emaranhado de cachos cobrindo-lhe o rosto. Uma atadura envolvia seu braço esquerdo.

– Ela está sedada – Nick disse.

O carro deslizou e flutuou pela rua. Eu não conseguia falar. Mal notei quando parou; a chuva cobria as janelas como se fosse uma cortina.

– Vocês vão ter que entrar – Nick gritou. – Não posso deixá-la sozinha em casa.

– Está bem! – gritei de volta.

Nick saltou do carro. Em seguida, ele abriu a porta do lado de Budgie e arrastou-a para fora, desaparecendo com ela no caminho que ia dar na casa.

— Vamos sair pelo seu lado — eu disse para tia Julie, e ela empurrou a porta que abriu violentamente, empurrada pelo vento.

Saltamos, segurando Kiki, e subimos os degraus com ela. Nick abriu a porta e nos puxou para dentro.

— Por que vocês vieram para casa? — perguntei. — Vocês deviam ter ficado no hospital.

— Ela insistiu — ele disse sucintamente. — Ajude-me com as toalhas. Não sei onde a empregada se meteu.

— Onde está Budgie?

— Eu a pus na cama.

Corri para cima, encontrei a rouparia e peguei as toalhas. Nick foi para o sótão; tia Julie e Kiki desceram para acender os lampiões. Percorri os quartos, vedando as janelas com as toalhas. A água já estava entrando. Da janela do quarto de Budgie, pude ver as ondas enormes quebrando na praia, uma atrás da outra, paredes de espuma e água.

— Uma tempestade e tanto — Budgie murmurou.

Eu me virei. Ela estava deitada na cama, recostada nos travesseiros, os olhos fundos e desfocados.

Pendurei as toalhas restantes no braço.

— Como você está, Budgie?

— Horrível. Perdi o bebê logo depois que você viajou, e agora você quer tomar meu marido.

Dei um passo à frente.

— Eu nunca consegui segurar um bebê — disse Budgie. — Eles não parecem gostar de mim.

— Lily! — Nick chamou. — Tem mais toalhas aí?

— Vai. — Budgie virou a cabeça no travesseiro. — Vai.

Saí correndo do quarto, desci e entreguei as toalhas para Nick.

— Não vão ser suficientes – ele disse. – Agora não dá mais tempo de pregar as janelas. Vamos ter que trocar todos os tapetes, provavelmente. Mas pelo menos estamos em terreno alto. – Ele se virou para mim. Um lampião a óleo iluminava a sala. Tia Julie e Kiki estavam na cozinha. – O que você está fazendo aqui, Lily? – ele perguntou baixinho.

— Eu tive que vir. Fui falar com tio Peter. – Pus a mão no braço dele. – Nick, eu sei. Sobre minha mãe e seu pai, sobre Kiki. Por que você não me contou?

Ele sacudiu a cabeça. Estava encharcado, a camisa grudada no peito e nos braços.

— Como eu podia contar? Ela é sua mãe.

— Ela falou sobre um bilhete. Que bilhete, Nick?

— Ah, o maldito bilhete! – Ele passou as mãos pelos cabelos molhados. – Conto para você depois, Lily. Depois que a tempestade passar, quando estivermos sozinhos. Isso não importa agora.

— Importa sim! Todo mundo vem escondendo tudo de mim há tantos anos, como se eu fosse uma criança, como se fosse frágil demais para saber a verdade! *Eu!* Quando fui eu que dei conta de tudo e de todos sozinha! – Fiquei ali parada, ofegante, com os punhos cerrados de ódio. Eu estava pingando água no tapete de Budgie; meu cabelo estava grudado na cabeça. Sabia que parecia uma louca, mas não estava ligando.

— É verdade – Nick disse. – Foi você que aguentou tudo. Aquela sua mãe. Você faz ideia do quanto tive vontade, durante todo o verão, de simplesmente... – Ele se virou e deu um soco na parede. Mas a voz dele permaneceu firme. – O bilhete. O maldito bilhete. Eu estava em Paris, tentando recuperar a firma, buscando capital onde podia. Eu mandava uma carta por semana para você, e nunca tive resposta...

— Eu nunca recebi nenhuma carta!

— Sei disso agora. Eu meio que desconfiava que você não ia receber. Foi por isso que continuei escrevendo, na esperança de que uma acabasse chegando até você. Tentei até alcançá-la através de Budgie, mas ela nunca me respondeu. Então, por volta do Natal, algum intrometido me contou que você tinha tido um bebê no final do verão, e que a família estava tentando fazê-lo passar como sendo da sua mãe. O escândalo da temporada. Ele tinha certeza daquela informação. Fiquei louco. O tempo batia. Eu não tinha tido notícias suas e sabia que não havia a menor possibilidade de que seu pai e sua mãe tivessem concebido um filho. Então achei que talvez tivesse havido um milagre, uma chance em cem, uma camisinha rasgada ou sabe Deus o quê. Mandei um telegrama desesperado, endereçado a você, marcado particular. Acho que não dormi mais depois disso.

No meio do barulho ensurdecedor da chuva e do gemido agudo da tempestade do lado de fora, eu mal conseguia ouvir o que ele dizia. Cheguei mais perto, tentando escutar.

– Eu não recebi o telegrama, Nick. Juro que não.

– É claro que não. Duas semanas depois, recebi um pacote no meu apartamento. Todas as minhas cartas estavam lá dentro, fechadas. Havia ainda um bilhete, muito simples, apenas poucas palavras. – A voz dele ficou neutra. – "O filho não é seu", o bilhete dizia. E em seguida as suas iniciais.

– *O quê?* Quem foi que mandou?

Nick se virou e cruzou os braços.

– Sua mãe, provavelmente. É claro que na época eu não sabia disso. Até então, eu tinha sido fiel a você. Fiel! Eu tinha sido um cão fiel, só pensando em você, desejando uma só palavra sua. Bastaria uma palavra e eu teria tomado o primeiro navio, atravessado o oceano a nado, se fosse preciso, e mandado meu pai e a empresa dele para o inferno.

– Nick, eu não *sabia*. Você foi para Paris, eu não soube de nada, achei que você tinha me abandonado. Fiquei desesperada. E eu merecia. Eu tinha terminado com você. Eu tinha devolvido seu anel.

Ele olhou para a chuva que caía aos borbotões do lado de fora.

— "O filho não é seu", dizia o bilhete. Eu quase morri.

— Você não achou que eu... oh, Nick! Como você pôde pensar isso, sabendo quem eu era? Você conhecia a minha letra, sabia que eu não poderia ter escrito aquilo.

— Mas isso foi a gota d'água. Tudo fez sentido: o seu silêncio, o fato de você ter devolvido o anel. Eu tinha tido tanto cuidado para evitar problemas para você naquela noite, e tinha nas mãos as palavras dizendo que o filho não era meu, ou que pelo menos você não me daria chance de reclamá-lo. Não parei para pensar em coisas lógicas como letra. Eu enlouqueci. Saí e bebi até desmaiar. Quando fiquei sóbrio no dia seguinte, fui visitar uma velha amiga da minha mãe, aquela que morava em Paris, aquela do verão antes de eu conhecer você. Deviam ser onze horas da manhã. Ela me deixou entrar. Ela ainda estava de camisola. Não demorou muito.

— Ah, não, Nick. — Não senti ciúmes, mas compaixão.

— Depois fiquei enojado, vomitei no banheiro. Eu me vesti e saí sem me despedir, sem nem olhar para ela. Fui para casa e fiquei uma hora me esfregando debaixo do chuveiro, e então devo ter fumado três maços de cigarro sem parar.

Deixei-me cair numa cadeira e pus a cabeça entre as mãos.

— Não diga mais nada. Eu não quero ouvir.

— O quê? *Você*, Lily? Pensei que você precisava saber destas coisas. De cada detalhe escabroso, para não precisar mais ficar imaginando. Então vou contar tudo. Onde eu estava? Sim, certo, a primeira vez que eu a traí. A primeira vez, como eu disse, foi horrível. Foi terrivelmente sórdido. Não pude acreditar no que tinha feito, desprezei a mim mesmo. Mas é como as pessoas dizem. A primeira vez é sempre a pior.

Ele deu um soco na lareira, fazendo tremer a coleção de peças de cerâmica.

— A segunda vez, pelo contrário. Foi uma semana depois. Eu tinha planejado tudo, tinha enchido os bolsos de camisinhas e cigarros, tinha tomado banho e me arrumado com esmero. Premeditação em primeiro grau. Havia uma mulher que eu me lembrava de ter visto em algumas festas, uma mulher que flertava mais do que as outras, uma mulher de cabelos escuros, amante de alguém. Eu a procurei, paguei umas bebidas para ela, depois fui até seu elegante apartamento no chique Seizième. Fomos direto ao assunto. Descobri que doía menos tomando alguns drinques antes e se não olhasse para o rosto dela. Se mantivesse um cigarro aceso e falasse em francês, caso tivesse que falar. Descobri, de fato, que era capaz de fazer amor duas vezes, em rápida sucessão. Uma ali mesmo no hall, outra no quarto. À uma hora da manhã eu já estava de volta em casa. Um grande progresso. A terceira vez... – Ele estava ofegante, quase sem fôlego de tanta raiva.

— Pare com isso, Nick.

— A terceira vez... que eu não estou conseguindo lembrar direito... a *terceira* vez...

Levantei os olhos a tempo de ver Nick pegar um vaso de cima da lareira e atirá-lo na parede oposta. Ele explodiu em centenas de cacos azuis e brancos.

— A partir da terceira vez – ele disse –, eu podia passar a noite inteira trepando se quisesses.

— Nick! – gritei angustiada.

A porta da cozinha foi aberta com violência. Tia Julie e Kiki olharam chocadas para o vaso quebrado, e para a figura ofegante de Nick ao lado da lareira.

— Tia Julie – eu disse baixinho, mas soube na mesma hora que ela não ia conseguir me ouvir por causa do barulho da tempestade. Fui até elas e falei no ouvido da minha tia. – Tia Julie, leve Kiki de volta para a cozinha. Nick teve um dia difícil. Nós já vamos para casa. Deixe-me falar um instante com ele.

— Não vou deixar você sozinha com ele – disse tia Julie, com um olhar zangado na direção de Nick.

Eu a segurei pelo braço.

— Sim, *sozinha*. Nós estamos bem. Leve Kiki para a cozinha. Dê um biscoito para ela. Tenho certeza de que há um pote de biscoitos em algum lugar.

Kiki tentou passar por baixo do meu braço e correr para Nick.

— Pare, meu bem – eu disse. – Ele precisa de um momento sozinho. Faça isso por ele.

— Lily, olhe para ele!

— Eu sei. — Empurrei-a pela porta, para os braços de tia Julie. — Eu já estou indo, meu bem.

Fechei a porta e me virei. Nick estava parado diante da lareira, com as mãos apoiadas nela, a cabeça baixa. Fui até ele, abracei-o pela cintura e encostei a cabeça em suas costas encharcadas de chuva.

— Eu perdoo você. Não tem importância. Vamos esquecer tudo. Você não sabia a verdade. Você estava representando um papel, aquele não era você. Não o Nick que eu conheço.

Outro pé de vento atingiu a frente da casa, fazendo o resto dos vasos tremer, fazendo o relógio que estava ao lado da cabeça de Nick pular. Ele nem se mexeu.

Eu disse:

— Deixei que me usassem. Eu devia ter sabido, eu devia ter lutado por você. Eu devia ter sabido o quanto você estava magoado. Você que tem um coração tão bom e leal. Você estava tão magoado, nós o magoamos tanto. Como posso culpar você?

Ele não disse nada. Seu corpo tremia contra o meu, e ele tentava recuperar o fôlego. Eu podia sentir seu coração batendo contra o meu rosto.

— Por favor, pare de se torturar – eu disse. – Nós nunca mais vamos falar sobre isso. Vamos começar de novo, como se fosse o dia dois de janeiro.

— Lily, você sabe que isso é impossível. Como vou fazer você me amar de novo, como vou tocar você de novo com estas mãos? O que fiz vai estar sempre presente entre nós.

— Só se nós permitirmos. Só se eu permitir.

Ele não disse nada.

— Além disso — falei —, houve Graham.

Nick deu um arremedo de risada.

— Sim, é verdade. O bom e velho Pendleton, empatando o jogo.

— Rápido e muito insatisfatório.

— Lily, ao contrário de você, não sinto necessidade de saber sobre suas outras conquistas, muito menos ouvir os detalhes. — Ele se virou e tocou meu cabelo. — Vocês vão ficar aqui esta noite, é claro. Não podem voltar para casa no meio desta tempestade.

— Não podemos. Minha mãe ainda está na casa. Ela está sozinha. Temos que voltar.

— De jeito nenhum. Sua mãe pode ficar lá sozinha ouvindo o vento uivar.

A porta da cozinha tornou a abrir, e Kiki apareceu correndo. Ela parou no meio da sala e ficou olhando para nós. Tapou a boca com a mão de espanto.

Afastei-me depressa de Nick. Ele tornou a se encostar na lareira.

— Kiki, querida, está na hora de voltarmos para casa. Mamãe está esperando por nós.

— Vocês não vão — Nick disse. — Já é perigoso demais para você, imagine para Kiki.

— Não posso deixá-la aqui, Nick!

— Então eu vou. — Ele tomou uma decisão. — Tenho o meu suéter. Estarei de volta em poucos minutos. Vou trazê-la comigo nem que seja preciso carregá-la.

— Nick, você não pode fazer isso!

— Por que não? Aqui o terreno é mais elevado do que na sua casa. É mais seguro se estivermos todos juntos. Eu é que devo ir, de todo modo. Sou capaz de enfrentar a tempestade melhor do que vocês.

— Não, Nick! — Kiki se agarrou às pernas dele. — Não vá!

Ele se inclinou e pôs os braços ao redor dos ombros dela.

— Vou ficar bem, docinho. Não se preocupe.

— Você não pode ir — Kiki disse. — Você tem que ficar aqui e se casar com a minha irmã. Você estava abraçando ela. Isso quer dizer que você a ama.

Nick olhou para mim com um ar culpado.

— A verdade vem da boca dos inocentes — tia Julie cruzou os braços.

Nick deu um tapinha nas costas de Kiki e empurrou-a delicadamente.

— Tudo bem, então. Eu vou, e tem que ser agora. Meus apetrechos de chuva estão nos fundos.

Eu o segui até o depósito ao lado da cozinha.

— Você não tem que fazer isso. Por favor, fique. Ou então deixe-me ir com você.

— Alguém tem que ficar com Budgie — ele disse, vestindo o casaco, tirando os sapatos. — Vou ficar bem. É só uma ventania típica de setembro. Já vi piores.

— E tudo isso pela minha mãe.

— Eu a esgano depois.

— Eu ajudo.

Ele enfiou a segunda bota. Entreguei-lhe o chapéu.

— Tome cuidado — eu disse.

Nick parecia maior do que normalmente com o suéter caindo sobre os ombros e as botas pesadas deixando-o ainda mais alto. Ele olhou para mim, e seus olhos castanhos se encheram de lágrimas.

— Meu Deus, Lilybird — ele disse de repente. — Eu te amo tanto. — Segurou meu rosto e me beijou com força, nos lábios. — Nós vamos resolver isto. Vou dar um jeito de compensar o que fiz a você. Não vou mais permitir que ninguém nos separe. Já perdemos sete anos. Pense no que poderíamos ter feito este tempo todo.

— Vá buscar minha mãe. — Minha voz estava rouca. — Vou tentar falar com Budgie.

Ele tornou a me beijar e saiu pela porta dos fundos, desaparecendo quase imediatamente com a porta batendo e o vento uivando. Corri para a frente e olhei pela janela da sala. Imaginei ver um clarão amarelo no meio da chuva, mas ele desapareceu no mesmo instante.

Olhei para o relógio em cima da lareira.

Eram três e vinte e dois da tarde.

<hr />

Para minha surpresa, Budgie estava acordada quando subi, logo depois que Nick saiu.

— Ora, ora — ela disse, meio sonolenta. — Foi uma briga de amantes que ouvi lá embaixo? Espero que não tenham destruído a coleção de vasos de mamãe. Ela os comprou na lua de mel.

— Nem pense em pôr a culpa em mim, Budgie Byrne. — Pus o lampião sobre a mesa e olhei pela janela, para as ondas que estavam ainda maiores do que alguns minutos antes.

— Greenwald — ela disse.

— Não por muito tempo. — Virei-me para ela. Estava pálida, mesmo comparada com os travesseiros brancos, sem batom e com o cabelo escorrido. Seus olhos estavam enormes, pareciam dois pires redondos, com bordas pretas, sem cor naquela luz difusa do lampião.

— Você está entrando numa briga feia, minha querida — ela disse. — Não vou desistir dele com essa facilidade.

— Ele nunca foi seu.

Ela olhou para mim, pestanejando, e virou o rosto.

— Vou contar ao mundo o que aconteceu. Vou arruinar sua mãe. Vou arruinar Kiki. Vocês não poderão ir a lugar nenhum. Você vai ver como é isso.

— Não me importo. Nick não se importa. Minha mãe pode ir para o inferno.

— É o que você diz. Mas seu coração mole não vai deixar. Você não tem coragem suficiente para enfrentar uma boa briga, Lily. Nunca teve.

Apontei para o braço dela.

— E você tem? Cortando os pulsos? Muito corajosa você, Budgie.

— Ele me pegou de surpresa. Agora eu já tive tempo para pensar.

Sentei-me na beira da cama e me inclinei sobre as pernas dela.

— Ah, que bom. Mais planos desse seu cérebro maquiavélico. Diga-me, o que você está maquinando agora? Que novas conspirações para tornar as pessoas à sua volta ainda mais infelizes?

Ela levantou o braço esquerdo e o aproximou do rosto, a atadura quase roçando sua face.

— Eu só queria que você fosse feliz. Eu trouxe Nick para conhecer a irmã. Eu trouxe Graham para lhe dar um marido. Fiz tudo por você, mas não foi o bastante. Você sempre teve inveja da minha beleza, do modo como os homens me desejavam, e você queria isso.

Ela falou com tanta tristeza, com lágrimas escorrendo dos olhos, que percebi instantaneamente a verdade, aquele fragmento de verdade que Budgie sempre conseguia expressar, mesmo que estivesse dopada e desesperada.

— Você está enganada — eu disse.

— Você sabe que é verdade. Você queria a minha vida, você queria o meu marido.

Budgie murmurou as palavras no meio do barulho da tempestade, com o rosto ainda virado para longe de mim, e meus olhos, por algum motivo, se fixaram na base de sua garganta, na veia que pulsava ali com a rapidez de um coelho assustado.

Meu Deus, pensei. Ela está com medo de mim.

Segurei os pés dela, ancorando-nos na cama estreita.

— Não, Budgie. *Você* queria isso tudo. Você queria a *minha* vida, e o *meu* Nick. Eles não eram seus, e você os tomou. Você poderia ter interferido naquele inverno, você poderia ter me contado a verdade nestes últimos seis anos e nos libertado, mas não fez isso. Você me viu sofrer, você viu Nick sofrer. Então, quando o dinheiro acabou, você usou seus segredos sujos para chantagear Nick.

Ela se virou para mim.

— Você devia me agradecer. Eu poderia ter falado sobre o que vi naquela noite. Eu os segui quando eles saíram da festa, sua mãe e o pai de Nick, sabia disso? Eu vi tudo. Você devia me agradecer por ter mantido a boca fechada.

— Você podia ter contado para mim, pelo amor de Deus! Eu estava desesperada. Eu achava que tinha quase matado meu pai. Eu tinha terminado com Nick por causa disso. — Larguei os pés dela e dei um soco na cama. Você podia ter me *contado*! É isso que os amigos fazem.

Budgie levantou a cabeça, os olhos ardendo de fúria. A voz dela estava pastosa dos remédios, a boca espumava de ódio.

— E por que você deveria ter tudo, Lily? Todo mundo sempre gostou de você. Até Graham se apaixonou por você, e ele nunca se apaixonou por ninguém. Você e sua família adorável, o eunuco do seu pai. Eu aposto que seu pai nunca entrou sorrateiramente no seu quarto no meio da noite para dizer que você era uma garota linda e para não contar nada para a mamãe, senão ela ia dar uma surra em você.

O mundo pareceu desacelerar e parar. Até a tempestade fez uma pausa entre um pé de vento e outro, chocada. De uma distância enorme e impenetrável, ouvi a voz de tia Julie chamando por Kiki.

Ela me disse coisas que a deixariam de cabelo em pé, coisas que eu vou levar comigo para o túmulo.

— Não, ele nunca fez isso.

— Então você entende que sigo regras diferentes na minha vida. Preferi ficar com meus duzentos dólares por mês do que contar a verdade para você. Esta me pareceu ser uma escolha óbvia na época. E quando Nick me pediu o divórcio em Bermuda, eu disse que ele tinha uma irmã, e que se algum dia quisesse conhecê-la, se algum dia quisesse tornar a ver a sua preciosa Lily, era melhor ficar comigo e bancar o marido amoroso e não dar um pio.

— Budgie...

— Ah, olhe só para você. Olhe para esses lindos olhos azuis já sentindo pena da Budgie. Você sabe quantas vezes olhou assim para mim? Tanto você quanto Nick. E eu desejava e odiava isso ao mesmo tempo. — Ela tornou a deitar e fechou os olhos. Estava usando uma camisola, notei finalmente, de seda cor de pêssego com rendas cor de marfim, e um robe de seda combinando, que davam um brilho bonito em sua pele, mesmo sob a luz fraca do lampião. Ela devia estar usando isso quando Nick chegou de manhã. Seus seios formavam uma curva suave, ainda cheios, a renda desaparecendo entre eles. — Agora perdi a droga do bebê, e a droga do meu marido. O que você acha que devo fazer, Lily? Você que sempre sabe a coisa certa a fazer.

Tia Julie estava subindo a escada. O barulho dos passos dela soava, acima do barulho do vento do lado de fora, nas velhas tábuas do assoalho da casa de Budgie.

Imaginei qual teria sido o quarto amaldiçoado de Budgie quando ela era pequena. Este? O que ficava do outro lado do corredor?

— Você sabe qual é a coisa certa a fazer, Budgie — eu disse. — Você sempre soube. Não é difícil. É muito mais fácil do que brigar o tempo todo.

A porta do quarto se abriu de repente, e tia Julie apareceu com um ar desvairado.

— Kiki está com você? — ela perguntou.

Dei um pulo da cama.

— Não! Achei que ela estava com você! Ela não está com você?

— Céus! — Ela pôs as mãos na cabeça. — Ela sumiu! Já procurei em toda parte.

Saí correndo.

— O sótão! Você já procurou no sótão?

— Ainda não.

Fui até a beira da escada do sótão e chamei. Minha voz estava histérica.

— Kiki! Kiki! Você está aí em cima?

Silêncio.

— Kiki, não se esconda! Pelo amor de Deus, esta não é hora para brincadeiras! Por favor, diga que está bem! Por favor, querida!

Minhas palavras ecoaram no vazio.

Tia Julie soltou uma exclamação. Ela torcia as mãos.

— Ela não saiu, não é? Ela não teria saído. Não ouvi o barulho da porta.

— O porão?

— Já procurei no porão.

Virei-me e olhei para ela. Meu coração deu um salto no peito, espalhando o pânico por cada artéria do meu corpo.

Adrenalina.

Para onde ela teria ido? *Raciocine como Kiki.* Por que ela sairia? O que poderia atrair minha irmã para fora durante aquela tempestade terrível?

O quê?

Com um estalo, a última peça do quebra-cabeça encaixou no lugar, e meu cérebro encontrou a resposta.

— Nick — eu disse. — Ela foi atrás do Nick.

23

SEAVIEW, RHODE ISLAND

Quarta-feira à tarde, 21 de setembro de 1938

Descemos a escada correndo, tia Julie e eu, nossos pés batendo com força nas tábuas de madeira. Cheguei primeiro à porta, e, quando a abri, me deparei com uma parede de chuva e vento. Eu gritei *Kiki! Kiki!*, mas as palavras foram jogadas de volta na minha cara.

— Não adianta! — disse tia Julie.

Corri de volta para a cozinha, para o depósito ao lado dela. Havia mais uma capa de chuva pendurada no gancho, a postos para os constantes dilúvios daquele verão tão quente e tão úmido. Eu a vesti. As botas de Budgie eram pequenas demais, mas enfiei os pés dentro delas assim mesmo e cobri a cabeça com o capuz da capa.

Tive de forçar a porta para ela abrir, enfiar o ombro e empurrar com toda a força, e então ela foi arrancada das dobradiças. O vento atirou-a no ar como se fosse uma bola de borracha, e ela desapareceu.

Cambaleei pela tempestade, gritando o nome de Kiki. Não conseguia ver nada. Nos últimos dez minutos, o céu tinha escurecido e a chuva estava tão forte que respirar era como beber. Se eu abrisse a boca, me afogaria. Apoiei-me do lado da casa e me inclinei na direção do vento, mas não adiantou. Caí no chão e me arrastei, e a água se agitou ao redor das minhas mãos, joelhos e pés, espumando e cheia de pedaços de alga, carregando areia e sal.

Centímetro a centímetro, metro a metro, eu me arrastei ao longo do lado da casa. Passei pelas hortênsias, que o vento tinha deixado sem folhas e flores. Fui me arrastando pela água. Cheguei ao final da varanda, me segurei na coluna e fiquei em pé.

– *Kiki!* – gritei.

A praia de Seaview estava diante de mim, mas não havia mais praia. Era só água, crescendo, agitada, avançando pela ligeira elevação onde ficava a casa de Budgie. Água era tudo o que eu conseguia ver; não havia céu, não havia outras casas, não havia carros na rua. Não havia as figuras familiares de Nick e Kiki, grudadas uma na outra como tinham estado durante todo o verão.

– *Nick! Kiki!* – gritei. – *Nick! Kiki!*

De onde tinha vindo aquele mar? Eu nunca tinha visto uma tempestade como aquela. Não conseguia ficar em pé, não conseguia respirar.

Da varanda, alguém tocou no meu ombro.

– *Entre!* – tia Julie gritou. – *Venha para dentro!*

– *Não posso!* – gritei de volta.

– *Entre!*

Ela se arrastou até o lado da varanda e pulou na água do meu lado. Não estava usando uma capa de chuva. Ela me agarrou pelas pernas e me puxou para baixo.

– *Entre! Você não pode me deixar sozinha! Preciso de você!*

Eu estava soluçando, gritando o nome de Kiki, o nome de Nick. Tia Julie me arrastou pelo braço até a frente da varanda, me fez subir os degraus com a tempestade batendo em nossas costas. Chegamos à varanda na hora em que o teto dela foi arrancado e saiu voando.

– *Eles se foram!* – tia Julie também estava soluçando. – *Venha para dentro!*

Nós nos arrastamos até a porta e tentamos abri-la. Ela não se mexia por causa da força do vento.

Puxei com toda a força. O rugido da tempestade invadiu meus ouvidos e meu cérebro, até eu sentir cada oscilação nos meus ossos. As mãos magras de tia Julie se fecharam ao redor das minhas e empurraram a porta junto comigo.

No meio do caos, algo mudou. Algo tomou fôlego e se ergueu na escuridão. Eu podia sentir isso atrás de mim. Virei-me de volta para a praia.

Uma parede escura estava se formando, tão alta quanto a casa.

— *Temos que entrar!* — gritei para tia Julie.

Juntas, empurramos a porta até ela abrir um pouco e a água entrar aos borbotões dentro do hall. Passei pela pequena abertura e puxei tia Julie atrás de mim.

Não parei. Fiquei em pé e subi correndo a escada.

— Budgie! A enchente está vindo! Rápido! Para o sótão!

Budgie olhou para mim da cama.

— Não seja tola.

— *Agora*, Budgie!

— Onde está o Nick?

— Ele está na casa da minha mãe. Ele está seguro. Venha! — Vi que ela não ia se mexer. Fui até a cama e coloquei-a sobre meu ombro, com a força descomunal do pânico. Ela gritou e socou minhas costas.

Adrenalina.

A adrenalina nos arrastou pela escada até o sótão escuro, com Budgie me socando e tia Julie logo atrás.

A adrenalina jogou Budgie numa velha poltrona e me fez correr até as janelas, enfiando cobertores em todos os vãos, jogando-os para tia Julie, enquanto a chuva martelava, e as venezianas rangiam.

A adrenalina arrastou as portas empilhadas no chão do sótão, onde os operários as tinham colocado, obedecendo às instruções de Budgie de arrancar tudo, de abrir tudo, de pintar tudo de branco. A adrenalina as encostou nas janelas viradas para o mar, até que o cômodo ficou quase negro.

Senti o impacto um instante depois, quando a parede de água atingiu a casa, a cercou, transformou a casa numa ilha de madeira no mar enorme. Ouvi o oceano invadir a casa pelas janelas e portas e paredes abaixo de nós, ouvi-o entrar nos cômodos onde havíamos estado momentos antes, onde Nick tinha atirado o vaso azul e branco num acesso de raiva e depois tinha vestido a capa de chuva e me dado um beijo de despedida.

— O que está acontecendo? — Budgie gritou. Ela caiu da poltrona e veio se arrastando na minha direção.

Fui até ela e a abracei.

— É a enchente, Budgie. A água está subindo em volta da casa. Estamos no alto, não se preocupe. A água não vai nos alcançar.

Outra onda nos atingiu. Senti as fundações absorvendo o impacto, o choque sacudindo vigas. O chão tremeu sob nós. Budgie tornou a gritar e escondeu o rosto no meu peito. O cabelo dela estava seco e quente sobre o meu vestido molhado.

— Nick! Onde está o Nick? — perguntou.

— Ele está bem. Está seguro. Acalme-se. — Meu corpo tremia. Lágrimas escorriam pelo meu rosto, entrando pela minha boca. Eu me agarrei a Budgie. Tia Julie se arrastou pelo chão e se juntou a nós.

Ficamos ali abraçadas, molhadas, tremendo. Outra onda nos atingiu, e a casa começou a se inclinar.

— Meu Deus! — Budgie disse. — Meu Deus! Nós vamos morrer!

Eu pensei, talvez se eu ficar aqui sentada, sem me mexer, isso não irá acontecer. Talvez se eu continuar aqui sentada, se eu me agarrar a Budgie, se me agarrar a tia Julie, a casa irá parar de se inclinar, irá parar de desmoronar aos poucos sob nossos corpos. A água irá parar de inundar os andares, e Kiki irá voltar junto com Nick.

A água começou a pingar dos cobertores, a entrar por baixo das portas e por cima das janelas.

— Ela chegou ao sótão — tia Julie disse numa voz quase calma.

As tábuas começaram a se soltar. A água entrou pela abertura entre o assoalho e as paredes.

Fiquei em pé.

— Peguem uma porta cada uma. Rápido!

O cheiro de sal e chuva enchia o ar. Budgie ficou em pé, cambaleando. Peguei uma das portas e a coloquei sobre ela.

— Portas flutuam — eu disse. — Segure-se. Segure-se com toda a força, Budgie.

— Não consigo — ela disse.

— Consegue, sim.

Tia Julie já estava pegando uma porta para ela. Eu a ajudei e peguei uma para mim, quando a água tornou a nos atingir, e a casa inteira foi erguida e começou a desmoronar.

As janelas quebraram. A água invadiu tudo.

— Saiam debaixo do telhado! — gritei. — Antes que ele caia.

Budgie se levantou, tentando arrastar a porta com ela. Desisti da minha e fui até ela. Ajudei-a a empurrá-la pelo chão varrido pelo mar. As paredes estavam se partindo. Uma abertura enorme tinha surgido de um lado, por onde a água entrava aos borbotões. Empurrei a porta por ela, empurrei Budgie comigo, e de repente estávamos flutuando na água salgada.

— Segure-se! — gritei para ela. Nós nos deitamos lado a lado sobre a porta. Eu não fazia ideia de onde estávamos, de onde ficava o continente. Eu não sabia se podíamos flutuar daquele jeito, pelo que restava da baía de Seaview. Tentei sentir a direção da água, para dar impulso com as pernas na direção da terra.

Algo bateu em nós: tia Julie, agarrada à sua porta.

— Dê impulso com as pernas! — gritei. — Vá na direção do continente! É o único jeito!

A água a levou embora.

— Bata as pernas! — eu disse para Budgie, e ela bateu um pouco e parou.

Bati as pernas com força, enquanto a chuva caía nas minhas costas, e o vento me açoitava. Se eu ainda estava viva, então Nick e Kiki também podiam estar. Eu tinha de continuar. Eu tinha de chegar à terra firme.

Cobri Budgie com meu corpo, nos ajeitei melhor sobre a porta, e fui batendo as pernas com firmeza enquanto o mar nos carregava. Eu já tinha pegado onda antes, já tinha deixado meu corpo deslizar pela superfície da água que subia e quebrava. O segredo era não lutar. A água era o chefe; o oceano comandava. Você andava nela como se estivesse montando um cavalo em disparada, mantendo-se nele e rezando para que não levasse você para muito longe.

Segurei o corpo de Budgie sob o meu. Seu cabelo molhado entrava na minha boca. Senti gosto de sangue, um gosto forte e metálico. Parei de bater pernas, usando-as apenas para manter nossas costas viradas para a tempestade. Fechei os olhos para protegê-los da chuva e do vento, abrindo-os somente para tentar ver para onde estávamos indo. Às vezes eu avistava tia Julie, um borrão na vastidão cinzenta, agarrada na porta de Budgie, imóvel. Ela devia estar viva, pensei, ou já teria caído no mar. Nada podia parar tia Julie. Nenhuma tempestade seria capaz de acabar com ela.

Enquanto o Atlântico enlouquecido me jogava do outro lado da baía, e a água me cobria, e os restos dos chalés de Seaview batiam na minha frágil jangada, eu pensava: o que vou fazer se conseguir sobreviver?

∽

Quando chegamos à costa, a porta virou e nos jogou na água. Segurei Budgie pelos ombros e arrastei-a pelas ondas, nossos pés descalços batendo no solo áspero, passando por árvores e arbustos, até estarmos livres do oceano. Tropecei em alguma coisa, uma tora de madeira levada pelo mar, e com um último esforço nos icei para cima dela e desfaleci em seu abrigo. Budgie gemeu e se encostou em mim, tremendo. Pus os braços em volta dela e a segurei, o rosto virado para baixo, com espaço apenas para respirar.

Não sei quanto tempo ficamos ali deitadas. Caí num estado de torpor entre a consciência e o sono, abraçando com força o corpo trêmulo de Budgie com minhas mãos esfoladas e doloridas, absorvendo o vento e a chuva por nós duas. Os dedos dela apertavam meus braços. Sua pele estava molhada e fria, os membros magros e frágeis. Só sua respiração era quente, roçando minha garganta como se fosse uma pluma.

Em algum momento, um galho caiu perto de nós, os gravetos cortando minhas pernas e costas, mas a dor apenas se misturou com todos os outros machucados e arranhões que cobriam meu corpo.

Após algum tempo, Budgie parou de tremer e ficou imóvel em meus braços. Eu disse a mim mesma que ela estava dormindo, que iria acordar quando a tempestade passasse. Continuei a segurá-la, porque, se a segurasse com bastante força, poderia transmitir minha força para ela, poderia trazê-la de volta à vida.

⁓

Tão subitamente quanto tinha chegado, a tempestade se foi. O rugido do ar foi diminuindo até parar. Uma última rajada de chuva atingiu minhas pernas e então diminuiu de intensidade. Quando o volume do som diminuiu, ouvi uma voz vindo do meio das árvores. Consegui erguer um pouco o corpo, ainda segurando Budgie, e gritei:

– Olá!

A voz chamou, mais forte:

– Lily?

– Tia Julie?

— Sou eu! É a Lily!

Ouvi um barulho de galhos quebrados, à minha esquerda. Tentei enxergar a silhueta dela no escuro.

— Graças a Deus! — ela estava dizendo. — Vocês estavam aqui o tempo todo? Eu estava gritando por você! Ó querida, onde você está?

— Aqui! — gritei. — Estou com Budgie!

Tia Julie apareceu de trás de uma árvore, as roupas em farrapos. Eu ainda estava ajoelhada, segurando o corpo mole de Budgie. Ela caiu e nos abraçou.

— Querida. Você está aqui.

Seus braços me apertaram, e então ela me soltou.

— Lily... Budgie... Ela...

— Ela desmaiou. Ela estava tão cansada.

— Querida, ela está morta.

Empurrei tia Julie com o cotovelo.

— Ela não está morta! Ela está dormindo, ela estava tão cansada. Ela está dormindo.

— Meu bem. — Tia Julie pôs as mãos nos meus braços, mas eu não queria largar Budgie. Ela abriu meus dedos, um por um. Então pegou Budgie e a deixou no chão molhado. Seu cabelo caiu para trás, expondo um corte feio na cabeça. — Pobrezinha — tia Julie murmurou.

— Ela não está morta, não está morta — continuei repetindo, com o rosto enfiado no peito de tia Julie.

— Pobrezinha. — Ela acariciou minhas costas com seus dedos longos, com as unhas quebradas. — Pobrezinha.

⁂

Passamos a noite abrigadas no velho celeiro de pedra, encolhidas uma contra a outra no frio, depois de passarmos horas nos revezando, andando e chamando por Nick, Kiki e minha mãe. Achamos a Sra.

Hubert, que tinha percorrido a baía de Seaview na parte da frente do seu sótão e pousado no mesmo lugar. O Sr. Hubert, ela disse, com o pétreo estoicismo da Nova Inglaterra, tinha escorregado pelo buraco e desaparecido nas ondas.

Estendemos o corpo de Budgie ao lado do muro. Não havia nada para cobri-la. Ela ficou ali deitada, vestida com a camisola e o robe de seda cor de pêssego manchados de sangue, o braço esquerdo enfaixado cruzado no peito. Seu cabelo embaraçado se estendia pela terra. Pensei no quanto ela teria detestado ser vista daquele jeito.

Passado algum tempo, apareceram dois homens, que estavam preparando o jardim dos Langley para o inverno quando a tempestade começou. Eles tinham sido levados pela água em cima de um pedaço de cerca de madeira branca e tinham ido parar ali perto. Não, eles não tinham visto um homem com uma garotinha, nem na baía nem em terra. Iam continuar andando até a cidade, iam comunicar que estávamos ali e mandariam alguém buscar o corpo de Budgie.

O céu clareou, as estrelas apareceram. Um clarão iluminou o horizonte, brilhante como o amanhecer.

— Incêndios — a Sra. Hubert disse, balançando a cabeça.

Tentei avistar Seaview Neck do outro lado da baía, mas as árvores tapavam minha visão, e eu só via sombras onde Nick e Kiki deveriam estar. Fiquei olhando sem entender, como se meu cérebro tivesse se dividido em duas partes desconectadas, uma absorvendo a informação passada pelos meus sentidos, a outra bloqueando esta informação, recusando-se a aceitar o que eu via, ouvia e cheirava. Na minha mente, tracei um retrato dos olhos castanhos de Nick, seu coração batendo com firmeza sob minha mão; desenhei os cachos macios de Kiki e suas pernas bronzeadas. Mas as linhas desapareciam assim que eu as formava. Não conseguia manter as imagens na cabeça. Não conseguia recordar seus rostos.

Eu me virei para Budgie. Ajeitei o cabelo dela o melhor que pude e disfarcei o corte feio em sua têmpora. Deitei-me ao seu lado, porque ela não gostava de ficar sozinha, e reparei no modo como o clarão dos incêndios em New London realçavam seu belo perfil. Um nariz tão reto e orgulhoso, o famoso nariz Byrne.

Por algum motivo, esta visão pareceu diminuir o peso que eu sentia no coração.

※

Quando acordamos ao amanhecer, molhadas e tremendo de frio, a Sra. Hubert se ofereceu para ficar com Budgie enquanto tia Julie e eu íamos buscar ajuda.

— Tenho que encontrar Nick e Kiki — eu disse. — Tenho certeza de que eles estão terrivelmente preocupados conosco.

Tia Julie não disse nada.

Tínhamos ido parar do lado oposto da baía de Seaview, um pouco a leste. Fomos caminhando descalças pela mata, pisando em galhos e pedras, avançando devagar. Estava tudo molhado e coberto de detritos. Pisei em algo duro e descobri que era uma forma de gelatina.

O dia ia ficando cada vez mais bonito, calmo e claro, os suaves raios de sol espalhando calor pelo ar. Eu não tinha o meu relógio, mas não podiam ser mais de sete horas. Começamos a subir a colina que dava para Seaview. Chegamos à estrada, que estava quase invisível debaixo das árvores e dos postes caídos, das folhas e galhos e pedaços de telhado. Havia alguns poucos carros abandonados, amassados, cobertos de folhagem.

Quando nos aproximamos da saída, comecei a correr. Tia Julie me fez parar.

— Devíamos ir primeiro à cidade — ela disse. — Eles devem ter notícias lá. Podemos conseguir comida e alguém para nos ajudar a trazer Budgie. E não acho que a Sra. Hubert consiga atravessar esta mata sem ajuda.

Sacudi a cabeça, tonta de fome, de cansaço, de tristeza.

– Precisamos encontrar Nick e Kiki primeiro. Eles podem estar feridos.

– Você precisa comer.

– Eu preciso encontrá-los.

Chegamos à curva da estrada. Tia Julie segurou com força minha mão.

Mais um passo, mais outro, e Seaview Neck surgiu diante de mim atrás da colina.

Ou o que tinha sido Seaview num outro mundo.

O mar tinha invadido o Neck em vários pontos, onde o terreno era baixo. Havia destroços por toda parte: pedaços de madeira e móveis, roupas, um toldo listrado de verde e branco do clube. A água batia inocentemente sobre Neck Lane.

Não havia nenhuma construção em pé.

Nem uma casa, um cais, uma cerca. Não havia o clube Seaview, o gazebo dos Grenwald, onde Budgie e Graham tinham se encontrado como bichos à noite e possivelmente concebido um filho sobre os bancos estofados.

Não havia a casa dos Palmer, nem a casa dos Greenwald, nem o velho chalé dos Dane no final da rua. Nenhuma das quarenta e três casas do Condomínio Seaview permanecera de pé. Os destroços das fundações de pedra da casa dos Hubert eram uma ferida aberta na claridade da manhã, cheios de água como uma piscina.

O sol, já bem alto agora, iluminava tudo.

Minhas pernas ficaram bambas. Caí de joelhos na grama alta do lado da estrada.

– Acabou – murmurei.

Tia Julie se ajoelhou do meu lado.

– Querida. Meu Deus. Sinto muito.

Uma brisa ligeira fez esvoaçar meu cabelo. Fiquei arrancando a grama ao lado dos meus joelhos e vendo o mar entrar e sair, entrar e sair da enseada onde eu costumava nadar nua toda manhã. O sol traçava uma linha diagonal do lado da velha fortaleza. Sob sua sombra, algumas gaivotas ciscavam nas pedras. Inalei a mistura de sal e vegetação do ar, que tinha adquirido uma nova frescura.

Tia Julie puxou meu braço.

— Vamos, meu bem. Vamos até a cidade comer alguma coisa. Talvez eles já estejam lá. Talvez eles tenham sobrevivido.

— Eles não sobreviveram, tia Julie.

Ela ficou calada. Seu vestido roçou meu rosto, duro de sal.

— Vamos, Lily. Temos que ir.

Um minuto se passou. Mais outro.

— Lily.

— Espere — murmurei. — Espere.

— Vamos embora.

Eu me levantei, mas não fui na direção da cidade em busca de comida e informações. Em vez disso, fiquei ali parada no alto da colina, com a mão protegendo os olhos, porque achei que tinha avistado algo amarelo no meio dos destroços de Seaview Neck.

— O que foi? — tia Julie perguntou.

Não me mexi, não pisquei. Tive a impressão de sentir cada pelo do meu corpo se eriçando.

O amarelo desapareceu.

Apertei os olhos e esperei. Uma gaivota gritou acima de mim e mergulhou, descendo até a praia, onde as aves estavam se juntando para disputar pedaços de criaturas mortas deixadas pela maré.

Ao lado de uma chaminé desabada, o amarelo reapareceu.

Saí correndo pela encosta, meus pés descalços e ensanguentados batendo no chão e saltando por cima dos destroços. Tia Julie chamou meu nome, mas sua voz pertencia a um universo diferente.

Adrenalina.

Ela despertou a última centelha de energia dos meus músculos, o último restinho de oxigênio dos meus pulmões. Corri pela minha vida.

O oceano tinha invadido a base de Seaview Neck. Corri com água até os joelhos, abrindo caminho no meio de pedaços de madeira e móveis quebrados, passei por um caixote com copos intactos do bar do clube. Passei por uma cômoda, formando um ângulo agudo, com a água batendo no puxador da terceira gaveta.

Cheguei à areia dura e acelerei.

Não havia mais Neck Lane, não havia mais caminhos de pedra para me guiar. A areia tinha coberto tudo. Mas eu sabia o caminho, eu tinha andado por esta rua desde que era criança: tinha corrido e saltado e pulado corda, tinha aprendido a andar de bicicleta e a guiar automóvel, tinha tomado meu primeiro sorvete de casquinha junto com Budgie, e tinha transado no banco de um carro com Graham Pendleton, tudo isso em diversos locais ao longo de sua extensão. Eu tinha caminhado por ali uma vez com Nick Greenwald, e sentido meu coração voltar a bater.

Ele estava batendo de novo agora, bombeando sangue pelo meu corpo, de modo que, quando o pontinho amarelo tornou a surgir, eu ainda tive força para soltar um último grito.

Porque pude ver que o pontinho amarelo era o sueter de Nick Greenwald, e que ele estava enrolado em volta de uma figurinha de cabelos escuros cuja cabeça estava levantada e se movendo e com toda a certeza viva. A figura estava sendo carregada por um homem alto de ombros largos, que estava com o peito e os pés nus, cujo cabelo castanho formava cachos sob o sol, e cujo braço se levantou na direção do céu azul e acenou para mim.

As velhas pedras cinzentas da fortaleza surgiram atrás deles, largas e altas e cheias de desprezo pelas tempestades do Atlântico.

Então perdi as forças. Corri mais alguns metros, depois comecei a andar até parar. Tentei me manter em pé, mas não consegui. Caí de joelhos na areia suja e esperei.

Tive a impressão de que tinham se passado horas até sentir a mão de Nick tocar meu ombro, até ele cair na areia do meu lado, ainda com Kiki em seus braços.

— Graças a Deus — ele disse com uma voz rouca.

Não consegui dizer nada. Pus o braço em volta da cabeça de Kiki e esfreguei o rosto úmido contra o ombro nu de Nick.

— Meu braço está doendo — Kiki disse. — Nick acha que ele pode estar quebrado. Ele o enrolou com a camisa dele. Ele disse que sabe tudo sobre ossos quebrados.

— Ah, meu bem — eu disse. — Minha querida.

Ela continuou tagarelando:

— Você viu mamãe? Ela não quis ir para a fortaleza conosco. Nós tentamos, mas ela não quis. Nick teve que me carregar nas costas de tão forte que estava o vento.

— Mas Nick era mais forte, não era? — murmurei.

Ela concordou com a cabeça.

— Nick disse que mamãe deve ter flutuado no telhado da casa, até a praia. Ele disse que ela deve estar esperando por nós na cidade.

— Aposto que sim. Foi isso que nós fizemos. Só que usamos as portas velhas que estavam no sótão da casa dos Greenwald.

As costas de Nick sacudiram. Ele tinha um braço passado em volta do meu corpo, e seu rosto estava enterrado em meu cabelo. Eu podia sentir suas lágrimas caindo na minha pele.

Kiki disse:

— Nick ia voltar para buscar você, mas a água já estava cercando toda a muralha da fortaleza. Mas ele disse que você ia achar um jeito de escapar. Ele tinha certeza disso. Ele ficou me repetindo isso, para eu não me preocupar.

— Sim, meu bem. Nick tinha razão. Nós demos um jeito. Eu não ia desistir de jeito nenhum.

Kiki fez silêncio, e ficamos ali abraçados no meio das ruínas de Seaview por algum tempo, sem dizer nada. A maré estava subindo, carregada de roupas, como se alguém tivesse atirado do píer um guarda-roupa inteiro, só que o próprio píer tinha desaparecido no oceano e não havia mais ninguém em Seaview Neck. Um par de shorts masculino veio em nossa direção, mais perto a cada onda, brancos sob o sol forte da manhã.

— Estou com fome — Kiki disse. — Vamos tomar café.

Epílogo

SEAVIEW, RHODE ISLAND

Junho de 1944

Eu me casei com Nicholson Greenwald no Dia dos Namorados em 1939, na presença de uns quarenta convidados, na capela da Igreja do Descanso Celestial na Quinta Avenida com a Rua Noventa, tendo Kiki como dama de honra. Ela e eu usamos vestidos brancos combinando, o meu debruado de pele no pescoço e nas mangas e o dela curto e sem nenhum babado. Um rabino, trazido por dois belos primos Greenwald que serviram de padrinhos para Nick, também abençoou a união. Meu pai estava na frente, sentado em sua cadeira de rodas, ao lado da mãe de Nick, e embora eu não conseguisse tirar os olhos do rosto de Nick, sabia que papai estava sorrindo enquanto pronunciávamos nossos votos.

Tínhamos planejado originalmente um casamento ao ar livre na primavera, deixando passar um período de tempo mais apropriado entre a morte trágica da primeira esposa de Nick Greenwald no grande furacão e seu casamento com a mulher que ele tinha seduzido e abandonado sete anos antes, mas na passagem do ano eu já estava esperando um bebê ("Um descuido meu", Nick disse, não parecendo nem um pouco arrependido), e Kiki tinha começado a perguntar por que Nick tinha uma escova de dentes no copo ao lado da pia do banheiro, se ele ainda não podia morar conosco. As partidas noturnas de Nick tinham se tornado pouco práticas para ele e insuportáveis para todos nós.

O escândalo durou pouco, como costumava ocorrer com escândalos quando os protagonistas se portavam com discrição. Depois do casamento, deixamos Kiki com tia Julie e fomos passar duas semanas na Flórida, onde ficamos a maior parte do tempo nus, na cama, fazendo amor e pedindo serviço de quarto e escolhendo nomes para o bebê, cada um mais ridículo do que o outro.

Quando voltamos, pálidos e felizes, as unhas dos pés de Kiki estavam pintadas de vermelho, e ela havia furado as orelhas. As orelhas nós insistimos em deixar fechadas até ela fazer 18 anos, mas o esmalte vermelho permitimos, a contragosto, que ficasse. Tia Julie costumava renová-lo uma vez por semana, enquanto Nick e eu saíamos para jantar.

Nós não fomos a Paris. Depois da lua de mel, vendemos tanto o apartamento grandioso de Nick no Upper West Side quanto o nosso em Park Avenue, e nos mudamos para Gramercy Park para felicidade de Kiki. Quando o espaçoso apartamento de três quartos ao lado do nosso vagou, nós o compramos e conseguimos completar a reforma bem a tempo para a chegada do bebê em setembro, menos de um ano depois do Grande Furacão de 1938 e sete dias depois que a Grã-Bretanha declarou guerra contra a Alemanha.

Com nossa nova família crescendo, Nick vendeu suas ações na Greenwald and Company para seus sócios minoritários e começou a planejar a reconstrução da casa de Seaview Neck. Os membros sobreviventes do Condomínio Seaview – a Sra. Hubert entre eles – acharam que nós éramos loucos e nos disseram isso, mas, à medida que nossas fundações subiam, e as sólidas paredes de pedra da Nova Inglaterra por sobre elas, muitos procuraram Nick e pediram que ele projetasse casas para eles também. Enquanto isso, depois de grande insistência por parte de Nick, comecei a enviar histórias para o jornal local durante o verão, a maioria a respeito do esforço de reconstrução da área, e em pouco tempo meus artigos estavam sendo publicados por jonais de toda a região Nordeste.

Em dezembro de 1941, mais de três anos depois da tempestade, eu estava grávida do nosso segundo filho, escrevendo artigos regularmente para os jornais e juntando material, com a ajuda de Nick, para escrever um livro sobre o furacão e suas consequências. Pelo menos dez chalés de pedra tinham reaparecido em Seaview Neck, e estávamos discutindo a possibilidade de construir uma nova sede para o clube.

※

MAS NESSE DIA EM PARTICULAR, o dia seis de junho de 1944, a ideia de uma sede do clube de Seaview nem passava pela minha cabeça.

De manhãzinha, tia Julie bateu na minha porta com notícias da invasão da Normandia, e agora estamos sentadas nas pedras abaixo da fortaleza, olhando para o mar e rezando por papai e todos os soldados.

Nick, é claro, agora é o papai. Até Kiki começou a chamá-lo assim desde que o pequeno Nick aprendeu a dizer a palavra, embora meu pai more conosco em Gramercy Park e esteja sentado neste momento em seu quarto em Seaview que dá para a baía. Isso parece natural para todos nós. Ainda não contamos a ela a história complicada da sua filiação, embora ela já esteja com quase 12 anos e possivelmente imaginando por que se parece tanto com o homem com quem sua irmã se casou. Mas fora tudo isso, ela ama Nick como pai; ela chorou vários dias quando ele partiu para a Inglaterra no seu elegante uniforme de tenente; ela acompanha os passos da unidade de Nick com um zelo religioso.

Assim como eu. Enquanto o sol se ergue no horizonte, imagino ouvir os canhões percorrendo as areias das praias invadidas, ouvir o grito de comando de Nick no meio do caos, vindo do outro lado do oceano. Eu me lembro dele durante o jogo de futebol na praia, dos seus olhos ferozes e da sua vontade firme, liderando e ensinando enquanto jogávamos. Será que é isso que ele está fazendo agora, no auge da batalha? Ou ele ainda está na Inglaterra, esperando sua vez nos navios invasores?

Ele ainda está vivo?

Sem dúvida eu saberia se ele não estivesse. Sem dúvida, se o coração de Nicholson Greenwald parasse de bater, o meu teria sentido um baque, uma parada súbita, como um rio cuja fonte tivesse sido cortada.

Eu me sento nas pedras e inspiro o cheiro de maresia do Atlântico. Observo nossos dois filhos brincando na enseada sob a supervisão de Kiki, rindo e jogando água para cima e inteiramente inconscientes dos olhos vermelhos e do rosto ansioso da irmã. Ponho a mão na curva enorme da minha barriga de nove meses, o presente de despedida que Nick deixou para mim, e tento não desejar que Nick não fosse Nick, que não tivesse se sentido obrigado a se apresentar no Exército assim que a notícia sobre Pearl foi noticiada no rádio na fala arrastada do presidente Roosevelt.

Mas Nick é Nick, e não só ele completou seu treinamento de oficial com brilhantismo, mas usou de toda a sua influência para ser designado para uma unidade de combate. Ele me disse, enquanto eu chorava na cama antes da partida dele, que vinha esperando esta guerra, que vinha se preparando para esta guerra desde que tinha viajado para a Europa com os pais quando estava na faculdade. Que era seu dever lutar contra Hitler. Que ele estaria pensando em mim e nas crianças o tempo todo, e que ia se manter vivo para nós.

Quando eu disse que ele não podia prometer isso, ele me abraçou e murmurou que tinha sobrevivido a um furacão por minha causa e por causa de Kiki, e que um único furacão tinha mil vezes mais poder de destruição do que uma simples guerra entre homens.

Alguém toca meu ombro.

— Já está com fome? — pergunta tia Julie com uma cesta de piquenique na mão.

Eu deveria estar preocupada demais para comer, mas o bebê dentro de mim não está preocupado com o pai dele, e ataco os ovos cozidos e o bolo de limão de Marelda com o apetite de sempre. Os meninos, ao verem comida, vêm correndo, e Kiki senta na pedra ao meu lado com uma garrafa de *ginger ale* bem gelada.

— Ele está bem, não está? — ela pergunta, como se eu tivesse uma capacidade divina de adivinhar como estava Nick a cinco mil quilômetros de distância de mar aberto.

— Tenho certeza que sim, meu bem. — Coloco o braço em volta dela, e por um instante penso em Graham Pendleton, cujo corpo dourado jaz agora em pedaços no solo do English Channel, depois de um combate aéreo com a Luftwaffe cinco meses atrás. — Você conhece o papai. Lembra como ele manteve você a salvo na fortaleza durante o furacão?

— Eu me lembro. — Ela se debruça sobre mim e põe a mão na minha barriga. Ela fez isso das outras vezes em que estive grávida; adora sentir o bebê chutar sua mão. É como se ele estivesse dizendo alô, ela diz, e digo a ela que está mesmo. O bebê dá um pontapé tão forte nela que fico sem fôlego. Kiki ri. — Zowie. Esse bebê é mesmo do papai.

— Aposto que é outro menino — diz o pequeno Nick com satisfação.

— De jeito nenhum — diz tia Julie. — Chega de meninos. Se este não for uma menina, eu deserdo vocês todos.

Os meninos dão gritos ao ouvir isso, até o pequeno Freddy, de 2 anos, que ainda não entende bem que existe um bebê de verdade dentro da barriga da mamãe, porque ele sempre imita o irmão mais velho. O pequeno Nick enfatiza seu desagrado com um sonoro arroto.

— Nicky! – digo.

— Ah, não faz mal – diz tia Julie, descascando outro ovo para ela. – Melhor por cima do que por baixo da mesa.

O sol fica mais alto no céu, e a noite está caindo nas praias da Normandia. Terminamos nosso piquenique e entramos, e mais tarde jogamos croquet no pequeno gramado atrás da casa e deixamos Freddy ganhar. Depois do jantar, depois que os meninos tomam banho e vão para a cama, eu me sento lá fora com Kiki e tia Julie e contemplo o pôr do sol vermelho-alaranjado. Estou tomando uma limonada; não tenho mais apetite para tomar gim-tônica, que sempre me faz lembrar de Budgie. Em todo caso, nenhuma quantidade de gim seria capaz de diminuir a saudade constante que sinto de Nick.

— Céu vermelho à noite, alegria do marinheiro – diz tia Julie. A brisa desmancha seu cabelo, e ela o prende atrás das orelhas.

— Céu vermelho de manhã... – começo.

— Alerta para o marinheiro. – Kiki termina. Ela encolhe as longas pernas sob o corpo e toma sua limonada. Seus cachos castanhos caem no rosto, tão rebeldes quanto os de Nick, e ela apoia o queixo na palma da mão com a expressão pensativa de uma garota entrando na adolescência. Ela pergunta: – O céu estava vermelho na manhã do furacão?

— Não faço a menor ideia – diz tia Julie. Ela está tomando gim-tônica sem nenhum problema, e tem um cigarro entre os dedos com unhas pintadas de vermelho. Ela não mudou nem um pouco.

Penso naquela madrugada longínqua em Gramercy Park, quando Nick se sentou na cama para se despedir antes de partir para Seaview.

— Estava sim. Os velhos marujos dizem que o céu ficou vermelho três manhãs seguidas. Um sinal certo de uma tempestade que só ocorre de cem em cem anos.

— Espero que o tempo esteja bom para papai — Kiki diz, e seus olhos se enchem de lágrimas.

— Eu também.

— Nós todos — diz tia Julie — porque Deus sabe que eu não posso engravidar a Lily de novo sozinha.

— E Deus sabe que prefiro enfiar uma bala na cabeça a ficar grávida de novo — digo.

◊

Por acaso, entro em trabalho de parto naquela noite, e às dez horas da manhã seguinte Nick e eu ganhamos uma filha de quatro quilos, com uma penugem de cabelo claro e olhos que ficam enrugados nos cantos quando ela chora, o que ela faz com frequência e com convicção. Dou a ela o nome de Julie Helen Greenwald. ("Se essa é uma tentativa de influenciar meu testamento, está funcionando", tia Julie declara.) Mandamos um telegrama para a unidade de Nick, embora saibamos que ele não será considerado prioritário por causa da invasão, e no dia seguinte mandamos pelo correio para ele um retrato e uma carta, assinada com os pezinhos de Julie. Agimos como se soubéssemos que o pai de Julie está vivo e bem e comemorando a notícia do nascimento dela com charutos e conhaque de maçã.

Sete dias depois, enquanto o bebê e eu ainda estamos no hospital, um rapaz da Western Union pedala toda a extensão de areia e cascalho de Neck Lane e para na nossa porta. O rosto dele é sério, respeitoso e exausto. Ele tem tido muito trabalho nos últimos dias.

Kiki está usando a mangueira do jardim, limpando a areia dos calções dos meninos. Ela solta um grito e larga a mangueira na grama, onde ela gira loucamente para alegria dos garotos.

Tia Julie vem correndo da praia, com o chapéu voando, pálida e trêmula, e pega o telegrama. Ele está endereçado a mim.

Ela hesita por um instante, pensando talvez que devesse levá-lo para o hospital, que eu deveria ser a primeira a receber qualquer notícia, mas tia Julie é tia Julie.

Ela abre o envelope e lê:

SATISFEITÍSSIMO PONTO UM BEIJO DO PAPAI PARA
A DOCE JULIE PONTO LOUCO PARA ABRAÇAR TODAS
AS MINHAS QUERIDAS GAROTAS PONTO OS GAROTOS
TAMBÉM PONTO AMOR ETERNO NICK

Nota histórica

Eu tinha acabado de entregar o manuscrito revisto de *Cem verões* (inclusive o texto original desta nota histórica) quando o Furacão Sandy caiu sobre New Jersey no dia 30 de outubro de 2012, causando grande devastação e obrigando minha própria família a evacuar nossa casa em Connecticut. Embora a destruição causada pelo Sandy lembrasse o golpe de 1938, elas foram de fato duas tempestades muito diferentes.

O grande furacão de 1938 na Nova Inglaterra veio do mar sem aviso na tarde de 21 de setembro, matando mais de setecentas pessoas e derrubando mais de dois bilhões de árvores. Lareiras foram abastecidas durante décadas com lenha resgatada da tempestade, e Moosilauke Ravine Lodge, nas montanhas do norte de New Hampshire, foi construído, em parte, com as enormes árvores centenárias derrubadas pelos ventos ferozes do furacão.

Em nossa era moderna de radares e satélites, é difícil imaginar que um furacão de categoria 3, soprando na direção norte a 112 quilômetros por hora, pudesse atingir a costa sem que ninguém suspeitasse de sua chegada, mas o chamado Long Island Express não tinha olhos eletrônicos para monitorar seu progresso, e a ciência da meteorologia estava dando seus primeiros passos. Os moradores notaram o vento aumentando, a chuva ficando torrencial, e então uma enchente de dois andares de altura atingiu a costa. Esse foi o boletim do tempo.

Os habitantes da Nova Inglaterra e os estudantes de tempestades podem reconhecer em Seaview Neck uma representação fictícia de Napatree Point, uma península arenosa que se estende da ponta de Watch Hill, Rhode Island, e que foi catastroficamente atingida pelo furacão. Das quarenta e poucas casas de praia que adornavam Napatree na manhã de 21 de setembro de 1938, nenhuma sobreviveu à tempestade, e nenhuma jamais foi reconstruída. Minha descrição de Lily e sua família navegando pela baía sobre pedaços de telhado e peças de mobília baseia-se na experiência real de moradores de Napatree, e velejadores realmente se abrigaram no forte que fica na ponta do cabo.

Mas Seaview não é Napatree. Criei minha própria geografia para esta história, e a arquitetura e a história da fortaleza e do Condomínio de Seaview possuem apenas uma leve semelhança com a realidade que serviu de inspiração para elas. Os personagens são inteiramente fictícios, embora as zínias existissem de fato.

Para aqueles que querem saber mais sobre o assunto, recomendo *Sudden Sea: The Great Hurricane of 1938* (Little, Brown, 2003), de R. A. Scotti, cujas descrições expressivas e relatos realistas do desastre em Napatree e em outros lugares colocaram pela primeira vez a tempestade na minha imaginação. Katharine Hepburn – que jogou nove buracos de golfe em Old Saybrook naquela manhã e na hora do jantar tinha perdido sua casa, seus bens e por pouco não tinha perdido a vida – também fez um relato impressionante do furacão na sua autobiografia de 1991, *Me: Stories of My Life*.

Moro há muitos anos em Connecticut, e meu marido vem de uma sólida família da Nova Inglaterra. A história do furacão de 1938 permanece muito viva na mente daqueles que têm idade suficiente para ter vivido os eventos daquele dia, e se você quiser animar a conversa por aqui durante uma festa, basta tocar no assunto com os velhos marujos. Conheci um homem que tinha acabado de começar a trabalhar como corretor de imóveis quando houve a tempestade e que passou o resto da vida rezando para que nunca mais visse outra igual.

Na época, achei que as probabilidades estavam a favor dele. Meteorologistas chamam os furacões da Nova Inglaterra daquela magnitude de tempestades de cem anos, porque a probabilidade de um desastre desses ocorrer em um ano qualquer é de menos de 1 por cento.

Ainda não tínhamos visto passar cem verões desde o furacão de 1938 quando minha família se viu evacuada, jantando à luz de velas com meus sogros perto da desembocadura do rio Connecticut, enquanto as árvores caíam do lado de fora, e as águas do Long Island Sound subiam pelo gramado. As tempestades, afinal de contas, não seguem cronogramas feitos pelo homem, não importa o quanto rezem os corretores da Nova Inglaterra. Mas nós vamos reconstruir, como sempre fazemos: construções um pouco mais sólidas a cada vez.

Agradecimentos

Eu me belisco todo dia. Tenho o melhor emprego do mundo, e isto não seria possível sem o apoio e o aconselhamento de pessoas talentosas.

O zelo e o instinto da minha agente literária, Alexandra Machinist, são lendários. Por seus conselhos, por sua persistência, por ela ficar acordada até tarde da noite depois do lançamento de um filme para terminar de ler o manuscrito, e por mil outros serviços, sou eternamente grata. Quanto aos outros membros da equipe fabulosa de Janklow & Nesbit: ainda bem que tenho vocês do meu lado!

O entusiasmo e o apoio (para não falar nas flores de aniversário!) do fantástico pessoal da Putnam são o sonho de um autor. Minha editora, Chris Pepe, e sua assistente, Meaghan Wagner; meu editor, Ivan Held; Katie McKee, Lydia Hirt, Alexis Welby, Kate Stark e Mary Stone, para citar apenas alguns entre os especialistas em marketing e publicidade; os gênios do departamento de arte que criaram esta linda sobrecapa; revisores/editores, encarregados de vendas: vocês são meus heróis. Obrigada.

Um agradecimento especial para os meus bravos acompanhantes durante as viagens de divulgação do livro: Steve Wayne, George Knight, Bradford Bates, Justin Armour, Ted Ullyot e Dr. Caleb Moore (que também prestou uma inestimável assistência no diagnóstico da perna quebrada de Nick Greenwald). Vocês são verdadeiros cavalheiros.

O companheirismo de outros escritores foi muito importante para mim durante este ano. Abraços para Lauren Willig, Karen White, Chris Farnsworth, Darynda Jones, Mary Bly e Jenny Bernard, entre outros, por todo o apoio, conselho, amizade e bom humor.

Minha família e meus amigos me deram todo o apoio nesta aventura literária. Embora seja impossível citar todos vocês, tenho de destacar o esforço especial de Sydney e Caroline Williams, Chris Chantrill, Renée Cantrill, Caroline e Bill Featherston, Melissa e Edward Williams, Anne e David Juge, Robin Brooksby, Jana Lauderbaugh, Elizabeth Kirby Fuller, Jennifer Arcure, Rachel Kahan e, é claro, meu amado marido, Sydney, e quatro barulhentos (quer dizer, maravilhosos) filhos. Tenho muita sorte em ter vocês na minha vida.

Finalmente, a todos os leitores ao redor do mundo que me apoiaram e inspiraram com seus e-mails, posts no Facebook, tweets e mensagens de todo tipo: muito, muito obrigada. Vocês fazem com que isto tudo valha a pena.

Este livro foi impresso na Intergraf Ind. Gráfica Eireli
R. André Rosa Coppini, 90 – São Bernardo do Campo – SP,
para a Editora Rocco Ltda.